[美] 蕾切尔·路易丝·斯奈德 著
蒋屿歌 译

RACHEL LOUISE
SNYDER

看不见的伤痕

NO
VISIBLE
BRUISES

WHAT WE
DON'T KNOW
ABOUT
DOMESTIC
VIOLENCE
CAN KILL US

新星出版社　NEW STAR PRESS

新经典文化股份有限公司
www.readinglife.com
出 品

献给芭芭拉·J. 斯奈德

目录 Contents

i 序言

1 终了

- 3 小疯子
- 10 形影不离的姐妹
- 14 无论他心里藏着什么
- 22 爸爸万岁
- 35 那头渐渐逼近的熊
- 52 你爱的人会置你于死地
- 72 然后他们会祷告
- 77 我再也无法在那里生活
- 84 体系、意外、案件
- 102 后来

2 起始

- 113 忏悔
- 128 在鱼缸里审视暴力
- 144 致命危险俱乐部
- 168 聚集在上层
- 183 挥之不去的心魔
- 205 超级英雄的膝盖骨
- 228 一个不断探索的季节
- 237 那些破碎的人

3 / 中局

- 251 填补裂缝
- 265 庇护所现状
- 277 在火中
- 292 重压下的恩典
- 304 给枪上膛
- 316 真正的自由
- 327 那些活在我们心中的阴影

- 347 作者的话
- 349 后记
- 360 致谢
- 364 注释

序言

我开着租来的车，从比灵斯市中心前往远郊山坡上的四层房子。房子里的男人能看到正在前往他家的人。他拥有望远镜般的视野，将外面的一切尽收眼底：群山、平原、逃离这里的每一条道路。很长时间以来，他一直在回避我。这是一种消极逃避。在来这里之前，我已经从位于华盛顿的家到比灵斯和他的女儿们、前妻以及办案人员谈过话。再次来到这座城市，我已经对这里很熟悉了。我认识了一些警察、律师、反家暴倡导者、旅馆服务生，甚至认识了一名印刷工——他的妻子经营了一家献给女性的地下室博物馆。这是我第三次来比灵斯，他终于答应和我见面了。

我和许多不愿和我交谈的人谈过话：杀害家人的人、差点儿被杀的人、逮捕杀人凶手的人、在差点儿杀死他们的人身边长大的人。像保罗·蒙森这样的男人总是不愿交谈，不愿将他们巨大的损失宣之于口，因为损失超过了他们的想象。

到达的时候，我听到房子里传来不安的踱步声。有一刻我觉得保罗不会应门，他改了主意，不想接受采访了。我已经在比灵斯待了好几天，他知道我会来。保罗的前妻萨莉·肖斯塔已经接受了数个小时的采访，但她前几次请保罗来见我时，保罗都拒绝了。说实话，我很惊讶他最终同意了。保罗家的前门是灰色的，没有窗户，上面布满了凹痕。

门终于开了。保罗几乎没看我。他有点儿驼背，面色憔悴，一头白发，发际线有些后退。他看起来六十岁出头，与他的实际年龄相符。保罗将门开大一些，避开我的视线，做出让我进屋的手势。他穿着蓝色衬衫和牛仔裤，衬衫扣子扣到最上面，下巴紧绷，看起来有些紧张。

这座保罗自己修建的房子给人一种刚入住的感觉。屋内没有什么装饰，角落里杂乱无章地堆放着敞开的箱子。有一台镜头朝向地毯的望远镜，似乎已经闲置。窗外的视野被群山占据。保罗内向安静，谨小慎微。我们坐在餐桌前，他目不转睛地盯着自己的手，手指划过光滑的桌缘。桌子被成堆的文件盖住。我随口评价了几句租来的车，谈话由此顺利开始。

我的父亲教了我许多关于车的事情，包括怎样换机油和轮胎、检查汽车的"五油三水"、更换空气滤网以及汽车的活塞机械原理。他教的都是些基本常识，但已经足够。保罗是个电气设计工程师，基于对机器的熟悉，他聊到车就放松了一些。话题渐渐打开。他说，火花塞上的线圈会放出火花、点燃引擎。这些装置的运行是可预测、可调整的，即使出了故障，也能找到原因并解决。我任由保罗一直说下去。他告诉我，女儿们的第一辆车都是他买的。阿莉莎的是本田思域，米歇尔的是白色斯巴鲁。梅拉妮很费车，他给她买过好几辆。保罗知道我们还没有谈及今天真正的话题。紧张像湿气一样在屋中蔓延。

洛奇也是个汽车迷。保罗记得洛奇的第一辆车是辆绿色小型欧宝。洛奇是保罗的女婿,他娶了保罗的二女儿米歇尔。"我记得第一次见到他时,他正在我家门前的路阶上停车。"洛奇开车来见米歇尔。保罗先看到了洛奇的车,然后才见到了他本人。后来,在保罗的印象里,洛奇将一半的时间都花在了一辆福特野马上。"一辆在组装中,另一辆只有零件。"保罗说,"这是他的爱好,在我看来,他花了很多时间一个人待在车库里。"

保罗说他和洛奇的关系一直和寻常翁婿不同。米歇尔和洛奇在一起近十年,但在保罗的印象里,他只和洛奇说过一次话,还是关于那辆野马的。洛奇曾向保罗咨询车身烤漆的颜色。"如果你不知道选什么,就选白色。"保罗告诉我。白色是包容性最强的颜色,即使不出彩,效果也不会错。"白色是种自成一体的颜色。"保罗说。

二〇〇一年十一月,洛奇·莫索尔通过《省下五分钱》(*Thrify Nickel*)买了一把枪。在这份分类商品广告清单上,从雪貂到拖拉机,再到钢琴——你想买的商品应有尽有。买到枪后,洛奇回了家。他到家时,米歇尔刚和孩子们吃完晚餐。一个邻居看到洛奇凝视着窗外。不久,他用枪逐一杀害了米歇尔、克丽斯蒂和凯尔,然后自杀了。

这是一起震惊蒙大拿的凶杀案。米歇尔很年轻,只有二十三岁。两个孩子一个六岁、一个七岁,分别上一年级和二年级,正是在识字、画火柴人和棒棒糖树的年纪。保罗发现了倒在楼梯上的凯尔。洛奇在楼梯最下方,面容扭曲,胳膊上好像用记号笔潦草地写了字。米歇尔的车还在，有那么一刻，保罗觉得她或许还活着。他跑到后院，冲进车库，在那里看到了洛奇的野马和一袋家庭录像带。随后赶到的警察发现了米歇尔。

正如大部分记者是通过各色人脉、各地辗转和多年调研才一步步触及关键采访一样，我也是这样来到保罗·蒙森家的。二〇一〇年夏天，在新英格兰，我站在朋友安德烈·迪比的私人车道上。安德烈的妹妹苏珊娜开车驶来，她和家人即将出门度假。接下来的数小时决定了我未来十年的生活走向。

不到一年前，我结束了旅居海外的生活，告别曾住了六年的柬埔寨，回到美国定居。我适应得很艰难。在教职员工会议上，作为一名新任助理教授，面对如外语般陌生的官僚主义作风和教育体系，我只能佯装了解。在柬埔寨期间，我写过关于轮奸、后大屠杀社会、贫困、劳工权益的故事。这些故事让我对生存有了更真切的感受，与我在美国的新生活截然不同。在金边，侨居者们一起吃晚餐时，话题总是围绕着军事法庭[1]、性交易、持续性的暴力事件和政治腐化展开。一次，我在当地的一个公园遛狗时，一个住在我家附近、与我熟识的摩的司机飞快冲到我身边，将我扔到车后座上，把狗放在我腿上，又用最快的速度冲出了洪森公园。就在几十秒前，一个男人在距我所在地十五英尺的地方被枪击中。而那个名叫索帕尔的摩的司机却主动过来把我送到安全的地方。还有一次（也是和狗在一起时），我看到一个男人在那个公园里自焚。看着他燃烧的躯体，我吓到动弹不得。我的朋友米娅也住在金边，她常说有时感觉我们生活在一个挑战人性极限的地方。

美国不是没有问题，贫困、疾病、自然灾害都会在这里发生。然而，我已经忘了在美国生活是多么简单——只要你想，只要你有手段，你就能避开这些麻烦。新生活以一种意想不到的方式，将我与过去几十年研究的问题和故事隔开。我过得不错，只是无法安于现状。我攻读了小说研究的硕士，但不久就被非虚构作品深深吸引。因为我很快明白，非虚构作品更容易带来直接的改变。我被这世上那些看不见的角落、那些被剥夺了公民权的人吸引。从一定程度上而言，我理解那种不受关注、无人倾听、承受着身体不能承受之重的悲痛是什么感觉。

回到二〇一〇年的那天，苏珊娜和我在她哥哥的私人车道上聊了一会儿。她和她的家人正在为度假做准备。每年假期，他们都会到缅因州的内陆地区野营。安德烈与苏珊娜打过招呼，交给她一份长长的购物清单。苏珊娜告诉我，她现在在城里的一家反家暴机构工作。最近，他们创立了一个叫"家暴高风险小组"（Domestic Violence High Risk Team）的新项目。苏珊娜说，他们的目标很简单——"我们想预测潜在的家暴凶杀案，这样就可以防止案件的发生。"

我顿时觉得难以置信，甚至在想我是不是听错了话的关键部分。"预测？"印象里，我是这么说的，"你是说预测家暴凶杀案吗？"

过去这些年，我多次在采访中接触家暴，不仅在柬埔寨，也在阿富汗、尼泊尔和洪都拉斯。虽然家暴总是与我笔下的故事相关，但它从来不是我的关注点。家暴这种事太多了，多到不足为奇：在喀布尔，因情杀入狱的年轻女孩；只在掌控她们的男人面前接受采访的印度童婚新娘；在尼泊尔，因孕期瘘管疾病沦为贱民、被逐出村庄的少女新娘；在齐奥塞斯库的统治下，被迫生育数个孩子的罗马尼亚妇女——她们刚三十岁出头就成了祖母，只能接受贫困潦倒的命运；在柬埔寨，被富家青年子弟殴打、轮奸的街道清洁工——对于那些青少年来说，这只是"周末运动"而已。在这些国家里，这些女人都理所当然地被男人凌虐与掌控，而男人主要通过肢体暴力设立规则。这种模式潜藏于我在世界各地采写的每一个故事中，就像下雨一样稀松平常，几乎成为了一个我熟视无睹的阴霾密布的背景。在和苏珊娜聊天前，我认为美国的家暴只是降临在极少数人身上的不幸命运，是错误选择和残酷环境的后果。女人生来就是受害者，男人生来就是加害者。我从未将家暴视为一个社会问题，一种我们可以防治的流行病。然而，当苏珊娜·迪比提到防控家暴的手段时，我第一次将那些故事看作一个整体：印度的童婚女孩、入狱的阿富汗女人、被丈夫凌虐的马萨诸塞州家庭主妇——她们和全世界的家暴受害者一样，都缺乏同样的东西——一股介入她们原本命运轨迹的新势力。是同一只手，让柬埔寨妓女在生死边缘徘徊，也让每年在美国乃至全世界成千上万的女人、儿童和男人（绝大部分是女人和儿童）死于非命。实际上，全世界平均每天有一百三十七名女性被伴侣杀害。[2] 这一数据没有包括男人和孩子。

那天，我仿佛由内而外改头换面。我意识到，在过去二十年的工作中，自己虽然见过世界各地女人的面容，却很少向内审视美国，审视我们的问题和它们的意义，审视这些问题与过去那些故事、那些面容的关系。家暴如此普遍，跨越了地理、文化、语言的界限。或许，那些故事都为我来到这个能眺望窗外群山的客厅、与保罗·蒙森见面埋下了伏笔。

我和苏珊娜一起到农贸市场、杂货店和饮料店采买野营需要的东西。我帮她拿冰块、桃子和汉堡肉。她开车时，我不断抛出各种问题，她的母亲帕特也在后座附和：具体怎么做？你阻止了多少家暴相关案件？你还能预测什么？我的问题多得似乎永无止境。和许多对家暴只有泛泛了解的人一样，我的认知和人们对家暴的普遍认知没有区别——当情况变得很糟时，受害者大可以一走了之；限制令①可以解决问题（如果受害者没去更新限制令，就说明问题已经解决了）；家暴庇护所对于受害者和她们的孩子来说已经足够了；发生在家中的暴力是一种隐私，这与其他类型的暴力，尤其是大规模枪击案是不同的；没有明显的伤痕意味着家暴并不严重；还有最重要的一点，除非我们直面拳头的痛击，否则家暴就与我们无关。

在接下来的几年中，苏珊娜·迪比和她的同事凯利·邓恩耐心地指导我去了解这些至今仍常常被避而不谈的家暴问题的历史和范畴。我不仅了解了旧有的防控家暴方法失败的原因，还意识到，如今我们可以采取更多有效的措施来应对这类问题。二〇〇〇年到二〇〇六年期间，有三千二百名美国士兵被杀害，与此同时，发生在美国的家暴凶杀案则带走了一万零六百条生命。[这个数据很可能低于实际数据，因为数据的来源是美国联邦调查局（FBI）的凶杀案补充报告（Supplementary Homicide Reports），而这个报告的数据来自自愿提供案件的地方警察局。]在美国，每分钟有二十个人遭到伴侣的侵犯。前联合国秘书长科菲·安南称，对妇女儿童施暴是"对人权最可耻的

---

① 指法院在有人涉嫌家暴、虐童、性侵等情况下为保护受害者而发起的指令。

侵犯"[3]。世界卫生组织称家暴为"一种在全球范围内流行的健康问题"。联合国毒品和犯罪问题办公室（United Nations Office on Drugs and Crime）发起的一项调研中的数据显示，仅在二〇一七年，全球就有五万名女性被伴侣或家人杀害[4]——足足五万名女性。报告将"家"称为"对女人来说最危险的地方"[5]。如今，尽管越来越多的人意识到男人也有可能成为家暴受害者，但仍有大约百分之八十五的受害者是成年女性和女孩。[6] 这一比例是压倒性的。并且，在美国，只要有一名女性死于家暴凶杀案，就意味着有近九名女性在死亡边缘徘徊。[7] 二〇一三年，我发表在《纽约客》上的第一篇报道讲述了苏珊娜·迪比和凯利·邓恩设立家暴凶杀案预测项目的经过。

我意识到还有许多话要说，于是这篇报道成了这本书的雏形。在我以往多年的记者生涯中，我以为家庭暴力似乎只是一个稍加关注就可以解决的问题。但在接下来的八年里，我对家暴的认知越来越深刻——家暴和教育、经济、心理与生理健康、犯罪、性别与种族平权等社会问题息息相关。那些促进监狱改革的人实际上在助长家暴——犯人在监狱里关了一段时间，其间没有接受或是只接受了很少的惩教，然后又重新回归社会——这个过程不断循环往复。家暴是私人的，但对公众造成了深远的影响。在佛罗里达州、加利福尼亚州、马里兰州、俄亥俄州、纽约州、马萨诸塞州和俄勒冈州等地，我都曾与努力在这场私人战斗中活下来的人会面。我从他们身上看到，个人和集体都在这场战役中付出了极大的代价——断裂的社群关系、支离破碎的家庭、崩溃的心灵、极度困窘的生活和一再错失的良机，以及对受害者、纳税人、刑事司法系统造成的巨大经济负担。对纳税人来说，他们每年需要承担与家暴有关的健康和医疗费用超过八十亿美元。受害者则每年总共损失了八百多万天可以工作的时间。[8] 无家可归的女性中有一半因家暴而流浪。并且，家暴是导致美国游民问题的第三大原因。绝大多数因家暴入狱的男人第一次目睹或被施加暴力是在孩童时期，在自己的原生家庭中。而这些在暴力中成长的孩子患有发展障碍的风险要远高于一般儿童。[9] 还有，为什么每年大规模枪击案的发生率都在提高？

——这些枪击案大部分是家暴案。

二〇一七年四月，美国"反对非法枪支市长协会"（Everytown for Gun Safety）倡导组织发表的报告指出，现今美国百分之五十四的大规模枪击案与家庭暴力相关。[10] 这个数据被媒体广泛报道。有关大规模枪击案与家暴关系的文章和评论层出不穷。媒体报道和报告之间只有一处微小的不同——报告中用了"相关"（involved），而媒体用了"预示"（predicted）。报道中写道："在超过半数的情况下，家暴预示了大规模枪击案的发生。"政治真相新闻网（PolitiFact）的一名记者质疑这一数据，并引用了一份百分比更低的数据。这份数据来自东北大学教授詹姆斯·阿兰·福克斯的调查研究，而其中最重要的一点隐含在福克斯接受采访的叙述中——"可以肯定地说，约有一半的大规模枪击案是家暴案的极端表现。"[11]

也就是说，不是家暴预示了大规模枪击案，而是超过一半的大规模枪击案就是家暴案。

回顾过去的案例，在康涅狄格州纽敦镇，闯入桑迪胡克小学前，亚当·兰萨先在家中杀害了他的母亲，然后开始了屠杀"狂欢"。在开车前往得克萨斯州萨瑟兰普林斯市的第一浸信会教堂前，德温·帕特里克·凯利将妻子用手铐和绳子绑到了床上。[12]你甚至可以追溯到美国历史上第一起大规模枪击案：一九六六年八月，查尔斯·惠特曼在位于奥斯汀市的得克萨斯州立大学对学生开火，十六人死于他的枪弹之下。而被大家遗忘的是，他的暴行早在前一天夜里、在他的妻子和母亲身上就开始了。

家暴也潜藏在其余百分之四十六的大规模枪击案中。许多凶手施行过家暴。二〇一六年六月，奥玛尔·马滕在奥兰多市"脉搏"夜店里射杀了四十九人。在此之前，他勒死了第一任妻子。在他居住的佛罗里达州，这属于重罪。根据联邦法律，马滕要坐十年牢，但他一直没有遭到起诉。二〇〇二年十月，狙击手约翰·艾伦·穆罕默德在弗吉尼亚州、马里兰州和华盛顿州看似随机地射杀民众，让这些地区接连三周陷入了风声鹤唳的状态。在那段时间里，小学课间休息只能在室内进行，加油站蒙上了防水布，闭门谢客。实际上，穆罕默德曾长期对已分居的妻子米尔德丽德施暴。而这些恐怖袭击不过是为了掩饰他的真实动机。他告诉警察，随机杀死陌生人是想掩饰他的最终目的——杀死米尔德丽德。如果我们在幼小的戴伦·鲁夫目睹父亲长期残暴虐待继母时提供帮助和支持，是不是有些事就不会发生了？[13]是不是如果我们这么做了，二〇一五年六月，南卡罗来纳州查尔斯顿县以马内利非裔卫理圣公会教堂里的九个人就不会死去了？

悲哀的是，这些只是进入公众视野的案件，还有许许多多案件鲜为人知。在美国，我们对大规模枪击案的定义是有四人以上遇害的案子。这就意味着绝大多数大规模枪击案只会被地方媒体报道，而且这些新闻一两天后就消失了。与此同时，每年有成千上万的女人、男人和孩子被杀害。这些案件和数不胜数的相似案件揭露了家暴的本质——家暴不是私人问题，而是一个亟待解决的公共健康问题。

所有这些调查和经历最终在二〇一五年的春天，将我带到了保罗·蒙森家布满凹痕的门前。那时我已经认识他的家人好几年，并且从米歇尔的母亲和姐妹的口中听到了米歇尔和洛奇的故事。对保罗来说，谈论女儿和外孙们的凶杀案几乎是不可能的事。痛苦压倒了他，负罪感让他窒息。家暴是一个很难谈论的话题。在调查过程中，我发现家暴也是最难报道的话题之一。虽然家暴问题十分普遍、根深蒂固，但也被隐藏得很彻底。作为记者，你可以在战场中报道所见所闻；可以实时实地报道饥荒和瘟疫；你可以去探访艾滋病诊所、癌症中心、难民营和孤儿院，书写那些人的挣扎与苦痛；你也可以由内而外、层层剖析如今人们所面临的社会、环境、公共健康、地域政治问题；即使你是写有关战后的话题，就像我在柬埔寨经常报道的那样，你也可以根据战争、自然灾害或其他灾难的灾后恢复情况，简单估测受访者是否安全。

写家暴报道最难的地方在于，你所描述的是一个极其紧张又变化无常的状况，采访可能会使本就处在危机中心的受害者的处境更加岌岌可危。然而，基于新闻道德准则，每个人都有从他的角度讲述故事的权利，无论是施暴者还是受害者。这意味着，在进行一些案子的采访时，我花了几个月甚至几年时间访问受害者，但后来不得不舍弃这些采访。因为即便是请施暴者接受采访，也可能威胁到受害者的安全。举例来说，我曾花一年多的时间采访一名女性，后来为了保护自己，她不得不退出采访。她与施暴者一起生活了许多年。他常常将她赤身裸体地压在公寓的暖气管上,或是用毯子蒙住她的头,用强力胶带缠住她的脖子。这个女人遭受凌虐和走向自由的历程是我听过的最毛骨悚然的故事之一。甚至现在我写她时,也只能写那些不会暴露她身份的细节。至于故事中如暖气管、毯子这种细节,在其他人的故事中也屡见不鲜。

对受害者来说,家暴造成的伤害永无止境。一些女性已经成功摆脱了施暴者,但还与施暴者共享抚养权,在这种情况下,她们仍要不断地与施暴者协商。甚至在没有孩子的情况下,在脱离家暴后的很长一段时间内,许多受害者也会一直保持警惕,尤其是施暴者因家暴入狱的情况。如果受害者找到新伴侣,那么这两个人都会处在危险中。一名我采访过的女性将这种困境称为"将脑袋悬在脖子上"的生活,这样的状态至少要持续到他们的孩子长大成人。对于那些设法摆脱施暴者的受害者来说,探访和接送孩子也是不言而喻的危险时刻。一名我认识的女性送孩子到父亲那里时,脸被猛地撞到石墙上,而孩子们在车后座上目睹了这一切。那时她已离婚多年。就在我写下这些的前一天,二〇一八年九月十二日,在加利福尼亚州贝克斯菲尔德市,一名施暴者杀害了六个人,其中包括他的前妻和前妻的新男友(谷歌搜索"已分居的丈夫""被杀",可以找到超过一千五百万条结果)。从施虐与受虐关系中逃离并不意味着危机已经解除。因此,我尽可能地尝试在记者的职业道德与勇于接受采访的人的安全之间取得平衡。虽然我往往尽可能地就某个特定的事件或关系来采访很多相关的人,但有时同意我去找施暴者谈话这样的请求,对受害者来说实在太过危险。有些案件的其他当事人和证人都已不在人世。为了保护受访者的安全与隐私,他们中的一些人采用了化名，身份保密。我采取的方法是编辑处理，而不是更改除了当事人姓名外的信息。我也在本文中为所有的案例加了注释。

家暴和其他类型的犯罪不同。它不是在真空中发生的，发生的原因也不是一个人在错误的时间来到了错误的地方。我们的家应该是一个神圣的领域，是"一个无情世界中的避风港"——我的大学社会学老师这样告诉我。（我第一次听说这种形容家的方式，就是在她的课上。）这是家暴显得如此不合情理的原因之一。这种暴力来自你所熟悉的、那个口口声声说爱你的人。这种暴力在大多数情况下是被隐藏起来的，甚至连最亲密的朋友也不得而知。并且，很多时候，肢体暴力所造成的伤害远远比不上情绪和言语上的暴力。不知有多少次，我听到施暴者哀叹他们是怎样无法自拔地爱着那些被他们凌虐的女人，以至于沦落监狱。这种凌虐或许是一种"强力催情剂"：一个人深深陷入情网，以至于在爱情面前软弱无力。然而这种相信自己内心的爱与暴力是同源的自欺欺人的想法，本身就是一个彻头彻尾的谎言。我渐渐发现绝大多数施暴者都很自恋。而且，在大多数情况下，一些其他因素——如毒瘾、贫困和其他在绝望中产生的举动——可能会使这种自我欺骗成为一种生存方式。若再加上一种"理所当然"的"有毒的大男子主义"（toxic masculinity），这种自我欺骗便会有致命危险。

我们的文化告诉我们，孩子们必须有父亲、关系是终极目的、家庭是社会的基石，相比离开伴侣、做单亲妈妈，留下来私下解决"问题"是更好的选择。米歇尔·蒙森·莫索尔对母亲一次次坚称，她不想让孩子在一个"破碎的家庭"中长大，仿佛一个成年人虐待另一个成年人的家不是一个"破碎的家庭",好像"破碎"也有等级之分。这样的文化让我们的生活危机四伏。政治家对是否要重新授权《反暴力侵害妇女法案》(Violence Against Women Act)争论不休。并且,法案的预算很少,只占联邦总预算的一小部分。《反暴力侵害妇女法案》的总预算目前只有不到四亿八千九百万美元。[14] 另一个可以作为参考的数据是,反暴力侵害妇女管理办公室(Office of Violence Against Women,简称OVW)隶属的司法部的年预算是二百八十亿美元。[15] 从另一个角度看,据估计,世界上最富有的人,杰夫·贝索斯的身价是一千五百亿美元。这些钱可以供他资助《反暴力侵害妇女法案》三百年之久,且还能余下数百万美元让他将就度日。[16]

我们也在用其他方式告诉受害者要留在施暴者身边。我们的法院让她们坐在辩护席上,坐在一个可能曾试图杀死她们、一个她们确信将会置自己于死地的人面前,为自己辩护。法院对这些残暴的犯罪者的判决往往很轻。一次凶残的攻击与侵犯,代价只是被关押几天。由此我们看到,执法机关只将家暴视为一种妨害行为和"家庭纠纷",而不正视家暴是犯罪的事实。我不得不相信,如果立场颠倒,如果是女性在殴打和杀害如此多的男性——在美国,每个月有五十名女性被亲密伴侣枪杀——那么这一问题将会登上每份报纸的头版,巨大的资金池将会浮出水面,供学者们分析女人到底出了什么问题。

而且,在此基础上,我们还会鲁莽地质疑为什么受害者要留下来。

实际上,许多受害者,比如米歇尔·蒙森·莫索尔和她的孩子们，都在暗地里积极地寻找逃离的方法。在现存体系下，他们要一步一步地、极度小心地、竭尽所能地逃离。在包括米歇尔的许多案例中，我们只看到了她表面上的行为，就误以为她主动选择了留在施暴者身边。实际上，我们并不知道一个正在缓慢地、小心谨慎地尝试离开的受害者看起来是什么样。

鉴于在人类历史的大部分时间里，我们都没有正视过家庭暴力的错误，以上事实也就并不让人惊讶了。在犹太教、伊斯兰教、基督教和天主教传统中，丈夫都或多或少拥有像处置财产一样训导妻子的权力。这些财产可以包括他的仆人、奴隶和动物。当然，那些衍生出这种观点的宗教文本——《古兰经》《圣经》和《塔木德》，是由那时的男人解读的。[17] 其中一些解读甚至提供了殴打妻子的方式，例如不能直接击打面部、注意不造成永久性伤害。九世纪，苏拉学院院长（Gaon of Sura）相信丈夫的暴力比陌生人的暴力造成的伤害更小。因为按照律法，妻子服从于丈夫的权威。[18] 在美国，清教徒制定了禁止殴打妻子的法律，但这些法律大多停留在书面上，很少被执行。相反地，人们普遍认为家暴的原因是被施暴的妻子招惹了她们的丈夫。二十世纪六七十年代前的文学作品几乎都是这样描写伴侣之间的暴力的。在极少数的对薄公堂的家暴案件中，只要妻子受到的伤害不是永久性的，判决就会倾向于对男人有利。[19]

禁止殴打妻子直到二十世纪才被正式写入美国法律。在此之前，那些早在十九世纪末就立法禁止对配偶施暴的亚拉巴马州、马里兰州、俄勒冈州、特拉华州和马萨诸塞州也几乎没有执行过这些法律。[20] 在禁止虐待妻子的法律出台的几十年前，美国防止动物虐待协会（American Society Against the Cruelty of Animals）就颁布了禁止虐待动物的法律。我想，这意味着我们把狗看得比妻子更重要。（二十世纪九十年代，宠物庇护所的数量几乎是家暴庇护所的三倍。[21]）二〇一八年秋天，我写下这篇序言时，在许多国家，对配偶或家人施暴是完全合法的，也就是说，连一条专门针对家暴的法律都没有。这些国家包括埃及、海地、拉脱维亚、乌兹别克斯坦、刚果等。[22]俄罗斯在二〇一七年将未造成肢体伤害的家暴划出犯罪行为之外。[23]当然，美国也存在类似的现象。特朗普在任期间的首任司法部长相信遭受家暴的人不需要避难，那些"异类"只是"运气不好"而已。[24]换句话说，在那段时间，如果你"幸运"地在家门外遭受了来自政府的恐吓，你可以申请避难；但如果你在家里遭受了恐惧与威胁，很遗憾，你只能自认倒霉。

在美国，绝大多数关于家暴的法律都是近些年设立的。直到一九八四年，国会才通过了一条帮助家暴受害妇女儿童的法律——《家暴防控与服务法案》（Family Violence Prevention and Services Act）。法案为庇护所提供经费，也为受害者提供其他资源。[25]在二十世纪九十年代初以前，"跟踪"都不构成犯罪。直至今天，"跟踪"带来的威胁仍没有被法律、施暴者，甚至被跟踪的受害者正视，尽管被配偶或前任杀害的女性中有四分之三被跟踪过。[26]并且，近百分之九十的家暴凶杀案受害者在遇害前的一年里都被跟踪和殴打过。[27]一九九六年，美国才设立了家暴求助热线。[28]

苏珊娜·迪比告诉我，三场横扫全国的重要运动极大地影响了我们应对家暴的方式。一场运动发生于二〇〇三年。那年，苏珊娜在反家暴机构中开创了高风险小组，尝试对家暴的危险程度进行量化评级，并据此保护受害者。另一场运动发生于二〇〇二年，美国圣迭戈市前地区检察官凯西·格温设立了全国第一个家庭司法中心。受害者可以在司法中心找到警察、律师，接受受害补偿、心理咨询、教育等其他服务。（圣迭戈市的家庭司法中心是与其他三十五家不同的机构同时创立的，在其他地区也有不同数量的合作伙伴。）第三场运动是二〇〇五年由前警察戴夫·萨金特在马里兰州发起的"致命程度评估项目"（Lethality Assessment Program）。这一项目旨在指导执法人员如何在现场应对家暴。[29]

这些项目的启动时间相近并不是巧合。二十世纪七八十年代的妇女解放运动使遭受暴力的妇女进入公众视野。那时美国社会刚刚开始接受平权观念。那些年，运动的重心是庇护所——建立庇护所、提供经费、将被虐待的女人与施暴者隔离。但到二十世纪九十年代，重心开始转变。全国各地的倡导者、律师、警察、法官都告诉我，转变的契机是两起重大事件。第一起事件是辛普森案。

对许多人来说，妮科尔·布朗·辛普森展现了一种全新的受害者面貌。她美丽、富有、卓有名声。家暴能发生在她身上，就能发生在任何人身上。案发前，辛普森对妻子的暴行已被执法机关所知。辛普森曾入狱、被保释，然后一个加利福尼亚州的法官判处他接受"电话咨询"（后来没有执行）。妮科尔的报警录音让人们进入了一个罕见的情境中：一个女人被口口声声说爱她的男人控制、胁迫、恐吓，一切都被真实地记录下来。这起杀妻案使"家暴可能发生在任何地方、降临到任何人身上"这个早已被倡导多年的观点，进入了公众的热门话题中。如何帮助未向他们求助的受害者一直是倡导者面对的主要问题之一。然而，当地方报纸报道妮科尔·布朗·辛普森和罗恩·戈德曼的案子时,他们首次在边栏列出了求助地点和机构。忽然间,数量空前巨大的受害者获取到了资源。此案开庭后,公众对求助热线、庇护所、警方支持的呼声空前高涨。[30]家暴成了全国热议的话题。

辛普森案也让有色人种受害者集体发声——为什么将家暴带入公众视野的是个富有美丽的白人女性?毕竟,有色人种女性所遭受的家暴同样多,甚至超过了白人女性。此外,她们还承受着种族歧视的压力。如今,美国原住民、移民和弱势群体已渐渐展开辛普森案后续的相关话题讨论。过去,家暴从未如此大规模地受到关注。这一改变可以归功于第二起事件——《反暴力侵害妇女法案》的设立。

《反暴力侵害妇女法案》将家暴置于立法者眼前。在此之前,他们一向将家暴视为家庭隐私和妇女问题,而不是刑事司法制度问题。一九九〇年,当时的参议员约瑟夫·拜登第一次向国会提出这项法案,但在一九九四年秋天,辛普森案结案数周后,这项法案才通过。终于,有史以来第一次,全国各地的城镇可以获取国家提供的经费来应对各地的家暴问题。这些经费可以用于应急人员的专业培训,建立救助点、庇护所、过渡期的住处,设立施暴者干预课程和法律培训课。这意味着遭到强暴的受害者可以免费获取性侵物证套盒;如果受害者因家暴被逐出家门,就可以获得补偿金和帮助;需要法律支持的残障受害者也能得到帮助。这些资源的出现,以及今天许多其他应对家暴的系统与服务的出台,都是源于《反暴力侵害妇女法案》的直接影响。当时的参议员拜登在美联社的采访中说:"(家暴)是一种充斥着仇恨的罪行。我的目标是给予妇女在法律范围内得到补偿的机会,不仅是刑事上，也是民事上。我想要让这个国家更加重视妇女的民事权利。她们远离施暴者的权利岌岌可危。"[31]

《反暴力侵害妇女法案》每五年需要重新授权一次。二〇一三年，重新授权被搁置，因为共和党不想让同性伴侣、住在保留地的原住民和遭受虐待并试图申请临时签证的非法移民被纳入资助对象。在白宫和参议院的几场激烈讨论后，重新授权终于通过了。我写这篇序言时，下一次重新授权已迫在眉睫。我们的执政长官公开敌对和歧视妇女。有十几个女人指控他猥亵和性侵，其中包括他的第一任妻子。（后来她说她并不是在指控特朗普犯罪，而是想表达自己受到了冒犯。[32]）在这样的政治环境下，我与全国各地的反家暴倡导者交谈时，可以看出他们对自身处境和经费的前景并不乐观。特朗普一直让他的秘书罗布·波特——一个出名的施暴者留在白宫工作，直到媒体和舆论压力而不是道义责任迫使罗布辞职。"特朗普的言论和行为对女性造成了巨大影响，"曾经的家暴受害者、反家暴社会活动家基特·格鲁埃尔说，"我们正在以令人憎恶的速度倒退。"

不久前，我和一位叫林恩·罗森塔尔的女性共进午餐。罗森塔尔是第一位反暴力侵害妇女办公室的白宫联络人。这个职位是奥巴马在任期间设立的。特朗普就职总统两年后，这一职位仍然空缺。我问罗森塔尔，如果钱不是问题，她能做任何她想做的事、获取任何想获得的资源，她会如何解决家暴问题。她回答说，她会用一个社群作为样本，研究可行的方案，然后在方方面面投资。"你不能只看体系的一小部分，说'这就是关键'——人们往往想要这么做。如果我们能集中力量改变一件事,要改变哪一件?答案是,问题远远不是只改变一件事就能解决的。"这就是关键:家暴在某种程度上几乎影响了现代生活的每个角落,但我们却没有将其放到公众领域中解决。这显示出,我们对家暴渗透性的普遍影响力知之甚少。

我写《看不见的伤痕》的目的是照亮那些最黑暗的角落,从里到外地展示家暴的本质。这本书分为三部分,每部分针对一个主要问题。第一部分尝试回答那个最难回答的问题——为什么受害者选择留下来。(基特·格鲁埃尔曾对我说:"在银行遭到抢劫后,我们不会对银行行长说'你应该把银行搬走'。")米歇尔·蒙森·莫索尔的经历和死亡告诉我们,我们并不了解我们看到的事情。"离开还是留下"的问题无视了一段虐待关系中牵扯受害者的多种力量。

第二部分或许是最难写的。这部分直指家暴的核心——施暴者。我们往往轻视他们的观点,只与受害者、倡导者和警方沟通。在目前充斥着"有毒的大男子主义"的文化氛围中,我想知道施暴的男人是什么样的,以及他们如何看待自己在社会和家庭中扮演的角色。在我为这本书做调研时,我一次又一次提出这个问题——一个施暴的男人有没有可能通过教化改邪归正?答案基本不外乎这几种:警察和倡导者说不可能,受害者说她们希望如此,而施暴者则说可以。对我来说,比起理论上的可能性,施暴者的回答更像是在表达他们的意愿。关于家暴的一句最常见的格言是"受伤的人伤害他人"。因此,如果一个受伤的人选择努力处理自身创伤,不将伤害施加给他人,那么情况又会怎样呢?

在第三部分，我会叙写那些努力改变现状、在反家暴和防控家暴凶杀案前线战斗的人，比如苏珊娜·迪比和凯利·邓恩。我会探究可以做哪些事、有哪些人在行动。我会深入分析倡导团体、司法制度和执法举措，了解它们的实际情况，以及大众对它们的看法。

在这本书中，总体上我会用"她"代指受害者，用"他"代指施暴者。这不是因为我认为男人不会成为受害者，女人不会成为施暴者，或是我没有留意到同性伴侣缺乏资源的事实。我也不是没有注意到 LGBTQ 关系和群体①中同样严峻的家暴现状。我这样写的原因有两点：其一，不论以哪种标准来衡量，绝大多数施暴者是男性，而绝大多数受害者是女性；其二，固定使用"他""她""他们/她们"来代指固定人群可以保证写作的连贯性。在我用"她"指代受害者、用"他"指代施暴者时，请假设所有人，无论他们是什么性别，都可能成为施暴者或受害者。

同样，虽然现在有种称家暴受害者为"幸存者"或"当事人"的倾向，但我尽量不使用这些代称，除非那些受害者的确是幸存者。也就是说，她们已经成功从虐待关系中脱离出来，且她们和她们的家人都开始了新生活。另外，我通常用全名或姓氏来称呼某个人，但如果那个人和我有进一步的交谈，某种程度上成了非虚构作品中的"角色"，我就会用名字来称呼那个人。

最后一点，长久以来，"家暴"（domestic violence）一词在幸存者和倡导者中引发了不少争议。"家"的说法似乎削弱了家暴的严重性，暗示与陌生人施暴相比，家庭成员施暴应受到

---

① 包括女同性恋者（Lesbian）、男同性恋者（Gay）、双性向者（Bisexual）、跨性别者（Transgender）与酷儿（Queer）在内的少数群体。

的关注更少。近来，在倡导者的圈子里，有使用"亲密伴侣暴力"（intimate partner violence）或"亲密伴侣恐怖主义"（intimate partner terrorism）这两种说法的趋势。尽管这两种说法都排除了伴侣之外的人行使暴力的情况，但它们也存在明显的问题。"配偶暴力"（spousal abuse）的说法也有类似的局限。过去十年来，有人开始称之为"私人暴力"（private violence）。这些说法都没能描绘出在家暴关系中牵扯肢体、情绪、心理的多重力量。多年来，我一直在尝试想出一个更好的说法，却一直没能成功。但我认为用"恐怖主义"（terrorism）这个词来形容当事人在这段关系中的感受是较为贴切的。因为我们都能理解"家暴"这个词的含义，总体上，我在书中采用"家暴"和"私人暴力"这两种说法，除非是在引用其他人的话，或是这两种说法用的次数过多、显得重复啰唆时，我才会使用上面提到的其他说法。

现在，我将场景转回保罗·蒙森家中时光缓缓流逝的下午。终于，我们停下了有关汽车的讨论，转向了保罗一直回避的、那个令他悲痛欲绝的话题——他已不在人世的女儿和外孙们。

终了

小疯子

保罗·蒙森家的布局是敞开的，客厅直通餐厅，餐厅直通厨房。他告诉我，外孙们以前会在这里跑来跑去。这是克丽斯蒂和凯尔过去来拜访他们的外公时做的第一件事，他们好像两个小疯子一样在房子中狂奔。克丽斯蒂和凯尔是洛奇和米歇尔的孩子。

保罗来自北达科他州的迈诺特，为了工作来到蒙大拿州。他的父亲很久以前就去世了。他的继父吉尔运营着一个叫伦德儿童乐园的巡演马戏团。在此之前，他是一个农场主。保罗说他"做什么都是为了钱"。米歇尔很爱她的祖父母。

"人们常常认为女孩会被像她们父亲的人吸引。"保罗说，"但我从洛奇身上看不到一点儿与我相似的地方。"

或许是洛奇的活力吸引了米歇尔，保罗说。或许他们刚刚相遇的时候，米歇尔只是个少女，而洛奇虽然显得比真实年龄二十四岁小，但已经能让米歇尔接触一个对她而言很新奇的成人世界了——他沉浸在自己的世界里，终日饮酒作乐，无人管束。如果米歇尔没有在十四岁时怀孕，没有在十五岁时生下克丽斯蒂，如果他没有比她大那么多，他们的恋情走向很可能会和许多青少年恋情一样——充斥着高度戏剧化和强烈的迷恋,但没有任何结果,双方都会找到新的恋人。"我认为他的年纪已经够大,因此他想要安定下来,"保罗说,"成家什么的。"

保罗说他和米歇尔几乎每天都一起吃午餐。他在附近工作,到米歇尔家里午休。但他很怀疑洛奇是否知道这件事。"我把午餐带到那里吃,她把电视调到《杰瑞·斯普林格脱口秀》(*The Jerry Springer Show*),我们坐在那儿一起看。"他说,"她是我最亲的女儿——没什么缘由。她也很亲我。"

保罗伸手拿了一摞用橡皮圈捆好的家庭录像DVD。他说这些是给我的。他在我来之前拷贝了这些DVD。年复一年,洛奇几乎什么都录,特别是全家几乎每周末都一起去的野营。比起节假日、生日之类的特殊场景,这些DVD更多是在记录米歇尔、克丽斯蒂和凯尔的日常生活。保罗说他看了所有的录像,而且不止一遍。他想找到任何能够预示即将发生的事情的蛛丝马迹,但什么也没有。他们看起来和其他传统家庭一样——三岁的克丽斯蒂坐在沙发上看动画片;凯尔拿着儿童钓竿,站在溪边钓鱼。在许多录像里,米歇尔都在床上睡觉,她被摄像机吵醒,她的丈夫则在镜头后呼唤着她。保罗说"这里没有线索"。许多年后,我才鼓起勇气看这些录像。

保罗的前妻萨莉·肖斯塔与保罗一样对洛奇知之甚少,甚至在与洛奇相处的时间里也并不了解他。这对夫妻的两个年纪稍长的女儿是阿莉莎和米歇尔。她们分别在十五岁和十四岁时到保罗家与他一同生活。萨莉和保罗早在许多年前——米歇尔八岁时就离婚了。女孩们在大多数时候都和萨莉一同生活。但青春期到来后，女孩们发现在父亲那儿有着在母亲家里没有的自由。

有时萨莉给保罗打电话，保罗要么不知道她们在哪里，要么会说她们在某人的家中。萨莉开车过去，却发现她们并不在那里。一次，保罗给了萨莉一个地址，而那里其实是离开"松树山"、即将回到真实世界的男孩们的中转站。那些男孩有毒瘾或行为问题。他们因年龄太小不能坐牢，但对于他们和身边的人来说留在家里又太危险。"松树山"（Pine Hills）是问题男孩的教养所。萨莉对这个地方很熟悉，因为她在蒙大拿州做职业康复工作，帮助残障人士寻找合适的工作。

那天晚上，萨莉在中转站前停了车，怒火中烧地寻找着当时只有十三四岁的米歇尔。回答她的男人说米歇尔来过这里，但她已经和一个叫科迪的男孩出去了。萨莉愤怒地告诉那个男人，她再也不会允许女儿到这种地方——永远不会。三个小时后，米歇尔出现了。

还有一次，萨莉在保罗家门口停下车，看到前面有一辆她没见过的绿色掀背式汽车。她敲了敲门，没有人回应。但她能看出房子里有人在活动，于是更加用力地敲门，却还是没人回应。她离开了一会儿后回来再试，结果还是一样。她冲着门缝大喊，如果他们再不开门她就报警。这次有用了。米歇尔开了门。有一个头发蓬乱、穿着牛仔裤和T恤衫的年轻男人也在那儿。他下巴坚实得好像用力绷紧了一辈子一样，嘴唇饱满，脸颊上有痘印。这是萨莉第一次见到洛奇。他好像很害羞，避开了她的视线。萨莉让洛奇离开，米歇尔的父亲不在家的时候，他不可以待在这里。他嘟囔着说他本来就要离开了。

事后萨莉告诉保罗，那个男孩对米歇尔来说年纪太大。她不知道他的实际年纪，但任何一个大到能拥有一辆车的男孩对于十四岁的米歇尔来说都太大了。萨莉以为她和保罗已经解决了这个问题，以为洛奇已经远离了米歇尔的生活，却根本没想到米歇尔会不听她的话。在萨莉心里，米歇尔还是个小女孩，她主动做家务，从来不逃学。米歇尔从来不是那种叛逆的孩子。然而，当她进入成长期——这个时期比他们想的要早很多，她反叛了。她跳过了青春期的大部分时光，直接长大成人。

洛奇是个精悍的男人，五英尺五英寸高，十分敏感和神经质。他很有活力（他的家人对他的描述有些不同，在他们眼里，他安静，有时会耍小聪明，内向害羞）。在他开枪自杀前，他将录像带打包放到车库里。他想保存它们，来向一个幸福的美国家庭致敬。如果一切都如计划一样进行，这会是被流传下来的故事——一场伟大的美国悲剧。他在他的手臂上写下了一条讯息。他原本没有打算让人看到这句话，也没有人能够准确地记得上面写着什么。讯息的大致内容是"我应该下地狱"。

保罗说，他家前门上的凹痕是一次洛奇想要破门而入找米歇尔时留下的。但那时保罗并没有意识到洛奇有暴力倾向，至少没有那么危险。这是一种很难在发生时被察觉的暴力类型，但在事后看就非常清楚了——这正是家庭暴力。保罗并不是唯一一个没能察觉到家庭暴力迹象的人。不过，想象一下，如果不是洛奇，而是一个陌生人捶打着、踢着保罗家的前门，尖叫着要里面的女人出来，谁不会报警呢？谁不会试图干涉、阻止他的暴行呢？但如果那是我们认识的人，或是我们放在另一种背景中看待的人——父亲、兄弟、儿子、表亲或堂亲、母亲等亲近的人——我们往往难以察觉这种暴力。现在保罗说他会干涉，会行动起来，用某种方式亲自来实现法律的正义。这是蒙大拿特色的自由和个人主义，他不相信体制，不认为警方和检察官为救他的女儿做出了足够多的努力。"我想告诉你一个关于蒙大拿的真相。"保罗说。当他索要女儿一家人的尸检报告时，验尸官说他只能给保罗与他有血缘关系的人，也就是米歇尔、克丽斯蒂和凯尔的报告。但不能给保罗洛奇的报告，但当洛奇的父亲戈登·莫索尔索要时，他拿到了全部四份报告。"重点是，他们认为男人是一家之主。"保罗告诉我。父权制定了规则。保罗摇了摇头。"关于这件事，你想得越多越愤怒。"他拿出一个棕色的风琴文件夹，向我展示了他拿到的三份验尸报告。凯尔的报告开头写着："这个男孩受到……带着血……浸透了衣服。"验尸官注明死者刚刚吃了口香糖。克丽斯蒂的报告中写着她身上的枪伤上有"雪花般的金属碎屑留下的痕迹"。她的心脏重一百八十克。

我指向保罗家客厅里的一块牌子。它孤零零地挂在巨大的白墙上，看上去有点儿不和谐，里面镶着米歇尔的高中毕业证书。她是比灵斯高中一九九七届毕业生。那时候，她已经和洛奇住到一起，还有两个未满三岁的孩子，但仍旧按时毕业了。在生下克丽斯蒂一年后，她生下了凯尔。她此前就转学到了一个保罗口中为"有孩子的孩子"开设的高中，距离她之前就读的高中六个街区远。米歇尔有个能安置两个孩子的婴儿车。她需要在蒙大拿酷寒的冬日里推着孩子们上坡。"我记得看到过她那样做，我觉得她真了不起。"这是保罗一直不敢回想的时刻。他低着头，拿着刚刚起身从墙上摘下的那块牌子。他轻轻地抱着牌子，用一只手轻柔地擦去顶部的灰尘。

接着，保罗的手滑过前侧，眼中涌出泪水。他深深吸气，努力让自己恢复常态。这就是为什么像他这样的受害者父母不愿与我谈话，特别是男性。为了逃避这样的时刻，他们愿意做任何事。

萨莉·肖斯塔和保罗不同。过去这些年，我与她相处了很长时间。为了从某种程度上保存女儿活过的痕迹，她回忆和谈论所有她能想起的事情。她保留了有关米歇尔和她的孩子们的一切——信件、孩子们在节假日做的手工、米歇尔小时候写的便条、当地报纸上有关那起凶杀的报道。她开车带我路过克丽斯蒂和凯尔的学校，那里有写着他们名字的纪念石和长椅。萨莉说凶杀案发生后，她在一夜之间老去。四个月内，她重了十七磅，显得疲惫又憔悴。萨莉给我看过一张米歇尔在世时她自己的照片，我没能认出萨莉，甚至在她提示我后也没能认出来。我发现，在面对难以承受的悲伤时，女人往往不停说话，男人则会陷入沉默。萨莉深陷在记忆的巢穴之中，保罗则将记忆像磐石一样固存在心里。

对萨莉来说，米歇尔好像总是有一种超越年龄的责任感。她会主动除草、洗碗、给地毯吸尘。有一年，她和她的姐妹们照管伦德儿童乐园的棉花糖机和其他娱乐项目。米歇尔把她赚的二十美元，还有一张写着"这些钱是用来帮妈妈贴补家用的"的卡片放在信封里。打开信封时，萨莉抑制不住地哭了起来。

"对米歇尔来说，坚持上学并不容易。"保罗说。他的声音很轻，有些沙哑。他用手背擦了擦眼睛。"她的怀孕并不光彩，但我为她没有放弃感到很骄傲。"

像米歇尔·蒙森·莫索尔这样的女人都很坚决，有着用尽一切手段让自己和孩子活下去的决心。她们没有离开。她们留在虐待式的婚姻里，因为她们明白一件我们大部分局外人都不明白的事，一件看起来不合逻辑的事：虽然在家里很危险，但离开往往更危险。她们中大多数人都有逃离的计划，就像米歇尔所计划的那样。她们留下来，等待着时机。她们要保障孩子们的安全。她们在前线维持表面的平衡，蓄势待发、伺机而动。她们有着高度的警觉和耐心，随时留意着可以全身而退的时机。只要能这样做，她们就会坚持下去。

形影不离的姐妹

米歇尔和洛奇第一次见面是在周中放学后、一座青少年聚会的房子里。阿莉莎那时有个好朋友叫杰茜卡,曾在米歇尔之前与洛奇谈过恋爱。他们只在一起了几个星期到一个月左右。阿莉莎觉得那个头发蓬乱的陌生人并不起眼。后来米歇尔承认了她的恋情后,阿莉莎才想起洛奇是谁。洛奇肌肉发达,脸上有痘印,留着有层次的披肩发。女孩们说他很帅,也很风趣。

阿莉莎说,米歇尔一下子就被洛奇吸引住了。洛奇看起来亲切可靠。他比米歇尔大十岁,因毒品交易在得克萨斯州蹲过一年监狱,但这些都没有使米歇尔退缩。洛奇有工作和自己的住处。一名年长的男性示好这件事让她有些蠢蠢欲动——可以逃离父母的羽翼,获得自由。

当然,对自由的渴望是阿莉莎和米歇尔搬去和保罗一起住的首要原因。保罗很安静,想法和感情不外露。他总在一刻不停地思考。或许保罗酒喝得有点儿多,但这是大部分男人的生活方式。特别是在像蒙大拿这样的地方,"传统好男孩"①就像五月暴风雪一样常见——从不羁的牛仔到体面的律师,只要他们能喝几瓶冰啤酒、会使枪、能做像样的假鱼饵,都可以这么称呼。洛奇就是一个"传统好男孩"。米歇尔、阿莉莎和梅拉妮之前认识的大部分男孩都是"传统好男孩"。

米歇尔和洛奇是在一对夫妇的家中相遇的。杰茜卡帮这对夫妇带孩子。在比灵斯,人际关系和友情就像岩层一样相互重叠。人人都认识彼此,或是听说过彼此。这座房子的台球桌和车库是常有青少年聚集的地方。洛奇开车过来后,米歇尔一定是对他一见钟情,因为他们几乎马上就成了一对。阿莉莎说他们两三天后就确定了关系。米歇尔和洛奇在他们相遇的第一周快结束时就已经彻底坠入了爱河。

米歇尔向萨莉承认自己怀孕后,萨莉想要以法定强奸罪起诉洛奇。她不相信他那个年纪的男人会喜欢上米歇尔这样的少女。他有什么毛病吗?但米歇尔发誓如果妈妈走进警察局,她就会怀着孩子和洛奇私奔。萨莉崩溃了。米歇尔会逃走吗?她会永远离开?如果萨莉找不到米歇尔,如果米歇尔在还不能拿驾照的年纪怀着小宝宝闯荡世界,萨莉该怎么保护她?

最后,萨莉听取了一个咨询师的意见:顺其自然,尽可能地接受现状并提供支持。洛奇会厌倦米歇尔的。萨莉记得咨询师这样对她说:"他不会喜欢一个不能和他一起出去、什么都做不了的女

---

① good ole boy,美国俚语,一般指有待人真诚、举止谦逊友好、观念保守等特点的美国南方白人男性。

友的。"米歇尔还活着时，只单独去过一次酒吧。她从未和朋友度过假，从未邀请朋友们来过家里。她没有参与读书小组，没有瑜伽朋友圈，也不是少女妈妈俱乐部的成员。实际上，她不属于任何团体。洛奇是她的全世界。

洛奇与米歇尔相遇时，阿莉莎在与一位年长的男性谈恋爱。她认为这件事可能是米歇尔执意要和洛奇在一起的原因之一。阿莉莎和米歇尔是最好的朋友。从她们蹒跚学步开始就一直如此。在家庭录像中，她们总是在一起，是一对形影不离的姐妹。她们在客厅条纹沙发前嬉笑打闹。阿莉莎学会骑无辅助轮自行车的那天，米歇尔在草地上看着她。阿莉莎摇摇晃晃地骑着装有白色车筐的粉色自行车，顺着人行道往下，从摄像机镜头中消失又返回，一点儿一点儿，越来越稳，她的脸上带着自豪的笑容。阿莉莎停车时脚没能及时着地，仰面摔倒了，屁股重重地撞上了一辆售货车。萨莉把大哭的阿莉莎抱了起来。

下一段录像轮到米歇尔出场了。她骑着装有红色车座的银色自行车。自行车没装辅助轮，她从那条人行道上飞驰而下，然后骑回来。返回时，米歇尔高举一只手，向摄像机后的爸爸挥舞，另一只手稳住自行车，露出月牙般大大的、自信的笑容。

几个姐妹之间关系很亲密。最小的梅拉妮患有多动症。父母的离异让她度过了一段非常艰难的时光。她会尖叫、踢东西、大发脾气。萨莉将大半注意力放在了梅拉妮身上，无暇顾及米歇尔和阿莉莎。她们把齐刘海往头顶梳，涂口红和睫毛膏，听 Aerosmith 乐队和 AC/DC 乐队的歌。米歇尔在青春期迷上了史蒂芬·泰勒。有时她们会到先锋公园和北方公园闲逛，有时会去环形岩一带。环形岩是一块八百年前形成、环绕着比灵斯市的砂岩，吸引着徒步旅行爱好者、背包客、遛狗人和离经叛道的青少年。日出或日落时分，环形岩闪耀着强烈的美，让人想起塞多纳的红色岩石。你可以站在环形岩上俯视比灵斯山谷，眺望远方。百万年来，时间如潮水一般不动声色地流逝。

然而，环形岩还会引发另一个联想。每一年，人们都会在那里发现尸体。有自杀的人，也有逃离警察追捕时受伤或死去、坠下殉身悬崖的人。殉身悬崖是一块突出地表、在黄石河中延伸、最高处有五百英尺高的砂岩。悬崖名字背后的故事是这样的：两个克罗部落的战士回家后，发现他们部落的人全被天花夺去了生命，于是他们也跳下了悬崖。[1]

环形岩是比灵斯最著名的地标。那里生活着旱獭、黑尾鹿、隼、蝙蝠、老鹰，还有各种各样的蛇，包括西部响尾蛇。这种蛇的背上有菱形图案，而且有毒。后来，洛奇就捉来了一条这种蛇，将它带回了他和米歇尔还有两个孩子的家。

无论他心里藏着什么

洛奇和米歇尔的内向在某些层面上是相似的，比如在人群中或与刚认识的人相处时。洛奇爱惹麻烦、叛逆成性，但喜欢户外活动，比如钓鱼或野营。这一点他很像他的父亲。实际上，洛奇对户外活动的喜爱、他的内向安静，还有他的真名"戈登"都和他父亲一样。为了向拳击手洛基·马西安诺致敬，洛奇的父亲在他还是婴儿的时候为他取了"洛奇"这个昵称。

戈登和第一任妻子琳达生了三个孩子，洛奇是长子。他们住在俄亥俄州的哥伦布市。洛奇有一个叫迈克的弟弟和一个叫凯莉的妹妹。孩子们关系不错，但没有过分亲密。他们会打架，也会一起出去玩，在忽视彼此的同时也保护着彼此。迈克与凯莉很崇拜他们的大哥哥洛奇。

戈登说，如果不是在那个时间、那个年纪遇到琳达，他一定不会和她结婚。他在空军服役了四年，复员后发现性解放运动正在美国如火如荼地进行着。"我以为我已经死去，上天堂了。"他告诉我。戈登说这句话时表情十分严肃，脸上没有丝毫享受或怀念的表情。他找了一个女孩，女孩怀孕了，接着他就把性解放运动忘得一干二净。他心中的责任感和荣誉感再度涌起，认为正确的选择是和那个怀孕的女孩结婚。"她的父母说'宝宝需要父亲'，换作现在，你可以说'宝宝有父亲又如何'，（但）我还是和她结婚了。"戈登不是不想要孩子。他很爱孩子，每个孩子都爱。他很爱洛奇，在洛奇变得很难相处后也是如此。

他们离婚后，琳达把三个孩子的抚养权全交给了戈登。与琳达分开后不久，戈登就在工作时遇到了莎拉。（琳达不想接受我的采访，但她声称戈登和莎拉在他们还没离婚时就开始约会了。）他的三个孩子会成为莎拉的孩子。莎拉会养育他们、爱他们，但同时也会管教他们。莎拉记得有一次，他们还在哥伦布时，迈克和洛奇在客厅里打了起来。她说洛奇无情地指责迈克，最后迈克也发火了。"戈登觉得迈克有问题。我告诉戈登，有问题的不是迈克，是洛奇。"迈克喜欢吵闹，总会大喊大叫，但洛奇才是真正挑起争端的人。"他经常向别人挑衅，找人麻烦。"莎拉说。

戈登和莎拉在俄亥俄州结婚了。两天后，他们和三个孩子搬到了蒙大拿州。戈登在那里找到了一份新工作。他们事先没有告诉孩子和琳达。如今，他们认为当时应该好好告诉孩子们这件事，给孩子们一些时间去消化这个消息，甚至在搬家前带他们去一次新家，这样情况可能会好些。"我们的做法可能不是最明智的那种。"莎拉说。琳达说她不得不雇了一个私家侦探去找他们。戈登则称，琳达很快就找到了他们——戈登的新老板是他前同事的朋友。即便如此，琳达也很少写信或卡片。之后过了五年，孩子们才又一次见到琳达。

"你的脑海中会涌现所有的想法，有点儿像《男人来自火星，女人来自金星》里的说法①，但我总感觉可以做些什么来弥补我的婚姻对孩子的影响，并救下孙子孙女，"戈登说，"我总在回想我的离异。离婚怎么可能不影响孩子呢？但每年不都有好几百万个孩子的父母离婚吗？"

虽然孩子们在学校的表现一直有问题，但搬家后戈登和莎拉才意识到他们落后了多少。尽管他们雇了家庭教师，但孩子们依旧没什么长进。三个孩子都没能毕业。戈登声称是琳达让孩子们整天待在电视机前，而且不管去超市还是其他地方都要拉上他们一起去。"她没有教过他们任何东西，他们连基本常识都没有。"当然，我和琳达谈的时候，她印象里不是这样。戈登承认他是个回避冲突的父亲。他不愿直面冲突。连莎拉都说戈登几乎从不流露情绪，除非"电视上有政治新闻，哦，上帝啊，房顶就要被他掀翻了。他会回应不与我们家直接相关的事，但如果这件事和家庭或是孩子有关，他就毫无反应"。她还说："这与他长大时所处的年代有一定关系。"

"我是个逃避大师。"戈登说。

搬家后，洛奇立刻惹了麻烦。他十二岁时就过度饮酒、喜欢小偷小摸。他偷他喜欢的乐队——比如 Aerosmith 乐队和 Black Sabbath 乐队——的磁带。他还偷过一次自行车。莎拉在后院栅栏外的野草丛里发现了丢弃的"疯狗 20/20"②的酒瓶。她知道瓶子是洛奇丢的。而在迈克咄咄逼人时，他又表现得很被动。洛奇七年级

---

① 《男人来自火星，女人来自金星》(Men Are From Mars, Women Are From Venus)，作者是美国心理学博士约翰·格雷 (John Gray)。这里似乎指本书中提到的观点："男人碰到问题时，不轻易说出来，他会将问题留给自己。只有当他需要从别人那里得到答案时，他才跟别人说。"
② Mad Dog 20/20，一种烈性酒。

时，戈登和莎拉意识到他需要帮助。

他们把洛奇送到了"松树山"——问题男孩的教养所。

他们让洛奇接受心理咨询。

戈登说，每个人——比如咨询师和学校老师——都将洛奇的问题归咎于父母离婚，好像离婚可以解释一切——洛奇为什么会离经叛道？什么时候开始的？为什么要喝那么多酒？莎拉甚至看到过他因酗酒翻着白眼，吐着舌头。但戈登又想，为什么会这样？我们离婚后就不再吵架了，这难道没有用吗？在一次家庭咨询中，咨询师问洛奇是否为母亲的离开而难过。洛奇回答："不，她离开更好。"莎拉问洛奇是不是真的这么想，他说："是的，她离开更好，那之后我们更经常和（爸爸）一块儿出去玩，也没有争吵了。"

即使将离婚和突然搬家视为洛奇出问题的诱因，那又该如何弥补他内心的破碎呢？心理咨询、住院治疗、治好他们的儿子，这不就该是送洛奇去松树山教养所的目的吗？那么他的伤痛和愤怒从何而来，又有什么重要的呢？到底是什么让他在十三四岁就喝酒喝到语无伦次？是什么促使他去偷一切他能偷的东西？是什么让他一次次答应遵守戈登和莎拉立下的宵禁和戒酒的规矩，又一次次若无其事地出尔反尔？有时莎拉觉得洛奇生来就没有良心。他既有魅力又会摆布人，既阴险又可爱，既风趣又安静。戈登记得一个治疗酗酒的咨询师告诉他："无论洛奇心里藏着什么，他都没有放弃那些想法。"

莎拉说洛奇不太相信女人。他不是很喜欢她们。"我认为在琳达离开的时候，戈登和琳达并没跟孩子们好好谈这件事。我认为这肯定对洛奇产生了一些影响,因为他是第一个孩子,也是最受宠的那个。"莎拉说。随后,她提到了他们搬家的事。他们突然从俄亥俄州搬到了蒙大拿州。"离开的时候,为什么(我们)没有就这件事好好谈谈呢?"她现在认为这很荒唐——他们在害怕什么?"荒唐"这个词可能不准确,但没有更合适的词来形容这件事了。为什么他们没有谈一谈呢?为什么他们不能像一家人一样谈谈这件事的来龙去脉?看看如今可怕的生活,为什么他们当时居然觉得像离婚、再婚、搬到另一个州这样寻常的事情竟然糟糕到不能宣之于口,不能彼此开放而诚恳地倾吐心声呢?若是谈了的话,能不能给洛奇一个他需要的解释?会不会从一定程度上减轻他的伤痛呢?

莎拉和戈登都说洛奇从没有真正成熟过。米歇尔遇到洛奇时年纪很小,但成为母亲后就变得比他成熟了。"他永远也不可能理解这件事,"戈登说,"她成熟了许多,但他没有。而且大多数情况下,你知道得越多……"他没有继续说下去。戈登在想,是不是年少时期的嗑药和酗酒对洛奇的情感发育造成了负面影响。

这就是莎拉和戈登的生存方式。他们无法自拔地思索着那时他们能做些什么。这是家暴凶杀案的后遗症,是深植于每个家庭中的创伤——我们忽视了什么?他们甚至无法哀悼米歇尔、克丽斯蒂和凯尔,因为他们只要一想到,就会觉得孩子们应该还活着。克丽斯蒂应该大学刚毕业,而凯尔可能已经选定了专业方向,或是在和上了年纪的父亲一起钓鱼。米歇尔穿着消过毒的护士服,俯身照顾着幼小的新生儿。他们无法回避洛奇犯下的罪行。他做的最后一件事，使他和他内心可能存在过的善意都蒙上了阴影。

莎拉告诉我，案件发生一年前的一次露营旅行中，有一个瞬间，她忽然为他们一家人能走到现在而感到难以置信的庆幸和感恩。她想起洛奇和迈克不堪回首的混乱青春期：洛奇进入了松树山教养所，后来又在得克萨斯州入狱，还有迈克的反叛和争吵。终于，终于，莎拉想，他们是正常的一家人了。但这段记忆已经不再成立了。如果不是内心痛悔，她根本无力回想过去，回想他们可能忽视了什么、在他们眼皮底下可能发生过什么。

这不是他们的责任。

从理性上，他们知道这一点。

但从情感上，他们难以接受。

"你不想继续下去，"戈登告诉我，"但你别无选择。"

他们无法走出悲伤，陷入情感的炼狱之中。他们可以共同面对悲恸与愤怒，但他们只能独自承受负罪感。米歇尔的家庭也背负着同样的重担：愤怒、悲恸，而更多的是难以置信的、深重的负罪感——我们忽视了什么？

但当一个人对要找的东西一无所知时，又何谈"忽视"呢？

在莎拉的记忆里，洛奇第一次带米歇尔来家里时，他们都很安静。"但实际上她与洛奇完全不一样。"莎拉说。米歇尔的安静与洛奇的安静不同。"她说过很多这样的话，说她知道很多人都认为安静的人是呆子。她知道人们怎么想她，然而，除非她觉得一件事值得讨论，否则就会很安静，并将话都藏在心里。"

那段时间，米歇尔不常去莎拉家，因为洛奇在洛克伍德有辆房车。但不久莎拉和戈登看出洛奇对这个女孩是认真的。米歇尔怀孕后，他们知道了她的真实年龄，并为此大发雷霆。莎拉记得她告诉洛奇，如果米歇尔的父母起诉他的话，"我们不会弃你于不顾，但也不会包庇你"。

一九九三年九月，生日当天，米歇尔发现自己怀孕了。她腹中的孩子克丽斯蒂的预产期在第二年四月。萨莉震怒不已，她想责怪保罗没有看好米歇尔，想责怪洛奇和一个十四岁的女孩恋爱，想责怪洛奇的父母，想责怪自己。但责怪无济于事。米歇尔说洛奇是个很好的人，他们只需要给他一个机会去证明，只需要去了解他，就像米歇尔了解他一样。

一九九三年十二月，萨莉带着三个女儿到北达科他州度假。米歇尔的背一直痛。他们开始都以为是八个小时的车程导致的。但接着，米歇尔开始无法进食，恶心呕吐，似乎有发烧的趋势。萨莉害怕了——米歇尔才怀孕六个月而已。

回到迈诺特后，萨莉带米歇尔去医院，告诉病房护士米歇尔在分娩。"我有三个孩子，知道这意味着什么。米歇尔开始分娩的时间太早了。"萨莉对我说。但是他们等了好久，都没有人来为米歇尔检查。萨莉觉得医生们对米歇尔态度轻忽，他们只是把米歇尔看成那些被抛弃的少女妈妈们中的一个。这触怒了她。在接下来的两周内，米歇尔反复进出急救室。

当医院的工作人员终于意识到米歇尔真的在分娩时，制止已经太晚了。孩子已经要出生了。没有人知道孩子生下来是死是活。萨莉陷入了恐惧，为她的女儿，也为她的外孙。孩子终于出生了，是个女孩。她的肺很小,还没有发育完全。孩子被送入新生儿重症监护室,没有人知道她能不能撑过一晚,更不用说坚持一周、一个月,甚至拥有完整的人生。她们给孩子取名克丽斯蒂·林恩,让她随洛奇姓莫索尔。克丽斯蒂和她年轻的母亲如同一个模子里刻出来的,有着薄薄的上唇,肤色苍白,眼神闪烁。

克丽斯蒂只有茶杯那么大。从始至终,米歇尔看着护士们陪在幼小的女儿身边,给她吸氧、监测她的身体数据、和她说话。对米歇尔来说,维系女儿生命的不是机器,不是医生们,甚至不是她自己,而是护士们。他们是创造奇迹的人。克丽斯蒂在医院住了几个月。实际上,直到米歇尔此前的预产期到来时,克丽斯蒂才出院,但还需要吸氧,并由萨莉和米歇尔用机器监测身体数据。米歇尔和她刚出生的女儿搬入位于萨莉家上层、米歇尔幼时的卧室。洛奇每天都来陪她们。萨莉不得不给他这个权利。洛奇来探访,也打电话。萨莉不允许洛奇住在这里,但允许他每天来陪伴她们。洛奇既忠诚又体贴,尽力帮忙。萨莉还是不太喜欢他,但尊重他的付出。并且,米歇尔和洛奇看起来真的在相爱,也爱着他们刚出生的孩子。

爸爸万岁

一九九四年七月,克丽斯蒂六个月大时,萨莉下班回家后看到了米歇尔留下的便条。米歇尔写道,她、洛奇和克丽斯蒂需要尝试建立一个"真正的家庭"。米歇尔说,为了女儿,她要给她年轻的新家庭一个机会。米歇尔告诉母亲,她搬到了洛奇狭小的房车里,并且会住在那里。震惊而悲伤的萨莉告诉了保罗这件事。他们当然不能强迫米歇尔回家。他们能做的只有尽可能地支持米歇尔,让她知道她随时可以向他们求助。

保罗无法忍受他们住在狭小的房车里这件事。"我甚至不能将胳膊伸开。"他说。因此,保罗在比灵斯郊区买了地,开始建一座新房子。后来我正是在这座前门上有凹痕的房子中与他见面的。保罗打算在搬入新居后将他现在住的房子租给洛奇和米歇尔。这样他们就不用住在逼仄的房车中了。

米歇尔信守了她说过的话。她把克丽斯蒂放在一家为有孩子的高中生设立的、名叫"年轻家庭学前教育"(Young Families Early Head Start)的日托所,自己回到高中上学。让她的家人震惊的是,在生下克丽斯蒂刚满一年后,她又怀上了凯尔。米歇尔还没到十八岁,却要照顾两个不到两岁的孩子,但她做到了。就是在那段时间里,保罗有时会看到她用婴儿背带抱着凯尔,同时推着婴儿车里的克丽斯蒂。在比灵斯的严冬,米歇尔需要走两英里,才能将孩子们送到日托所,但她从未向他人求助过。最后,保罗给她买了一辆老旧的车,以便她开车去学校。米歇尔如期毕业了。

米歇尔和洛奇的经济很拮据。他们刚认识时,洛奇在地震勘测队工作,工作范围跨越西部的各州。他有时要连续一周每天工作二十小时,而且是在离比灵斯很远的地方。洛奇不想长期远离家庭,于是辞职了。他断断续续地做了其他工作,但都没能干下去。他做过建筑工人,修过屋顶,这些工作大多都很耗费体力,而且赚得不多。米歇尔告诉洛奇她也想出点儿力。她打算在家后面的汽车旅馆里做服务员。旅馆离家只有半英里远,她可以在孩子们需要时冲回家,甚至不需要开车。但洛奇大发雷霆,说他不想要他孩子的妈妈和汽车旅馆里的客人们睡觉。洛奇为此发了很大的火,米歇尔只好叫阿莉莎来帮她。阿莉莎说,洛奇失控般激动地来回踱步,他为米歇尔心存这样的想法而怒火中烧。在所有人的印象里,这是米歇尔最后一次提出去工作的事。

洛奇的掌控是从小事开始、慢慢升级的。这些小事绝大部分都不违法。[虽然"跟踪"(stalking)往往是掌控的一种——洛奇后来也跟踪了米歇尔,并且在美国全部五十个州里,"跟踪"都属于犯罪。但在超过三分之二的州中,跟踪两次及以上才属于重罪。[1]]据阿莉莎与萨莉回忆,最开始的几年,洛奇的掌控欲愈加明显。他不仅掌控了米歇尔是否能出去工作一事,还不让她化妆,不允许她请朋友来家里。他坚持在天气允许的情况下,全家每周末都出门野营。她出门,他一定在她身边。在《胁迫掌控:在生活中男人如何使女人陷入罗网》(*Coercive Control: How Men Entrap Women in Personal Life*)中,埃文·史塔克用"胁迫掌控"(coercive control)这个词来形容施暴者是如何不碰受害者一根手指,而掌控和主导受害者生活的方方面面的。他的调查表明,在百分之二十存在家暴的关系中没有出现肢体暴力。二〇一六年,阿比·埃林在发表于《纽约时报》的文章中写道:"对于胁迫掌控的受害者来说,威胁可能会被误解为爱,特别是在关系初期或是其中一方极其敏感脆弱的情况下。"[2] 无论是被成年男人引诱的青春期少女,还是无法养活自己的年轻妈妈,都是"极其脆弱"的。

二〇一二年,史塔克在一篇文章中提出要对胁迫掌控的受害者进行法律保护。"许多在胁迫掌控中运用的手段都是没有法律制约的。这些手段很少被视为虐待,也不会被干预。"他明确指出其中一个手段就是监管日常生活,特别是那些传统意义上与女性相关的活动,如照顾孩子、做家务和性。掌控覆盖了"全部",史塔克写道,"从经济来源、食物和交通到穿着、清洁、烹饪和性生活"[3]。美国现行的法律体系完全忽略了这种行为对一个处于如此境地的人所造成的真正破坏——失去自由最终会不可避免地导致受害者失去自我。北卡罗来纳州社会活动家基特·格鲁埃尔称这些受害者为在家中"被强迫的人质"(passive hostages)。史塔克坚称,严重家庭暴力的表现不局限于肢体暴力,在他看来,像米歇尔这样的女人是囚犯。受害者常常会提到配偶掌控了她们的外观、饮食、穿着和交际。施暴者会慢慢地切断她们所有的逃生路线,无论这条路通往家人、朋友还是社群。胁迫掌控的最终目的是完全剥夺一个人的自由。

在史塔克的促成下，英国于二〇一五年通过了有关胁迫掌控的法律，有这类行为者会被判处最高五年的刑期。[4] 法国也有专门针对"心理虐待"的刑法，但美国还没有这样的法律规定。

阿莉莎记得一天下午，她和米歇尔开车外出。那时米歇尔已经生下克丽斯蒂，还没有怀上凯尔。阿莉莎想米歇尔那时大概十六岁。那天下午，洛奇忽然从后方驾车飞速驶来，急转弯到驾驶座那侧，冲入迎面而来的车流中。他从敞开的车窗里冲着米歇尔尖叫。

"为什么他没有死掉呢？"阿莉莎问，"他做了那么多丧心病狂、不要命的事，但从没受过伤。"洛奇曾经从悬崖上跳入天然湖，攀爬瘦骨嶙峋的树干以跨越二十英尺的沟壑，大量吸食冰毒，甚至不曾感染或骨折。似乎有种力量使他百毒不侵，使他比所有胆敢威胁他的事物都强悍。他正在千方百计地让米歇尔知道，他宁愿丢掉性命，也不会放手。

胁迫掌控的另一个关键元素是将受害者与家人隔绝。这种隔绝与地理位置无关。克丽斯蒂一岁后，戈登送给洛奇一台摄像机，米歇尔一家几乎从未出现在 DVD 画面中。洛奇录下了孩子们在后院玩、圣诞节在莎拉和戈登家拆礼物或是一家四口野营的影像。录像带里有时也有迈克的女儿——克丽斯蒂和凯尔的堂亲中年纪最大的孩子。那么，米歇尔的家人呢？录像中，米歇尔好像没有过去、没有亲人。即使在假期，萨莉也很少能见到米歇尔，虽然她到米歇尔那里只需要几分钟。萨莉告诉我，洛奇会在她探访时大发脾气，甚至经常不让克丽斯蒂和凯尔在她这个外祖母的家里过夜。(他们叫萨莉"布瓜"。)一次,萨莉来做客时,米歇尔说:"妈妈,你需要有自己的生活,不要总是过来。"

在那之后,萨莉感到总有什么让她很不舒服。那时,米歇尔的话使她备受打击,她没能找出不安的源头。她理解米歇尔要在自己的生活和家庭上花心思,但她和米歇尔一向很亲密。在初次怀孕、动荡不安的一年,米歇尔选择了向她求助。萨莉根本没有想到,虽然"不要总是过来"这句话是米歇尔说的,但并非出自米歇尔的意愿。这件事的本质是什么?"说话的并不是米歇尔。"萨莉说——至少不是她养育的米歇尔。萨莉现在知道这意味着什么了:在家人、警察和检察官面前,在公众场合,受害者往往和施暴者站在一起。因为在警察离开后的很长一段时间里,甚至在施暴者被指控或判刑后,受害者还必须要为自己和孩子的生命,与施暴者周旋。报警时,受害者为施暴者说话并非因为她们性情反复无常——虽然很多执法人员这样认为——而是出于对未来安全的谨慎考虑。萨莉在女儿身上亲眼见证了这些,虽然那时候她不明白她到底看到了什么。

现在,在人们口中,米歇尔是个镇定的人。她在重压下镇定自若,全身心为孩子付出,但在她的家人看来,米歇尔固执而骄傲。她不想回到父母身边,承认他们是对的。她想成为少数人,成为那些"做得到"的人。她下定决心,不会让她的孩子在一个她口中"破碎的家庭"里成长。这是每个家长在某种程度上都思考过的无解问题:让孩子有一个不完美的家长——像洛奇这样施暴、吸冰毒的家长，和没有家长，哪种情况更加糟糕？在我们看来，不利于孩子成长的教养方式数不胜数，那么哪一种造成的伤害最小？

再说，米歇尔爱着洛奇，至少开始时是这样。他给米歇尔带来了欢笑。他充满活力。他教孩子们如何支帐篷、钓鱼、挂吊床、用BB枪击中目标。他举起孩子们，让他们在半空中"飞"，给他们换尿布。他带他们在后院里荡秋千，把他们裹得严严的，带他们玩雪橇。洛奇掌控欲强、施暴、冰毒上瘾，也害羞、缺乏安全感、体贴。在很长一段时间内，米歇尔能够在这种似是而非的平衡中继续生活。

萨莉不知道米歇尔为何没有向她吐露心事。她觉得这可能与米歇尔的骄傲有关——米歇尔不愿承认自己错了；也可能与顾及萨莉的感受有关——米歇尔不想让萨莉对离婚有负罪感。正因如此，米歇尔有时向莎拉而不是萨莉倾诉。她可能提到了洛奇一直吸毒的事，还有他们的生活是多么割裂——洛奇彻夜在车库里摆弄他的车，只要空着手就吸烟，沉浸在冰毒里，而米歇尔在家带孩子。甚至连那些与米歇尔共处的人，比如每天午休都和她一起看《杰瑞·斯普林格脱口秀》的保罗，也不知道她的真实处境，因为只要洛奇在，他就不会在他们身边。妹妹梅拉妮从未和米歇尔深入地长谈过。她常在车库里和洛奇一起吸毒。因此，米歇尔的倾诉对象是莎拉，但即使对莎拉她也隐瞒了很多。"后几年她分享了许多有关她的家庭和成长经历的事。"莎拉说，"她在学校上过儿童成长发育课程，因而对人们的心理活动、行为动机、行动模式之类的事变得很有洞察力……她温和而聪慧，我很敬佩她。"

米歇尔的确很聪明。她深知摆脱洛奇不是一夜之间就能做到的事，而需要周密的计划与准备。离开不是一件事，而是一个过程。

案件发生、米歇尔被杀害后，萨莉惊恐地发现米歇尔不仅终其一生都深受洛奇的折磨，而且直到过世前几周都未曾对母亲透露半个字。即使在那个时候，萨莉也对许多事一无所知——后来她知道了。

凶杀案发生前几个月里，莎拉尝试了许多方法，或巧妙或直接地来帮助米歇尔离开那个家。她曾给米歇尔带过当地家暴求助手册，手册中有比灵斯家暴庇护所"门户之家"（Gateway House）的信息。莎拉想和米歇尔谈谈，但米歇尔不愿意。她也建议米歇尔带着孩子去她妹妹位于亚利桑那州的家待一段时间，但米歇尔拒绝了。虽然莎拉的提议是出于关心，但她也担心这是否越界——在未经允许的情况下干涉米歇尔的生活。在米歇尔身边，莎拉经常感到即使是小事也得小心。在其中一卷家庭录像带中，莎拉和克丽斯蒂一起坐在后院，凯尔在荡秋千，而洛奇在录像。凯尔还不到两岁，头发乱蓬蓬的。莎拉问凯尔是否理过发，洛奇说没有，他记得没有。

"我可以把后面的头发剪短一点儿。"她说，声音充满不安。正值夏日，孩子们的脸上沾满了吃剩的零食。"除非米歇尔想让我这么做。我不想多事。"莎拉问了两三次。她大可以直接帮凯尔剪头发，但她不想让米歇尔不高兴，也不想越界。这很能说明问题——作为婆婆，莎拉是否应该按照自己的意愿来关怀、亲近米歇尔一家。

"只是头发而已，"洛奇告诉她，"会长回来的。"

二〇一七年的一个明媚春日，我来到戈登和莎拉·莫索尔位于比灵斯郊区的家中。我们坐在门廊里一张有遮阳伞的桌前。莎拉端上冰茶、薄脆饼干和奶酪。那天是母亲节，他们没有安排。和保罗一样，戈登从未与人谈论过有关凶杀案的事。

夫妻俩养的狗在我们身旁嗅来嗅去，搜寻掉在地上的奶酪。他们的后院，至少在城里人眼里——我眼里，生机勃勃，有着细心修剪过的鲜绿草坪。院子尽头有一块长方形的花坛，里面种着薰衣草与荷包牡丹。花坛中间有一块石头，上面镶着一块铜制牌子。

戈登和他儿子洛奇的身材都比较矮小。他大约五英尺六七英寸高，性格也很内向安静，我有时要身体前倾才能听清他说话。戈登戴着从彩虹钓鱼用品商店买的棒球帽，身穿艾迪·鲍尔牌灰衬衫，系着上面印有鱼图案的腰带。他属于河流，很适合穿着防水服，拿着钓竿。"我相信了他，我实在太蠢了。"戈登讲到他拿走洛奇的枪——那把枪是米歇尔祖父的遗产，他以为事情就结束了。案发前，亲手养大的孩子会杀人这件事简直令人难以置信。案发后，戈登说："你怎么可能释怀？一想到这件事，你就会不停地追问'为什么、为什么、为什么'，但你永远找不到答案。"

戈登告诉我，一天晚上，米歇尔惊慌失措地打电话过来。她说洛奇拿着她祖父用来打猎的来复枪，威胁说要杀了他们。戈登冲到米歇尔那里去接她和孩子们。洛奇已经逃走了。过了一会儿，米歇尔说服戈登，说她知道如何和洛奇沟通，于是他们四个一块儿回了家。"我带洛奇到了另一个房间，"戈登说，"质问他：'儿子，你在做什么？你不能这么做。'"洛奇说他知道，他明白。他当然知道。戈登将枪里的子弹全拿了出来,并将车库和其他地方所有的火药都搜集起来带走了。危机解除了。

"这太疯狂了,"戈登告诉我,"我与他当面对质,告诉他'你绝对不能做这种事'。(洛奇)说他永远不会伤害米歇尔他们。我相信了他,我实在太蠢了。"我相信了他,我实在太蠢了。

戈登开始默默哭泣。莎拉伸手安慰他,提醒他这不是他的错。我感到在戈登内心有种东西彻底破碎了。他有罪恶感,并感到自责。戈登哽咽着开口:"是这样,你觉得你能够解决问题,保护孙儿们,因为这是男人该做的事,不是吗?而现在我却在自问——为什么我那么蠢,没能察觉到底发生了什么?哪怕只是发现一点儿异样呢?"他告诉我,洛奇内向安静,待人温和。"你根本想不到他会干出那种事。"戈登的声音断断续续,轻得好像耳语。我想到了保罗·蒙森。这两个男人付出了多少努力,才将如此巨大的伤痛藏在心底。我们身处的这个让男人认为流泪是羞耻的世界是多么不近人情啊。

莎拉说,随着时间流逝,米歇尔长大了,变得比洛奇更成熟。在野营的录像带中,米歇尔的表情几乎一直是隐忍的。她常常撇着嘴不自然地笑,很少真心笑出来。她转动眼睛,不去看摄像机,将头枕在胳膊肘,蜷缩着身体坐在石头上。和洛奇不同,米歇尔不会在摄像机前夸张做作地刻意表现自己。如果不开心,她不会装出开心的样子。她没有掩饰对被录像、被拍摄的厌恶。在录像中,她坐在石头上,很长时间一动不动,看着孩子们钓鱼,看着他们把脚趾伸入冰冷的河水中。森林细碎的声音构成了一曲无尽的交响乐:鸟在鸣叫，水流过岩石汩汩作响，树枝发出噼啪的断裂声。听着听着，这天籁似乎就变成了孤独本身，悲伤得好像一只独自在树上凿洞的啄木鸟。

洛奇在摄像机后。他水平转动摄像机，镜头越过河流和白桦树，落在他年轻的妻子身上。米歇尔留着棕色长发，如指甲锉般利落，正带着他们的女儿克丽斯蒂穿过岩石向下走去。克丽斯蒂穿着粉色运动裤和对她来说过大的迷彩连帽衫，戴着旧金山49人队的针织帽。她看起来闷闷不乐，十分安静。作为这个年纪的孩子，她思虑重重，好像在想办法解决一个复杂的问题。或许她在想如何从岩石中走过去。凯尔在别处，并不在镜头中。他是个小呆瓜，总是在傻笑。"笑一笑。"洛奇从摄像机后对妻子说。米歇尔看向镜头，扯出一个半真半假的笑容。另一段有米歇尔的录像中，她坐在石头上，孩子们交错着坐在她身旁。克丽斯蒂靠在妈妈身上。母女俩看起来很像，都有纤细的四肢和露齿的笑容。摄像机晃动着，镜头从松树移向脚下的丝路蓟。忽然，镜头来到了野营车里。米歇尔和克丽斯蒂面对面坐在油毡桌前。克丽斯蒂背后的窗台上放着一卷卷厕纸。她正枕着自己放在桌上的胳膊咳嗽。"生病的小姑娘，"洛奇说，"你看起来不太开心。"没有人回应他。比特犬班迪特趴在帐篷外的睡袋上。凯尔穿着印有米老鼠图案的衣服，坐在一根木头上。远处，瀑布急流直下，春鸟啁啾。如果先看家里的录像，后看营地的录像，营地的静谧会让人感到有些突兀。在洛奇和米歇尔家里的录像中，重金属音乐一刻不停地回响。不管孩子们是在看电视、在后院玩耍、坐在桌前还是沙发上时，音乐都如影随形，如牙痛般持续不断。

下一个场景是在一块巨石后。瀑布的水流在洛奇周围的一堆岩石上四散流去。洛奇叫班迪特过来,但它没有动。他又叫它,还是没得到回应。洛奇伸手一把抓住狗的前爪,试图把它拽过来。班迪特惊恐地绷紧肌肉反抗。洛奇又试了一次,然后放弃了。班迪特没有意识到自己有多大力气,瑟缩着逃开了。"这就对了,班迪特,"米歇尔说,"太危险了。"录像中断了。

米歇尔趴在小露营车的上铺。"大妈妈在上面的床上睡觉呢。"克丽斯蒂说。

"大妈妈。"米歇尔喃喃自语。

克丽斯蒂拿到了摄像机。洛奇去野营车的柜子里找干净袜子去了。凯尔问他能不能"摄像机"。两个孩子都将"摄像机"当成动词用。克丽斯蒂毫无怨言地将摄像机递给凯尔,画面晃动了一下。凯尔从下向上拍摄爸爸的身体,镜头逐一扫过牛仔裤、栗色T恤衫和带黑边的白色棒球帽。"大爸爸。"他说。

"我叫什么名字?"大爸爸问。

"洛奇·莫索尔。"

"洛奇什么?"大爸爸问。

孩子们不是很确定。"洛奇·爱德华·莫索尔。"

正确答案是戈登·爱德华·莫索尔。

在凯尔眼中,爸爸就像路灯一样高大,高到头可以枕在云端。

"为什么我从不是米歇尔?"大妈妈对洛奇说,"我一直是妈妈。"——为什么我从不是米歇尔?

有一段二〇〇一年春天的录像是米歇尔拍摄的。这种情况很少出现。克丽斯蒂穿着黄蓝相间的无袖马甲,凯尔穿着钓鱼马甲。洛奇在稍远的地方前后甩动着钓线，溪水没到大腿。班迪特嗅着旁边的沙子。米歇尔横向移动镜头，将这些景象收入摄像机中。溪边生长着扭叶松、刺柏和枞树。他们在小溪中钓鱼。可能是莫里斯小溪，又或许是安蒂洛普小溪。如今也没有人可以确定了。洛奇背后堆叠着岩浆岩。米歇尔问孩子们是否知道现在是几月。

"不。"凯尔回答。

"不？"

他们沉默了很久。克丽斯蒂说："四月。"

"四月呀，现在是五月。"米歇尔说，"几号呢？"

孩子们没有回答。他们坐在沙地上。凯尔在钓鱼。克丽斯蒂看着溪水。班迪特从画面的一头跑到另一头。它长着浅棕色的毛，脖子上有一块巨大的白色斑点。镜头迅速掠过风景、家人，一路向下，向下，向下，直到对准米歇尔自己的手，是戴着婚戒的左手。米歇尔让镜头在那儿停了一会儿。这段停顿时间足以让看录像的人明白录制这个镜头是有意为之的。米歇尔手指细长，她的婚戒由一个镶钻的戒圈和一块方形切割的小钻石组成。戒指本身和钻石十分相配。摄像机一动不动地记录了这一幕，然后移开。镜头上移，紧接着录像结束了。

在下一段录像中，我们可以看到洛奇踮着脚在一棵倒下的树上行走，树木横亘于巨石和瀑布之间。他对着摄像机坏笑，抬起胳膊，半抬着一条腿，做出电影《龙威小子》中经典的"金鸡独立"姿势。孩子们笑了起来。爸爸疯了！洛奇走到尽头，跳上一块石头，在上面四处观望，然后开始往回走。他将双臂展开，保持平衡。当他穿过茂盛的大戟属植物，安全抵达另一端时，凯尔叫道：

"爸爸万岁!"

米歇尔用一把打猎用的来复枪瞄准树上的目标。她没能击中。接着轮到洛奇了。然后是穿着绿色浴袍的克丽斯蒂,接下来是凯尔。来复枪比孩子们还高。那时阿莉莎与男友埃文·阿恩和他们在一起。埃文梳着乱蓬蓬的金色马尾辫,头发垂在后背上。洛奇自称"家庭摄影师"。

"阿莉莎,你可以做我的工作。"米歇尔说。她的意思是阿莉莎可以在她为数不多的掌镜机会中代替她拍摄。埃文拿着小斧头去劈柴。

洛奇将苍蝇绑到钓竿上,然后和埃文一起到岸边抛出钓线。河水匆匆流过,岩石旁涌出白色泡沫。"亲爱的,"洛奇告诉米歇尔,"你没有工作。"

那头渐渐逼近的熊

一天晚上,我与埃文在他家里见面。他养了好几条大型犬,它们嗅来嗅去,寻找着埃文自制的熏肉。他用纸盘盛了熏肉给我。我从未吃过这么好吃的肉。就好像在美国其他地区的每家后院都有烤肉架一样,蒙大拿每家后院都有烟熏机。对我来说,这是一种文化特色。在我来到蒙大拿、发现人人都有烟熏机之前,我甚至不知道一个普通人的生活里可以有这种东西。阿莉莎和女儿也在埃文家。虽然他们早已分手,但还是很亲密的朋友。人们进进出出。有穿着皮夹克、像是摩托车手的硬汉过来和我握手。他们吃着埃文的熏肉,时而走出去抽烟、喝啤酒。与录像时相比,埃文的头发更短,脸更圆了,但他看起来是个实打实的维京人后裔。

埃文和洛奇一起长大,是洛奇最好的朋友。他们小时候会一起玩乒乓游戏机和雅达利家用游戏机,还会在附近的街区骑车绕来绕去。埃文说洛奇总是惹麻烦。他偷窃、酗酒,但在家时对此闭口不提。埃文说有一天洛奇突然不见了,他后来才发现洛奇去了松树山教养所,并要在那里度过大半年时间。在那以后,洛奇去了佛罗里达州,和搬到那里的亲生母亲住了一段时间。而埃文没有再收到关于他的任何消息。

洛奇和米歇尔在一起并生儿育女后，埃文和洛奇再次取得了联系。后来埃文和阿莉莎开始约会、同居。洛奇有时会到他们住的地方找埃文一起出去玩，但米歇尔几乎没来过。"他从没提过她的年纪，"埃文告诉我，"我知道他在控制，但不知道他在虐待。"

在他们还小的时候，洛奇和埃文一起参加派对，吸可卡因，喝到断片儿。但过了一段时间，埃文说他受够了。他放缓了生活节奏，不再参加派对，开始上学，后来成了设计师，在一家电力输送咨询公司工作。"洛奇不想告别那种生活。"埃文说，"想都没想过……我有时会说：'哥们儿，你会害死你自己的。你在做什么？适可而止吧。'他的回应是：'我过得挺好。'"

接着他们俩会好几周甚至更久都不说话。洛奇不会敞开心扉去聊他认为属于他私人生活的话题，也就是关于米歇尔和孩子们的事。埃文从二十岁出头开始和阿莉莎约会。渐渐地，埃文从阿莉莎那里听说了米歇尔家的事。他试着和洛奇聊这个敏感话题。"（洛奇会）说'哥们儿，这不归你管'之类的话，说他在处理这件事，那是他的家庭，叫我不用担心。"埃文和我说。

埃文知道情况很糟，但他不知道究竟有多糟，也不知道该做些什么。有时米歇尔可以脱身到阿莉莎和埃文那里待几个小时。交谈时，她会猜测洛奇可能做出什么事，会隐晦地提到洛奇是怎样威胁她和孩子们的。埃文说他没能意识到米歇尔究竟在探询什么。埃文是米歇尔认识的唯一一个和洛奇一起长大的朋友。她想要知道，也需要知道，她的丈夫会不会像威胁时说的那样杀了她和孩子们。埃文没能明白米歇尔的弦外之音，因为她用的是大多数家暴受害者的措辞——在羞耻、恐惧和经济压力下反复斟酌过的措辞。埃文对她说:"我觉得他不会伤害你们,尤其不会伤害孩子们。"他永远不会伤害孩子们。

埃文不知道而米歇尔也没有和他提过的是,洛奇有时发怒,会将孩子们从她身边带走。他会带着孩子们消失几小时,带他们去看电影、野营或做其他事。米歇尔会忧心忡忡地待在家里,陷入这次他有可能不会回来的恐慌中。孩子们成了棋子,洛奇将他们扣在手里,让米歇尔顺从、妥协,确保她不会离开。洛奇回来后,只要孩子们安然无恙,她就很庆幸了。洛奇不需要通过殴打米歇尔来掌控她,他已经有了足以让她臣服的一切。

那几年,阿莉莎和梅拉妮是在米歇尔家待的时间最长的人。梅拉妮已经染上了很重的毒瘾。她上高中时,洛奇给了她一点儿冰毒,吸毒后,梅拉妮第一次感到精力能够集中。冰毒对她来说是一种药,可以使她几天几夜保持清醒,在完成作业并跟朋友出去玩乐后,还能想做什么就做什么。梅拉妮不喜欢洛奇,也不喜欢待在洛奇身边,但她需要洛奇提供的毒品,因而忍受了洛奇的疯狂和神经质。他们会一起离开房子到车库里吸毒。车库里停着洛奇的福特野马。他会一边敞开车盖、卸下车轮,一边没完没了地讲话,与假期聚会桌前那个目光低垂的沉默男人判若两人。梅拉妮说洛奇有时会贩卖毒品赚点儿小钱。洛奇是个建筑工人,在冬天往往没有工作,他也不允许米歇尔工作,因此经济总是很紧张。

梅拉妮说,一次洛奇带她去北达科他州贩卖毒品。洛奇告诉她,如果在跨州贩卖毒品时被抓,会被判更重的刑,因此要带她一起去。梅拉妮要做的就是在被抓时承认毒品是她的，除此以外什么都不用管。洛奇向梅拉妮保证，她是未成年人，即使被抓也不会有什么麻烦。梅拉妮年幼无知，又想要毒品，于是答应和洛奇一起去。他们时不时在米歇尔上床睡觉后出发，在她醒来前赶回家。为了奖励梅拉妮，洛奇会给她一盎司大麻。这些记忆现在还会时不时地缠扰梅拉妮，特别是在她有了孩子后。梅拉妮已经在几年前戒了毒，但毒品依然对她有吸引力。而那些她曾在危险边缘徘徊的过去，成为了她一生永远无法挣脱的重缚。

梅拉妮说，随着时间流逝，洛奇变得越来越偏执。毒品摧毁了他的逻辑和理智。一次他说FBI正在监视他们，他们必须非常小心。他认为FBI在家后面的小巷里安装了监控。梅拉妮知道这是吸毒的后果。她静静地听着，对他的喋喋不休置若罔闻。洛奇开始注射毒品后，梅拉妮就不再过来了，那时她的青春期已接近尾声。一天晚上，洛奇告诉她FBI特工正在从小巷的垃圾桶里钻出来。梅拉妮说她再也无法忍受了，待在洛奇身边让她精疲力竭。在凶杀案发生的前一年，洛奇戒了毒。但梅拉妮说这已经太晚了，洛奇的心智已经受到了不可挽回的损害。

阿莉莎说，在更早的时候洛奇也曾劝诱她吸毒，但她拒绝了。自从那天洛奇当着她的面开车驶入迎面而来的车流中、冲着米歇尔尖叫后，她就从未信任过洛奇。洛奇的疯狂由此可见一斑：当他觉得自己被冒犯时，会将自己和他人的生命置于险境，以此进行报复。有时洛奇会因为阿莉莎经常来访、姐妹俩能长时间相处而冲着米歇尔大喊大叫，但他似乎无法迫使米歇尔避开阿莉莎。

米歇尔也没有向阿莉莎坦承她是怎样忍耐洛奇的。他们的婚姻其实也有着大多数婚姻都要承受的常见压力：经济、幼子、来自家庭内外的期望和责任。

萨莉说米歇尔一直想去上大学，但觉得要等到她的孩子上学后才能这么做。凯尔开始上幼儿园后，她马上在位于比灵斯的蒙大拿州立大学登记入学，并且申请了补助金。学校告诉米歇尔，她需要出示父母的纳税申报单才有资格申请各种补助。米歇尔惊慌失措。她已经离开父母生活了很多年，而他们可能从她十五岁后就没有申报过抚养费了。她向学校表示自己无法满足这个要求，一定还有其他方法可以申请补助金。作为一个只靠男友生活、没有积蓄的成年人，米歇尔认为获得补助金是理所当然的。

结婚吧，他们告诉米歇尔，结婚就有资格了。

萨莉在那天下午接到了米歇尔的电话。米歇尔说她和洛奇要在下周三下午结婚，婚礼由地方法官主持，问萨莉是否能参加。这场婚礼仓促又扫兴。那时，米歇尔和洛奇已经在一起快八年了。对米歇尔来说，这是巨大的讽刺——体制迫使她和那个她拼命想要逃离的男人结婚了。

婚礼照片上，米歇尔瘦得让人心疼，穿着长及小腿的淡色连衣裙。米歇尔和洛奇切蛋糕时，克丽斯蒂和凯尔在蛋糕桌下的草地上爬来爬去。两个家庭的成员都出席了婚礼，此外还有一些客人。接待处设在公园门口野餐用的遮阳棚下。那天是个晴天，草木青翠欲滴。米歇尔没有笑。

那年秋天，米歇尔开始在蒙大拿州立大学上通识必修课。她打算成为一名护士。米歇尔从未忘记护士们在新生儿重症监护室里照顾克丽斯蒂的情形，觉得克丽斯蒂能活下来多亏了他们。大学离家很近，米歇尔可以走路过去。她可以先把孩子们送到学校，然后去大学上课。洛奇总是跟着她，确保她去了她说要去的地方，做了她说要做的事。洛奇没有掩饰跟踪的事，好像想借此让米歇尔明白她是被他掌控的，允许她上学是他格外开恩，只要米歇尔行错一步，他就会收回这一恩惠。

米歇尔发现自己很难在下午和晚上自习。孩子们总是要这要那，要吃的、要一起玩、要听睡前故事。洛奇也总是干扰她。米歇尔对洛奇说她需要在图书馆自习，否则无法通过考试，但洛奇不同意。她说她要和同班同学一起参加学习小组，在图书馆见面，但洛奇仍旧不同意。她要么在家学习，要么就读不了大学。因此，米歇尔撒谎了。她告诉洛奇她又注册了一门课，然后偷偷到图书馆，在安静的环境中自习。她必须按时间表行事，以确保自己不会搞砸或错过任何一门课程，否则洛奇会知道的。她保守着这个秘密，直到死去。

二〇〇一年秋天，米歇尔开始怀疑洛奇有婚外情。米歇尔声称她有证据，但洛奇不承认。阿莉莎记得她和米歇尔谈论过这件事，米歇尔说她已经受够了洛奇，不会继续忍耐了。萨莉对这件事的看法有些微妙："米歇尔需要一个离开洛奇的理由。她的骄傲不允许她直接离开，而且她知道洛奇能找到她。"对米歇尔来说，婚外情是一块遮羞布，是一个合情合理、人人都能理解的离婚理由。米歇尔说她害怕自己染上了性病，于是萨莉带她到里弗斯通诊所看了医生。她说她被恐惧和愤怒消耗了太多心神，以至于没法学习。萨莉说米歇尔一直有点儿疑病焦虑症。米歇尔需要调整到能完成作业的状态。医生给她开了抗抑郁药。后来，米歇尔告诉萨莉，洛奇发现了这些药。洛奇说他不想要一个吃药的"疯婆娘"，把药都扔掉了。

九月的一个下午，米歇尔带着孩子们来到萨莉家，请妈妈照顾他们一段时间，而她会回家和洛奇就婚外情一事对质。萨莉记得米歇尔说，无论如何都不要让洛奇带走他们，说完她离开了。

一个半小时后，洛奇出现在萨莉家门口。萨莉看到白色斯巴鲁停在路阶边，就按米歇尔说的跑过去给前门上锁。萨莉事后说洛奇的眼神让她恐惧万分。在萨莉的印象中，洛奇不是安静地坐在晚餐桌前，就是坐在车里。那天洛奇因愤怒扭曲的脸让她十分震惊。他怒气冲冲地闯入院子，在萨莉刚刚上好门闩时冲到了后门。他用身体撞门，萨莉听到了断裂声。她让克丽斯蒂和凯尔到客厅去。怀着六个月身孕的梅拉妮也在萨莉家。洛奇继续用他矮小的身躯撞门时，萨莉又听到了断裂声。她尖叫着让梅拉妮报警。克丽斯蒂和凯尔坐在沙发上，萨莉现在想起他们的神情，仍感到浑身发寒。他们没有恐慌，没有歇斯底里，也没有尖叫或哭泣，只是一动不动地坐在那里，眼神呆滞。天啊，萨莉想，*他们见过这个，见过他们的爸爸这样做*。

萨莉听到洛奇打碎后门窗玻璃的声音，接着听到他穿过厨房的重重脚步声。她挡在克丽斯蒂和凯尔身前，紧紧抓住沙发，试图不让他们的父亲接近他们。洛奇抓住萨莉的脖子和一条胳膊，将她摔到一边。他抓起克丽斯蒂，抱住她的腰。克丽斯蒂只对萨莉说了句"没事的，布瓜，我走了"。梅拉妮已经报了警，萨莉还挡在凯尔身前。洛奇胳膊上的血滴得到处都是。梅拉妮试着挡住洛奇，不让他从前门出去。洛奇从梅拉妮身边掠过，将她猛地推开。他冲到车门前，像丢一个从集市上赢来的填充动物玩偶一样把克丽斯蒂扔到车里,飞速从萨莉家离开了。

这一切仅发生在几分钟内。

警察到了,但态度很冷淡。他们问萨莉想让他们以怎样的罪名指控洛奇。这难道不是你们该考虑的吗——萨莉记得她那时这么想。凶杀案发生一年后,当时的警察局局长罗恩·塔星对当地的一名记者坦承,他们应该表现得更"有同情心"一些。然而,他又添上了一句:"显然,相比受害者,这些案件对我们来说则是平常事,处理起来更多是在例行公事。"

最终,警方以洛奇强行闯入萨莉家的轻罪处罚了他。萨莉认为,警方报告对洛奇的暴行轻描淡写。报告没有提及破裂的玻璃、尖叫和洛奇如火山爆发般的怒气,只写着洛奇"在到岳母家接九岁的女儿(实际上克丽斯蒂七岁)时打破了后门窗户"。但萨莉有那天晚上的照片,从照片上可以看到破碎的玻璃、墙上的鲜血和梅拉妮身上的伤。梅拉妮的胳膊从手肘到手腕一片青紫,身上有被洛奇推拉导致的擦伤和血痂。萨莉也记得孩子们无动于衷的空洞眼神,以及洛奇极度冰冷的眼神——萨莉觉得只能用纯粹的邪恶来形容那个眼神。

那天正值二〇〇一年九月末,晚上米歇尔和凯尔住在了萨莉家,这是米歇尔搬出去和洛奇同居后第一次回萨莉家住。米歇尔向萨莉倾诉这些年她与洛奇相处的日子,告诉萨莉洛奇是怎样掌控她的行动和社交、怎样阻止她见阿莉莎、怎样用孩子们要挟她,又是怎样威胁她和孩子们,并且在孩子面前打她。许多人告诉我,他们没看出洛奇会使用肢体暴力。戈登、莎拉、保罗和梅拉妮都说没有察觉到明显的迹象。莎拉几次看到米歇尔身上有瘀青,但没能将这件事与家暴联系起来。但萨莉和阿莉莎都表示米歇尔遭受了肢体暴力。米歇尔在她递交后又撤销的宣誓陈述书[①]中也声称她受到了肢体暴力。萨莉告诉我这件事时,我们正一同坐在沙发上。角落里,一张米歇尔和孩子们的巨幅照片赫然在目。萨莉家位于比灵斯安静的一隅,临近机场和米歇尔就读的蒙大拿州立大学,距米歇尔与孩子们生活并死去的那个家只有一英里。圣文森特医院急救室的停车场位于米歇尔家正后方,实际上距她去世的地方只有咫尺之遥。

也是在那天晚上,萨莉听说洛奇不知从哪儿抓了一条响尾蛇,并养在了客厅的笼子里。洛奇对米歇尔说,他会在她睡觉时把蛇放在她床上,或是趁她洗澡时偷偷放到洗澡间里,这样就可以将谋杀伪装成一场惊悚的意外。米歇尔吓坏了。萨莉对家暴了解泛泛,她马上明白女儿的情况大大超出了她对家暴的认知,却不知道究竟该怎么做。萨莉给保罗打了个电话,让他把蛇赶走,并请求米歇尔申请限制令。米歇尔承诺她会这么做。

"我让她把所有事都写下来。"萨莉说。米歇尔的确这么做了。她在宣誓陈述书中写道:"他在孩子们面前打我。其中一次是在星期二晚上,在后院里,在我儿子凯尔的面前。他在我的孩子、姐妹和他父母面前威胁我,说如果我离开他,他就会杀了我和孩子,然后自杀。"[1]

与此同时,洛奇和克丽斯蒂在车里过了一夜。之后,克丽斯

[①] 经陈述者宣誓属实,在法庭上可作为证据采纳的书面陈述。

蒂会说他们去"野营"了。第二天早上,洛奇在回家取野营车装备时被捕了。或许他本打算周末带克丽斯蒂去森林野营。但他没能去成,而是进了监狱。

米歇尔提交了限制令申请。洛奇的罪名是"攻击伴侣与家人的轻罪"(partner and family misdemeanor assault,简称 PFMA)。检察官办公室将申请与萨莉先前的指控放在了同一份案件待审清单中。这一行政管理的失误的影响十分长远。在蒙大拿,被判处 PFMA 三次后,攻击伴侣与家人的轻罪才会成为重罪。[2]

那个星期六晚上,趁洛奇被关在当地监狱里,阿莉莎带米歇尔去酒吧过生日。这是米歇尔第一次去酒吧,也是她第一次摆脱对洛奇的恐惧,单独和姐妹出门。但据阿莉莎说,米歇尔仍旧无法放松下来。她担心孩子们,也担忧她对待洛奇的方式是否合适。她不想将孩子们与他们的父亲隔开,而想要洛奇改变。

"她只喝了一杯。"阿莉莎说。然后米歇尔就想着要回家,和孩子们待在一起。她那时才二十三岁。

"他试图让她相信外面的世界意味着危险。"梅拉妮告诉我,"他对她的影响很大,他不想让她知道(真正的危险)其实来自他。他才是危险本身。"

星期一,莎拉和戈登花了五百美元将洛奇从监狱里保释出来。莎拉说这是他们唯一一次花钱保释洛奇。她并不赞成这件事,但不想和戈登对着干。莎拉打电话给米歇尔,告诉她洛奇在周末给他们打了电话。电话里洛奇沮丧地痛哭着,说他什么都没有做错,他只是个想接孩子的爸爸而已。戈登联系了一个保释担保人。这个担保人也是名女性，正是她告诉戈登"那种女人"常常凭空捏造遭受暴力的事。莎拉和戈登打电话告知米歇尔洛奇已被保释。那时他们相信限制令能起到一定作用。

用萨莉的话说，米歇尔"吓得魂不附体"。她开始冲着电话大喊大叫，后来莎拉和戈登答应先把洛奇带到他弟弟家，直到"事情解决"——无论事情是怎样解决。莎拉觉得和迈克待在一起对洛奇来说更好。他们也认为洛奇已经改变了。他已经六个月没碰毒品了，而米歇尔申请的限制令保护仍然有效。莎拉说米歇尔"神经紧绷，完全不像是平时的她"。她暴躁易怒，前一分钟还在发火，后一分钟又陷入恐慌。她说她不会去庇护所。为什么她要去？房子是她和她父亲的，而且洛奇迟早会找到她。米歇尔还说她会当脱衣舞女郎来养活孩子们。然后又说她会没事的，孩子们也会没事的，因为父亲给了她梅西防狼喷雾，喷雾会保护她，让她安然无恙。

"她已经完全失去了理智。"莎拉说。

米歇尔的反应和大部分受害者的反应一样。

她在考虑如何保护孩子们。

米歇尔没有指望司法系统，没有考虑自己可以获得哪些帮助，也没去想比灵斯哪些区域没在限制令的保护范围内。她本能的反应是思考该选择反抗还是逃走。当一头熊渐渐逼近时，你会怎么做？你会猛地起身尖叫、虚张声势，还是躺下来装死？可以肯定的是，当那头熊马上就要到你面前时，你不会指望得到野生动物保护条例的帮助。

再想象一下这样的情境：熊不仅向你步步紧逼，还在逼近你的孩子们，你又会怎么做？

当洛奇被放回家时，地方检察官是否会在场，随时准备着保护米歇尔？警察是否会在场，拿着上膛的枪，让洛奇相信米歇尔和孩子们没想甩掉他？她的家人是否会在场？有没有人，不论是什么身份的人，在场阻止洛奇，阻止他在凌晨三点把响尾蛇放到米歇尔床上？有没有人帮助米歇尔和孩子们避开从祖父的来复枪中射出的子弹？梅拉妮说接到莎拉和戈登的电话的一刻，米歇尔神色大变。"她对于限制令的信赖崩塌了，一切都变了。"

米歇尔撤销了限制令。

这是家暴相关事件中最容易被人误解的部分。

米歇尔撤销限制令不是因为她懦弱、觉得自己做得过火、相信洛奇没有之前危险，也不是因为她精神不正常、小题大做、认为这不再生死攸关。她之前没有撤回限制令是因为她在等待立案，而现在撤销限制令是为了让自己和孩子们活下去。

受害者留下，是因为她们知道，只要轻举妄动就会刺激那头熊。

受害者留下，是因为多年来她们学会了一套安抚愤怒配偶的方法——恳求、哀求、哄骗、发誓、在公开场合和配偶站在一起。她们将警察、倡导者、法官、律师、家人拒之门外，尽管或许只有这些人才能挽救她们的性命。

她们留下是因为她们看到熊正在逼近，而她们想要活下去。

我们不该问"为什么受害者选择留下来"，相比之下，更好的问题是"我们该怎么保护这个人"。我们应该无条件地、不假思索地帮助她，不再去想她为什么留下、做了什么、没做什么之类的问题，只去考虑一个简单的问题：我们该怎么保护她？

洛奇到达他弟弟家前,米歇尔一直在与迈克通话,在电话里商量、计划、让他许下承诺。虽然米歇尔没有这么说,但她实际上就是在为了她的生命和迈克商谈。"她需要更多时间来思考之后该怎么做,"梅拉妮说,"我现在才知道,这全是出于恐惧。就在得知洛奇出狱的那一刻,她就像变了一个人。"

米歇尔冲进了地区检察官办公室。她看起来歇斯底里——时任检察官的斯泰西·法默(现已改姓坦尼)这样对我形容米歇尔的状态。米歇尔撤回了所有的指控。米歇尔说,他从来没有威胁过我。她说,没有蛇。都怪我。他是个特别棒的丈夫和父亲。现在是他们两个——她和洛奇在一起对抗这个世界。是制度让她的家庭变成这样的。斯泰西·坦尼说她知道米歇尔在说谎。她当然在说谎,但检察官又能拿一个充满敌意的证人怎么办呢?检察官没有证据,也没有其他证人。

在这件事发生多年后,一个倡导者告诉我:"我们现在意识到,处在最危险情境中的,是那些不会出现在法庭里、不去更新限制令的人。"[3] 我想到了米歇尔。

斯泰西·坦尼说,有蛇这件事引起了所有人的注意。这是一个非常具体的细节,也是事件的重要组成部分。然而警察搜查房子时没有发现那条蛇。如果房子里有过蛇,他们可能会找到物证,但他们一直没有找到那条蛇。(警察有没有好好找这件事还无法确认。他们是否检查了车库?然而,蒙大拿州的警方报告不对外公开。)米歇尔曾出言反对洛奇的话,现在她推翻了自己的说法,和洛奇站到了一起。他们又能做什么?在法庭文件中,支持萨莉证词的只有宣誓陈述书上的两句话。这两句话是关于发生在她家的暴行的:

"被告在到岳母家接九岁的女儿时打破了后门窗户。被告因妻子跑回娘家感到非常沮丧，两人陷入了家庭纠纷。"上面没有提到洛奇对萨莉和梅拉妮的袭击，没有提到萨莉家墙上飞溅的鲜血。至于萨莉所描述的，那一刻孩子们木然的神情、洛奇的恐怖与野蛮，陈述书上都没有只言片语。

"司法系统并不是为不合作的证人设立的。"坦尼说。她也说她的知识体系中存在许多漏洞。这样的漏洞在他们处理米歇尔和洛奇的事时暴露无遗。多年来，这样的说法反复从全国各地的检察官口中说出。

而同时我也听到了这样的事实：在这个国家里，每天都有凶杀案发生在不合作的受害者身上。

从比灵斯监狱保释后，洛奇马上打破了限制令，接听了米歇尔的电话。米歇尔后来说他有权利和孩子们说话。第二天下午，他们在北方公园见了面。过去，米歇尔和阿莉莎放学后经常在那个公园里游荡、吸烟。想必对于米歇尔来说，这里曾发生过的一切都像是上辈子的事了。没有人知道洛奇到底对她说了什么，可以确定的是洛奇说服米歇尔让他回了家。或许他提醒了米歇尔，是他出钱让她和孩子们有吃有穿。洛奇的确养活了米歇尔，但他也同时阻止了米歇尔养活自己。而且在比灵斯这样几乎人人相识的小城市里，米歇尔又能躲到哪里去？难道她能让孩子们退学，三个人一起躲到冰山顶上吗？

现在米歇尔已经行动起来，让国家机构介入了他们的家庭隐私和生活。"米歇尔对他的指控打破了他们之间太多的界限。"阿莉莎说,"她让洛奇的真面目暴露在其他人的目光下,她之前从未这样做。这使她从洛奇手里夺回了一些自主权,但为了活命,她又不得不把它交还给洛奇。"

在那年早些时候,米歇尔从北达科他州的祖父那里继承了一小笔遗产。她买了一辆野营车用来周末野营,并把剩下的钱偷偷给了她父亲,作为她和洛奇从保罗那里租的房子的首付定金。从那辆狭小的房车里搬出来后,他们一直住在这里。这是米歇尔的长期计划的一部分。对没有贷款资格和雇佣记录的米歇尔来说,父亲扮演了银行的角色。并且房产合同上只会写她的名字,之后她可以凭借法律手段让洛奇离开这座房子。当然,洛奇对此一无所知。

但即使计划实现了,短期内他们又该怎样活下去呢?米歇尔没有收入和工作经验。洛奇强闯萨莉家的那天就已经表明,即使她搬去和父母一起住也无济于事。或许她可以冒着被指控绑架儿童而入狱的风险逃到另一个州,或许她要把孩子交给一个前一天还在教他们游泳、第二天就用枪威胁他们的父亲。阿莉莎提出了许多大胆的想法:或许米歇尔可以逃到加利福尼亚州去;或许她可以戴假发、全身刺满文身、换个名字;或许她可以离开美国去加拿大。莎拉说米歇尔可以去她妹妹位于亚利桑那州的家。米歇尔的一个老朋友提供了一个位于其他州的森林小木屋。但米歇尔对阿莉莎说:"世界之大,我又能去哪里?那个男人会倾尽所有去找我。"

阿莉莎说那些天她想了所有可能的方法:改换米歇尔的身份,把她藏起来,用某种方式甩掉洛奇。"你知道吗,在这件事上你的想象力可以延伸得很远,"阿莉莎说,"我当时就在想,需要有个人在他杀了她之前把他杀死。"

米歇尔撤销限制令的原因和其他受害者一样。她们相信没有其他可行的选择。那天，洛奇搬了回去。

　　发现这件事后，莎拉马上给萨莉打了电话。她们还不知道米歇尔已经撤销了限制令。两个女人都报了警。莎拉说洛奇很危险，而萨莉说她会坚持起诉洛奇，状告洛奇对她施暴、闯入她的家。萨莉得知她的指控已被撤销了。撤销原因是行政管理上的失误。萨莉和米歇尔的诉讼被放在同一份待审案件清单里，米歇尔撤销时，她的指控也被驳回了。如今，萨莉深信文件处理的失误或许就注定了女儿的厄运。这个失误使萨莉无法继续对洛奇提出上诉。

　　不久，米歇尔打电话给莎拉和萨莉，怒气冲冲地说警察试图在孩子们面前逮捕洛奇，他们现在都很不高兴。米歇尔打电话前，她们都不知道她已经撤销了限制令。米歇尔让她们不必担心，毕竟她有梅西防狼喷雾。

　　从此米歇尔和洛奇彻底与她们断了联系，也不再与其他家人联系。十月到了，早已习惯每周见孩子们好几次的戈登和莎拉都感到很空虚。一次洛奇驾车来还保释金，米歇尔和孩子们在车里等着。戈登出了门，而余怒未消的莎拉虽然没有和他一起出去，但还是透过窗户看到孩子们对着戈登笑了。后来，戈登告诉莎拉，米歇尔不让孩子们从车里出来拥抱他。"我不敢相信她会那样做，"莎拉告诉我，"这是我最后一次见到孩子们。"她停顿了一下，向上看了看，继续说："也是最后一次见到他们所有人。"

　　当莎拉向我讲述那一刻时，我们正坐在他们的后花园里，戈登在一旁默默地掩面哭泣。

感恩节前的星期二，阿莉莎下班后开车到米歇尔家附近。从前一天晚上起她就不断打电话给米歇尔，打了一整天，但米歇尔一直没有回音。米歇尔家中一片黑暗，悄无声息。有什么东西忽然击中了阿莉莎，虽然她没能意识到那到底是什么。她想要停车去查看，但她的身体本能地阻止了她，迫使她继续向前开。

阿莉莎打电话给莎拉，问她是否和米歇尔说过话。莎拉说她们从十月起就没再说过话了。莎拉挂断电话，看着戈登说："阿莉莎找不到米歇尔了。"

阿莉莎最后打了一个电话给她父亲："爸爸，我觉得米歇尔出事了。"

你爱的人会置你于死地

一个寒冷的二月早晨，底特律远郊，杰奎琳·坎贝尔站在一间巨大的讲堂里。身后三个巨大的屏幕将她衬托得十分矮小。她特地从位于巴尔的摩市的家中赶到这里，在早上向聚集在这里的几百人宣讲"风险评估"（Danger Assessment）项目。该项目是她三十多年前创立的，起初的功用是帮助急救室医护人员辨别潜在的家暴受害者。它可能是如今用来辨别、应对伴侣之间暴力的最好工具。通过受害者回答风险评估中的问题的方式，可以判断出接下来可能发生的事——施暴者是否会被逮捕、受审、定罪，受害者是否会起诉、被带到庇护所、上法庭。更多时候，从受害者的回答可以判断出一个更严峻问题的答案——受害者会活下去还是会被杀害。风险评估改变了我们理解和应对在美国和其他国家中发生的亲密伴侣暴力的方式。它打破了文化和政治界限，为警察、律师、倡导者、医护人员所用。它促成了调查研究的展开和政策的设立，拯救了无数条生命。

坎贝尔的身形修长而优雅，穿着粗花呢外套和黑色衬衫，有一头浓密的深红褐色卷发，戴着一条粗项链。她的声音带着笑意，听起来好像一个用抚慰人心的声音播报不幸消息的公共电台主播。在被告知母亲生了重病或家里的狗去世时,你会希望听到这样的声音。坎贝尔在谈论家庭暴力,谈论一个人对另一个人做的最糟糕的事,但她听起来像是一个向你保证你会得到妥善治疗的医生。坎贝尔告诉听众,仅仅在二〇一七年一月这一个月内,密歇根就有八十六名女性和五个孩子被杀害。而其中许多受害者生前都和在座者们相识。

参会者来到这里的目的是探讨家庭暴力。他们中有穿着笔挺制服的警察、地区检察官、律师、倡导者、心理咨询医生、医护人员和在庇护所工作的志愿者。坎贝尔的幻灯片展示着一个又一个严峻的数据——家暴是美国非裔女性死亡的第二大原因、原住民女性死亡的第三大原因、白人女性死亡的第七大原因。

坎贝尔说每年美国有一千二百名女性死于家暴。[1]

这个数据不包括孩子,也不包括在杀害伴侣后自杀的施暴者——我们总能在报纸上看到杀人后自杀的案件。并且,这个数据没有计入其中一方未出柜的同性关系,也未计入其他被牵连的家庭成员,比如姐妹、姑姑、阿姨、祖母、外祖母。无辜路人也没有被包括在内,比如得克萨斯州凶杀案发生时教堂里的二十六人——为了杀害岳母,凶手那天去那家教堂参加了主日聚会;还有在威斯康星州与客人一同被她的前任杀害的两个水疗会所员工。这个名单没有尽头,因为有些未被警察局上报的凶杀案不在其中——FBI凶杀案补充报告中统计的凶杀案都是自愿上报的。所以每年到底有多少人因家暴而死?如果算上路人、家人、自杀的施暴者,还有那些无法忍受家暴而选择自杀的受害者呢?一些事故其实根本不是事故——受害者被推出车门、推下悬崖、和车一起撞到树上。这些悲剧永远不会被归类为任何一种案件。

讲堂中，坎贝尔身处那些懂得家暴机制的人之间。他们中的大部分人深切地了解那些数据。他们看到的不是数字，而是一张张深陷难以解决的暴力循环中的女性、男性和孩子的面容。坎贝尔讲述了马里兰州一名二十六岁女性的故事。最近她刚被十七岁的男友杀害。在马里兰州，凶杀是孕产妇死亡的首要原因。据坎贝尔说，在纽约、芝加哥也是如此。其他国家的军队、国际恐怖主义者和酒驾司机无须杀死我们，因为我们十分擅长自相残杀。

马里兰州的这对伴侣分别二十六岁和十七岁，有一个两个月大的孩子。这个女人也分别和其他三个男人生育了三个孩子。她五岁的孩子尖叫着目睹她被枪杀的一幕。另两个刚学会走路的孩子跑了过来，看到了母亲的尸体。三个受到严重心理创伤的幼儿和一个新生儿孤零零地活在世上。其中一个刚学会走路的孩子还曾被她的生父虐待。这位母亲幼时曾遭受她父亲家暴。十七岁的男友幼时也遭受了可怕的暴力，因不堪折磨，他已经从家里搬出来五年了。代际之间持续多年的种种家暴形式在这个家族中延伸。

当坎贝尔和其他人一同追踪这四个孩子的去向时，他们了解到，照顾新生儿的是这位死去母亲的父母，而她的父亲就是个施暴者。其他三个孩子也由施暴者抚养。在杀害她的十七岁男友服刑十二年出狱后，他很可能会接手抚养那时已长成青少年的新生儿。家暴就在这样一个复杂的家族中不断循环往复。坎贝尔说他们告诉马里兰州政府官员："我们会（在二十年内）看到这些孩子身陷另一起家暴案中。"众议员们对此持保留态度，告诉坎贝尔他们对未来会发生什么不感兴趣，对目击家暴的孩子长大后会重复这种循环一事也是如此。他们想要马上知道答案，知道现在他们能做什么。但未来会发生什么才正是坎贝尔想强调的。

"这涉及了长期防控。"她说。防控措施包括教导人们在孩子成长过程中不对他们施暴、为孩子和家长创建一个触手可及的高水平、高频率心理咨询系统。有些孩子甚至在父亲或母亲被杀害后，能享有一次心理健康咨询就已经是幸运的了。

"也有好消息。"坎贝尔说。讲堂里的一些人笑了起来。确实，直到刚才，讲座的内容一直很沉重。坎贝尔说，在"有较为完善的反家暴法律和资源"的州中，男性和女性被伴侣杀害的概率都比较低，虽然男性被杀的概率相对更低。是的，男性。他们通过性别差异发现了这个联系。坎贝尔告诉听众，一个州被杀的男性越少，说明这个州出警速度越快、保护受害者的法律越完善、受害者的资源越完备。也就是说，正如坎贝尔所说："被虐待的女性不再认为杀了施暴者是唯一的出路。"实际上，一九七六年来，被女性杀害的男性数量减少了四分之三。[2]

坎贝尔的意思是，在一些州，被虐待的女性不需要通过杀死施暴者获得自由。虽然没有覆盖全国的数据，但有些州进行了统计。举例来说，在纽约，二〇〇五年入狱的女性中有三分之二曾被她们杀死的人施暴。[3] 然而，在很多州，受害者仍不能在辩护时提及她们被伴侣长期虐待的事。我曾与拉蒂娜·雷伊，一个犯有一级谋杀罪、在北加州服刑的女人谈话。她的伴侣对她施加了严重的暴力，甚至将她的右眼打瞎了。尽管如此，她被长期虐待的经历在判决中没有起到任何作用。[4] 在用施暴者的枪杀死他之前，拉蒂娜·雷伊甚至没有交通违规记录。在警方存档的罪犯照片上，有着褐色皮肤和一只残缺眼睛的她看起来美丽动人。

在听坎贝尔的讲座时，我开始回想受害者家人最常问的问题：我们能做什么？我们怎样才能看到那些被忽视的迹象？

然而，这其实并不完全是家人的问题。家人当然可以更留意受害者的情况。坎贝尔说受害者有时的确会向朋友和家人隐瞒被家暴的事。然而，还有一个群体值得关注。超过一半的家暴凶杀案受害者曾与医疗专家会面。换句话说，曾与坎贝尔这样的人会面。这个群体不仅包括急救室医护人员，还包括初级保健医生、妇产科医生和其他科的医生。这些人往往是与家暴潜在受害者交流的第一个、也可能是唯一一个对象。我想到，在米歇尔怀疑洛奇传染了她性病时，萨莉曾带她去了诊所。虽然按照《健康保险流通与责任法案》（Health Insurance Portability and Accountability Act，简称 HIPAA）规定，诊所的人不能透露任何关于米歇尔的信息，但他们了解到的情况已足以让他们开抗抑郁药了。他们还发现了什么？他们忽视了什么？他们发现米歇尔在遭受暴力吗？一个二十三岁的已婚二胎年轻妈妈检查自己是否得了性病，并且看起来需要服用抗抑郁药。这些红旗已经足以警示他们要更多地了解她的生活了。

坎贝尔曾读过一名死时胳膊上打着石膏的女性的案卷。子弹贯穿了她的太阳穴。在警方报告和急救室记录里，坎贝尔没看到有关家暴的只言片语。石膏！为什么会打石膏？从报告来看，甚至没有人愿意费心问一句。坎贝尔还见过另一名女性，她被施暴者枪击并瘫痪。出院后，她仍回到了施暴者身边。坎贝尔问她有没有人向她提供关于家暴的资源。她回答没有，但她希望有。她说她不得不回到施暴者身边，因为除了施暴者，没人会照顾她。坎贝尔十分愤怒，去了创伤科。在那名女性受伤后，她先被带到了这里。创伤科的人声称他们没空对家暴进行认定。坎贝尔挥动入院表，指向了那行"被丈夫枪击"。

在短暂的休息时间，参会者查看手机、给咖啡续杯。我问一名警察他是怎么知道这个讲座的。他告诉我他所在城市奥本山的市长近期设立了一个热线电话，以便更及时地对家暴做出回应。他们一直在风险评估项目中接受类似今天这样的培训讲座。一周前，他们参加了如何辨认扼杀迹象的培训。后来，坎贝尔在讲座中停了一会儿，看着两个穿着制服的参会警察说："谢谢你们为保护女性安全做出的努力。"

坎贝尔的讲座结束后，人们在中间过道排成一列。他们中有的想向她表示感谢，有的想告诉她他们所知的关于家暴的故事，而她的工作不仅拯救了抽象的生命，也拯救了一个又一个活生生的人。他们想告诉坎贝尔她是怎样帮助了那些她从未谋面的女性。如果没有她的帮助，有些孩子就会在幼时失去母亲。如果这世上有"声誉"这种东西，那么坎贝尔卓有名声。

坎贝尔第一份工作是在代顿市中心的学校里做护士。她认识学校里大部分学生——既有男孩也有女孩，但和她待在一起的总是女孩，那些意外怀孕的女孩。在她的办公室里，这些怀孕的女孩向她倾诉，说她们没有选择的机会和可以提供帮助的机构。她们认为自己对未来的命运无能为力。处在这个职位上，坎贝尔渐渐对这座城市的社会服务机构有了一定了解。有时她会给某个咨询师打电话，谈论女孩们面临的一些问题。一个叫安妮的年轻女孩说她怀孕了，而她父母让她很痛苦。坎贝尔感觉她对安妮有种特别的亲近感，她们很投缘，她却不知该怎么帮助安妮。坎贝尔也认识那个即将成为父亲的少年——蒂龙，虽然安妮怀孕前她不知道他们是一对。"他很有魅力，很讨人喜欢，"坎贝尔这样形容蒂龙，"是个十分可爱的小伙子。"当然，蒂龙还没有做好准备向安妮许下共度一生的承诺。而安妮在家待得也很痛苦，因此，她通过福利补助搬到了一间公寓独自居住。安妮离开学校后仍然与坎贝尔保持着联系，告诉她自己的生活现状。坎贝尔有时会和另一名认识安妮的咨询师一起确认安妮的情况。这名咨询师是通过一个关注"处在风险中的年轻妈妈"的项目认识安妮的。坎贝尔祈祷安妮能够找到自己的方向并过上有意义的人生。

一九七九年的一天，安妮的咨询师给坎贝尔打电话，说有事要告诉她——安妮被蒂龙捅了十几刀。坎贝尔震惊不已，悲痛欲绝。她做了所有人在发生这种事后都会立刻做的事：试着反思自己忽略了什么迹象，可以做什么来阻止悲剧发生，又是什么错得如此离谱。坎贝尔出席了葬礼，努力让自己振作起来。后来坎贝尔回忆她与安妮的相处，想起有几次见到安妮时，她的一只眼睛周围是黑的，并且含糊其词，在如"我们相处得不太好""我们之间有问题"等话题边缘徘徊。安妮没有直接用"暴力"这个词，坎贝尔当时也不了解哪些话可以用来暗示暴力的发生。安妮提到了遭受暴力的事，但坎贝尔并没有听懂她的意思。坎贝尔备受打击。她曾认为她能为安妮做的事只有倾听和陪伴。"如果我足够敏锐，可以问问她……"她说。如果当时自己足够敏锐，就这么继续追问下去，稍微强势一点儿，不因为担心自己像是在窥探安妮的隐私而畏首畏尾——如果这样做了，就好了。

因此，在整个职业生涯中，坎贝尔一直在学习该问受害者什么问题。

坎贝尔一直对公共健康感兴趣，但没有清晰的职业目标。做护士感觉不错，但她想做、也能做更多事。坎贝尔跟随那时的丈夫的脚步，在代顿、底特律和罗切斯特工作过。出于对公共健康的兴趣，坎贝尔开始在韦恩州立大学攻读硕士。论文委员会给了坎贝尔一个十分模糊的指导——"深入到一个群体中，防控一些事"。坎贝尔构想了一些"呼吁人们系安全带"之类的运动。

论文委员会的指导改变了坎贝尔的人生。

坎贝尔开始写硕士论文时，关于家暴的文献还很少。她想到了自己做护士的经历和那些对未来心灰意冷的年轻女孩，她认为自己或许可以调查年轻非裔女性死亡的首要原因。"我以为我会教导她们怎样做乳腺检查。"然而，她震惊地发现年轻非裔女性死亡的首要原因竟是凶杀。怎么会是凶杀？为什么如此多年轻的黑人女性会死于凶杀？[5]

坎贝尔和她在代顿市中心认识的一些学生保持着联系。因此，她选择这些如今二十岁出头的非裔美国女性作为调查的"群体"。"在公共健康领域研究的开始，是这些死亡率。"在位于约翰·霍普金斯护理学院办公室里，坎贝尔告诉我。在她的办公室外，几名研究生正坐在名为"暴力抽屉"（Violence Drawers）的柜子边等着见她。坎贝尔记得自己曾告诉论文委员会，凶杀案的临床数据非常少，因此他们让她亲自收集一些。在硕士和在罗切斯特大学攻读博士期间,坎贝尔仔细阅读了代顿、底特律和罗切斯特警方有关凶杀案的文件。同时,她在多个城市采访了被虐待的女性。她渐渐总结出一些固定模式,现在看来这些模式似乎是显而易见的,但当时从未有人总结过。

很快,坎贝尔开始对许多理论进行量化。比如,家庭凶杀案最大的预兆是之前就发生过家庭暴力。(她最初对代顿警方文件的调查表明,凶杀案发生前,警方因为家暴到过百分之五十的受害者家中至少一次。)危险程度会随具体时间段变化。当受害者开始尝试离开施暴者时,危险程度达到了峰值,并且在三个月内都会维持在高水平,在接下来的九个月内会稍稍降低一点儿,在一年后则会急剧下降。因此,或许不需要永远将洛奇·莫索尔监禁起来,而只需要监禁他足够长的时间。米歇尔需要时间振作起来,养活她自己和孩子们;洛奇也需要时间来接受离开米歇尔后,生活仍会继续这一事实。对于坎贝尔来说,有些突发事件看似随机发生,实际上则可以被量化和归类。坎贝尔采访过的女性中,有一半以上没有意识到她们的处境有多严峻。坎贝尔说如今的情况仍旧如此。

甚至连那些意识到或从某种程度上感到自己处境危险的人,比如米歇尔·蒙森·莫索尔,也很难想象一个你爱着或曾爱过的人,一个与你一起抚育孩子的人,一个占据了你生活中所有细枝末节的人,真的会夺走你的生命。爱,让家暴变得与其他的犯罪不同——深陷暴力的双方也曾经向对方和全世界宣告:你是我最重要的人。接下来,这两人的关系忽然变得充满致命危险——这在心理上、理性上和感性上都让人难以接受。"知道你爱的人想要杀了你这件事会造成多大的创伤?"来自圣迭戈的反家暴领军人物格尔·斯特拉克发问,"承受这样伤痛的你该如何活下去?"

经过多年努力,坎贝尔终于找出了二十二个高风险因素。这些因素不管怎么组合,都很可能导向家暴凶杀案。一些高风险因素比较宽泛,如滥用药物、拥有枪支、极度易妒。另一些因素则是比较具体的行为,如死亡威胁、使受害者窒息和强暴。增加危险程度的因素还包括将受害者从朋友和家人中孤立出来、家里有一个非施暴者亲生的孩子、施暴者在受害者怀孕期间威胁说要自杀或施暴,以及跟踪行为。施暴者能接触到枪、嗑药、酗酒、掌控受害者的日常活动、威胁孩子、破坏财物、受害者在过去一年内曾试图离开等因素也会增加风险。坎贝尔指出的唯一一个经济因素是长期无业。她很快指出后面提及的一些因素并不会导致暴力,却会使家暴变得致命。一个因素不会造成什么影响,几个特定的、占不同权重的因素结合起来才会导致可怕的后果。坎贝尔让女性梳理家暴的时间线,对暴力虐待的形式进行分类,由此她们可以观察到形势是否在恶化。(坎贝尔说许多人没有按时间线做风险评估。这样做的后果就是会错失关键信息。受害者不能从整体上审视自己的境况,从而不能及时采取有效行动。我曾看到过包括警察和倡导者在内的许多人做风险评估,很少有人在按时间线做。)

开始调研不久,坎贝尔就发现"扼颈"(strangulation)是高风险因素之一。后来她发现,勒人实际上是比拳打脚踢更重要的标志。百分之六十的家暴凶杀案受害者曾被勒住[6],且反反复复、连续多年地遭受这种虐待。而勒人的绝大部分(百分之九十九)施暴者是男人。[7] 被勒住且失去意识的人极有可能在二十四小时到四十八小时内因中风、血栓或被呕吐物呛到死亡。窒息可能导致轻度或重度脑损伤，因为施暴者勒住受害者时往往不仅切断了脑部供氧，还会暴力殴打受害者的头部。尽管如此，在急救室中，为受害者做窒息和脑损伤筛查仍不是常规流程。受害者自己往往也对窒息记忆模糊，很多时候甚至没有意识到自己失去了意识。这意味着扼颈很少被诊断出来，受害者遭受的暴力和伤害都被低估了，而施暴者所受的指控也比他们应该受的少很多。[8]

扼颈防控培训机构（Training Institute on Strangulation Prevention）的 CEO 格尔·斯特拉克是现今在扼颈及其相关话题领域最具发言权的人之一。一九九五年，在她担任圣迭戈地区助理检察官期间，两名少女被杀了。用她的话说，她"眼睁睁地看着"她们遇害。其中一名少女是在她的女性朋友眼前被刀捅死的。在被杀的前几周，她曾被勒住窒息并报了警，但警察来后她又否认了这件事，没有提起任何指控。另一名少女则被扼颈和焚烧。两名少女都曾寻求反家暴服务的帮助，并制订了安全计划。斯特拉克相信圣迭戈是防控攻击性家庭暴力的前线。他们甚至有致力于防控家暴的委员会和法庭。"我们负责各方面事宜的部门已一应俱全。"斯特拉克说。

斯特拉克和凯西·格温是培训机构的联合创始人。斯特拉克当时的上司认为自己在某种程度上要为那两名少女的死负责。和许多在家暴领域工作的人一样，她们反问自己忽视了哪些迹象。社区中诸如米歇尔·蒙森·莫索尔案或两名少女这样备受关注的案子，会成为改变的契机。经费会一夜之间到位，培训和新项目也会纷纷涌现，斯特拉克、邓恩和坎贝尔这样的人则会接到许多求助电话。

斯特拉克回顾并研究了三百份无人遇害的家暴扼颈案案卷。[9]她发现扼颈会大幅度提高家暴凶杀案的发生率。然而，在调查对象中，只有百分之十五的受害者的伤痕明显到可以被警方拍照取证。因此，警察往往会轻描淡写，将扼颈写成"脖子上有红肿、割伤、抓伤、磨损"之类的伤痕。[10]被送到急救室的受害者通常不会做CT或核磁共振。现在，斯特拉克和反家暴群体得出了这样的结论：大多数情况下，窒息造成的是内部损伤，且窒息是罪犯凶杀前的最后一项虐待行为。[11]"根据数据统计，我们得知只要勒住了脖子，下一步就是凶杀。"圣迭戈警察局家庭司法中心的家暴部门临床医生兼警探西尔维娅·韦拉说，"他们不会收手。"[12]

学者正在做这方面的研究。[13]无论有多少研究和数据，都无法预测，有时甚至无法解读个案。数据不是绝对可靠的。有些施暴者在杀人前从来没有勒过受害者的脖子，而有些只是勒过受害者的脖子，但没有杀死她们。

在斯特拉克调查的三百多起案件中，有许多受害者在窒息过程中大小便失禁，斯特拉克认为这是出于恐惧。在急救室工作的医生乔治·麦克莱恩在与斯特拉克谈话时提出了一个十分不同的观点。和流汗、消化一样，大小便属于身体机能，受自主神经系统而非意识控制。脑干的骶神经负责控制括约肌，是大脑死亡前最后丧失机能的部分。麦克莱恩告诉斯特拉克，大小便失禁并非出于恐惧，而是受害者曾濒临死亡的证据。然而，扼颈案都是按轻罪判决的。[14]

斯特拉克确立了一个目标——培训那些在反家暴领域工作的人辨别扼颈的痕迹。这些人包括警察、调度员、庇护所工作人员和律师。从二十世纪九十年代中期开始，斯特拉克和格温在全国各地开展有关扼颈案的培训课程。课程内容包括解剖知识、调查研究、诉讼和如何保护受害者安全。格温估计接受过培训的人数在五万以上。二〇一一年，斯特拉克和格温取得了反侵害妇女管理办公室的许可，成立了扼颈防控培训机构。[15]机构设立在圣迭戈，在当地和全国开展为时四天的课程，旨在"培训培训者"。协助培训展开的顾问团队由医生、护士、法官、幸存者、警察和检察官组成。据我所知，全国各地的警察局接受的培训少得多，最多只有几小时，绝大多数时候完全没有。

二〇一三年，格温和斯特拉克和其他反家暴领军人物向最高法院的量刑委员会提交了有关扼颈和窒息危险性的案情申诉。随后，最高法院在量刑委员会报告中增加了有关扼颈和窒息的内容[16]，建议提高扼颈案施暴者的刑期。现在，有四十五个州将"扼颈"定为重罪。[17]并且，根据格温调查，"在每个将'扼颈'定为重罪、拥有跨学科小组的地区，凶杀案发生率无一例外地下降了"。举例来说，从二〇一二年到二〇一四年，亚利桑那州马里科帕县的家暴凶杀案发生率下降了百分之三十。[18]格温和他的同事斯克茨代尔市警长、防扼颈机构全国教职成员丹尼尔·林孔认为，凶杀案发生率下降首先得益于遍布全国各地的跨学科小组组织的培训。这些小组由调度员、应急人员、警探和现场调查技术人员组成。下降的第二个原因是法医护士开始对窒息受害者做检查。马里科帕县还购买了高分辨率的数码相机。这种相机可以将身体上的证据，如破裂的血管、指纹和其他痕迹清晰拍摄出来。在培训和法医鉴定开展前，只有百分之十四的扼颈案被起诉，现在这个数据已经接近百分之六十二。[19]虽然项目开展的时间还很短，目前无法得出两者之间有直接因果关系的结论,然而,来自马里科帕县的检察官比尔·蒙哥马利告诉我:"通过客观数据,你可以看出在加强了对家暴扼颈案的关注、调查、处罚、判决力度的地方,家暴凶杀案的发生率也显著下降了。"二〇一六年,在我写下这些内容时,肯塔基州、新泽西州、南卡罗来纳州和北达科他州都没有将"扼颈"定为重罪。俄亥俄州和华盛顿也没有。[20]

尽管如此,只有在窒息和脑损伤被确诊的前提下,检方才能提出上诉。西尔维娅·韦拉的毕业论文是关于扼颈窒息的,她记得一名在调查过程中遇到的女性的经历。这名二十八九岁的女性,脖子和耳朵周围有非常严重的瘀青。韦拉立即将她送到了急救室。在那里,医生发现她有一条颈动脉严重破裂。"没人知道她为什么没有中风,"韦拉告诉我,"连医生都说'不敢相信她居然能活下来'。"

许多医学文献都详细记录了有关扼颈的信息,但对创伤性脑损伤的讨论仅仅局限在一些大型的反家暴群体中。许多有症状的家暴受害者始终没有被正式确诊患有脑损伤,原因之一是受害者身上几乎没有明显可见的创伤,因此急救室医护人员通常不会为她们做检查。[21]"(急救室)可以很好地对在运动中受伤的孩子、在车祸中受伤的人所产生的脑震荡后遗症进行预后。"坎贝尔说。她在研究脑损伤对家暴受害者中枢神经系统的影响,并且是论文的第一作者。脑损伤的症状包括视力和听力问题、癫痫、耳鸣、失忆、头痛和昏厥。"然而,我们不擅长应对(家暴)受害者,"坎贝尔说,"我们不会问她们:在受到这些伤害时,你有没有丧失意识?你之前有没有被勒过脖子?脑部有没有受过伤?我们应该更努力地将这样的检查流程应用于被施暴的女性身上。"

虽然急救室中有一种叫"HELPS"的检查仪器,用于诊断家暴受害者是否有潜在的创伤性脑损伤,但它的应用并不广泛,也没有得到标准化。马里兰州西北医院"家庭和其他暴力急救"(Domestic and Other Violence Emergencies,简称DOVE)项目的反家暴倡导团队负责人奥德丽·伯金说,虽然他们的急救室中没有HELPS,但有一个护士负责检查有关家暴的医疗记录,查看病人是否受过创伤性脑损伤。伯金在一封邮件中写道,不久前,这些病人可能会被贴上"难处理"的标签,甚至她的同事也会这样做。[22] "警察可能以为她们喝醉了,而州检察官可能认为她们有心理疾病……甚至专业医护人员也可能认为她们夸大其词。我们需要替她们发声,让其他机构的人明白一部分行为和症状是创伤性脑损伤导致的。"

有时,诊断和治疗会遇到更基本的阻碍。不是每个医院都有核磁共振的机器。即使有,也不可能每天二十四小时、每周七天都有工作人员提供服务。在乡村或低收入地区生活的受害者几乎都需要被送往创伤诊断中心才能确诊,而到诊断中心看病的费用非常高。应急和急救人员的培训不足、缺乏专业性认知也是其中一个因素。许多受害者终其一生都在这看不见的、未经诊断的、未被治疗的、不被认同的创伤中挣扎。在这样的情况下,外界对她们的描述不可避免地充满了敌意——她们疯了,一切都是她们的错。[23] 倡导者常常会提到那些失去了工作和抚养权的女性,还有那些缺乏甚至完全没有医疗、情绪、经济支持的女性。韦拉谈起一名因窒息性脑损伤导致"生活被彻底毁掉"的女性。她失去了工作,搬回了父母家,并且无论到哪里都需要人陪同。"走到门廊时,她就已经忘记她要去哪里了。"韦拉说。韦拉也提到了另一名她调研过的女性。她失去了读写能力,儿童保护机构带走了她的孩子,因为觉得她无法照顾他们。(韦拉说后来这个女人重新学会了阅读,并拿回了孩子的抚养权。)

受害者无法回忆起被施暴的全过程,这种情况并不罕见。她们总发现自己前一刻在房子的某一处,下一刻又突然到了另一处。她们记不清事情的顺序,对事情的阐述十分含糊。但执法机构和法庭将提供证据的负担加在了她们身上。对于没有受过培训的人来说,她们很像是在撒谎。并且,她们往往听起来歇斯底里——这是脑损伤的症状之一。近来,研究者渐渐发现,在上过战场的士兵、足球运动员和车祸受害者身上看到的症状,也会出现在家暴受害者身上。这些症状包括记忆模糊、不断改口、变更事情的细节和其它一些现象,而焦虑、过度警觉、头痛可能也是创伤性脑损伤的表现。

坎贝尔将这些高风险因素称为"风险评估工具"。在她的设想中,使用这种工具的是急救室护士。某种程度上,她将过去的自己代入到了风险评估工具的应用中。实际上,风险评估不仅可以在急救室中发挥作用,也可以在危机处理中心、庇护所、警察局、律师事务所和法庭中得到广泛应用。它可以在全美通行,并走向其他许多国家。风险评估可以改变我们看待和对待家暴受害者的方式。

在调查中,坎贝尔发现受害者往往不清楚自身处境的危险程度。这种"不自知"有多种含义:她们可能不知道如何在更大的环境背景下界定自己所面临的风险;她们可能没有意识到形势正在变得越来越严峻;她们可能不知道亲密伴侣凶杀案发生的前兆;她们可能认为孩子会是安全的,甚至是一种保护屏障——只要孩子在旁边,他就不会伤害我。

洛奇将米歇尔与家人隔开的举动,表明他正在实施强制性掌控——米歇尔的家人现在知道了这点,但那时他们不知道。施暴者能接触到枪是家暴凶杀案三大高风险因素之一。保罗·蒙森从没想过洛奇是否能接触到枪。在蒙大拿,每个人都有枪,或者说至少可以轻而易举地获取一把枪。一位比灵斯警察曾告诉我,毫不夸张地说,在蒙大拿,只要你到了持枪年龄,他们会把枪丢到你身上。萨莉现在明白了跟踪、毒瘾和工作不稳定意味着什么。萨莉和保罗知道得太晚了。他们心中充满了懊悔和罪恶感,他们无法忘怀现在所知晓的一切,他们多希望可以早一点儿醒悟。

然而,米歇尔的确知道洛奇很危险——尽管不知道究竟有多危险。她隐约察觉到了这点,本能地拒绝上诉。在去世前的那个星期天,米歇尔在阿莉莎和埃文家里的论调证明了她知道自己身处危险之中。她谈到洛奇有多暴虐,她有多恐惧,有多坚定地想要离开。正是这特定的一系列背景因素的叠加,才使米歇尔的处境变得十分危急。"你能看出她受够了。"埃文告诉我。阿莉莎和梅拉妮肯定了埃文的说法。在生命的最后一个周末,米歇尔谈起洛奇的语气表明了这点——她受够了。如果连阿莉莎、埃文和梅拉妮都察觉到了,那洛奇肯定也察觉到了。米歇尔的话刺激到了洛奇内心的某种东西,使他惊恐万分——这次米歇尔是认真的。米歇尔知道洛奇很危险,所以她将孩子们送到萨莉家里保护他们,所以她申请了限制令,尝试寻求体系的帮助。

而在那么多年与洛奇相处的时光里，甚至是被杀害前的几周到数月时间里，米歇尔一直不知道如何将这些迹象整合到一起。如果可以，她就能通过这些迹象看清自己的处境究竟有多危险。米歇尔没有发现形势正变得越来越严峻，尽管她本能地知道自己要伪装和洛奇站在同一战线。米歇尔观察到的现象和此前的许多女性一样——施暴者比体系更强有力。

米歇尔是怎么确切知道洛奇很危险的？洛奇闯入了萨莉的家，用力殴打梅拉妮，在萨莉挡在克丽斯蒂和凯尔前保护他们时拽住她的脖子将她拉开，还绑架了克丽斯蒂。如何解读洛奇的行为至关重要。洛奇闯入了一座房子，袭击了两个女人，夺走了孩子。洛奇的一系列举动给了米歇尔这样的信号：她采取的安全措施——将孩子们送到母亲那里，独自面对洛奇，下定决心离开——都不足以抵挡洛奇想做的事。而警方表现得像是在说，作为受害者的萨莉和梅拉妮将这件事说得太夸张了——只是一个男人接走他的孩子而已，不管怎么说，他带走的是他的孩子。他们的解读带有明显的性别刻板印象：男人是强壮的，女人是柔弱的；男人拥有力量，女人软弱无力；男人是理性的，女人是歇斯底里的。在蒙森案中，无论是残暴的施暴者还是遵纪守法的警察，传达给女性的信息是相同的。

洛奇被保释这件事传达给米歇尔一个更加关键的信息：这一次，不仅我比你强壮，体系也将我的自由置于你的安全之上。洛奇操纵所有能使他自由的人。在保释这件事上，他操纵了戈登和莎拉，从而继续掌控米歇尔。与之前不同的是，被保释后，掌控中添上了愤怒。

日常生活中，洛奇让米歇尔看到，情况甚至比她意识到的还要危急:即使米歇尔试图制止他、用体系打压他,他还是会赢。为了让米歇尔明白这一点,洛奇有意让米歇尔看到他在变本加厉,他要夺走她最宝贵的东西——她的孩子。

因此,米歇尔采取了过去这些年许多受害者都采取过的行动。她们都没有意识到,在一个一直很危险、现在危险中掺杂着愤怒与恐惧的男人面前,这一行动是保护自身安全的最后一道防线。这个男人已经变成了一头熊。米歇尔选择和洛奇站在一起,她回头撤销了限制令、否认了宣誓陈述书上的话,以此表示忠诚。她试图让洛奇大发慈悲,为自己争取一点儿设法安全脱身的时间。另一个解读她举动的角度是,米歇尔·蒙森·莫索尔已经基本确定她不会留下来。她是受害者,在想办法成为幸存者——虽然她可能没有意识到自己正在这样做。

大多数时候,到形势已经如此严峻时,做什么都为时已晚,除非警察、倡导者和司法人员知道这些举动的含义,并能妥善解决问题。比如根据物证进行的起诉(相较于以证人为基础的诉讼,在这种类型的诉讼中,受害者不需要出庭作证。我会在下一章更多地谈论这个话题),受过培训、理解家暴案中情绪和心理动机的警察,以及能评估受害者死于凶杀的概率、采取施暴者无法轻易操纵的防控手段的法官,都会有所帮助。我曾填过一份米歇尔的风险评估,得分在十六到十八分之间(有两个问题的答案无从得知)。根据得分,米歇尔属于家暴凶杀案的高风险人群。

如果一个人了解家暴存在重要的时间节点,就不会问出"为什么她没有离开?"这样令人愤怒的问题。

看看米歇尔·蒙森·莫索尔,看看多年来发生在各地的亲密伴侣凶杀案，它们都有一个共同点：受害者一次又一次地尝试了所有能尝试的方法，但等式的两端，或者说这个问题的答案，并不是离开或留下，而是生与死。

她们留下是因为她们选择活下去——

尽管她们还是被杀害了。

米歇尔·蒙森·莫索尔为了她自己和孩子们留了下来，为了自尊、爱、恐惧，迫于超出她掌控的文化和社会压力留了下来。而在那些受过培训、理解事情来龙去脉的人看来，她选择的不是留下来，而是蹑手蹑脚地走向自由。

然后他们会祷告

感恩节前的星期一,米歇尔从学校接克丽斯蒂和凯尔回家。克丽斯蒂的朋友来家里玩了一会儿就离开了。米歇尔为两个孩子做了晚餐。她或许和孩子一起玩了一会儿,又或许和他们一起看了会儿电视。她本应该到父亲家帮忙做大扫除,准备过感恩节,准备迎接将从北达科他州来做客的祖母。然而,她一直没有出现。下午五点左右,一个邻居看到洛奇透过窗户向外窥视。

星期一晚上、星期二早晨、星期二下午、星期二晚上,阿莉莎不断给米歇尔打电话。

和莎拉、戈登一样,自从九月米歇尔撤回限制令后,萨莉就与米歇尔一家断了联系。万圣节那天,她见过孩子们一次。那天米歇尔把孩子们带过来,向她展示他们的装扮。莎拉只在洛奇被保释那天见过他一次,为的是就他闯入萨莉家一事与他对质。洛奇对那起事件的描述与梅拉妮截然不同。或许就是在那时,莎拉第一次意识到洛奇是"一个疯狂的骗子"。"我跟他说,'你有病吧'。"这是莎拉最后一次对洛奇说的话。

大雪和冷空气席卷了比灵斯。米歇尔告诉阿莉莎她找到了更多有关洛奇婚外情的证据,但没说具体有哪些。感恩节前的星期五,米歇尔带着孩子们和一个行李箱出现在保罗家。她说她终于下定决心离开洛奇了,问他们是否可以在这里过夜。

早晨,米歇尔让保罗保证无论发生什么,都不能让洛奇带走孩子。洛奇可能一直在监视保罗家。因为米歇尔一离开,他就到门口央求保罗让他带孩子离开几小时。他保证他什么也不会做,只是想带他们看《哈利·波特》电影,看完就马上带他们回来。保罗相信了他。

当晚,洛奇和孩子们一起在一家旅馆过夜。米歇尔忧心如焚。她找梅拉妮、阿莉莎倾诉,到阿莉莎和埃文家待了几小时——过去洛奇很少允许她这样做。她们坐在盛满热水的浴缸里聊,米歇尔说她终于下定了决心,确信洛奇永远不会改变,并且打算离开洛奇。

星期天,洛奇又一次来到保罗家,这次他对着门拳打脚踢,吼着要找米歇尔。就像六个星期前他在萨莉家做的一样,他猛撞保罗家的门,并在前门上留下了多年后我看到的凹痕。这次他没能闯进去。因此洛奇改变了策略,告诉米歇尔克丽斯蒂正在家里吐血。当然,米歇尔不至于蠢到相信洛奇的谎言,但她还是和洛奇回了家。有哪个父亲或母亲不会这样做呢?克丽斯蒂当然安然无恙。那天晚上米歇尔最终回到了她父亲的家,让孩子们和洛奇一起过夜。

星期一,克丽斯蒂和凯尔去上学。他们写了关于即将到来的假期的作文。克丽斯蒂写了周末在旅馆游泳池游泳的快乐时光,还有在感恩节,她会见到几个"蚂蚁"[①]的事。她还写了祖母从北达科他州赶来后,他们会坐在一张巨大的桌子前,为上帝为他们做过的好

---

① 克丽斯蒂将"阿姨"(aunts)误写为"蚂蚁"(ants)。

事祷告。凯尔写了学骑车的事。

两个孩子最后一次坐在教室里时,他们的父亲在最新的广告清单《省下五分钱》上找到了一位出售点四五口径骆玛手枪的卖家。后来,这个卖家告诉警察,洛奇说这把枪是为妻子买的。那个人以为洛奇是指礼物。法律没有关于做买家背景调查和三天等候期的强制规定。

米歇尔到学校接孩子,三个人一起回了家,这个家是登记在米歇尔名下的房产。那时洛奇已经同意在莎拉和戈登家住。米歇尔为孩子做了饭,开始这个一如既往的夜晚。这一晚孩子们牙刷的牙膏一直没有动过。这意味着,他们上床睡觉前,洛奇出现了。

或许米歇尔想,我必须逃走。

或许米歇尔想,我该怎样才能让他离开?

或许米歇尔想,我受够了,我要坚持立场。

没有人知道米歇尔在想什么。

洛奇带着一把通过《省下五分钱》买到的枪和一罐汽油来了。他的计划是将房子烧毁,将事件伪造成一场事故。一场多么可怕的悲剧啊,房中的一家人全都葬身火海。他用一团口香糖堵住了米歇尔汽车的火花塞,防止她逃走。

看到洛奇进家门时,米歇尔一定十分惊慌。她把孩子们带到了地下室。米歇尔的包敞开着,里面的东西四处散落。或许她曾拼命寻找父亲给她的梅西防狼喷雾。洛奇先向她开了枪,一共开了四枪——两枪正中胸口,一枪击中头部,一枪击中肩膀。米歇尔倒在了地下室靠里的位置。两个孩子一定目睹了父亲的暴行,试图逃跑。克丽斯蒂先被击中了头部，倒在楼梯下。然后凯尔也被击中了，他只差一点儿就能跑到楼梯的顶端了，却摔了下去，倒在楼梯中间，一道血迹从楼梯上方蜿蜒下来。

洛奇拿起家庭录像带，将它们放在一个袋子里，然后将袋子放到车库里。他潦草地写了一张便条。上面写着："我没有出轨（原文如此）①。我全心全意地爱着米歇尔，直到死亡将我们分开。"

然后，洛奇将汽油洒在房子各处，点燃了火柴，回到地下室开枪自杀。火焰燃烧着，炙热又缓慢。

洛奇并非死于枪击，而是死于浓烟导致的窒息。或许他曾躺在家人的尸体中间，回想着他到底做了什么。或许也就是在那时，他在胳膊上写下了"我就是魔鬼"，又或者是"我应该下地狱"。

他们四个死于星期一晚上。

房中浓烟滚滚，但房子本身一直没有真正烧起来。正值冬天，窗户关得很严，缺乏供火焰燃烧的氧气。火熄灭前，房子里浓烟缭绕，里面焦黑一片，所有物品面目全非。墙壁看起来像是熔化了一般。警察赶来时，电视不知为什么还开着，但屏幕上只有一片蓝色。阿莉莎也记得这一幕：蓝色的屏幕、电视屏周围的黑色塑料都熔化了。这一切完全无法用逻辑来理解。烟灰覆盖了一切——墙壁、地板、窗户。家具大多化为灰烬。

星期二晚上，米歇尔还是没有接电话。阿莉莎打电话给父亲，然后他们又给萨莉打了电话。接着，他们三人一同前往米歇尔家。他们在一片漆黑的房子前停下车，刚下车，他们就闻到了刺鼻的烟

---

① 洛奇将"出轨的人"（cheater）误写为"cheeter"，故作者注明"原文如此"。

味和汽油味。保罗有钥匙，向门口走去时，他心中忽然生出一个可怕的念头——或许洛奇设下了什么致命的陷阱。他让萨莉和阿莉莎什么都别碰。保罗心跳如擂鼓，打开了门，小心翼翼地走了进去。他呼唤着米歇尔，回应他的是一片不祥、深幽的寂静。噼啪声从房子各处传来。他们闻到了一股几乎将他们击倒的气味，呕吐起来。"我知道，"后来阿莉莎说，"我知道，我马上就知道了。"萨莉看到了倒在地下室楼梯上的两个孩子，然后看到了倒在楼梯下的洛奇。他面容扭曲，睁圆双眼瞪着萨莉。直到现在，那张脸仍阴魂不散。"完全是个恶魔，"萨莉说，"那张脸属于恶魔。"萨莉看了很长时间，才确认那的确是洛奇。她永远不会忘记洛奇原本那张受人喜爱的面容，如今却被痛苦和愤怒扭曲。后来，萨莉觉得洛奇的面容暴露了内心的"煎熬"。尽管她很多年后才看清了这点。"他心中有太多痛苦，"萨莉说，"从某种程度上来说，伤痕累累。"

萨莉没看到米歇尔，但知道发生了什么。她知道。她在楼梯上小便失禁，然后冲出了米歇尔家，冲到了路阶上。她到邻居家报了警，还借了一条干净的裤子。

阿莉莎跑到前院中央，跪下来呕吐。

保罗跑到后门找米歇尔。他想着，或许，或许她还活着，藏在某处并活了下来。保罗跑到车库，里面停着洛奇的福特野马。在那里，他发现了洛奇的录像带和便条。

警察到了。

他们找到了米歇尔。

我再也无法在那里生活

米歇尔他们的尸体在焦黑的房中被发现后的第二天,感恩节当晚,莎拉到杂货店购物。平日里,她总会在那里迷路,因为购物主要由戈登负责。而这次,莎拉头晕目眩,所有与节日相关的东西已与他们无关,他们的生活已经崩塌,但还要维持基本的生存:吃饭、睡觉、洗澡、穿衣。他们在珀金斯吃了感恩节晚餐,整顿晚餐几乎是在沉默中进行的。莎拉知道没什么人会在感恩节当晚去商店,这才跑去买东西。排队结账时,她遇到了一个前同事。同事带着女儿向莎拉打招呼,祝她感恩节快乐。莎拉回应了她——她不知道她是怎么做到的。同事向莎拉介绍了自己的女儿,说和女儿、孙辈都在一座城市真是太好了。她给莎拉看孙子孙女的可爱照片,随后顺口问莎拉她是否有孙子孙女。

是啊,她有孙子孙女吗?

仅仅一天前,莎拉还有四个孙辈,现在她只有两个了。那现在,是有两个还是四个呢?被杀死的孙子孙女应该被计算在内吗?莎拉不知道该如何回答。"我有……我有过,有过四个,现在有两个。我失去了他们。"她脱口而出,不知道自己在说什么。

莎拉记得同事是这样说的："他们？失去了他们？"

莎拉第一次说出了那句话："他们的父亲杀了他们。"

那时，这起凶杀案已轰动全国，消息从比灵斯传到盐湖城，向斯波坎蔓延。

传送带停了下来，收银员从收银台里探出身来，抱住莎拉。在店内荧光灯的照射下，四个女人久久不语，沉浸在悲痛中。

一夜痛失几个至亲后，你会以不同的方式再次看待这个世界。米歇尔家人的反应和坎贝尔得知安妮去世时的一样：他们反思自己忽略了什么，可以做什么来避免悲剧发生。他们在自责，将痛苦深埋心底。这些问题如阴霾般笼罩在所有人心头，萨莉、保罗、阿莉莎、梅拉妮、戈登、莎拉、埃文……他们都背负着这份沉重。萨莉体重增加了许多，一夜苍老了。阿莉莎变得疑神疑鬼，常与埃文争吵。她试图创作一个以米歇尔为主角的艺术作品，如同患有强迫症般不断调整它，几年来不断涂改同一处线条，仿佛已被囚禁在画纸上。莎拉和戈登挣扎于悲痛与罪恶感的夹缝中，内心陷入了永无止境的炼狱。"和他们一样，我们也失去了至亲，"莎拉说，她指的是米歇尔一家，"但我们背负着全部的耻辱。"

萨莉做了许多梦。这些梦延续多年，无穷无尽。她梦见米歇尔和孩子们，还有在米歇尔家发生的、她无法解释的事——凯尔的一个坏了几个月的玩具忽然运作起来。这时，她感到凯尔就在那里。有什么掠过了她的手，她知道米歇尔也在那里。

梅拉妮还身怀有孕。已不是外祖母的萨莉几个月后又会成为外祖母。他们给孩子取名米切尔，以纪念他永远不会谋面的阿姨。

今天，在蒙大拿，我们仍能感受到米歇尔的死亡带来的连锁反应。我多次前往比灵斯与洛奇和米歇尔的家人、办案人员以及警察交谈。在一次行程中，我去了地区检察官办公室。时任地区检察官的是一个娃娃脸、有着浅金色头发的男人，名叫本·霍尔沃森。与他通话时，我说我想和他谈谈米歇尔案。他沉默了一会儿，哽咽着说："这起案子至今仍萦绕在我心头。"米歇尔被枪杀时，本·霍尔沃森还是个少年。他不认识米歇尔，也没见过米歇尔的家人。他没有任何与家暴有关的私人经历。在成长过程中，他会与父母一起去乡村俱乐部。那里没有人谈论家暴。但米歇尔的死使他选择了这份工作。

那天，我和本·霍尔沃森谈话时，斯泰西·坦尼也带着一摞家暴案案卷来了。为了准备与我的会面，她重新看了一遍案卷，向我展示他们起诉了哪些人、又是怎样起诉的，或者说，米歇尔去世后他们取得了哪些进展。她温柔恬静，穿着轻盈的丝绸裙，是个看起来学过多年芭蕾的优雅女人。斯泰西告诉我，米歇尔的死对她造成了很大的冲击。和米歇尔的家人一样，她反复查看案卷，寻找她忽略的东西。她忽略的是米歇尔没有告诉她的东西。"我不是很确定现在的我会不会采取与那时不同的举动。"斯泰西说着，看起来像是生理上感到了疼痛。正是她主管的办公室在撤销米歇尔的申请时，将放在同一份待审案件清单里的萨莉的指控一同撤销了——尽管是警察轻描淡写的初始报告导致她主管的办公室打从一开始就没有足够的证据起诉洛奇。我觉得答应与我谈话本身已经证明了她的勇气。

萨莉开车带我到克丽斯蒂和凯尔的小学。操场的角落里有一棵为纪念克丽斯蒂和凯尔栽种的树，一张可以静坐沉思的长椅和一块刻有他们名字的纪念牌。克丽斯蒂的老师悲痛欲绝,在那年余下的时间休了假。萨莉说有时她会在图书馆无意中翻到一本外孙借过的书——很久以前,书被借阅登记时,克丽斯蒂或凯尔的名字被写在了里面。每每此时,萨莉总会感到一股微弱的电流蹿过皮肤。

在米歇尔、克丽斯蒂和凯尔去世大约一年后的一天夜里,萨莉梦见米歇尔在一条河中为自己施洗。她感到耳中仿佛有什么在燃烧。"在他们死后,我每时每刻都在祈祷——请让他们回到我身边吧。"梦中,一种炽烈的感情和不容反抗的力量推动她来到楼上米歇尔住过的房间。克丽斯蒂在那里,她告诉她的"布瓜":"我们没事。爸爸自杀是因为他过得不太开心。"萨莉说这个梦抚慰了她的心。

在洛奇杀了米歇尔和孩子后,保罗曾想把那座房子夷为平地,但萨莉说比灵斯市政府不会允许他这样做。因此,为了摆脱这座房子,保罗以近乎白送的价格将它卖掉了。一天,房子的新主人打电话给萨莉,说为去除烟灰,他对墙壁做了喷砂处理,在烟灰中发现了小小的脚印。"现在我知道灵界是存在的,"萨莉告诉我,"过去我完全不相信这些。"

阿莉莎说她一个接一个地做她救了孩子们的梦。在梦里,她将他们裹在地毯里、藏在床单或碗柜中,做任何让他们远离洛奇的事。阿莉莎画了一幅米歇尔的肖像画,但总画不好鼻子。于是她将全部时间用在这幅画上,无数次擦掉重画。直到一天晚上,她孤身一人,听到有人轻声呼唤她的名字。阿莉莎确信她看到画上的米歇尔对她微微一笑。在那之后,她不再画那幅画了。她还开车去到洛奇、米歇尔和孩子以前常常野营的地方,对着森林拍了一张照。冲洗照片时,她在森林中看到了米歇尔,她用胳膊搂着两个孩子,洛奇和班迪特也在那里。

米歇尔和两个孩子被安置在一口超大型棺材中下葬。在棺材中,米歇尔用胳膊搂着他们。一天晚上,阿莉莎给我看了一张照片,照片上他们三个闭着眼睛躺在棺材里。那一刻,我感到米歇尔仿佛也是我妹妹,我也永远失去了她。我无法看下去,不得不将视线移开。阿莉莎有一本书名为《创伤后的人生》(*Life After Trauma*)。她通读了这本书,做了书中所有的测试。这本书告诉她她已经知道的事:她已经被悲痛击垮,患有创伤后应激障碍症,无法抑制对妹妹的思念之情。

萨莉说她无法继续住在自己家里了。正是在这座房子中,她养大了三个女儿。对萨莉来说,这里太令人痛苦。而阿莉莎告诉萨莉,自己只能住在这座房子里。她买下了萨莉的房子,现在仍住在那里。萨莉住在同一条街上。梅拉妮已经戒毒多年,在比灵斯买了第一座属于自己的房子,离母亲和姐姐家不远。萨莉觉得如释重负,梅拉妮不会有事,毒品不会夺走梅拉妮的生命,她不会再失去一个女儿了。

埃文说他和阿莉莎不断争吵,最后分手了。据他说,那起凶杀案以某种方式影响了他们,使他们的关系岌岌可危。阿莉莎曾是他的挚爱,洛奇犯下的凶杀案也毁掉了他的生活——至少一段时间内是这样。"他们恨他(洛奇),"谈到阿莉莎的家人时,埃文说,"这可以理解,但他是我的童年玩伴,他不总是这样的。"埃文胖了许多,在酒中醉生梦死多年,后来终于走了出来,回归正常生活。他养了狗,和前任共享女儿的抚养权,有事业、房子和美味可口的熏肉,现在过得不错。

莎拉和戈登选择了逃避。莎拉说一年内几乎没人在工作场合提到过这起凶杀案，甚至连她最好的朋友兼同事也没提过。很久以后，这位同事告诉莎拉，他一直不知道说什么好，因此什么也没说。每天莎拉回到家，家里都一片寂静，丈夫沉默不语。他们无法谈论这件事，无法发泄悲伤，也无法彼此分担痛苦。他们被卡在原地，好像被冻住了，无法找到治愈的方法。莎拉去看了心理咨询师，而戈登选择闭口不提。"他变得越来越沉默，将自己封闭起来，"莎拉说，"最终有一天我对他说：'我无法忍受下去了，每晚在家里走动，就像是走在一片阴云中。'"

虽然那时莎拉已经与戈登结婚数十年，无法想象没有戈登的生活会变成什么样，但她还是收拾行李离开了。莎拉在城里租了一间公寓，告诉戈登她不会回来了。"这样的事使家分崩离析，"她说，"我不想离婚，但无法继续这样生活下去了。"

莎拉的离去触动了戈登——他已经失去了那么多，不能再失去莎拉了。虽然对他这样的男人来说，敞开心扉交谈这种改变就像地壳运动般巨大，但他还是强迫自己去看了咨询师，开始吃抗抑郁药。后来两个人还一起去做了婚姻咨询。戈登觉得在很久以前就应该这样做了。莎拉与他分居后，他去那间公寓找她，和她外出约会，试图挽回她。起初六个月，莎拉告诉戈登她还不确定是否会回到他身边。因此戈登继续坚持与妻子约会并追求她。莎拉的朋友说这是他们见过最不可思议的分居。心理咨询也有一定效果。戈登和莎拉说了一些咨询的事。虽然说得不多，但相比之前沉默的禁欲主义，这已经是很大的进步了。莎拉意识到戈登是多么努力，同时也经受着多么大的痛苦。最后，莎拉回到了他身边。他们在后院开辟了一个小花坛，布置了孩子可能会喜欢的种种充满奇思妙想的物品——一只彩色的锡制乌龟、一个用旧车牌做的小鸟喂食器、一只外表涂成白色的金属山羊。他们为纪念米歇尔种了俄罗斯鼠尾草和荷包牡丹。我在远处看到了那块位于花坛中央的小石头，上面写着：永远在我们心中，戈登·爱德华·"洛奇"·莫索尔。洛奇没有属于自己的墓地，他被火化了。他们不知道还可以做什么。洛奇与所有人远远隔开。我想到保罗·蒙森是怎样形容白色的——白色是种自成一体的颜色，如果你不知道该怎么做，就用白色。洛奇被藏了起来，不为人所知，他只存在于他们心里，还有他们家中永远的"纪念花坛"中。

他们都找到了让生活继续下去的办法。莎拉后来成了比灵斯地方家暴庇护所的志愿者。她没有宗教信仰，但在看到彩虹时，她相信那是孩子们。"这纯粹是胡扯，但你会相信内心的感动。"她说。

萨莉后来在比灵斯的报纸上看到了一则消息。之前她觉得米歇尔、克丽斯蒂和凯尔死得毫无意义，这则消息给了她一定程度的安慰——他们的死可以对家人之外的人有意义。因此她驱车两小时前往博兹曼，去找一个叫马修·戴尔的男人。

体系、意外、案件

许多年前,来自英国的犯罪学专家、北亚利桑那大学教授尼尔·韦伯斯戴尔需要做一项眼部手术。手术当天早上,他来到眼科医生办公室。一个护士与他打了招呼,毫不客气地在他有问题的那只眼睛上标记了一个巨大的"X"。作为学者和好奇心旺盛的人,韦伯斯戴尔问护士到底为什么给他做标记。护士回答:"你得让他们对那只需要治疗的眼睛动手术,不是吗?"

他当然希望如此。然而,虽然明白在眼睛上做标记是必要的,他仍然怀有疑问——医生会经常弄错要动手术的是哪只眼睛这种事吗?

护士告诉韦伯斯戴尔,他可以读一读有关医疗事故的调查研究。"在美国,每年被动错手术的人多达数万人,真是令人瞠目结舌。"她说。护士特别指出,他可以读一读《大西洋月刊》上关于飞机失事的文章和关于医疗失误的著述。后来,韦伯斯戴尔的确读了护士推荐的文章。而在做手术那天,在他进入手术等候室时,他看到所有轮床上的人其中一只眼睛上都有"X"标记。"这是一种简单的补救方式,"后来韦伯斯戴尔在视频会议中对一整屋的人说,

"为防止手术失误……我们发现,在医疗、航空、核燃料等领域,如果我们可以广泛阅读有关悲剧和事故的详细分析,纠正问题其实是较为容易的。"

  韦伯斯戴尔年约六十岁,但充满年轻人的活力与激情。多数时候,他都在他居住的地方——弗拉格斯塔夫稀薄的空气中慢跑,开始新的一天。他留着银白色短发,眼睛是长春花蓝,口中不断蹦出数据、事实和理论,好像阿伦·索尔金电影剧本里语速飞快的角色。韦伯斯戴尔是个天生的讲故事专家。他在美国待了数十年,英国口音变得柔和了一些。他的观点极具争议,这一点他自己也承认。比如,他认为和受害者一样,施暴者也陷入了困境中。"每个人都会问——为什么受害者不离开施暴者,"他告诉我,"但没有人问——为什么施暴者留下来。"另一个被他称为"家暴悖论"的观点也同样极具争议。关于亲密伴侣暴力的论著和倡导者都认为施暴者是强有力且极具掌控欲的。然而,在韦伯斯戴尔看来,施暴者既富有力量,又软弱无力;既掌控一切,又会让一切失控。

  可以说,韦伯斯戴尔是一个善于发现联系、建立体系,持续不断寻找意义与隐喻的人。在手术前做标记——这简直是天才般的创意,轻轻松松就解决了问题。还有哪些解决问题的方式在等待我们去发现?如何解决那些最严重的问题?韦伯斯戴尔没有止步于那天护士建议他阅读的东西,而是进行了更深广的研究。他转向了其他领域,如联邦航空局、核燃料和医疗。这些行业的人是怎样减少失误的?他们是怎样建立体系,让失误概率降到最低的?他研究了美国国家交通安全委员会(National Transportation Safety Board)是怎样通过调研降低飞机失事可能的。委员会整理了飞机失事的时间线,认真研究了每个相关细节——售票员、飞行员、空乘、机修工、空中交通管制以及天气状况。他们寻找系统漏洞、机组人员疏忽的时刻、没做到位的安全机制。做这些时,他们并没有只局限在各自的专业范围内,而是通力合作,各个职级的人员会共享和交流各自掌握的信息。韦伯斯戴尔阅读了有关医疗事故、核燃料的著述和切尔诺贝利与福岛核电站泄漏事故的经验教训,并与一位名叫迈克尔·德菲的同事交谈。德菲是洛杉矶县健康服务部(Los Angeles County Department of Health Services)防止儿童虐待小组的医疗协调员。那时他在研究儿童死亡和虐童案,尝试寻找解决方案。渐渐地,韦伯斯戴尔产生了一个想法——将从各行各业总结出的信息应用到家暴凶杀问题上。或许我们可以提高系统效率,不再在办公室里闷头单干,或许我们可以用与国家交通安全委员会相同的方法降低亲密伴侣凶杀案的发生率。

同时,韦伯斯戴尔还去了佛罗里达州,为他的第三本书《解读家暴凶杀案》(*Understanding Domestic Homicide*)做调研。为了写这本书,他研读了佛罗里达州的凶杀案案卷和警方报告,并对执法人员进行了访谈。他在其他行业读到的想法终于与他调查的凶杀案案卷产生了交集。

韦伯斯戴尔从时任佛罗里达政府官员的劳顿·奇利斯那里得到了联邦经费,成立了美国第一个家暴死亡核查小组。小组的理念是将国家交通安全管理局的模式运用到家暴凶杀问题上。韦伯斯戴尔说他们的目的不是为了"指责和羞辱",而是将人员与系统归入更高效、标准、完善的项目中。他说他了解到飞机失事往往由多种因素导致，如机械故障、人员失误、安全系统崩溃等。"我们发现家暴凶杀案也是这样。"韦伯斯戴尔说。需要被指出并改进的并不是某个单一的因素，而是一系列细小的错误、错失的机会和失败的沟通。

核查凶杀案的方式也和国家交通安全委员会采用的方式差不多。小组成员整理出一起案件的时间线，尽可能多地收集有关受害者与罪犯的信息，逐步寻找体系内人员可以干预却没有干预或可以用其他方式干预的时间点。今天，韦伯斯戴尔在佛罗里达州启动的项目已经在全美推行，甚至推广到了国外。现在设有致死案核查小组的州超过了四十个，许多州有多个小组。英国、澳大利亚、新西兰等国也同样如此。[1]

米歇尔·蒙森·莫索尔遇害大约一年后，一篇比灵斯当地报纸上的文章吸引了萨莉的注意。这篇文章报道称，在蒙大拿州，一个新小组——蒙大拿家暴致死案核查委员会（Montana's own Domestic Violence Fatality Review Commission，简称MDVFRC）正在创建中。萨莉了解到，他们的目标是通过调查家暴凶杀案来减少全州每年因家暴遇害的人数。她马上意识到这是一个为米歇尔的死赋予一定意义的机会。如果她不能拯救女儿的生命，至少可以帮助另一个处在相同情况下的家庭。萨莉可以指出她对洛奇的指控被意外撤销的时间点。因为她的指控和米歇尔的证词被放在同一份待审案件清单中，又在米歇尔撤销证词时被一同撤销了。但这似乎是人工失误而非系统问题，而且没人知道早先暴行的指控被撤销会带来什么影响。起初，洛奇的罪名只有行为不端。

萨莉驱车来到博兹曼，那里正在举行关于新成立的致死案核查委员会的会议。主要发言人结束发言后，萨莉来到他身边。发言人叫马修·戴尔，是蒙大拿司法部消费者保护办公室（Office of Consumer Protection）与受害者服务办公室（Office of Victim Services）的主管（两个办公室共用一个办公地点）。他和韦伯斯戴尔是多年好友。萨莉向戴尔讲述了米歇尔、克丽斯蒂和凯尔的故事，戴尔认真地听她讲完。萨莉直截了当地请戴尔接手她的案子。这成为了蒙大拿家暴致死案核查小组调查的第一起案子。他们将试图回答这个问题——米歇尔和孩子们是否有可能活下来？

为了解致死案核查小组在做哪些工作，我来到米苏拉市外的一个小镇，入住了一家以动物标本装饰为主题的旅馆。旅馆中，大教堂式的天花板上悬挂着一盏鹿角形状分枝的吊灯。墙上有一只鹿头标本。旅馆里盈溢着温暖安逸的氛围，天花板上排列着厚实的木制横梁。在靠里的一间铺着地毯、没有特定名称的会议室里，三十二人围坐在长桌前。全国各地几乎所有旅馆里都有这样的会议室。室外的风景美得不可思议。十月的山脉峰顶白雪皑皑。从房间一侧的玻璃拉门向外望去，秋叶正从停车场上掠过。旅馆坐落于一条小河边。空气清透，如同打磨过的水晶一般。这样的空气似乎是美国西部特有的。如果今天我们不是为家暴问题聚集于此，这里本可以有一场户外极限冒险爱好者的聚会，如狩猎俱乐部或飞钓小组的聚会。（根据小组宗旨，我承诺隐藏案件受害者的身份，因此更改了姓名、地点、职业、年龄等具体的标志性信息。）

路得是被她的男友杀害的。她背部中了数枪，蜷起身体保护自己时，手也中了一枪，还有一枪击中头部。这种凶杀案通常被执法人员称为"处决"。男友站在蜷缩的路得身前。执法人员就此看出了这对情侣的相处模式——权力与掌控。路得死去的房间里到处都是弹痕。似乎在被逼到无路可退、被子弹近距离击中之前,她曾试图逃出房间。在下文中,我们会将路得的男友称为提摩太。杀死路得后,提摩太在房子外绕了几圈。在一个人杀死自己心爱的人、决定自杀之前,往往会有这么一段时间。"杀死另一个人比杀死你自己要容易。"韦伯斯戴尔说。最后,提摩太开枪自杀了。路得的死亡现场一片狼藉,充斥着鲜血、混乱与狂躁。提摩太的死则不同,他用两枪结果了自己,死得干净利落。在接下来的几小时里,小组成员会讨论这意味着什么。

蒙大拿州一年有时只发生三起家暴凶杀案,有时则有十多起。路得被杀害那年发生了十一起。[2]

马修·戴尔负责主持这场为期两天的会议。此前,小组已花了数月时间聚在一起分享信息,查阅早前的记录,采访几乎所有与受害者、施暴者相关的人。这些人包括朋友、家人、同事、社区成员、邻居、执法人员、牧师、咨询师、法官、缓刑官、案件相关人员、曾经的老师和婴儿保姆。致死案核查小组不会调查他们所在州的每一起亲密伴侣凶杀案,但会挑选一些有可能促使本该拯救受害者的程序或体系得到细微完善的案件进行核查。有的案子中,路人或孩子也被一同杀害;有的案子中留下了日记、信件、社交媒体上的发帖、电子邮件之类的信息;还有的案子中,当事情侣或夫妻的情况不同寻常,如非常年轻或年迈、极度富有或长年贫困。像米歇尔·蒙森·莫索尔案这样家人愿意配合调查的案子也在核查范围内。在提摩太和路得的案子里,他们都留下了与执法记录对应的书面信息,如信件和发帖。

戴尔身材瘦小,头发蓬乱粗短,有长年跑步者的体格。他将手机别在腰带上,每天都系领带,即使在非正式场合也是如此。他向这些从全国各地赶来的与会人员(甚至有人花了八小时远道而来)表示,犯罪现场的照片可以在私人电脑上查看,他不会向整个团队展示它们。这些照片惨烈异常,上面的场景惨绝人寰、怪诞扭曲,和预想中一样充斥着鲜血,但也传递出强有力的信息。路得的尸体在厨房里。她跪在那里,身体向前倒去。提摩太躺在床上,双手各拿着一把枪,胳膊在心脏位置交叉,胸前还有弹孔。我们将在稍后详述案件的细节,并从中提取出关于施暴者和这段关系的重要元素。

蒙大拿州的致死案核查小组有两个特点。首先,他们做深度调查。戴尔说这种调查"时间长、范围广"。其他小组调查的案子更多,但不会做如此深入的调查。蒙大拿小组一年最多调查两起案子。其次,蒙大拿州人口不多,那些有修订政策权力的人,如法律制定者和法官,可以参与其中。实际上,蒙大拿州首席检察官也是小组成员,小组中至少有一位法官。相比纽约这样人口稠密的地区,在蒙大拿修订法律更为容易。

小组不具备监管和执法功能,但会通过调查个案判断某些系统调整是否能改善现状——或许司法系统在关押施暴者或保证受害者安全上可以起到更大的作用,或许警察可以采取不同的行动,又或许当地教会可以做出改变。实际上,事情的发展有无限可能,因此调查开始前小组就需要在一定程度上预估结果。这起施暴者杀人后自杀案的一些特质让他们决定进行深入调查。首先,受害者预先知道自己可能会被杀害。离开男友时，她知道自己处在极度危险的情况下，甚至谈到了自己的葬礼。而施暴者也在当地警察那里留下了许多犯罪记录，他们知道有一天他会犯下暴力案件。一个认识施暴者的警察称这种情况为"利用警察自杀"，即嫌犯拒绝听从警察放下武器的指令，从而迫使警察向他开枪的行为。不知为何，蒙大拿州利用警察自杀案的发生率位居全美前列。因此，在施暴者的危险性众所周知、受害者为性命担惊受怕的情况下，为什么这个体系没有保护受害者？那时他们还能做些什么？之后他们又能做些什么？

在张贴着数张巨幅纸张的墙壁前，戴尔开始了会议。他首先强调了保密协定，所有文件都必须在会后马上销毁。核查前，他们花费了数月时间采访死者的家人、朋友和同事，痛苦的细节也随访谈推进渐渐浮现。

或许致死案核查中最重要的部分是，迫使人们质疑，为什么在体系中每个人都怀着最美好的初衷努力工作的情况下，受害者还是失去了生命。不过，小组成员很少主动谈论这个话题。在参会那两天，我发现人们常常提到韦伯斯戴尔的那句"不指责，不羞辱"。实际上，这句话意义重大。韦伯斯戴尔告诉我，在过去的二十年中，航空业的安全性显著提高，但许多本可避免的医疗事故仍在不断发生。（实际上，在美国，医院医疗事故仍然是成人死亡的第三大原因。[3]）韦伯斯戴尔认为，航空安全系数的提高，主要得益于国家交通安全委员会在强调人为失误方面的开放文化的蓬勃发展。"如果你进入一个驾驶舱，"他说，"飞机上正好出现了安全问题，驾驶员会听取副驾驶员、乘务员等人的说法。"然而，在医疗行业，普遍存在的等级观念使沟通链无法形成。在手术室中，外科医生就是上帝，而上帝说一不二。"然而，全美最好的体系是由努力进行团队合作的人们运行的，"韦伯斯戴尔说，"无论是警察、倡导者、社会工作者、缓刑官、法官，甚至家人相处也是这样。"在家暴领域，处在最前线的两类人是倡导者和警察。这两种职业的文化背景截然不同，一个是现代女权，另一个是传统父权。的确，根据近十年来我对全美家暴的调查和报道，防控家暴最有成效的城镇，或是降低了家暴凶杀案的发生率，或是增加了可获取的服务资源，而它们的一个共同点是，警察局和反家暴中心之间的文化壁垒被打破了。

会议刚开始时，戴尔问我们对受害者的人生了解多少。一个小组成员专门负责尽可能多地收集路得的生平信息。路得在美国西部长大，但在许多地方居住过。她已经长大的两个孩子仍住在西部。一个叫别基的小组成员开始用记号笔在一摞纸上记录这些已知的生平信息。

路得在一家养老院做护工，多年前就和孩子的父亲离了婚。她和提摩太在网上认识，很快开始约会。提摩太在信件中声称路得就是他的梦中情人，尽管那时两人仅仅认识了一个星期。通过凶杀案发生后发现的信件和笔记，小组成员可以用一种特别的视角洞察路得的心理状态，甚至有时也能一窥提摩太的内心。那时提摩太住在蒙大拿拖车公园里，路得多次去那里找他。三个月后，提摩太让路得搬过去和他一起住，路得同意了。一两个月内，路得几乎卖掉了犹他州家里所有的家具和物件，收拾好车，搬到了蒙大拿州。提摩太向路得承诺住在拖车里只是暂时的,他们不久后就能搬进一座不错的小房子住。

来到蒙大拿州后,路得没能在养老院找到工作。虽然提摩太有残障人士保障金,并且会接一些力所能及的杂活儿,但路得还是找了一份办公室清洁的工作。这就意味着她需要在晚上和周末上班。这让提摩太在这段关系中非常没有安全感,尽管他知道她是在工作。他们的关系骤然变得岌岌可危。提摩太因路得工作时间过长而大发雷霆,又抱怨钱不够花。他也曾因路得没做饭或没打扫厨房而发怒。一次,路得睡到了中午,他暴跳如雷。路得在留给她孩子的笔记本上写道,她进退两难。她辞去了邻州的体面工作,几乎卖掉了所有家当,但现在她感觉自己不得不"为维系这段关系竭尽全力"。提摩太告诉路得他很痛苦,正是痛苦导致他反复无常、为小事大发脾气——这些小事包括路得因太过疲惫不愿与他同房,或是不想和他去钓鱼。路得相信了提摩太的说辞。她写道,她近距离观察到了什么是真正的病态,明白了痛苦会怎样撕扯一个人的内心,吸各类毒品会怎样影响一个人的人格。路得想知道,上天派她到提摩太身边,是否是为了让她帮提摩太解决这些问题。他们命中注定要相遇,或许她就是拯救他的那个人。提摩太情绪平稳时,会在路得早晨倒咖啡时来到她身后,会在沙发上环抱着她看电视。那时他是一个温暖又体贴的男人,是路得认识的那个他。路得已经太久没有坠入爱河了,她已经孤独地生活了几十年,而现在她不再孤独了。

路得生平中隐含的疑问,同时也是小组成员隐藏在内心深处的疑问——路得的生活中是否存在可以对家暴进行干预、使她免于被杀命运的人或事？她的朋友知道她在遭受家暴吗？如果他们知道，是什么时候知道的？她去教会吗？如果她去，那么教会成员知道她被家暴的事吗？或许牧师知道？她身上有过明显的伤痕吗？她的工作经历是怎样的？她是否缺勤过？她是否在其他恋爱关系中遭受过暴力？如果是这样，那些关系都是怎样收尾的？凶杀有没有可能被阻止？有没有一个可以改变一切的瞬间？路得和提摩太迅速确定正式关系这点也值得注意。男方追求女方的时间很短，或者说，一见钟情是私人暴力的特征之一。洛奇和米歇尔的关系也有这一特征。

接近中午时，小组成员整理好了路得的时间线，写满了好几张纸。提摩太的生平会填满墙壁的空余处，这些巨幅纸张将贴满整间会议室。

蒙大拿小组邀请当地人参与致死案核查，提供相关信息。这些人不是小组的正式成员，但会参与特定凶杀案的讨论。在提摩太和路得的案子中，一些当地警察会前来谈论他们对提摩太的印象。提摩太是个退役军人，很喜欢狗。他有点儿自以为是，时常吹嘘自己参加过搜救活动，尽管他从未隶属于任何搜救小队。他遭遇过几次事故——一次车祸、一次全地形越野车事故，当时他正在吃处方止痛药。他似乎有许多获取这类药品的渠道，如退役军人事务部和当地的各科医生。和许多蒙大拿人一样，提摩太家中有个小型武器库，但和大多数人不同的是，他的所有武器都装满了弹药，像是随时准备开始末日审判。韦伯斯戴尔说："从枪击和凶杀现场的一些细节可以看出施暴者有多愤怒。"一个常见的现场就是受害者身中数枪，且现场证据表明，施暴者在射出足以致命的子弹后仍继续长时间向已死的受害者开枪，甚至直至打空枪膛为止。凶杀现场显示出了施暴者的愤怒程度。家中反抗得最厉害的人通常会第一个被杀（在米歇尔·蒙森·莫索尔案中就是这样）。作为伴侣之间矛盾焦点的继子或继女身上会有超乎寻常数量的子弹。有时警方会在一个受害者身上发现一颗致命的子弹，而在另一个受害者身上发现许多颗。"这些细节并非无关紧要。"韦伯斯戴尔说。它们揭示了施暴者的心理状态和伴侣之间特殊的心理张力。并且，它们往往显明了可采用的干预手段，例如心理健康领域的干预措施。

针对提摩太和路得的案子，小组开始在曾经看到过的其他案件资料中寻找相关联的因素。后来，提摩太的确找到了一座房子，他们从拖车搬到了那里。然而，房子位置偏僻，彻底切断了路得与外界的联系。热衷编造英雄故事这一点暴露了提摩太内心的自卑和不安全感，或许也表明他患有自恋症。作为退役军人，提摩太经常到退役军人事务部求助。他也常进当地警察局，警察们对他很熟悉。一个警察说提摩太很像"燥山姆"（Yosemite Sam）[①]，另一个警察说他清楚地知道自己可以巧妙避开法律惩罚。提摩太身负数个其他州的限制令，但蒙大拿州的执法机构并不知情，因为不同州的体系之间很少交流。路得应该也不知道这件事。在今天这个高度联结的世界中，我们可以用无人机运送厕纸，用机器人吸尘器清理地毯。然而，对于施暴者和他们的过去，我们似乎仍旧不能建立一个实现州与州之间、民事与刑事法院之间信息互通的数据库。提摩太的一任

[①] 动画《兔八哥》中的人物，性情暴躁专横。

前女友告诉小组成员,她一直在社交网站上追踪提摩太的动向,以确保提摩太没有接近她,以此保障自身安全——尽管她那时和家人住在离提摩太几千英里远的地方,并且已多年未与他联系。在其他案子中,受害者申请了针对提摩太的临时限制令。他会等到限制令过期后、伴侣更新限制令前继续进行骚扰,这就是他巧妙利用法律漏洞的方式。

"其他女性都申请了针对提摩太的临时限制令,"一个组员说,"但路得没有,他杀害了那个没有离开他的女人。"

小组了解到,提摩太曾有一段短暂的婚姻。提摩太的前妻曾向牧师寻求帮助。如今,那位牧师也到了会议现场,讲述提摩太和他前妻的事。牧师身材高大,留着胡子。和这间会议室中几乎所有人一样,他的腰带上别着一把枪——因为这是在蒙大拿州。在小组成员中有一位已退休的法医护士,她毫不掩饰地表达对枪的厌恶,其他组员常常就此揶揄她。每次谈起这件事时,穿着毛背心的她,总是在用毛线织着什么。到了提建议的环节,她会拿起别基那支巨大的记号笔,在白纸上写满"枪、枪、枪"。"想避免凶杀案发生?"她说,"那就丢掉枪。"在我们开会的两天里,她反复强调着这一观点。

牧师开始谈论提摩太的前妻。他们一起去申请了限制令,牧师还劝她告诉法官她有多害怕。法官没有通过限制令,但牧师知道她身处危险中。因此他介入其中,为她设计了一个安全方案。"我们给她买了一辆新车。"牧师说。这样提摩太就无法跟踪她了。并且,尽管教会也受到了提摩太的威胁,他们还是给她找了一个安全的地方住。"我们很确定他在追踪他们。"牧师说。

至于警察,甚至那些熟知提摩太劣迹的当地警察,他们对此一无所知，甚至不知道他结过婚。

指责负责这起案子的法官很容易，但法官并不知道提摩太跟踪其他女性和他的几位前女友申请限制令的事。因为这些事大多发生在其他州而不是蒙大拿州。并且，更重要的是，限制令主要是由民事法庭负责的，打破限制令才是刑事案件。虽然提摩太身负多个不为多数人所知的限制令，但他没有犯罪记录。不同系统、法庭、机构、州之间有很深的鸿沟。

现在小组的工作进行到了关键时刻。他们整理好了路得和提摩太的生平时间线，听了当地警察和牧师提供的关于他们的信息，了解了一些案件发生地的经济与文化。现在他们将这些结合起来，寻找危险信号。执法人员认识提摩太，他的工作不稳定，有跟踪和不遵守限制令的前科，服用大量止痛药，有夸张的妄想、严重的自恋症和极度恶劣的操纵手段。他编造了许多服役期间的事，在社交媒体上发布了许多英雄主义事迹，但没人能找到他做这些事的证据（比如，当地报纸上找不到相关报道）。凶杀现场显示他死得干净利落。他舒舒服服地躺在床上，出血量很少。而路得的遇害现场狂乱而恐怖。路得写道，她想救提摩太，虽然世界已经抛弃了他，但她不会。她也没有稳定的工作，而且在当地没有家人或朋友，缺乏人际关系上的支持。路得有时会去教会，和牧师比较熟，这是她与其他人仅有的联系。路得和提摩太很快开始正式交往，然后她就发现自己几乎和所有人断了联系。提摩太以需要路得为借口，很少允许她出门。这些危险信号在其他家暴案中也十分常见：迅速确定关系、孤立与掌控受害者、失业、嗑药、自恋、撒谎和跟踪。

现在小组会通过研究提摩太和路得在哪些环节中与体系产生了

联系，寻找可以进行干预的时间点。他们每年都会提交给蒙大拿立法机构一份列有建议的报告。现在，这些建议渐渐生成了。或许可以说，这是在眼睛上标记的人人都能看到的"X"。

他们首先研究了提摩太去看病的地方——退役军人事务部，然后研究了提摩太前妻和他打的官司。警察认识提摩太，他有跟踪前科，有人申请过针对他的保护令。有个家庭健康护工一星期会为提摩太服务几次，她曾告诉她的主管提摩太的情绪反复无常。主管告诉她别管这些迹象，只要完成工作就好。路得的牧师也对他们的事稍有了解。"这里有五个可以干预的节点，"马修·戴尔说，"分别是退役军人事务部、心理健康咨询机构、执法机构、司法机构和神职人员。"

其中一个倡导者举起了手，说她之前不太确定，现在和办公室的人打电话确认过了。实际上，路得很久以前到过她的办公室一次。她没见过路得，但一个同事见过。那天，路得开车四处奔走，车中放着全部家当。这就是倡导者知道的全部。她不知道那时路得是否已经与提摩太交往，又是否得到了机构的帮助。但不管怎么说，小组认定这也是一个可以干预的时间点。如果算上无家可归人群庇护所，就又多了一个错失的机会。

会议第二天午休期间，小组让大家提建议。那个退休护士说："枪、枪、枪，丢掉枪！"一些警察笑了起来。"这可是蒙大拿。"有人这样说道。

"那又怎样？！"护士说。她不断织着毛线，浑身散发着祖母般的魅力，但立场坚定。她知道在蒙大拿州，她永远不会赢得这场战役，但这不会阻止她为此战斗。

建议从会议室四面八方传来，五个、十个、十五个。这么做的目的是将所有的建议摆在台面上。他们会先采纳最切实的建议：那些不用付出太多代价就能实现、不会在立法机构引发极大争议的建议。提摩太曾身负限制令，但由于沟通问题，这件事不为人所知，甚至连当地警察都不知道。针对这一重要信息，他们提出了最主要的建议——获得查看其他州限制令记录的权限。戴尔说，他们应该效法酒驾记录——现在在蒙大拿，酒驾记录仍然被收录在个人档案中。简单地调整后，临时限制令的记录会被保存在系统中，即使过期也能被查到。

此外还有其他建议，调整幅度似乎都很小。一些建议源于其他致死案的核查，如让神职人员接受应对家暴的培训（"更多女性选择向牧师而不是向警察或倡导者倾诉。"韦伯斯戴尔告诉我），与退役军人事务部沟通将电子版处方发给其他医生，消除民事法庭和刑事法庭之间的沟通障碍。最后，他们一共列了二十多条建议。戴尔和小组成员做了些删减，只有几个建议会被列入报告。虽然报告的内容来自四起小组核查的案件，但为了保护案件当事人隐私，这些建议不会针对任何一起案件。因此，在我参与核查期间生成的报告中，只有两三个建议看起来是源于提摩太和路得案的。这些建议包括推广风险评估，培训法官、执法人员和健康护理人员，帮助他们了解家暴案及其复杂性。

这些调整似乎小得让人沮丧。然而，这些微小的变化让蒙大拿州和其他州发生了极大的改变。马修·戴尔很喜欢讲这样一个故事。一名女性申请了对施暴者的限制令，而施暴者在有效期内违反了限制令。警方赶到了现场，却出于一个再小不过的原因，无法在现场辨认限制令的有效期限——限制令被印在了一张纸上。纸这种东西，会随着时间渐渐磨损。限制令由法院下发给受害者。那名女性接到限制令、有效期还没过去时，上面的字就已经变得模糊不清。因此，蒙大拿州后来开始推广一种叫"希望卡"（Hope Card）的东西。希望卡是一张驾照大小的覆膜卡片，上面有施暴者的身份信息，包括一张照片、限制令的有效期和其他相关信息。受害者可以拿到数张希望卡，并把它们分发给同事、老师、孩子学校的管理人员，或是任何需要了解限制令相关信息的人。爱达荷州和印第安纳州都已开始推广希望卡，还有十多个州研究跟进了蒙大拿州的项目。

米歇尔案是蒙大拿致死案核查小组调查的第一起案子。调查成果之一是，在现有制度下，洛奇不会在那天早晨被保释出来。这意味着他会被关押更长时间。倡导者可以有更多时间与受害者联系，整理安全计划、风险评估和时间线，提供庇护所或其他紧急求助方案。倡导者还可以为受害人及其家人提供信息，使他们明白自己看到和经历的事意味着什么。当时的米歇尔已经没有时间了，那头熊正在向她渐渐逼近。倡导者本可以与她见面，为她做风险评估。现在比灵斯有一位叫凯蒂·纳什的警察。她负责处理家暴案，十分尽职尽责。假设纳什可以跟进米歇尔的案子——就像跟进街头巡警上报到警察局的其他案件一样——他们会制订一个安全计划，内容包括换米歇尔家的锁，将米歇尔、克丽斯蒂和凯尔转移到一座安全的房子或旅馆里住一段时间，并给洛奇戴GPS脚环。洛奇可能会因犯下非法闯入民居（入室盗窃）、故意破坏公共财产、疑似绑架儿童、刑事伤害等重罪遭到起诉；警察可能会搜查米歇尔家；法官或许可以让洛奇参加施暴者干预课程——可能性是无限的。

基于米歇尔案，蒙大拿小组也提出了其他建议。他们建议禁止因家暴被捕的人与外界联系。如果洛奇是现在被捕的，他便无法在狱中与米歇尔取得联系。他们也建议体系在施暴者刑期已满或被保释前警告受害者，这样米歇尔就可以提前很久知道洛奇出狱的事。他们也建议为像米歇尔这样撤回证词的受害者提供家暴相关信息，如当地反家暴资源的获取方式。希望在接下来这些年里，他们可以更雷厉风行地推广基于物证提起诉讼的模式。

在蒙大拿州和其他州的报告中，一些建议年复一年地出现。这些建议包括推广风险评估，缩小技术差距，如消除民事和刑事法庭、倡导者和警察之间的信息互通障碍。更多的培训也被多次提及。然而，至少在蒙大拿州，关于枪支管控的建议很少出现。

萨莉向我反复提起米歇尔得知洛奇被保释出来的那个瞬间。萨莉说那一刻米歇尔彻底变了，她放弃了离开的打算。"她真的以为洛奇会在里面待一段时间。"萨莉告诉我。或许我们没有办法知道这些改变是否会让米歇尔和两个孩子活下去。这就像是在试图证明没有发生过的事。唯一可以肯定的是，如果什么都不做，就不可能有改变。在蒙大拿州，每个与我交谈过的人都毫不怀疑地相信这一点——米歇尔·蒙森·莫索尔的死拯救了许多人的生命。

后来

在保罗·蒙森将家庭录像带交给我很久之后,我才开始看。萨莉告诉我,米歇尔刚刚去世那几年,她反复地看这些录像带,只为了听一听米歇尔的声音。保罗也看了许多遍,但他什么都没能发现。没有一个片段能让他明白,为什么他会失去女儿和两个外孙。

我将这些录像搁置了这么久的原因之一,是我认为我无法发现保罗没有发现的东西。但说实话,我其实很害怕看这些录像。我想这可能是因为我不想将洛奇视为顾家的好男人;也有可能是因为我怕我也会像保罗一样寻找那些线索,但一无所获;又或许是因为记录着他们生活的影像会提醒我,洛奇、米歇尔与她的孩子们和我们一样,都是脆弱、容易受伤、会害怕、会愤怒、需要帮助和支持的人。并且,我们和我们的家人、朋友、邻居在面临与米歇尔相同的处境时,会和她一样束手无策。我遇到的每个受害者都向我表达过同样的观点——我不是典型的受害者。

还有一个原因,一个像我这样当作家或记者的人很少承认的原因:在与米歇尔和洛奇的家人相处期间,我感到米歇尔、克丽斯蒂、凯尔甚至洛奇的死都在重塑我的世界观、扭曲我眼中的世界。

有一段时间，我需要用意志力控制自己，才不会把每个我遇到的男人视为潜在的施暴者，把每个女人视为潜在的受害者。没人想过这样的生活。我知道这点，深切地知道。所以，看录像带前的一整年里，我没有做任何与暴力有关的事。我运动、阅读、画画、看咨询师，避开与家暴、凶杀案相关的信息和警方报告。

终于这样度过了整整一年，不久前的一个夏日，我重新开始调查。我与朋友们待在一起，打开硬盘中的录像，开始观看。录像的内容混乱无序。

第一段录像中，我看到了克丽斯蒂。她穿着粉色运动裤和迷彩连帽衫。她的母亲抱着她从巨石间穿行而下，后来她的父亲将她扛在肩头。

洛奇从摄像机后对妻子说："微笑、微笑。"

另一段录像中，米歇尔喝醉了，看起来一点儿也不像平时的她。她穿着暴露的短裤，试着在厨房中站起来，哈哈大笑。洛奇也在笑。他让米歇尔走直线、倒着走、倒着背字母表。米歇尔嘬了一口啤酒，同时洒了一些出来。洛奇说着"稍后我们会进行后续报道"，像是一个在报道突发新闻的记者。下一段录像中，米歇尔穿着黑色短裤，倒在浴室地板上，仍旧醉醺醺的。她的短裤被人拉下来，露出了臀部。这一场景过于私密，让人感到很不舒服。洛奇笑着说："这是谁干的？"米歇尔也笑了，但双眼紧闭。"让我单独待一会儿。"她不断重复这句话。录像中断了几秒后，米歇尔赤身裸体地出现在镜头里。她趴在马桶上，恶心反胃，而洛奇想录下她向马桶里呕吐的场景。米歇尔十分恼火，但无力反抗。她伸展四肢，试图站起来。洛奇说："稍后我们会进行后续报道，各位，我们会进行后续报道。"

家庭聚会或圣诞节的影像间或出现，它们几乎都是在莎拉和戈登家中录制的。绝大多数录像中只有米歇尔一家四口，他们往往在野营。洛奇又哄又劝，说服凯尔和他一起从岩石上跳到了冰冷的河水中。克丽斯蒂没有跳，洛奇也没让她跳。对不同性别的孩子的不同期待已经显现出来。然后，洛奇将摄像机放在石头上，四人罕见地同时出镜了。米歇尔和凯尔穿着救生衣。克丽斯蒂走近镜头，微笑着说："我在吃苹果。"那只苹果是她手的两倍大。这是我第一次看到她表现得如此活泼。她是一个安静的孩子，善于观察，沉默寡言。凯尔则举止夸张。克丽斯蒂向家人走去。洛奇和凯尔一起从那块岩石上跳了下去。下一秒，米歇尔也跳了下去，被冰冷的水激得尖叫起来。她的身影隐于岩石后方。他们三个抛下了克丽斯蒂，她一个人站在岩石上，手里拿着苹果。

孩子们像幼虫一样在吊床上玩耍。录像的背景音中，汤姆·佩蒂嘶吼着"真爱很难找到"。洛奇从河底捞上来一条毛巾，说："不冷，很暖和。"他不断重复着"你只需要做好心理准备"这句话。洛奇带凯尔上了一条黄色充气皮艇，横穿一条细小的湍流。米歇尔朝他喊："傻瓜！"洛奇将皮艇掉转到顺流的方向。接下来是峰顶覆盖着皑皑白雪的山脉远景。一条瀑布急流直下，由于距离摄像机太远，听不到水流的声响。凯尔穿着救生衣，带着船桨，从茂盛的草丛中穿过。凯尔自己也拿着机器录了一会儿，他拍的画面中出现了好几个长镜头。他拿着便携式摄像机晃晃悠悠地走在布满石头的小路上，影像模糊不清，晃得让人头晕。"河里有虫子。"凯尔奶声奶气地说。

"凯尔，水里有多少虫子？"克丽斯蒂说。他们站在路边，几辆车呼啸而过。

二〇〇一年七月，孩子们在家后院荡秋千。凯尔荡得太高，链条发出了吱呀声。不久后，凯尔坐到沙发上，旁边是一个吃着绿色棒冰的婴儿。电视正在播放广告，有人正说着"拥抱生活本来的样子"。婴儿是个叫泰勒的金发男孩，是邻居家的孩子。

洛奇在后院抓到了一条袜带蛇，把它放进一只黄色的桶里。"克丽斯蒂在哪儿？我给她抓了一条蛇。"他边说边在家中走来走去。

克丽斯蒂在浴室门后尖叫。"不，不要，你吓到我了。"

洛奇笑了起来。他拿起一支棒冰。

"不要，"克丽斯蒂说，"这不好玩。"

洛奇意识到克丽斯蒂吓坏了，笑了起来。他递给克丽斯蒂那支棒冰，带着桶走掉了。

然后又是野营的影像。克丽斯蒂将树枝扔到火里，烟雾弥漫。米歇尔在录像，洛奇穿着红色T恤和牛仔裤，正在喝啤酒。凯尔在吊床上晃荡着，叫着"爸爸，看啊，爸爸，看啊"，试图吸引父亲的注意。背景音是AC/DC乐队咆哮般的歌声。莎拉说每次去看他们时，重金属音乐都震耳欲聋、永不停歇。洛奇将一条腿抬起来，倒退着蛙跳，向着凯尔的方向接近，但没有转过身去。凯尔从吊床上跳下来，四肢着地。洛奇转头看了他一眼，又继续绕着一个巨大的圆圈蛙跳着。凯尔爬回吊床，叫道："爸爸，看啊，看啊！"洛奇在空气中比画着，弹着一把不存在的吉他，头随着音乐的鼓点猛烈摇晃着。他绕回米歇尔附近,对着镜头扭曲面容,做了个鬼脸。有那么一刻,他看起来很吓人,但紧接着他后退一步,微笑起来。他拿起一罐啤酒,一饮而尽,喉结上下移动着。

在这些野营录像中还混杂着一部阿莉莎、米歇尔和梅拉妮的童年 DVD 影像。DVD 中,梅拉妮有时在,有时明显还没有出生。三个孩子长得很像,也都很像萨莉。她们都有厚厚的上唇、大大的圆眼睛和长脸。年幼的阿莉莎和米歇尔总是一起骑双人自行车。在万圣节,她们装扮成了小丑和牛仔。过生日时,她们会给彼此喂蛋糕吃。在其中一段录像里,保罗把她们俩放到敞篷货车车斗上的一堆叶子里。那时保罗和萨莉还没有离婚,萨莉也在录像中。她那时很瘦,脸上带着微笑,夹着卷发夹的头上围着围巾,似乎梳着多萝西·哈蜜尔那种波波头。三个女孩一起洗澡、骑自行车、骑三轮车、坐摩天轮。她们一起推着购物车,在客厅里转来转去。她们在客厅里唱着"编玫瑰花环"玩游戏。灰烬,灰烬,他们都倒下了。①

洛奇喜欢拍米歇尔穿着内衣的样子。米歇尔的腿修长瘦削,那些年,洛奇拍了许多她臀部的特写。这是一种极幼稚的男性凝视。米歇尔有时会拒绝,但大多数时候她只是无视洛奇的举动。她知道镜头迟早会移到其他地方。在电影制作中,这种物化——电影制作者或观众将女人视为一种色情载体——体现了关系中的权力机制。洛奇做了米歇尔不想让他做的事,在米歇尔拒绝他后仍这样做。最后,米歇尔在洛奇的力量前妥协了,而洛奇像他一直期望的

---

① 英国儿歌《编玫瑰花环》(*Ring Around the Rosy*)歌词。

那样取得了胜利。我有种不去过度解读这些片段的冲动，想举起双手说："哎，别这样，这只是家庭录像，他只是在开玩笑。"我认为，受害者不会无缘无故向施暴者妥协，这是一个渐渐侵蚀的过程 —— 施暴者一步一步、一点儿一点儿地剥夺一个人的人格，直到对方不再觉得自己是人。在我看来，米歇尔显然彻底丧失了自己的权力 —— 洛奇禁止她工作、拍摄她的身体，最后夺取了她的性命。为什么洛奇拍摄穿着内裤的米歇尔这件事并不妥当？

因为米歇尔让他停下来。

但他没有停下来。

最后米歇尔放弃了，不再拒绝。

这是失去自己权力的第一步。

米歇尔罕见地成了拍摄者。她录下了凯尔骑着车在森林中一小块空地上疾驰的画面。她还拍到洛奇沿着岩石往下走。他没穿上衣，脖子上搭着毛巾，嘴里叼着烟。他整个夏天都来野营，发梢在阳光下透出金色。他走到米歇尔身边，含糊地说了句什么，好像在问"这是什么"。米歇尔羞怯地说："我的证据。"

虽然事情是瞬间发生的，但我仍然不懂保罗为什么没能捕捉到这个片段 —— 洛奇来到米歇尔身边，嘴唇扭曲，做出一副怪相。看嘴型，他好像说了句"操你妈"。接着，洛奇对米歇尔和摄像机挥出右臂，录像随即中断。然而，你还是可以看到瞬间爆发的、不加掩饰的怒气。洛奇使出了全力，不是在闹着玩，他的胳膊像鞭子一样迅疾地击向米歇尔，画面变得一片漆黑。我重放了这段录像，调慢播放速度。没错，洛奇的脸在那一瞬看起来如同野兽。他抬臂向米歇尔挥去。和洛奇一样，米歇尔也对这种情况有条件反射。她熟练地关上了摄像机。我关上播放器，把一个朋友叫了过来，没有告诉他任何有关录像的背景信息。"看这个，"我对他说，"然后告诉我接下来会发生什么。"

这一片段大概只持续了两秒左右，打个喷嚏就可能错过。我和我的朋友唐一起看了这段录像。现在我已经看了第三遍、第四遍、第五遍了。

"天啊。"唐看着录像说。

米歇尔的父亲给我的最后一张 DVD 上标注着"莫索尔家 2001 最后一卷"，里面有许多野营的影像。克丽斯蒂和凯尔坐在沙发上看电视。洛奇从钓钩上取下一条鱼。他的下巴一动一动的，好像在咀嚼着什么。在米歇尔家后院的小充气泳池里，一只小鸭子在游泳。"鸭鸭，"克丽斯蒂边对鸭子说，边想摸它，"我潜到水下，你吓了我一跳！"接下来，我看到一只龟爬过了前院。洛奇的白车斜停在草坪上，旁边是一辆小型摩托车。汽车没有引擎盖。还有那辆福特野马的无声影像，洛奇总是在车库里没完没了地摆弄这辆车。

录像仍在继续，但无法弄清距上一段影像的拍摄时间过了多久，似乎过去了几周或是几个月。下一段是克丽斯蒂正身穿紫衣，而再次持机拍摄的米歇尔正看着她年幼的女儿低头站在水边。克丽斯蒂犹豫着向前走了几步，将脚趾尖伸到水里，然后停下了。

然后，他们出现在山洞里。那是二〇〇一年九月。

米歇尔穿着剪短的牛仔短裤。"在黑暗中，"洛奇说，将镜头从山洞岩壁转到妻子的臀部上，"也让你妈看看她到底长什么样。"

最后一段录像中有个六边形笼子。笼子里有一条盘起来的蛇。它盯着摄像机，上半身呈"S"形盘曲着。蛇背上有深棕色的菱形图案，身体中段很粗。这是一条响尾蛇。它在笼子里盘得像缎带一样紧。这个笼子对它来说实在太小了。洛奇在录像，可以听到孩子们的声音。洛奇用左手手指敲了五六次玻璃。蛇几乎纹丝不动，只是懒洋洋、慢悠悠地抬了抬眼皮，看着不断敲击玻璃的手指。它吐了几次信子，但似乎对洛奇试图吸引它注意力的行为无动于衷。然后，忽然之间，蛇啪的一声撞上了玻璃，然后又恢复成盘曲的姿势。这一切发生得太快，你甚至无法看清它的动作，只能听到一声撞击声。"哇。"洛奇说，"刺激。"玻璃使他幸免于难。爸爸万岁。

这是录像的最后一幕——蛇、不断的敲击、证明自己压制性力量的洛奇——哪怕换个场景，这个被压制的对象可以瞬间要了他的命。

洛奇的声音回响着。

"刺激。"

然后录像停止。

2 起始

忏悔

吉米·埃斯皮诺萨的狩猎对象是那些软弱的女孩。脆弱就像粉底一样贴在她们的皮肤上。他能通过她们的眼神和走路姿势锁定目标。一看到她们那种有些迷茫又有些渴求的脸，他就知道自己一定可以得到她们。她们中的大多数都很年轻，是迷失的，也是容易被掌控的。"如果一个女孩没有父亲，"埃斯皮诺萨说，"我就知道我可以得到她。"他对待伴侣的方式和对待为他工作的女孩的方式没有区别——像处置他的所有物一样随心所欲地抛弃她们。他由着性子随时随地殴打、侵犯她们。她们要做的是服务他。

这么做是否正确不在埃斯皮诺萨的考虑范围内。他没有道德观念。在有些地方，金钱遵从着弱肉强食的逻辑：你得到的越多，失去的就越多；失去的越多，需要的就越多；需要的越多，拉的客就越多，如此循环往复。二十世纪九十年代，吉米·埃斯皮诺萨是旧金山最臭名昭著的皮条客之一。在"全盛"时期，他每天能赚大约一万五千美元。那时的旧金山教会区还不是个以拿铁和名牌牛仔裤著称的地方，去那里很容易惹上一身麻烦。

吉米的过去非同寻常。没人能想到，有一天，他会成为曾经关押他的监狱中的一名反家暴项目主导人。在过去,他会对他手下的女人、他交往的女人、敌对帮派成员和他看不顺眼的人暴力相向。而如今,人们会用"他的暴力"来指代他过去的行为。强暴是他武器库中的一件武器。在他看来,过去的自己就是个"社会底层的杂种"。那时,如何存放一摞摞钞票是他唯一忧心的事。他把钱塞进床垫,塞进汽车车座,塞进一切他能想到的地方——那种脏钱不会存进银行。连他的耐克鞋盒里都塞满了百元大钞。吉米有一辆宝马、一辆奔驰和一台赛车摩托。"我想告诉大家我是个拾荒者,"他指的是现在的自己,"完全是社会底层人。"

吉米的光头上刺满了旧金山著名景点的文身:泛美金字塔大厦、金门大桥,还有一辆有轨电车。你甚至可以在他的头皮和后脑勺上规划旅游路线。他的指节上文着"tuff enuf"①,脖子上的一个文身写着"Est.1969"②。

前不久,吉米向"哈克贝利之家"(Huckleberry House)捐助了五百美元。对现在的他而言,这是一笔不小的钱。哈克贝利之家服务于当地的"问题青年"。用吉米的话说,这个机构是为那些"离家出走后沦为妓女的女孩"设立的。这是他的忏悔,他在向那些曾处于他阴影下的女人赎罪。他想找到她们,向如今已不知所踪的她们表达他的歉意。他说,他不知道那时的自己在做什么。他真的不知道。他很怕她们中有人——甚至大部分人,都已经不在人世了。

---

① 布鲁斯摇滚乐队 The Fabulous Thunderbirds 发布的歌曲名,同"tough enough",意为足够强悍。
② 意为"始于1969年"。

吉米一生的情感线由三个故事构成，他的人生亦像一部三幕剧。这三个故事对他的肉体和灵魂产生了极大的影响。它们可以被归结为三个问题：你遭遇过最糟的事是什么？你做过的最糟的事是什么？你爱的人遭遇过最糟的事是什么？能马上给出答案的人或许能在一定程度上理解吉米现在在为什么而活。第一个故事发生在吉米的童年时期，那时他八九岁。第二个故事发生在他二十五六岁的青年时代。第三个故事则发生在他完全成熟后。吉米翻来覆去提到这些故事，并不是为了宣泄情感，而是因为它们为与他并肩作战的人带来了无穷的力量。如果这个不可预测的可怕世界给你的生活带来了巨大变故，你会怎么做？没有人能逃离人生中的巨大变故。如果你是吉米这类人，就会变得卑鄙而刻薄，而这意味着你会刺激世界进一步伤害你，如此恶性循环。继续啊、我能承受住、我坚不可摧、我是个混蛋男人——就这样，你越愤怒，就越会惹上麻烦，越惹上麻烦，就会越愤怒，永无休止。

你会被困在循环里困到死，除非奇迹发生，才会彻底清醒过来。吉米身上发生了奇迹。如果他出生在另一个州、在另一家监狱坐牢，或许他就只会"死于非命"，而不会拥有他的三个故事。许多吉米认识的人就这样死去了，今天他仍在为他们中的一些人收尸。所幸，吉米出生在旧金山埃克塞尔西奥区。在那里，他因为帮派纠纷被关入了一家叫"圣布鲁诺"（San Bruno）的监狱。恰好在那时，圣布鲁诺开启了一个非同寻常的大胆实验。

在讲述圣布鲁诺的实验和三个影响吉米一生的故事之前，我需要先讲另一个故事。这个故事开始于六十多年前，在苏格兰一个以工人阶级为主的村庄里,住着一个充满好奇心的孩子,名叫哈米什·辛克莱。

辛克莱的祖父是石匠,年轻时死于矽肺病。辛克莱的父亲是个锅炉工,一个专制主义者,在辛克莱十三岁时也英年早逝了。辛克莱一生都在关注工人阶级的挣扎,他就是工人阶级中的一员。在位于金洛赫利文的村庄里,几乎所有家庭都仰赖当地铝工厂生活。金洛赫利文三面环山,村里没有其他产业。在辛克莱小时候,村民们除了在工厂工作外别无选择。"在村里时,我最想做的就是离开那个鬼地方,"辛克莱告诉我,"如果一个厂里的工人有四个孩子,就只有一个孩子可以继承他的职位,其他三个必须另谋出路。"

因此辛克莱离开了。他想要成为一个画家,一个艺术家。他进入了英国的布赖恩斯顿高中。这个学校采用的是道尔顿教学体系(Dalton system),它与蒙台梭利(Montessori)教育法类似,推崇孩子的全面教育。道尔顿体系没有采取二十世纪初大部分学校施行的死记硬背的教学方法,而是提倡学生成为自己的老师。课程计划是个性化的,学生的任务是学会学习方法和自主学习。在辛克莱的学校,有可以解答问题、提供指导建议的老师,也有专业的导师。但整个系统的核心理念是强调个人在教育形态中的积极作用。这种理念深植于辛克莱的生活与工作中,今天仍旧如此。我们曾相约在旧金山田德隆区的一家饭店,我坐在他身旁,听他谈起他的一生。我可以很清楚地看到,他的职业生涯是由一个个项目构成的,并且,他自创了完成每个项目的方法,包括在纽约记录反越战游行、潜入泰晤士河畔录下反核潜艇的抗议。那天晚上,我们谈了好几个小时,在饭店关门后转移到一家酒吧,又在酒吧关门后转移到附近一家旅馆大堂的壁炉边。我们聊到凌晨，整个城市都陷入了沉睡。在他的每个故事、每个十年中，"创造"都是核心理念。

现在辛克莱已经八十五岁了。他有一头蓬乱的灰色卷发，说起话来好像刚刚走出一九六八年的旧金山海特街。他戴着一条十字架项链，让我想到富有魅力、不修边幅的怪叔叔。辛克莱的口音很轻，多年来，我始终无法辨认这种口音出自哪里。或许是加拿大口音？又或许是爱尔兰？明尼苏达州？还是苏格兰？

从布赖恩斯顿毕业后，辛克莱的故事是那样漫长、丰富而迷人。或许有一天，另一个作者会在另一本书中完整地写下他的故事，包括：爱尔兰海边的一张床和一顿早餐；在一个狂风骤雨的漆黑夜晚，他将卧室给一位美国的电影制片人住，后来制片人将他带到了纽约；他在纽约成了摄影师和社会活动家，并在越南战争抗议期间，袭击了一名 FBI 官员；之后，他短暂地离开过纽约，前往伦敦，回到美国后成为工会运动的核心人物，起初与肯塔基州的煤矿工人一同抗议，而后和密歇根州的汽车制造工人并肩作战。谈及来到美国、早年参与社会运动和民众抗议那段日子，辛克莱说："我处于社会变革的浪潮中，而且位于风口浪尖。"他见证了底特律的黑人民权运动（the Black Power movement of Detroit）和七十年代女权运动的兴起。在辗转各地、组织运动并从全国各地的人身上获取信息的过程中，辛克莱心中逐渐浮现出一个问题——

为什么那么多他认识的男性都会打人？

当然不是所有男性都这么做，但在辛克莱组织、结交并与之并肩作战的男性中，打人现象非常普遍。这些男性主要来自纽约州、肯塔基州和米歇尔州的工人阶级。甚至在他的家乡英国，这种现象也很普遍。那时家暴并不在辛克莱的思考范畴内,他满脑子想的都是关于阶级政治和劳工权利的激进行为。他思考着底特律的黑人民权运动和肯塔基州的矿工运动有哪些相同之处。辛克莱是个社会活动家,他努力将人们组织起来进行联合运动。然而,在应该由谁领导运动、为什么由某个人来领导以及如何领导的问题上,他一直在和父权、大男子主义的观念打交道。一九六八年芝加哥暴动后,辛克莱前往底特律组织汽车制造业工人进行运动。至少在一定程度上,他关注着不同种族人群之间的关系,让更多的白人与黑人兄弟一同奋战。他没有想过性别的问题。

在底特律待了几年后,一群女人去找辛克莱,说她们也想组织运动。她们中的一些人是参加过辛克莱组织运动的男人的妻子。以辛克莱的立场来看,他会帮助任何想得到帮助的人。如果你已经准备好向带有歧视的体系和不公正的劳工待遇宣战,如果你为正义而战,他就不会在意你的身份。参加者越多,影响力越大;影响力越大,改变的可能性就越高。然而,辛克莱发现与他同一战线的男性并没有平等的性别观念。他们激烈反对女性组织运动。时值一九七五年,女性解放运动才刚刚起步。随着越来越多女性加入辛克莱的团队中,一些他帮助过的男性开始抱怨女性是组织不起来的。他们认为组织运动是男人的事。"五年来,我一直在这座城市组织运动,"辛克莱谈起在底特律度过的那段时光,"当这些男人说'你不能组织女孩'的时候,我发现我的努力全白费了。"他们的话让辛克莱震惊不已。

辛克莱和那些男人举行了一系列会议。每场会议的气氛似乎都愈加紧张,男性至上的思想根深蒂固,人们的情绪愈发高涨。

一天晚上，开完第三场会后，一个在辛克莱团队中担当重要角色的男人回家后狠狠殴打了他的妻子。他下手很重，以至于几个女人——辛克莱称她们为"像钉子一样坚韧的女人"——第二天来找辛克莱，让他不要继续开会了。那个男人是认真的，许多女人的丈夫都不想让她们组织运动。运动被迫停止了。辛克莱说那时他认为丈夫不能打妻子，不是因为家暴有违道德，而是这样的行为会使团队分裂。"我身陷其中，那些男人悬赏抓我。"有六个月时间，辛克莱都在"地下"活动，很少离家，并在外出时携带保镖。

六个月后，他们达成了休战协议。那些男人找到辛克莱，想要重新开始组织运动。辛克莱回答可以，并问他们是否准备好接纳女性成员。男人们惊呆了，反问辛克莱，他们不是已经对此表明态度了吗。辛克莱告诉他们："我不会与因性别将团队分成两半的人共事。"

辛克莱的工作伙伴说服他是时候离开底特律了。男性和女性之间的矛盾已陷入僵局。如果辛克莱不离开，就会死于非命。

因此，辛克莱往西来到了伯克利。在那里，他经引荐认识了克劳德·斯坦纳。

斯坦纳是性别理论领域的领军人物，被称为七十年代伯克利"激进精神病学"（radical psychiatry）运动之父。斯坦纳写了关于男女之间"内部压迫"（internalized oppression）的论著，提倡基于社会公正的疗法，推广"情绪素养"（emotional literacy）的概念。激进精神病学批判了标准疗法对社会背景的忽视——无视病人生活在一个充斥着战争、贫困、种族歧视和不平等的世界中；同时，它致力于进行社会和政治层面的系统性革命。这是一场在反主流文化氛围中诞生的反权威运动，直言不讳地谴责了当时标准医疗体系下的药物干预（如致癌药物）、非自愿住院治疗、电疗等疗法。运动的目的是渴望建立一种治疗模式，并声称心理疾病大多可以通过社会理论、个人改变而非医学手段得以解决。

辛克莱成了斯坦纳的追随者和朋友，他们的友情一直持续到二〇一七年斯坦纳过世。

五年来，在斯坦纳的指导下，辛克莱在位于旧金山城区外的精神病治疗机构为精神分裂症患者工作。他阅读了斯坦纳及其同时代人的著作。辛克莱逐渐明白暴力源于男性普遍认同的信仰体系——他们是生活的权威、他们要被尊敬和服从、他们处在人类等级的顶端。这种信仰体系不仅使周围的人疏远他们，也局限了他们的思想和眼界，使他们被束缚在"男人能做什么""男人应该怎样做"的狭隘观念里。

然而这是为什么？为什么男性会相信这些？当然，根据进化论观点，辛克莱知道我们曾必须为了生存（他的意思是"吃东西"）而杀生。他愿意相信，在远古时期，为了养活家人，男性需要有一定的暴力倾向。但现在的男性已不再需要有暴力倾向了，早在过去几百年前就已不再需要。以超越那段人类历史的眼光来看，他拒斥雄性生物生来就有暴力倾向、男人生来就是为了战斗的观念。首先，我们不再需要依靠暴力生存；相反，如辛克莱所说，现在我们需要的是"建立亲密关系"。男性没有这方面的信仰体系，因为男性接受的教导是如何使用暴力，而非如何建立亲密关系。"在成长过程中，为了合群，我们不得不学会使用暴力。"辛克莱说，"问题是，暴力不适用于亲密关系，建立亲密关系需要完全不同的一套技巧。"[1] 如今，在阅读家暴凶杀案的新闻时，你会看到"为什么她没有离开"之类的问题，但几乎可以肯定的是，你不会看到"为什么他对她施暴""为什么他不停止施暴"这样的问题。辛克莱相信，男性接受的是一种教导，而女性接受的是另一种。在他寄给我的一份几年前的会议报告白皮书上，他转述了一位旧金山助理治安官告诉他的事："男人成为男人的方式，是证明自己比其他男人和女人优越。我们这里发生的许多暴力事件都源于男性对这种习得的自身优越感的确信，他们要不断证明这点。这些暴力事件包括家暴、帮派争夺地盘、街头袭击、持械抢劫，以及那些入狱男性被指控的种种罪行。男性学到了这一点——为了履行'保持优越'的社会义务，强迫和暴力是正常的。"

对具体的性别差异，辛克莱毫不避讳——男性有暴力倾向，无论是家暴还是战争，施暴者都主要是男性。虽然少数女性也施行暴力，但辛克莱说这些暴力主要是对男性施加的暴力的反击。他的观点充分解释了为什么让女性佩枪来抵御持枪男性的伤害是毫无意义的。这也是我所知的、对这一问题最具说服力的论点。因为让女性佩枪意味着她们要做和男性一样的事，表现出男性的身体、心理和文化体验，而这些都会压制女性接受的教导。这种做法传递给女性的信息是，如果你要保护自己不受施暴男性伤害，你也得施暴。辛克莱认为这种解决方式是完全错误的。不是女性需要学会施暴，而是男性需要学会不施暴。

如果男性接受的教导是他们不能哭，那么女性接受的教导则是哭泣可以被接受；如果男性接受的教导是他们只能有愤怒这一种情绪，那么女性接受的教导则是她们永远不可以生气；男性大喊大叫是"真男人"的表现，而女性喊叫或尖叫意味着她们是"戏剧女王"，或是在歇斯底里。（在我之前，许多人曾指出没有比大规模枪击更

"戏剧化"的事了,但人们往往不会说凶手是"戏剧国王",尽管这个词十分准确。)辛克莱将这种现象称为"房间里的大象"。也就是说,我们拒绝坦率地承认男性是暴力的、男性在对许多人施加暴力。年轻男性会犯下校园枪击案。在大规模凶杀案、帮派火拼、杀人后自杀的案件、灭门案、弑母案甚至大屠杀中,行凶的都是男性,也总是男性。"在美国和世界各地,所有公开的家暴和暴力事件的官方数据、所有家暴和其他形式暴力的非官方数据都表明,绝大多数施暴者是男性。"辛克莱写道,"笼统地讨论暴力似乎小心地回避了这一重要现象……小心地回避了暴力中的性别问题。这种错误的分析方式会误导我们,使我们难以找到解决方案。"

换句话说,如果我们不能诚实地指出施暴者是谁,又怎么可能找到解决方法呢?

辛克莱指出,惧怕指明谁是真正的施暴者本身就是另一种形式的暴力。拒绝指出男性是施暴者意味着我们在助长这个信仰体系。但平心而论,人们也害怕,如果指明施暴者是男性会遭到激烈的反对。我们生活在一个这样的世界里:我们的领导人逃避责任,鼓吹这套信仰体系;校园性骚扰屡见不鲜;随意施暴是一种可被接受和值得赞扬的娱乐方式;前任司法部长杰夫·塞申斯认为亲密伴侣之间的恐怖主义不足以构成移民申请庇护的条件;而像罗布·波特这样有家暴史的男性可以在国家总统身边担任重要职位。实际上,众所周知,(特朗普)总统本人也曾家暴,至少曾对他的第一任妻子伊万娜施暴——打离婚官司时她的证词提到过这点。曾任乔治·W. 布什总统演讲撰稿人的大卫·弗鲁姆于二〇一八年在《大西洋月刊》的专栏中写道:"对一个高级官员来说,家暴表明他的性情危险而喜怒无常，容易受到他人影响甚至胁迫……总统向身边的人传递了这样的信息——此举是可行的，或者说，是可以被原谅的。"[2]

我想起不久前作为家长到女儿的学校看亚瑟王主题剧的经历。全城的四年级学生都参加了。演出后，演员来到台上接受观众提问。主持人问了孩子们两个问题。第一个问题是，圭尼维尔没能控制住她对兰斯洛特的爱意，背叛了她的丈夫亚瑟王，你认为她做错了吗？第二个问题是，亚瑟王应该原谅兰斯洛特还是处决他？对于第一个问题，孩子们齐声叫道："她错了，她应该忽略自己的感受。"对于第二个问题，男孩们的声音从稚嫩的童音中爆发出来："当然是杀了他！杀了他！"这就是在自由的华盛顿长大的孩子。他们生活在双职工家庭，按理说，从出生开始，他们就处在一个拥有非刻板性别规范的家庭中。然而，问题也只提到了女人的感受，而没有提到男人的感受，好像兰斯洛特和亚瑟王都没有人类的感情一样。在回答应该选择原谅还是报复的问题时，不同性别的孩子的回答完全符合他们性别的差异。男孩毫不犹豫地说要杀了兰斯洛特——尽管这些四年级学生身处在自由的环境中，但他们还是得出了这样的回答。（没有一个成年人，包括老师、演员和家长借此谈及性别问题。[3] 我对此非常失望。实际上，我觉得可能除了我以外没有人注意到了这件事。）

针对这一现象，辛克莱举起双手说："这不是玩笑。"他给我讲了多年前他参与一场反暴力会议的经历。发言者被问到了一个问题，是关于一个家庭鼓励孩子殴打对自己施暴的人。要殴打的对象是个男孩，这家人的孩子也是个男孩，提出"打回去"这一建议的人是这家孩子的父亲。(很少有母亲会怂恿儿子"回到那里,打回去"。)对于儿子被施暴这件事,这个父亲的解决方案是施加更多暴力。他的解决方式进一步强化了男性的信仰体系,将暴力传递到另一个男孩身上。暴力引发更多的暴力,更多的暴力继续引发暴力。然而,辛克莱说,没有一个参会者提到了性别问题。人们的关注点在这件事本身和打架的结果,而不是最开始充满性别色彩的宣言。辛克莱指出,拒绝承认哪种性别的人在施暴是"问题的一部分","是谁施暴"和"为什么施暴"一样重要。他说,暴力不是"情感问题,而是(一名女性的)伴侣执着于暴力的问题"。

"施暴的男性知道自己在实施暴力,甚至在朋友面前为他的男子气概感到骄傲。"辛克莱说,"然而,在面对质问时,他们往往否认他们真的在实施暴力。他们会轻描淡写地形容受害者所遭受的暴力的影响,将责任归咎于受害者,并让他们的家人和朋友与他们沆瀣一气。"辛克莱的意思是,那些暴力事件都被淡化了。施暴者倾向于用"没有那么糟糕"来形容暴力的严重程度。他们指责受害者反应过激,声称在朝受害者扔日用品、在她们面前重重摔上门、将她们摔到墙上时,他们没有想要"伤害"受害者,仿佛墙和门才应该被指责一样。这些男性千方百计地否认自己施行了暴力。

搬到加利福尼亚州五年后,辛克莱变得不安起来。他渴望回归到重要的组织工作中。一天,一名他认识的女性问他是否愿意在她们的庇护所中管理男性部门。这名女性在位于圣拉斐尔的马林女性受害者服务机构(Marin Abused Women's Services)工作。辛克莱思索着是否要同意,但无法想象具体会做什么。于是他回到了自己擅长的领域。他不是一个管理者,而是一个组织者、一个社会活动家。他将道尔顿体系、底特律工会里那些不想让女性参与的男性和激进精神病学联系在一起——它们反映了我们所在世界的本质。辛克莱开始过滤这些信息。他告诉那名女性，他不想在一个女性庇护所中管理男性部门，而想创立一个以干预施暴男性为目标的全新项目。"这个项目基于女性的迫切需求，"辛克莱说，"女性需要一个能解决她们遭受的'来自我们的暴力'的项目，她们称之为'你们的暴力'。"即，男性的暴力。今天，你仍会对此有所耳闻，在吉米每天在圣布鲁诺对施暴男性进行的干预工作中，始终贯穿着这一理念。

辛克莱的项目始于一九八〇年，但到一九八四年才被命名为"真男人"（ManAlive）。那时项目的周期是五十二周，分为三部分。前二十周的目标是让男性对暴力负责。第二部分的十六周教导他们可取代暴力行为的技能。第三部分也有十六周，将教给他们建立亲密关系和获得满足感的方法。在项目最开始的十年里，没有多少男性参加这个会颠覆他们对男性形象和角色全部认知的项目。此后，《反暴力侵害妇女法案》通过了，法庭开始将"真男人"项目和全国各地的施暴者干预项目引荐给男性，在马萨诸塞州、科罗拉多州和明尼苏达州都是如此。加利福尼亚州通过了一条法律，内容是强制施暴者必须在参与项目和蹲监狱之间做选择。这条法律具体指出干预项目必须基于性别而非咨询。施暴者只参与学习管控愤怒情绪的项目是不够的，只接受几次咨询也远远不够。他们必须在课程中学到与性别角色和期待相关的知识，在与人交往的过程中形成正确的性别角色认知。（虽然辛克莱起初就承认"真男人"课程的许多内容实际上来自心理咨询。）课程的灵感源于性别理论和神经语言程序学（Neuro-Linguistic Programming，简称NLP）。[4]"真男人"

课程的干预方法是让施暴者在某件暴力事件中用大部分男性从没用过的方式来解读他们的身体、声音和身边人的回应。

《反暴力侵害妇女法案》通过后,"真男人"项目成了当地干预施暴者的领军项目。在辛克莱创立这一项目的同时,一些其他早期重要项目也涌现出来,如丹佛的"修复"(Amend)项目、波士顿的"展露"(Emerge)项目和德卢斯的"家暴干预计划"(Domestic Abuse Intervention Project)项目。这些项目做了之前从未有人想到的事:不从家暴发生后的受害者入手,而是从处于家暴核心位置的施暴者入手解决问题。

项目的名声在当地传得越来越广。二十世纪九十年代末,一位名叫桑尼·施瓦茨的监狱看守注意到了这个项目。她是个十分有创新精神的人。几十年来,她为体系在解决暴力问题上的无能感到越发沮丧。她亲眼见证了暴力是怎样在她看守的男性的生活中、在代际之间循环的。日常工作中,施瓦茨会接触那些因暴行入狱的男性。他们在美国充斥着暴力的监狱文化中度过刑期,然后带着比之前更严重的暴力倾向回归家庭和社群。她看着那些在早年工作中认识的男性的孩子进了青少年管教所,然后他们的孙辈也重蹈覆辙。她想,需要寻找一种更好的方法,暴力不应该是基因问题。施瓦茨目睹入狱率年复一年地升高,然而美国犯罪率没有相应减少。为了惩罚他们将他们关起来,并不能解决导致他们入狱的问题。

与这些男人相处多年后,施瓦茨开始思考,如果监狱不是一个将犯法者扔进去一关了事的地方,而是一个改造他们的地方,暴力行为是否会减少。她的项目有两个理论支柱。第一个是"真男人"项目,这个项目对从一名男性传到另一名男性、父亲传给孩子、孩子再传给他的孩子这样一个暴力循环进行干预。但施瓦茨想要做的不止于此。第二个支柱是"恢复性司法"(restorative justice)的概念。施暴者承认他造成了痛苦，并尽可能地让受害者和所在社群"恢复"。项目的主要目标是通过让家暴施暴者和受害者见面，促使双方达成和解。虽然这意味着有时在恢复性司法项目中，施暴者会和受害者见面，但圣布鲁诺监狱则会每周将非特定的受害者带到项目中，让她们来讲述自己的经历，探讨创伤中和创伤后的生活。

在鱼缸里审视暴力

今天发言的女性名叫维多利亚。[1]她已经五十多岁了。在过去五年中,她的脑海里终于不会再浮现出父亲用枪指着她的画面。过去她常常听到母亲撞到墙上的声音。然而,那时的她觉得母亲软弱无趣,而父亲则富有魅力。一次,在她骑车到一个男孩家的路上,她父亲开车跟随并将她带回了家,还用枪指着她母亲的头,说:"如果你再允许她做这种事,我就杀了你。"维多利亚说,有时她和她弟弟做错了事,父亲会威胁杀掉他们的宠物。

今天,我来到了圣布鲁诺监狱。这是我第一次来这里。我和一群男人坐在一排排蓝色塑料椅上,和他们一起听维多利亚的故事。男人们穿着橙色连体衣和没有鞋带的白鞋。有些人在连体衣里穿了长袖上衣,有些人露出来的每寸皮肤上都布满了文身,手指、脖子、脸上都文了图案。对于他们中的大多数人来说,这是他们有生以来第一次安静地坐下来,连续几小时听一个人讲述她经历的家暴。

维多利亚说,十六岁的一天,她又听到了母亲被撞到墙上的声音,重击声不断传来。那时她已经不再报警了。(一次打 911 时,她听到有人说"这个小丫头挺顽强啊"。)然后,她母亲逃出卧室,跑上了车。维多利亚跟在母亲后面冲了出去。"他想要杀了我。"母亲上气不接下气地说,"你有两秒钟时间考虑,到车里还是留下。"

维多利亚僵住了——去还是留?

母亲启动了汽车。

维多利亚留了下来。

"多年来,我一直背负着'留下来'的罪恶感,"她告诉那些男人,"我患上了厌食症。"

对于坐在这里的大部分男人来说,这不仅是他们第一次听一个家暴幸存者讲述她的故事,也是他们第一次思考暴力和创伤会给人造成多么长远的影响。许多人在擦眼泪。"我爸爸给监狱里那些杀了所有家人的男人写信,告诉那些人他们很勇敢,"维多利亚说,"我一直有预感,会有非常糟糕的事发生。"终于,长大成人后,她意识到了父亲究竟有多恶劣,并与父亲断绝往来,找到母亲并与她重归于好。在维多利亚的记忆里,母亲总是很吵,总是在大喊和尖叫,但她后来发现,其实母亲的性情安静内敛。维多利亚现在住得离母亲很近。在一个父亲节,她和父亲约好在丹尼斯餐厅见面。她已经多年没有见到父亲了,但一进餐厅她就认出了他呆滞的目光。和弟弟、父亲吃完气氛尴尬的早餐,他们一道走出餐厅。这时,父亲用手臂环绕着她,轻声说:"我在袜子里藏了一把枪。我想把全家人都杀了,但看了你一眼后,我发现我做不到。"

这是维多利亚最后一次见到父亲。现在她也避免让女儿接触他。"你们听过'受伤的人会伤害他人'这种说法,"她对聚集在这里的男人说,"我也认为'获救的人能治愈他人'。"

在座的男人可以在维多利亚讲完后提问。站起来说话时,他们好像绵羊一样温顺，甚至可以说是毕恭毕敬。有些人在举手时浑身颤抖。其中一个问题是问维多利亚和女儿的关系与她和她母亲的关系相比，有哪些异同。（"完全不同。"她回答时甚至没有提高音量。）另一个问题是问，她是否已经原谅了父亲。（"没有。"）还有一个问题是问她的父亲现在在哪里。（"不知道，或许在南加州。"）也有人问她是否与她父亲那样的人约会过。（"跟自恋狂和玩弄感情的人约会过。"）一个二十岁出头的年轻男人站了起来，他明显颤抖的手里拿着一个破旧的笔记本。他半唱半读了刚刚为她写的一首诗，诗的内容关于她作为受害者的过去、她从中幸存下来的经历以及她是多么勇敢。[2]他念完后，维多利亚流泪了。许多男人眼中都盈满了泪水。

下午，男人们分组讨论维多利亚的故事，根据具体情境讲述他们从课程中学到了什么，并将其与他们的暴行结合起来。维多利亚被言语威胁；父亲责备她，否认自己犯了错，拒绝为暴力承担责任；并且，他对维多利亚的母亲施行肢体暴力；维多利亚被情感虐待，被父亲操控；父亲对她的经历轻描淡写。一个梳着短辫的男人指出，母亲的离开意味着资源的丧失。他口中的"资源"指的是可以保护维多利亚的东西。他们谈到自己的暴行、对自己错误行为的否认、对他人或伴侣的操控和言语威胁，以及他们对自己暴行的轻描淡写。他们开始意识到——有些人是第一次意识到——他们的暴行会对受害者产生怎样的影响。也就是说，他们开始通过其他人的视角看待这个世界。

"现在想象一下，"一个叫雷吉的项目助理说，"如果是你的孩子站在刚刚维多利亚站着的地方谈起你，又会说些什么？"

圣布鲁诺的项目叫做"下定决心消除暴力"（Resolve to Stop the Violence Project，简称RSVP）。桑尼·施瓦茨说服旧金山前治安官迈克尔·亨尼西支持她的项目。项目开始于二十世纪九十年代末。[3]"真男人"项目和"幸存者影响力"（Survivor Impact）项目（也就是恢复性司法）一直是这场反暴力实验的支柱。吉米·埃斯皮诺萨通过这个项目停止了施暴，获得了新生。项目在位于旧金山南边的圣布鲁诺监狱中开始。令人惊讶的是，虽然项目取得了不错的成绩，但并没有被广泛推行到圣布鲁诺以外的城市。圣昆廷创立过一个类似的项目，但辛克莱说这个项目失去了资金支持。据说纽约的韦斯特切斯特会创立一个类似的项目。起初，RSVP是一个为期一年、一周六天、每天十二小时的项目。项目的目的是将施暴者教化成对社会有益、不再施暴的人。大部分施暴者干预项目都是一周一次，持续二十、四十或五十周。然而，RSVP采用沉浸式、多重模式的方法，其核心目标是让施暴者对暴行负责，并习得非暴力的行为方式。施瓦茨的项目也涉及药物滥用、虐待儿童和心理健康问题。每天，项目由冥想开始，以瑜伽结束。课程的核心内容是挑战性别范式，具体到男性和女性是如何被社会和文化标准塑造的，以及男性是如何被教导要用暴力解决问题、女性应该顺从男性。对许多男性而言，这彻底颠覆了他们看待世界的方式。

施瓦茨不只是希望RSVP会起到作用，她想确认它的效用。因此她将美国在研究暴力领域最有建树的两位学者带到了项目中。他们是詹姆斯·吉利根和班迪·李。他们将监狱里的另一群囚犯设定为对照组。他们追踪了多种数据，包括在RSVP组和对照组（或者说牢房）中发生暴行的概率、重新犯罪的概率和出狱的施暴者所在社群发生暴行的概率。无论怎样计算，结果都是惊人的：施暴者重新犯罪的概率降低了百分之八十，即使重返监狱，原因往往与毒品或机动车犯罪相关，而与暴力无关。在项目开始的一年前，吉利根和李指出，监狱中发生了二十四起在监狱外可以被定为重罪的暴力事件。项目开始后，第一季度只发生了一起暴力事件，在此之后，监狱中施行了项目的那组犯人便再没有发生暴行；然而，对照组中的犯人则犯下了二十八起。[4] 两位学者发现，一旦施暴者被放回所在社群，曾完整参加了项目的人——像吉米·埃斯皮诺萨这样的人——往往会呼吁停止暴力。

项目也节省了金钱。吉利根和李发现，虽然施行RSVP后每个犯人的开销增加了二十一美元，但在这个旨在减少暴力的项目中每花一美元，犯人所在的社群就能获得四美元收益。[5]

RSVP已经启动二十年了。尽管项目很成功，但只有不到六家监狱开设了该项目，而且多数都在海外。这一项目仍保有基本的组织架构，只是它现在的周期不再是一周六天、每天十二小时，而是一周五天、每天六小时。原因之一是运行一个为犯人设立、需要资金支持的项目是富有挑战的，项目能否持续下去取决于选举结果和它在资源有限的世界中的优先级。还有部分原因是圣布鲁诺如今给施暴者提供了各种各样、数量繁多的项目，包括应对普通教育发展考试的课程、社区大学课程、艺术疗法、戏剧欣赏、针对药物滥用的项目和"十二步骤"康复计划（twelve-step programs）①。（因此，

---

① "十二步骤"康复计划（twelve-step programs）是通行于全世界，尤其在西方国家非常流行的一种团体心理疗法，旨在帮助患者从物质成瘾、行为成瘾和强迫行为中恢复过来。

圣布鲁诺监狱俗称"全项目监狱"。)一天晚上,我和圣布鲁诺项目现任负责人进行了一次非正式谈话。我问她为什么其他监狱没有应用RSVP。她告诉我,和其他类型的犯人不同,施暴者没有"头领"。[6]这就类似于被监禁的退伍军人,他们依然拥有很多福利补贴,他们和国家系统双方都有共识,即他们需要国家提供更多支持来满足他们的需求,特别是应对创伤后应激障碍的需求。而在家暴领域,最响亮的声音来自幸存者,而她们自然会将自身需求置于施暴者的需求之上。

桑尼·施瓦茨现已退休。她为RSVP还在进行而高兴,但为推广不足感到失望。"为什么(RSVP)是特例而不是惯例?"她提出质疑,"我们对与我们有不同经历的人的生活极度缺乏想象,好像每个人的生活都一模一样,这使我怒不可遏。"我们正在诺埃谷的饭店吃饭。施瓦茨穿着牛仔裤和T恤衫,深棕色的头发中夹杂着银灰。她是个十分威严的人,身材高挑,充满力量。

让施瓦茨感到恼怒的是,提供给那些参与过RSVP、回归社会的人的资源实在是太少了。这些资源包括工作培训、冥想、育儿课程、为有酒瘾或毒瘾的人设立的匿名小组、房屋支持、"十二步骤"康复计划、人文艺术治疗以及教育机会。她告诉我,那些参加了RSVP的人学到了关于性别、自身、文化、社会、暴力和沟通的知识,然后回归社会。在社会里,这些理论都变成了现实,他们要面临许多实际挑战,面对所有威胁和痛苦,而他们几乎只能靠自己。

尽管暴力使我们付出了难以估量的代价,美国在癌症和心脏病研究上投入的钱仍是在干预暴力上的二十五倍。[7]二〇一八年,一篇刊登在《美国预防医学杂志》(*American Journal of Preventive*

Medicine）上的论文指出，亲密伴侣暴力造成了近三万六千亿美元的损失（论文的研究范围是四千三百万美国成年人，因此一些与暴力有关的事件——如在约会时发生的暴力——造成的损失并未被计算在内），其中包括两万亿美元的医疗费用、七百三十亿美元的司法费用，以及其他费用（如生产力降低造成的金钱损失以及个人财产损失）。一个女人一生会在亲密伴侣暴力上花费十万三千美元，而男人则需花费两万三千美元。[8]一份二〇〇三年的疾病防控中心（Centers for Disease Control）为纳税人出具的报告显示，这些数据正在迅速攀升，家暴造成的损失已达到每年近六十亿美元。[9]这份报告没有计入司法费用和监管犯人的开销，也未统计未满十八岁者的数据。

监狱并没有使发生在社群中的暴力减少，反而使之增多。施瓦茨问我："除了将犯人关进监狱，我们是否有更好的选择？"她向我讲述了一个多年来她一直铭记于心的故事。这个故事既呼求我们做出改变，也带来了希望。故事的主角是一名大屠杀幸存者。在被看守殴打时，他一直在微笑。看守被他的笑容激怒，打得更厉害了。终于，看守停了下来，问那个犯人为什么要笑。犯人回答："我为自己不是你这样的人而感恩。"

那天，我和施瓦茨的讨论不是从RSVP，而是从一个叫塔里·拉米雷斯的男人开始的。拉米雷斯的故事使RSVP的工作脱离了常轨。他使每个参与项目的人质疑，在那些男人身上花费那么多时间、一次次给予他们改过自新的机会是否值得。一个施暴的男人有没有可能通过教化改邪归正？

在上RSVP课程期间，拉米雷斯在各方面都表现得十分积极。

他安静内向，但上课时踊跃参与讨论，也好像认真研习了课程材料。入狱前，拉米雷斯曾四次对女友克莱尔·乔伊丝·滕波内科施暴。滕波内科报了四次警，申请了四次针对拉米雷斯的限制令（滕波内科曾多次申请和撤回这些限制令）。终于，一位法官判拉米雷斯入狱，但刑期只有六个月。离开圣布鲁诺监狱时，拉米雷斯已经上完了RSVP第一阶段的课程，刚刚开始上第二阶段的课。

出狱后不久，拉米雷斯当着滕波内科两个年幼孩子的面捅死了她。拉米雷斯曾多次对滕波内科施暴，而这个女孩被杀害时年仅二十八岁。凶杀案发生后，根据市副检察长的调查显示，拉米雷斯曾多次拽着滕波内科的头发将她拖出公寓；他还曾用一只破碎的啤酒瓶恐吓她，说要烧掉她的房子、伤害她的孩子；他用拳头打过她十八次以上，勒过她的脖子并把手指伸进她的喉咙，曾绑架她好几次。[10] 尽管罪行累累，拉米雷斯依然只被判了六个月。如果一个对家暴知之甚少的普通人认为"轻罪"不算大事，反驳这一观点只需要举拉米雷斯的例子。在家暴的领域中，轻罪是一个警戒信号，但往往无法引起重视。

施瓦茨明白，在理性和感性层面，无视拉米雷斯的行径都是虚伪的。虽然拉米雷斯的罪行对受害人及其至亲和整个RSVP项目都造成了毁灭性打击，但她并没有对此感到惊讶。"我们在与一群穷凶极恶的人打交道。"她说。

拉米雷斯没有全程参与RSVP，是一场未完成的"实验"，没有太多研究价值。尽管如此，这起凶杀案还是使该项目的推进者、监狱工作人员，还有那些曾和拉米雷斯围坐在一起分享他们最不堪回首的记忆和最深伤痛的人深受打击。施瓦茨告诉我，人们得知凶杀案发生的那天,她来到监狱,看到每个人都在"无法自抑、歇斯底里地痛哭"。对 RSVP 来说,这起凶杀案标志着一个危机性的时刻。然而,它并没有动摇施瓦茨对项目的信心。她坚信有必要立即推广和实施该项目。"这起案子太微妙,也太有冲击力。我没法欺骗自己说某件事就是答案。"施瓦茨说,"我想可以拿癌症类比,你让病人化疗,其中一位病人过世了,你会因此不再进行治疗癌症的临床试验了吗?"你会坚持下去,去调整完善,去尝试新方案。"这就是 RSVP 的本质,"她说,"一种临床试验。"

为了了解更多 RSVP 的现状,在一个微风拂面的早晨,我和吉米·埃斯皮诺萨在圣布鲁诺监狱门口会面。那时是一月,距我第一次来到这里听维多利亚讲故事已经过去了近一年。圣布鲁诺监狱位于旧金山南部郊区一座小山山顶,周围有一幢幢颜色淡雅的独栋别墅。现在,吉米已经可以自由进出那些厚重的金属门,与监狱的看守和犯人谈笑风生。一个胸膛如一辆小车般壮硕的同性恋看守讲了一个上周末发生的故事,关于刚刚过去的假期和一次不受欢迎的求爱。他还自嘲说自己是"飞翔的夏威夷人"(flyin' Hawaiian)①。吉米大笑起来。(我只在圣布鲁诺监狱见到过出柜的同性恋看守。监狱看守可以是坚忍的,甚至可以是暴力的,但我从没有想过他们可以是同性恋。我惊讶地发现,甚至对于我这样积极试图打破刻板印象的人来说,刻板印象都根深蒂固。)吉米穿着米黄色迪凯斯系扣衬衫和配套的工装裤。他的衣服非常宽松,

---

① 美国前职业棒球外野手肖恩·帕特里克·维克多里诺(Shane Patrick Victorino)的绰号。

甚至可以把他自己和那个"飞翔的夏威夷人"都装进去。他的额头上架着一副老花镜。

RSVP 的等候名单上总有许多男人的名字。圣布鲁诺监狱中有这样的传言——在推行 RSVP 的那个监狱里，没人会找你的麻烦，因此犯人和看守都想分配到那里。并且，如果你能在法庭上向法官展示你在努力做出改变，也可以给人留下好印象。还有一个显而易见但很少被提及的原因是，人们不想生活在充满暴力的环境中。许多人告诉我暴力是人的天性。如果这是真的，为什么那些因施暴被关起来的人在有选择的时候，会更希望自己被分到一个以罕有暴力著称的地方？

监狱的结构像一个被遮起来的鱼缸。看守半圆形的桌子在中央。桌子所在的地面略高出周围地面，看守可以轻易地将监狱的每间牢房和每个角落尽收眼底。监狱有两层，一座巨大的楼梯独占中央。如果给这座楼梯换一个背景，或许会有皇室成员从上面走下来。二十四间正面镶着玻璃的牢房里关着四十八名犯人。他们的年龄从十八岁到七十岁不等，其中有白人、黑人、拉丁裔、亚裔和中东裔。犯人都穿着橙色连体衣和没有鞋带的白鞋。一面墙上装着一排付费电话。天花板很高，监狱里像图书馆一样安静。这些犯人中有凶杀犯、毒贩，还有入室偷窃犯，而他们的共同点是都施行过家暴。他们还没有被判刑，这意味着他们正表现出自己最好的一面。在这里待得最短的人刚来三天，而待得最久的人已经待了二百一十周。时间的长度显示了罪行的严重程度。与轻罪不同，走完重罪的法律诉讼程序可能要花费数年时间。每个犯人都清楚能到这里是件很幸运的事。这个项目的基本原则之一就是对暴力零容忍。

今天，吉米和另外两个项目领导员——雷吉·丹尼尔斯和里奥·布鲁恩，一起来到这里。一些犯人过来与吉米打招呼，有的用力与他握手，有的拍拍他后背，有的轻轻地抱他一下，有的只是点了点头。他们偷偷地打量我，其中一两个人过来做自我介绍，叫我"女士"。雷吉的小组走进一间教室，里奥的小组则占据了楼梯前的区域。吉米和十四个组员（还有我）拿着蓝色塑料椅，在拱形的楼梯下围成一个小圈。犯人们按照规定的顺序坐下。新来的犯人坐在吉米左侧，然后按照在这里待的时长逐个向左坐，因此吉米右侧坐着待得最久的犯人。顺序很重要，因为与大部分施暴者干预项目不同，这里的课程是由犯人主导的。辛克莱坚持要由犯人主导项目。这一理念来自他亲身体验多年的道尔顿教学体系。在这一体系下，学生可以自主学习，在课程框架下发掘适合自己的教育模式。我察觉到许多人在用好奇的目光打量我。作为来这里观摩的条件之一，我已经应允尽可能地参与其中，而不是仅仅作为一个旁观者来探究这些男性最不堪回首的经历——这与大部分记者扮演的角色是矛盾的。然而，对于这些男性来说，课程要点之一是我们来自同一个群体、担负着同样的重担——对爱的渴求，对脆弱的恐惧，以及羞愧带来的令人窒息的重压。如果我是个旁观者，从某种程度上会带来一种等级观念，而这正是项目在努力消解的。在其他施暴者干预小组中，我是旁观者，安静地待在角落里。然而，在这里，我的角色介于参与者和旁观者之间。因此，在我们坐下后，吉米让我先谈谈自己，由此开始今天的小组讨论。

我从姓名、居住地说起。我告诉他们关于这本书的事，告诉他们我是个教授，还谈到了我供职的大学。我对他们说，我们与施暴者谈话的时间比与受害者谈话的时间少得多。随后，我分享了一个更加重要的故事，或许正是这个故事使我开始动笔写这本书。和他们中的许多人一样，我从高中退学了，我也曾身处一个充满暴力的环境中。我们的经历有范围和细节上的区别，然而，这个房间里的每个人都知道"第二次（或是第三次、第四次）机会"是什么意思，也体会过随之而来、让人心神震动的对失败的恐惧。许多人后来感谢我分享了我生命的一小部分。分享这个故事使我感到脆弱。虽然我是一个对自己的情感相对了解的女性，但还是感到紧张和不适，甚至在写下这些时，我都背负着羞耻感。

我想，对于这些男性来说，公开展露脆弱一定十分困难。在我的成长过程中，没有人告诉我不能哭、不能表现得像个娘们儿，也没有人要求我必须赢过别人；如果我失败了，也没有人要我必须为成为赢家拼尽全力。当然，人们会教我其他事情，而这些事大部分和米歇尔·蒙森·莫索尔从小习得的事相同，例如女孩应该扮演怎样的角色、应该做什么。我被告知男人是一家之主，而女人是附庸。那么，分享最让人感到羞耻的经历、那些最令人尴尬的时刻，对他们来说意味着什么？研究暴力的学者詹姆斯·吉利根在项目初期做了评估。他告诉我，对许多男性而言，使他们震惊的不是不再行使暴力，而是意识到他们的行为方式和角色、对男性特质的理解、如何成为一个男人的观念都是被灌输的。作为一个男人，他们可以表达愤怒、展示权威，但不能有同情心、善意、爱意、恐惧、疼痛、悲伤、关心、同理心和其他被认定属于女性的特质。他们被比他们更强大的力量操控，被这个世界塑造成了现在的样子。他们从未从这个角度看待世界，这个崭新的视角让他们深感震惊。他们意识到自己是被塑造成施暴者的，而不是天生喜欢施暴，这使他们如释重负。

早晨的小组只是开始。之后，所有犯人会在里奥的带领下举行一个集体会议。吉米会在下午带领一个针对上瘾者的小组进行讨论。吉米的开场问题是，如何看待情感虐待。参与讨论的人们理解这个词的含义吗？这种虐待是怎样施行的？课程的大部分内容只是在帮助他们辨认和体会包括恐惧、悲伤、同情、羞耻甚至愤怒在内的情感。对事物有情绪并没有错，有情绪却故意回避才是错误的——这才是重点。吉米问他们："为什么毒瘾会影响你的家庭？"

"因为我们在场的时候，也心不在焉。"一个男人说。他是个非裔美国人，五十五岁左右，头发灰白。"我们操控着别人的时间和精力。他们呼唤我们，我们却充耳不闻……我们操控着他们的内心。"

在他身边的男人点了点头。这个男人编着辫子，还将辫子盘成了一个巨大的发髻。"我对那个婊子发脾气，却依赖毒品。"他是想说，他把忠诚都献给了毒品，而不是他的伴侣。他寻求快感，却不愿施舍伴侣半分注意力。接着，他用一个例子解释了他过去的思维方式。在学到这些知识以前，他一直是那样想的。

"我没有（向我的伴侣）动手，但已经向她施加了不少情感虐待，"一个叫德文的男人（为保护他们的隐私，我改换了所有犯人的名字）说，"过去我常去喝酒，故意避开她。后来我开始吸毒，而她开始哭泣。我会浑浑噩噩好几天，无视她的存在。"

在"真男人"项目中，毒品和酒精不是行使暴力的理由。吉米说：

"我是个瘾君子,我是个施暴者。我没有回家打人。我没有打他们,但我仍伤害了他们。首先,吸毒就是自行与人隔绝。"我能听到布鲁恩小组的交谈声隐隐传来,但围坐在一起的十四个人都盯着吉米。这一幕平静安稳,与许多电影中监狱混乱的景象截然不同。

"我们都有一堆没解决的破事。因为外出喝酒、蹲监狱,我们丢下孩子不管,这实在让人羞耻。"一名叫格雷的犯人说。这是他第二次参与项目了,他没有完成第一次。一些男人低声表示同意。好几个人告诉我,对身处监牢的他们来说,最令人难受的是无法见到孩子。

吉米由此开始讲述他的第一个故事。这是在他身上发生过最糟糕的事。那时他八九岁,父母还没离婚,也没有打得不可开交,因此这件事对他来说意味着很多。吉米家的左邻右舍都住着他的亲人。他的祖母住在街那头,堂亲和表亲住在附近。后来,一个男人出现了,是吉米朋友的亲戚。一天,他给吉米买了酒。那时的吉米还是个孩子,身处一个一半是意大利裔、一半是爱尔兰裔、一半是警察、一半是罪犯的街区中。小吉米喝下酒后,那个男人想要他回报些什么——他给了他酒,不是吗?他送了礼物,他是个好人,不是吗?小吉米知道这点,是不是?或许吉米可以为他做些什么。不用花太多时间的。或许小吉米可以让那个男人碰碰他?或许小吉米也可以碰碰这个成年人?尽管这个要求令人作呕,小吉米还是依言行事。他应该这样做,不是吗?乖乖听话。大人制定规则,不是吗?大人无所不知。一个人小时候所有的疑惑,在成年后都会得到答案,不是吗?比如,为什么这样糟糕恶心的事会发生在我身上?或者说,这件糟糕恶心的事是我引起的吗?最后,现在的我是个糟糕恶心的家伙吗?

这样的事发生了两次,也可能三次。小吉米没有告诉任何人。几十年来,他都把这种恐慌藏在心里,好像一团熔化的沥青。

"这是我的耻辱。"如今讲述这个故事时,吉米说,"我无法还击。"在圣布鲁诺这样的监狱里,大约有百分之十二的男性犯人在十八岁前遭受过性侵。(在州立监狱,这一数据更高。而对于在寄养家庭长大的男孩来说,数据高得令人震惊,有近百分之五十。[11])我问过吉米,如果现在再遇到那个男人,他会怎么做。

"我会杀了他。"吉米说。

我不确定他是否是认真的。

大约在同一时期,轮流照管吉米的两个邻家女孩开始让吉米触碰她们。其中一个女孩要吉米用嘴,这让他想吐。吉米那时九到十岁,根本不知道自己在做什么,只知道这与性有关。他是从电影中知道的。电影里的人们脱掉衣服,像蛇一样交缠在一起。一个女孩总是情绪高涨。吉米太小了,不知道这意味着什么。然而,不久后她就成了一个"灰尘脑袋"——"灰尘脑袋"是指那些总是嗑苯环己哌啶①的人。来自女孩们的性侵犯持续时间更长,大约两三年。吉米不知道他做的是对是错,只知道自己不喜欢这么做。他认为这是他的错,觉得自己做错了什么。他有过所有被性侵的孩子——无论是男孩还是女孩——都有过的念头。当吉米的家人知道这些事后,他们告诉他,他们怀疑另一个男人也性侵过他。因为只要那个男人来,小吉米就会哭。吉米不记得了。或许吧,谁知道

---

① 一种医用麻醉药,也叫"天使灰尘"。

呢？然而，这正是他想强调的。"来自男人的性侵犯是最糟糕的。"吉米说，"正是它使我变得暴力，使我对愤怒上瘾、开始说谎，不是吗？所有人格缺陷正是从那一刻起开始膨胀的。"

我环视室内，在吉米讲述他的故事时，十四名犯人一直注视着他。有一半人在点头，有人哀其不幸，有人则同病相怜。

致命危险俱乐部

我第一次见到吉米时,他在辅导一个叫唐特·刘易斯的实习生。唐特参加了两次 RSVP(第一次参加时没完成,因此他从头开始又参加了一次)。他最近刚服完不到四年的刑期,从圣布鲁诺监狱出狱。我们坐在耶尔巴布埃纳花园里,享受着咖啡和香烟。唐特告诉我,多年前,他出狱不到一周时,和朋友穆奇开车到他前女友家。然而,唐特本不应该出现在那里。那时的他因早先绑架女友凯拉·沃克[1]而身负限制令——某天夜里,他和另一个男人将沃克裹进床单,把她从楼梯上拖到停在路边的车里。唐特的衣服大多在沃克家里,他们已断断续续同居多年。唐特认为,不管有没有限制令,沃克都还是他的女孩,他称沃克为他的"婊子"。

唐特搭穆奇的车来到沃克的住处,沿着楼梯爬上二楼,拉开沃克家的玻璃拉门。他听到杰·鲁刺耳的歌声从沃克的卧室中传来。他冲进卧室,看见沃克就在那里,穿着印有海绵宝宝图案的睡衣、短裤。一个男人和沃克一起待在屋里,也穿着衣物,坐在沃克对面的角落。这个男人叫卡斯珀。唐特拿出点四五口径的柯尔特手枪,瞄准沃克。卡斯珀奔到枪前。"不是冲你来的。"唐特喊道。混乱中，沃克跑出了卧室。卡斯珀扑向唐特，两人在床上扭打起来。唐特用手肘击中了卡斯珀的脸，成功脱身，并一直牢牢拿着枪。卡斯珀逃出公寓，冲入夜幕之中。唐特气势汹汹地向沃克追去。

他在客厅里发现了沃克，她正将听筒紧紧贴在耳上。唐特不想让调度员录下他的声音，于是轻声问沃克："是警察吗？"沃克没有回答。但唐特记得沃克眼中"充满了恐惧"。唐特用枪击打沃克的头，她倒下了，而他又拽着她的头发将她拉起。电话在某个时刻挂断了，唐特不知道那时警察是否还在线。他又打了沃克三四下，直到以为口吐白沫的沃克可能已经晕过去了。"我知道我得杀了她。"唐特说，"我绝不回监狱。"

唐特站在沃克身边，将枪口下移。他身高六英尺二英寸，梳着长辫，发梢染成金色，胳膊和腿上遍布文身，看起来就是个十足的危险分子。他和沃克已经相识五年多。初遇时，唐特十四岁，沃克十三岁。她一直是他的女孩，而现在他要杀掉她了。

这时，穆奇来了，将唐特推到了门边。

随后，他们听到了警笛声。他们逃出公寓，跑过一个拐角，来到了唐特阿姨家。唐特将枪埋进阿姨家公寓门口的地里，接着跑进公寓、爬上阁楼，开始在那里监视警察的动向，足足待了五小时。他在阁楼里放了一瓶人头马和一小截大麻烟卷。他吸了大麻，不停喝酒，直到昏死过去。在他醒来时，一名警察正用光照着他的脸。

二〇一四年十一月，唐特从圣布鲁诺监狱出狱，搬到了一家过渡教习所。我是在那里遇见他的。他带着恐惧和敬畏的语气讲起他的过去。他在奥克兰东部长大，那里的文化可以概括为"音乐、巨轮赛车、枪和杀戮"。他告诉我,如果你没有一把能装下三十颗子弹的格洛克手枪,你就不是男人。暴力是一种生活方式,即使你不想同流合污,也无法保持中立。每个人都别无选择。唐特说那里是"巴格达",战争不断。他认为这是"男性角色信仰系统"的一部分。

唐特刚认识沃克时很少叫她的名字。每个人都将自己的女友称为"婊子",会说"这是我的婊子"。唐特高而瘦削,棕色眼睛,脖子上有文身,写着"death over dishonor"(士可杀不可辱)。他们在一起时年纪太小,小到连自己是什么样的人都不知道。他们其实只是两个玩弄感情的孩子。许多充斥着暴力的关系都有着共同点——求爱期极短,恋爱双方也很年轻。一些人一生中会不断陷入类似的关系中无法自拔。米歇尔和洛奇这一对就是如此。多年来,唐特和沃克分分合合,还总是随心所欲地拈花惹草。他从没反思过他对待沃克的方式有无不妥,也从没想过性别刻板印象和文化对他的行为有何影响。在监狱中参加 RSVP 的同时,他读了一本叫《情商》(*Emotional Intelligence*)的书,并开始学习心理学和社会学方面的课程。在缓刑期,唐特被禁止在晚上七点后外出,但他并不在意。宵禁可以使他远离夜晚充满诱惑的街道。不过,他的日子十分艰难,实习收入扣税后,每月只有七百美元。唐特的一条胳膊上打着石膏,因为他一出狱就打了人。他差点儿因此失去了在"社区工作"(Community Works)机构实习的机会。唐特说他为此深感抱歉,并说石膏是一个具象的提醒——在他身上,暴力与非暴力、过去与现在、无知与博学正在激烈搏斗。他有远大的梦想,想完成社区大学的学位课程,或许还可以获得学士学位。唐特想成为心理学家。那会是怎样一幅画面呢?他能实现梦想吗?未来的他可以帮助像他这样的人吗？

那天早些时候，我问吉米，在做组长的四年里他辅导了多少像唐特这样的实习生。他翻了个白眼，说："妈的，我不知道。"他辅导过的人多到记不清了。吉米的桌上摆着一只装有玉米卷饼和炒豆的纸盘。他的同事和其他在县治安局办公室工作的人经常调侃他的体重。吉米瘦得像一支调酒棒，但吃得和马一样多。他的棕色牛仔裤上系着一条扣到最内侧的黑色腰带，布料聚拢在腰间。

我问他，有多少他辅导过的实习生后来成了组长？

"没有人，"吉米说，"除了我。"

唐特在挣扎，他清楚这点。"陈旧的我比崭新的我强硬许多。"他说。唐特简洁而真诚的话在我心中挥之不去。他说起话来仍带有街头帮派的味道，但偶尔也会冒出一些令人意想不到的语句。这些语句展现了他的新面貌。比如有一次，我们坐在位于旧金山市区的一家高档旅馆大堂中，分享一篮有机草莓。这时，一群佩戴吊牌、前来参加会议的人经过我们身边，她们窃窃私语，高跟鞋有意在大理石地板上发出声响。唐特正在讲他和同乡叫女人"婊子"的事。他们这么叫女友，甚至这么叫他们的姐妹和母亲。有时，他们也会叫母亲"我家的老女人"。女性没有身份，没有名字。"我一直叫她'婊子'，"唐特忽然说，"这实际上剥夺了她的人性。"

吉米和唐特都被"社区工作"机构雇用了。"社区工作"是一家位于奥克兰的机构，运营反暴力和司法改革相关的项目，也创立了一些针对暴力和监禁对犯人及其家人影响的艺术与教育项目。一天晚上，我坐在吉米和唐特一同带领的小组中。带领小组是唐特接受培训的一部分。和吉米在圣布鲁诺监狱外教授的所有其他课程一样，这门课程是在旧金山治安局附属办公室进行的。当晚上课的一些人在圣布鲁诺开始参与 RSVP，但会在这里每周一次的"真男人"项目中完成课程。有些男性会主动参与"真男人"项目，但这么做的人不多。并且，那些主动参与的人不会在治安局附属办公室上课，而会在教会或社区中心参与哈米什·辛克莱等人组织的小组。现在，他们每周仍会举办数次聚会。[2] 那天晚上，上课的八个人中有四个拉丁美洲人、两个黑人和两个白人。他们都是被法庭要求参加项目的。他们中的大部分人都犯了重罪，但也有几个是轻罪。大部分人身上都有许多问题：被指控非法持有武器或犯下其他罪行，吸毒、酗酒、心理状况堪忧。吉米和唐特都曾是犯人和帮派成员，他们在这群人中有一定的"资本"。他们知道街头的规则和黑话，深深理解身处暴力环境中、试图摆脱暴力者所面临的挣扎。他们每周以小组讨论的形式在这里会面。如果吉米和唐特能坚持上完这些课，就相当于花费一年时间教导这些男性对自我进行认知——认识到他们是谁、他们施暴时是什么样子、他们的暴行对身边人产生了怎样的影响，以及如何用非暴力的方式应对压力。

我们中的大多数人并未生活在那样一个世界里，因此会倾向于垂直地看待亲密伴侣暴力，将其视为一个独立的问题。社会服务机构也倾向于孤立地处理这类问题。然而，一个有亲密伴侣暴力的家庭中也可能有虐童、酗酒、失业、居无定所等问题。创伤性脑损伤和其他严重疾病同样可能存在。这类家庭或许不会重视教育，没有教育资源、失学的情况都有可能出现。只处理其中一个问题是无法使其他问题得到解决的。干预治疗项目和学术研究越来越深地理解了这一点——问题是多方面的，因此干预和治疗也必须是多方面的。

我们所处的办公室位于一座脏兮兮的两层建筑中。建筑两侧都是仓库。从窗户向外望去，可以看到一大片水泥和沥青，还会传来过往车辆发出的噪声。这地方看起来似乎从二战后就一直没有翻修过。由于年代的久远，墙面的油漆在夜灯下泛起昏黄。一面墙上是手绘的艾摩亲吻尼莫[①]的画，另一面墙上是一张海报，上面写着："怎样阻止一个三十岁的男人打老婆？"

"和十二岁的他谈谈吧。"

唐特将油性马克笔和湿抹布收集起来。上课的人慢慢走进来，仿佛这对他们来说是一场折磨——或许的确是这样。"今晚谁是记录员？"唐特问。一个戴着太阳镜、镶着金牙的男人回答说是他。他在白板上写下"分离循环练习（Separation cycle exercises）——否认（Denial）、轻描淡写（Minimize）、推卸责任（Blame）、串通（Collude）"。有些男人是下班后直接过来的，另一些不知在哪里闲逛了一整天。他们互相点头致意，不时开几句玩笑。有个人对记录员说了句悄悄话，记录员笑了起来，说："妈的，老弟！"然后又转向我说："抱歉，女士，我说了脏话。"这句话就像是舞台上的演员突然打破了隔绝观众与表演的"第四堵墙"。我不想被注意到，但我是个中产阶级中年白人女性，正拿着笔记本，坐在留着辫子、光头或留着山羊胡，穿着低腰牛仔裤、运动衣和高价运动鞋的人中间。我像是从一部电影中走出来，又像是走入了一部电影。与在圣布鲁诺时不同，这天晚上没有人要求我参与其中。

[①] 艾摩（Elmo），美国儿童教育电视节目《芝麻街》中的主要角色。尼莫（Nemo），美国动画电影《海底总动员》中的主要角色。

另一个人笑了起来，说："来看看吧，这里就是致命危险俱乐部。"他们所理解的"致命危险"是指一个人的期望受到最大威胁的瞬间——他感到世界亏欠了他，他的需求没有得到满足。他受到了挑衅——可能是他的伴侣说了什么或做了什么，他对此有了反应；也可能是酒吧里有人侮辱了他；或是一个同事告诉他他把事办砸了。那个瞬间可能会改变一切：他会眯起眼睛、鼓起胸肌、握紧拳头、绷紧肌肉、血液上涌。肢体语言是最具普世性的，可以跨越种族、阶级和文化的界限，有时甚至可以跨越物种。一个男人、一头狮子、一头熊的身体都会有相同的反应。吉米和唐特希望这些男性最终可以明白，被称为"致命危险"的瞬间，其实是一个选择。暴力是一种后天习得的行为。我们虽然不了解，但我们有另一个词来形容"致命危险"——"失控"（Snap）。在新闻中，那些哀恸的邻居、哭泣的同事会说：他突然失控了。然而，"失控"其实是一种障眼法、一种陈词滥调和一种想象。实际上，失控的瞬间并不存在。

课程进行到了第十二周。今晚他们只专注于一个叫道格的男人。他在讲述他遇到的一个麻烦。辛克莱曾将这种练习称为"破坏循环"（Destruction Cycle），但又重新将其命名为"分离循环"（Separation Cycle）。因为对他来说，教学的关键点是展示一个人如何在一个充满威胁的时刻，从辛克莱所说的"真我"中分离出来；而正是这种分离导致了暴力的发生。

小组围坐成一圈，道格坐在头一个。"我很紧张，伙计。"他说。

"你可以假装自己正在十六大道和朱利安街交叉口跟同乡说话。"吉米告诉道格。在组织 RSVP 前，吉米做过许多工作，包括开出租车。他经常用过去的经历打比方，比如置身于车流中意味着什么，对路线的了解能如何帮助你避免交通拥堵。每次我离开办公室时，吉米都会问我准备让出租车司机走哪条路；然后他会看看表，确认一下是不是高峰期；最后，他会十分细致地告诉我一连串方向。他给的路线实在太复杂，在请司机转了四五次弯后，我只能作罢。吉米总是这么做，这是他的可爱之处。他不想让任何人遇上堵车。交通拥堵就像暴力——总有一条可以避开它的路。

吉米对小组其他人说："我要你们现在马上集中注意力。如果你听到了觉得有意思的事，不要交头接耳。发言的人可能会讲述殴打伴侣的经历，如果你笑了，他可能就不会讲下去了。我们对我们伴侣的所作所为并不好笑，因此要小心对待这件事。我们要用一种成熟的态度来聆听他人的发言。这件事是严肃的，并不好笑。"

吉米身上有许多文身，额头上文着"saint"（圣人），后背上文着"sinner"（罪人）。牛仔裤和宽大的白色T恤挂在吉米干瘦的身体上，腰带像蛇一样半耷拉在他的大腿上。吉米说他无法增重，没人知道为什么。同事们会拿他取笑，说他是"骨瘦如柴的混账"。不过这是吉米的秘密——关于他为什么瘦得前胸贴后背，连裤子都提不起来。

"我需要，大概，十秒钟。"道格说。我看到他在腿间交握的手正微微颤抖。

"正常呼吸就好，伙计，"吉米说，"知道自己还活着就行。"

唐特的一个导师告诉他要多说话，在有同感时多发言。如果他完成一年的实习，"社区工作"会提供给他一份全职的助理工作，就像吉米一样。唐特已参加了六个月的课程。许多人在他身上寄予厚望，尤其是他自己。不过，还有数量惊人的工作等着他去完成：他要服完缓刑、从实习转正并领到转正工资,还要攻读本科学位。他要弥补太多失去的时间。在那天早些时候,与唐特在公园聊天时,我感觉对他而言,想象自己成为"心理学家"甚至都是一个全新的概念。期盼未来而非仅仅活在当下,这是一种截然不同的生活方式。

"一次,我的女孩去了另一个皮条客那里。"吉米说,"我强暴了她。这非常糟糕,简直糟透了。你心里很清楚。这不是你会干的事。但那天做这些事的人的确是你。"

"也是我。"另一个人说。

又一个人说:"我参加了四十二周(的项目),然后又犯了罪,重回监狱。"他得从头开始。

"我违反了限制令,然后回到了这里。"还有一个人说。他们像一支中场休息时待在更衣室里的足球队。两支球队的比分相当接近,胜负未知。他们在彼此鼓励,让道格知道他们都曾身处他现在所处的位置,没有人是无辜的。

"我剥削过那些没有父亲、还被性侵过的女人,"吉米靠着椅子向后倾斜,然后猛地归回原位,"还偷走了她们的灵魂。"

终于,道格开始讲述他的故事。道格来到前女友阿什莉家时,她正待在卧室里。道格只是来坐坐。他们一周前分手了,在试着做朋友。阿什莉一边发着短信,一边喝着威凤凰威士忌,和道格开起了玩笑。她告诉道格她情不自禁地想着另一个男人。"这件事让我感受到了那种致命危险。"道格说。

"不要用项目里的词。"吉米说。"项目里的词"是理解一个人行为的重要语境。然而,在解构那些特殊时刻的分离循环练习中,这些词也可能会变成托词，变成不去为自己行为负责的借口。"那一瞬间我感受到了致命危险"和"我冲着她的眼睛打了一拳"，这两句话是不同的。故事是首要的，接着小组成员会一起用项目的教学大纲解读这个故事，将他们在课程中所学到的某些特定元素代入其中。比如，那个威胁到你男性角色信仰系统的瞬间；那个你感受到致命危险的瞬间；那个你从"真我"中分离出来的瞬间。

道格表示抱歉。他又做了个深呼吸，盯着鞋子，继续讲下去。一周以来，他们一直在处理各种"问题"。阿什莉的话是最后一根稻草，并使事态升级。吉米说，"升级"也是项目里的词。道格重新开始："从'不好'变得'糟糕'……我记得她在笑，房间里放着歌，唱着'周五，我陷入了爱河'。我不记得歌手是谁了，但我每次听到这首歌，都会想起那一天，并使我怒不可遏。"

"不要偏离正题。"其中一个男人说。

这样的提醒和这种温和劝说讲述者不偏离故事主线的话语，是课程的一部分。这展示了语言的力量，展示了我们可以自欺欺人到什么程度，我们可以怎样以偏离主题来逃避责任。这也显示出我们会怎样用语言来定义我们是有罪还是无辜，我们可以多么轻易地操纵故事的叙述，而且大多数时候，这种操纵起始于我们本身的意识。同时，我们也会看到，自己对给他人带去的影响有多漠视。之后小组会给道格更多压力，但现在，他们会先让他讲下去。

"她一直在笑，用她喜欢上另一个人的事在我伤口上撒盐。"道格说。阿什莉喋喋不休，道格抓过酒瓶，猛灌了六七口。"我感到自己被玩了……我让她对我施暴，让她打我的脸，她就这么做了。我记得我挥起胳膊，打中了她的脸。我想我打伤了她的鼻子……接着她又向我扑过来,这次我不记得发生了什么。我记得有那么五分钟,我醉得很厉害。我意识到自己在施暴,之后走出了她的房间。她的祖母挡在了我和她中间……那时的我迷迷糊糊的。"道格思考着,停顿一分钟后说道,"有这么个事,我撞到了门,然后就猛地推开它;门撞上墙壁,留下了明显的痕迹——"

"是推还是用拳头打?"吉米问。

"打。我用力打穿了门,在门后的板墙上打出了一个凹陷。"道格继续说,他威胁要将那个男人的脸撕成两半,然后走出了公寓。故事是碎片化的,只有一部分连贯。道格不断回忆起一些细节,于是倒回去继续讲。阿什莉的祖母在场。施暴前,他用脚阻止阿什莉逃跑。离开公寓后,他听到远方传来警笛声,知道警察是来抓他的,于是坐在路阶上等着。他弓着腰,"让自己看起来尽可能显得无害,这样就不会因施暴而身负限制令了"。他说,警察到来后拿他打趣,问他是不是同性恋,是不是很无助,是不是种族主义者。

讲述这个故事大概花费了十分钟。

"我可以问一个厘清事实的问题吗?"唐特问。他们会这样提问,指出这是"厘清事实"的问题,这样参与者就会明白提问不包含敌意。

道格点了点头。

"你说'用脚阻止她',你那时摆出了什么样的姿势?我的意思是,你到底做了什么?"

"我躺在她的床上,"道格说,"我试图把她赶走,我把她踢开了。"

"如果我踢别人,"唐特说,"我就是在进行物理施暴。"

道格点了点头。

吉米对道格的诚实表示感谢。他搓了搓手,告诉小组成员,道格所说的会把阿什莉爱慕对象的"脸撕成两半",属于言语威胁。"我可以问一个厘清事实的问题吗?"他问道格,"你用不是她名字的词称呼过她吗?"

"用过。"

"都有哪些?"

"我记得我叫过她'荡妇',"道格说,"也叫过她'妓女'。"

"这是暴力的一大组成部分——语言。"

唐特插进话来,说起关于称呼的事。"大家听我说。为了对她施暴,她不再是阿什莉了,她是个荡妇。你需要给她一个新名字,你们明白我的意思吧?"

吉米让道格回想,那天晚上在那个房间里,他的身体有了哪些变化——他的肌肉是怎样的?

"绷紧的。"道格说。

心跳呢?

"加速了。"

吉米起身站了一会儿,问道格,他的身体是放松的还是僵硬的?

"僵硬的。"

然后,吉米摆出一个姿势给道格和小组成员们看。他的后背像拳击手一样微微弯曲,拳头紧握,面部紧绷。他将一侧肩膀微微前伸,将全身的重量压在脚掌上,好像随时会向前猛扑。房间里的氛围轻松平静,与吉米的姿势形成了鲜明的对比。一些男人一下就彻底明白了——即使没有说话,他们的身体也能传达信息。

"这,"吉米保持姿势说道,"就是她看到的。"

吉米在发掘身体边缘系统面对威胁时的反应,就像在观察野生动物被围困时的反应一样。唐特和吉米让道格想象自己正开车回到家中,发现屋里有一个像这样的人,他会怎么想——一个拳头紧握、心跳加速、身体僵直的人。这会显得——

很危险。

很可怕。

很糟糕。

这就是第一步:留意你的身体。

第二步,是留意语言。有一些用语会让问题立刻凸显出来,比如用侮辱性的称呼取代配偶的名字。然而,平日里的语言表达会更加微妙。它不仅作用于意识,也作用于潜意识,每分每秒、一字一句都会让人痛苦不堪。不要说"阴道"、不要发誓、不要说"我家的老女人"、不要说"妓女""荡妇""女人";要用她们的本名称呼她们,要用"配偶"这个词;在对小组成员或与小组成员说话时,要保持眼神交流;要坐直,不要猛地坐下;在讲述那些让他们来到这里的事件时,物主代词要用"我"——不要说"我们的"暴力、"男人的"暴力或者"社会的"暴力,而是"我的"暴力。要承认你使用了暴力,并为此负责。

他们在圣布鲁诺做这个练习时,可能会花费整整一上午的时间,用几小时剖析一个实际上时长只有几分钟的事件。他们可以选择不讲那起让他们锒铛入狱的案子——虽然多数人还是会选择谈论。他们被要求讲述每个能想起的微小细节:肢体语言、心跳、呼吸、肌肉、语气、语言、感受、声音和气味。一天,吉米坐在圣布鲁诺监狱的小组中，让组员说说他们认为从对着伴侣大叫到被带上警车，其间会经过多长时间。他们有猜二十分钟的，也有猜二十五分钟、半小时、一小时的。"都不对，"吉米告诉他们，"十分钟后，砰！你就被带进去了，兄弟们。"只需要几分钟，你就可以从一个人变成一头熊，再变成一个罪犯。然而今晚，他们和道格一起做的整套练习却用了两个小时。

吉米告诉他们，我们总是在逼迫——逼迫自己、逼迫受害者、逼迫孩子。他们背叛了自己。吉米说，大家得有改变的意愿，意愿加上行动才等于改变。我看到吉米的视线逐一扫过小组的每个成员。"我再多说一句，"吉米站了起来，"我一直清楚，我这一生做了许多坏事，桩桩件件我都清楚。我撒谎、出轨、偷窃。我这辈子都在听'不要贩毒''不要吸毒''不要侵犯女孩'之类的话，但我还是照做不误。"一个将手肘撑在膝盖上的男人听了这话，坐直了身体，将背靠在椅子上。"这点很重要，兄弟们——我是怎样决定停止施暴的？"吉米停顿了一下，环视坐成一圈的组员，"如果我没有反思我的行为造成了多大的伤害，我就不会在乎。"

吉米的第二个故事关于他悔改的瞬间。你对别人做过最糟糕的事是什么？对吉米来说，是他绑架了他心爱的女人，还差点儿杀了她。那个女人是吉米深爱的四个孩子的母亲。她是吉米的前任，名叫凯莉·格拉夫。他们分居了，吉米为此很受打击。凯莉曾是他的女人，他决心将凯莉夺回来。他给凯莉打电话，说他要给她五百美元，问她是否愿意过来拿。凯莉让吉米保证他没有任何企图，吉米做了承诺——这是逼迫。吉米说，他从"友好"搬家公司租了一辆卡车，开车去了约定地点。然后他嗑了相当多药，等在那里，直到看见凯莉的车从街区驶来。在凯莉的车与吉米的卡车近在咫尺时,吉米挂上倒车挡,猛踩油门,用最快的速度和最大的力气向她的车撞去——这样的撞击可能会使她丧命。然后,吉米像豹子一样扑到凯莉的车门前,将尖叫的凯莉从车里拽了出来,把她扔到租来的车的后备厢里,关上车厢门,然后驱车来到凯莉家——这是权力和掌控。吉米精疲力竭,他已经许多天没睡觉了,大脑一片空白。他对他刚刚做过的事感到难以置信。他们来到了她家,那曾是他们两个人的家。他将她从后备厢拽出来,拖到室内。之后的事吉米便记不清了。或许他们打了起来,或许他追着凯莉打她。吉米很确定他至少用力打了凯莉十几下——他记不清了。吉米说他睡着了,醒来时,凯莉已经离开了,他知道他搞砸了。他蠢透了,他怎么能睡着了呢?吉米跑出凯莉家,到了转角处他们经常光顾的一家卖玉米卷饼的店。那里有个人告诉他,凯莉早些时候和一位女性朋友到过这里,她吓坏了,看起来魂不守舍,正打算去报警。吉米拼命逃跑,想要藏起来。

凯莉对这件事的记忆截然不同。她记得,吉米那天突然出现在她工作的地方,说他祖母去世了。凯莉知道吉米与祖母感情很深,因此对他的话信以为真。然而,就在凯莉刚与吉米走出来时,她马上察觉到他在说谎。凯莉十六岁时,就和二十六岁的吉米在一起了。那会儿凯莉已经二十一岁,他们还有一个年幼的女儿。她对他太了解了。

凯莉意识到吉米在逼迫她出来。她逃回了办公室,那里有保安。凯莉在电话中告诉我,吉米在停车场找到了她的车,将车点燃了,那是辆新车。旧金山消防局给凯莉打电话,她才知道这个消息。从"友好"搬家公司租车的人是凯莉。她租车是为了从他们居住的公寓中搬出去。吉米烧了她的车后，她从母亲的朋友那里借了一辆车。但吉米跟踪了她，在她下班后跳进了副驾驶座。吉米拿着一把刀，凯莉记得他说："你要离开我，婊子。"多年来，凯莉一直是吉米的沙包。他操控她、逼迫她、恐吓她，他总是跟踪她，不让她社交，说她出轨。"我没想离开你，"凯莉撒谎说，"我们只是需要分开一段时间。"她试图"让吉米冷静下来，因为我不知道他会干出什么事"。凯莉说，他们一起去取了从搬家公司租的车，开车到了他们共同居住的公寓——一间地下室，凯莉称之为"地牢"。她想方设法地让吉米相信她很饿，吉米就放她离开了。凯莉告诉我，她"拼命地逃，仿佛在和死亡赛跑"。

凯莉直接和一个堂亲去了警察局。她说警察最开始让她回到家里，将那把刀拿过来。"我说，你们疯了吗？"凯莉说他们一点儿也不想帮助她，但最终还是发出了逮捕吉米的通缉令。那时，凯莉已经失去了她的车、家和工作（"9·11"事件后，她被解雇了），身处人生低谷。

在搬家那件事发生几天后的一个早晨，凯莉送她和吉米的女儿去幼儿园。吉米藏在幼儿园附近。凯莉说，吉米让她把女儿从幼儿园带出来。随后，在吉米的枪口下，她和女儿被监禁在一间旅馆房间里，整整八天。凯莉和吉米请我不要公开那八天发生了什么。

凯莉说最终她说服了吉米，成功脱身了。

吉米说他自首了。

痛苦的记忆总是模糊的。吉米向我讲述他悔改的故事时，说他记得他在逃亡途中东躲西藏，一听到警笛声就心惊肉跳，时刻留意着四周。凯莉告诉我，吉米嗑药嗑得太猛，有一半时间都身处幻觉之中。因此，他或许的确记不清到底发生了什么。

不过，吉米最终还是被捕了。吉米和凯莉都说，检察官要以绑架和携带致命武器罪起诉吉米。但凯莉说她很同情吉米，改口否认了她陈述过的许多内容。她在电话里告诉我这件事时，我可以明显感觉到她无法相信自己居然改口了。最后，吉米筋疲力尽。他说他被判了四年监禁，凯莉说他只被判了一年多。

不管怎么说，吉米在监狱里参加了RSVP。他明白了他对自己、对凯莉、对他们的女儿、对所处的群体、对其余的家人做了什么。他告诉小组成员，暴力会带来一系列连锁反应。他伤害了凯莉，也就伤害了他的孩子和父母、凯莉的朋友……受到影响的人只会不断增多。暴力的阴影会渐渐笼罩一群人，会传染与增殖。我想，唐特将奥克兰东部称为"巴格达"时，想表达的意思和吉米现在说的一样。一起暴行会引发另一起暴行，以暴制暴不会解决任何问题。我的前夫一直在军队工作。他常对我说，不论你是什么身份，只要有枪，你就会自动拥有立场，不可能保持中立。对我来说，暴力也会带来同样的后果。它使人心碎，也使家庭、群体、城市、国家四分五裂。这也是吉米用自己的故事想要表达的意思。

吉米说他是"拾荒者"和"社会底层的杂种"，这两个词是街头帮派的行话，有一种粗俗的"诗意"。在这里上课的同行们都知道这两个词是什么意思。然而，让我们用"家庭恐怖分子"这个词来形容那天的吉米，这才是他的真面目。恐怖分子会进行恐怖袭击。所有在圣布鲁诺参与RSVP的男性和其他施暴者都在施行恐怖主义。他们是身处于我们中间的恐怖分子，不断制造一种恐惧。而这种恐惧，至今仍被许多人，包括一些国家领导人，认为是一种简单的"私事"。

在吉米服刑并快要出狱时，他收到了一封来自凯莉的信。他入狱后，凯莉从未给他写过信。吉米记得信中的最后一句话是"请不要杀我"。（凯莉说，在吉米写信拒绝给她抚养费后，她写了这封信作为回复。）

讲述这个故事时，吉米不断摇头。他的肢体动作流露出悔恨之情。我不由得想，有多少女人曾这样做？有多少女人曾提出同样的请求？在世界各地，古往今来，从人类诞生开始，有多少女人用不同的语言说过同样的话？"请不要杀我。"我们女人是多么有礼貌啊！在求人饶命时，我们还在说"请"。

"那个可怜的女孩。"吉米对参加课程的人说。道格仍坐在这一圈人中的头一个。吉米的声音像耳语一般轻。"那个可怜的女孩。她四处奔走，问我的朋友他们是否觉得我出狱后会杀了她。"吉米的声音在房间里回荡着。他的故事，他所做的那些可怕的事，以及他如何一点儿一点儿爬回人性轨道上的历程，萦绕在房间里每个人的心间。

"现在那个女孩是我最好的朋友，"吉米说，"她有我的全力支持。"

凯莉否认了这种说法。她相信吉米改变了，相信他已经"学会接受他做了什么，并且知道他做错了"。她说吉米变得更谦卑了，或许他正处在一生中最好的阶段。然而，"我仍然永远不会单独和他待在一起"。

吉米停顿了一下。在这里的每个男人都有类似的过往。并且，每个人都将像道格一样讲述自己的故事。吉米看着道格。"当你开始喝威凤凰的时候，兄弟，你在对自己施暴，这就是暴力的开始，不是吗？"

道格抠着手上的茧子，点了点头。

"将她推开是暴行，是这样吧？打她的脸三拳、击穿墙壁也是。你说过你要把那个男人的脸撕成两半了吧？这样的威胁属于言语暴力。"

道格点了点头，对这些针对他行为的分析表示赞同。

在道格之后，那个镶金牙的男人将这些都写在了白板上，并将这些行为的含义圈起来。喝酒是"对自己施暴"，骂人是"言语暴力"，击穿墙壁是"肢体暴力"。

"我可以问你一个厘清事实的问题吗？"吉米问，"你第一次感到致命危险是什么时候？"也就是说，道格是什么时候第一次感到男性角色信仰系统遭到挑战的？

在"真男人"课程中，男性角色信仰系统的意思是社会赋予男性对性别角色的期望。在小组课程中，吉米、辛克莱或是其他组织者会经常停下来，让参与课程的人说一些属于男性信仰系统的观念。这些观念包括男性不能不被尊重、男性不能被欺骗、不能质疑男性缺乏男子气概、男性是权威、男性不能被忽视，以及女性应该顺从听话、支持男性。当一个男人的信仰系统被挑战时，他会感到致命危险，这时，暴力就会成为一种选择。"真男人"课程用一个夸张的短语来描述这个时刻：当一个男人"内心的杀手"出现时，他的"真我"就消失了。杀手沉默着独自行动；杀手会隐入人群，悄悄杀人后消失；杀手不会负责，也没有道德观念。吉米指出，在感到致命危险时，道格不仅无视了伴侣，也无视了他自己，无视了他的感情、需要和身体。他只是在对挑战信仰系统的事做出反应。而这正是冲突的核心所在——决定是否使用暴力。一个完整参与项目的男人说，他学会的其实就是在那个时刻退一步，调整心理和身体状态。有时，他们要做的调整很小，只是提醒自己停下来，深吸一口气，不要变本加厉。

吉米又问了一次道格，他第一次感到致命危险是什么时候。

"她告诉我她情不自禁地想着另一个男人的时候。"道格回答。

"我也是。"一个男人说。

唐特插话道："你说你决定你们要做朋友的那句话，在我听来并非如此。"道格点了点头。他想让阿什莉回到他身边。他在否认自己的情感。"你说'我从没有喝得这么醉过'，我认为这是在归咎。之后你又说'她冲向你'，这也像是在归咎。"归咎于酒，归咎于她，归咎于除了他自己的任何因素。道格表示唐特说得对。

他们又继续讨论了二十分钟。一个男人指出，警察来时道格的肢体语言——坐在路阶上等警察，像他说的那样试着"尽可能让自己看起来无害"，听起来像是在对事态轻描淡写。总之，道格在否认他的情感，否认他要对施暴负责；他归咎于阿什莉和另一个男人；他对他们进行言语和肢体威胁；他对自己犯下的罪行轻描淡写。这些都可以从他的动作和语言中看出来。

或许整个项目最具挑战性的部分，是那些参加RSVP或"真男人"项目的男人回归社会后，依然会面临和参加项目前相同的处境。这些身处监狱外世界的男人要在身边的人和事都没有改变的情况下，过非暴力的生活。相比之下，在圣布鲁诺监狱里的男人们的生活要容易得多。唐特在那天早些时候和我聊到了这点，他说他的母亲和祖母看出他改变了，但无法信任他，就连他自己也不相信自己。他不知道如何使生活重新恢复平衡，只能寄希望于时间。

在那天晚上的讨论结束前，吉米问组员们对亲密关系的看法，问他们怎样建立亲密关系。在课程的下一阶段，他们会学习更多这方面的内容。道格说："倾听和敞开。"他说的"倾听"，不仅是指倾听伴侣的心声，也是倾听自己的心声、情感和身体。

"这里没有论断，伙计，"吉米告诉他们，"没有建议、没有论断、没有观点。"

唐特感谢道格鼓起勇气坐在第一个，向一群陌生人敞开心扉，连着几小时分享他最糟糕的经历。"我看见你脸上出现的那些表情，它们也曾出现在我的脸上。因为我也实打实地伤害过我爱的人——你知道那是什么感觉吧？因此我想要感谢你讲述你的故事。我想要你能看清，你对你本应爱护的人做出了怎样的暴行。谢谢你，兄弟。"

道格点了点头，做了一次深呼吸，笑了起来。这一刻，他感到自己的身体脱去了重负。

在以道格为中心的小组聚会两个月后，唐特失踪了。他不回我的短信和邮件。我尝试拨打他留给我的两个电话，发了许多条短信，但毫无音讯。最后，在努力了几个月后，我联系上了一个"社区工作"的人。唐特乘车时被捕，身边放着一把属于司机的枪。警方再次逮捕了他。他正在服缓刑，按规定要远离所有武器，无论是他的，还是其他人的。并且，被捕时，唐特的口袋里有一块强效可卡因。于是他又回到了监狱里，等待庭审。法庭给唐特指派了一个公共辩护律师。我给这个律师打了很多次电话，也写了好几封电子邮件，请求与他会面，但他没有回复我。如果被判有罪，唐特会面临十四年监禁；如果幸运的话，可能只会被判一年。

唐特曾想要获得学士学位，在"社区工作"工作，重建他的生活；而我不由得想，他现在是怎样看待他曾渴望弥补的时间的呢？他是一名年轻黑人男性，面对着一个往往不会对他这样的人网开一面的体系。更何况他有严重的前科，也没有钱雇一个好律师。在我看来，他被轻判的希望很渺茫。他会走上施暴者注定会走上的道路，被他无力抗拒的力量裹挟。我认为，唐特在我面前是坦诚的，他没有装成一个好人，他知道自己搞砸了一切。他也告诉我，在旧金山靠实习生的工资生活非常艰难。他计划在过渡教习所服完刑后搬回母亲家里。多年前，正是这个地方让他踏上了这条荆棘遍布的道路，他并不想要这样，但他别无选择。我想，这不是显而易见的吗？他的口袋里当然会有一块可卡因。他还能做什么呢？他有工作，晚上七点后不可以外出。"社区工作"、吉米·埃斯皮诺萨、RSVP 都在为唐特·刘易斯倾尽全力，但他们也在对抗相同的体系。这些体系面临着许多除家暴外的重要问题，种族主义和等级观念根深蒂固，资源有限，却要应对无限的需求。

我想和唐特谈谈，但我没有他母亲或祖母的电话，当然也无法用电话联系他。一天晚上，我的手机响了起来。电话是阿特沃特监狱的一名犯人打来的，他让我为这次通话付费。在十五分钟的通话中，我听到了唐特的故事。

那天午夜，唐特想搭车回家。他已经搬出了过渡教习所，和母亲、祖母住在奥克兰东部。他妹妹孩子的"青少年爸爸"过来接他。那个人喝醉了,但唐特没有拒乘他的车。最近,他的新女友对和他母亲一起住的事感到不满,使他倍感压力。但他还能怎么办?他拿到手的薪水根本不够他在旧金山任何一个角落生存下来。然而,唐特一直努力远离毒品,他坚持参加项目,尽力不欠债,专注于自己的目标。唐特的上司提醒他,不要和任何会给他带来麻烦的人交往,但他说他会小心,不会出事的。

唐特打算做几笔可卡因现金交易,赚取一些起步资金。这不是什么大事,不会使他退出反暴力项目。那天晚上,他的口袋里装着一点儿可卡因。唐特早就想要搬出母亲的家了。为了实现这个目标,他觉得只有这一条路可走,别无他法。他已经二十八岁了,这个年纪还住在家里不太合适。

司机身上也带着一些大麻。唐特到车里不久后,他们身后传来警笛声。然而,司机没有停车,而是突然急转弯,驶过两个街区,最后撞到了墙上。唐特说,他不记得之后发生了什么。他在医院醒来,嘴唇和面部受了严重的伤。他很确定安全气囊没有弹出。警察发现在放置安全气囊的隔层中藏着一把格洛克手枪。枪不是唐特的,他说他甚至不知道那里有枪。车内的地上有一本格洛克手枪杂志和一些空弹壳。这些弹壳在车撞到墙上时四处滚落。唐特的血四处飞溅,他不清楚溅到了哪里,但知道一定溅得车里到处都是。他看到血从衬衫前襟流了下来。

车祸本身对唐特几乎没有影响,毒品有一定影响,但比起枪就不算什么了。唐特身边有枪,违背了缓刑规定,直接被判处了两年监禁。并且,如果在枪、杂志和空弹壳上发现了他的DNA,就算是来自他四溅的血液，他最少也会被判四年，最糟的情况会比四年长很多，这取决于法庭判决。唐特在"社区工作"的上司为他写了一封品德保证信。原本这位上司还想让反暴力小组成员为唐特写保证信，而他的律师则说不必多此一举，这样做只会激怒法官。

"关键是，"唐特在那天晚上的通话中告诉我，"他们认识我，他们所有人都认识我。"法官认识他，缓刑官和保释官也认识他，甚至警察也可能认识他。即使他们不认识他，他也有犯罪记录。"他们之前就认识我，知道我是什么样的人。他们不可能改变心意。"

唐特的案子一直没有开庭。和许多与他处境相同的人一样，他认罪了。他很年轻，是黑人，身心残破不堪，而且有前科。他被判了六年多的监禁，这次不是在设有社区大学项目、恢复性司法项目和艺术疗法，舒适且规模较小的县监狱服刑。唐特被关入了联邦监狱中，先是阿特沃特监狱，刑期过半后，他横跨整个美国，被遣送到宾夕法尼亚州与纽约州交界处的联邦监狱，距离所有他认识的人、熟悉的地方几千英里远。

之后我试着联系吉米，而他似乎也失踪了。

聚集在上层

在哈米什·辛克莱提出了那个影响深远的问题——为什么男性会打人——的同一时期，波士顿的社群组织者大卫·亚当斯每月会在波士顿男性中心外组织一次聚会。他将小组称为"正是70后"（very '70s），意在增强意识、促进团结与合作。一天，一群女人来找亚当斯。她们是亚当斯在社群中认识的朋友，成立了一个女性暴力受害者小组。她们向亚当斯寻求帮助。她们说，帮助受害者、给予她们社群支持的确很重要，但那些施暴的男人呢？为什么不能从源头制止暴力？她们认为帮助施暴者不是她们的责任，因此请亚当斯介入。辛克莱成立"真男人"项目是几年后的事，那时没有关于针对施暴者的调查研究。亚当斯和那些女人走在了全美前列。《反暴力侵害妇女法案》是在几十年后才通过的。

第一次聚会地点是亚当斯家。他们邀请了遭受暴力的女性受害者，讨论暴力对她们和她们孩子的影响。那时，亚当斯不知道这可以被称为"施暴者干预"，但他在做的事其实与恢复性司法有相似之处。然而，亚当斯和同事们没有计划、方案和最佳实践指南，他们只能边做边学。"我们很天真，"他说，"以为只要我们告诉他们施暴是错误的（他们就会停下来）。"

亚当斯将早期的工作经验写成了一篇论文，试图分析在有暴力的家庭发生过哪些在无暴力家庭中没发生过的事。亚当斯在他暴力的父亲的陪伴下长大，他亲眼看到、亲身体会过这种不公开的暴力是怎样毁灭一个家庭的。在博士论文中，亚当斯对比了有暴力家庭和无暴力家庭养育儿童和家务分配的方式。他以为研究结果会支持他的理论——施暴者承担的育儿义务与家务活儿远比受害者要少。然而，亚当斯震惊地发现，在两种家庭中，男性承担的家务事比例都是百分之二十一。[1] 两者的区别是，不行使暴力的男性知道他们获得了许多，并会感激妻子在工作之余承担家务，而施暴者会说："我比大部分男人做得多，但她对此心怀感恩了吗？"亚当斯的调查显明，施暴者看到的是他们"没有因他们所做的受到感激，而不是他们的妻子做了什么"；不行使暴力的男性则"会说'我很幸运。我的妻子做了很多'之类的话，而他们的肯定对妻子来说意义重大"。施暴者也倾向于对妻子做的家务活儿更加挑剔。

亚当斯发现这些男性有自恋症。自恋使他们无法看清他们的行为对受害者产生了怎样的影响。"自恋过滤了他们看到的一切。"亚当斯告诉我。

和哈米什·辛克莱一样，大卫·亚当斯也深受他所处的地域与文化影响。他的举止更规矩，说话更小心。他很严肃，与小组成员互动时没有那么活泼，时常保持安静。他留着灰色卷发和八字胡，和许多在社会服务领域工作的人一样，他在童年遭受过暴力。他有一个情感不健全的虐待狂父亲，和一个习惯逃避的母亲。他最早的记忆是在四岁时，外祖母带他到父亲工作的花岗岩采石场。亚当斯说外祖母和父亲痛恨对方。那天，他和外祖母站在采石场外围，外祖母指着其中一个小点——在矿坑深处工作的男人，说："那是你爸爸，那里。"亚当斯告诉她不是，他的爸爸要大得多。从他所处的采石场外围的角度望去，那个像蚂蚁一样的小点不可能是他父亲。但是，他最终还是明白了外祖母的意思。他的父亲是那样渺小，他可以成为与父亲完全不同的人。这是对亚当斯影响最深远的教诲之一。现在，他将之称为"来自外祖母的伟大礼物"。长大成人后，他设立的目标是尽力成为和父亲不同的男人。他的父亲轻视教育，认为男孩需要强硬。亚当斯埋头于书本二十年，直到被父亲鄙弃的教育给了他逃离的机会。"孩子都是直言不讳的，"亚当斯告诉我，"我那时觉得自己不必和他一样，是上帝给予的启示。"

亚当斯创立了全美第一个施暴者干预项目——"展露"（Emerge）。项目目标是控制施暴行为。"展露"和德卢斯的项目[①]是美国推行最广的两个项目。项目为期四十周，内容包括从施暴对家人的影响到嫉妒心理和健康的沟通方式。几年前，"展露"开始提供育儿课程。亚当斯说，没人想被称为施暴者，因此"展露"重新定义了谈论他们所做工作的方式。如今，大约百分之三十的参与者是自愿参加的，其他人是被法庭要求参与的。（全美大部分施暴者干预项目的自愿参与率是百分之五。）

哈米什和亚当斯成立项目的重要契机都是女性的推动。女权主

[①] 美国明尼苏达州德卢斯市成立的早期家庭暴力干预项目（Domestic Abuse Intervention Project，简称DAIP）。这个项目逐步发展成了干预家庭暴力的经典模式——德卢斯模式（Duluth Model）。

义者指出了对男性盟友的需求。她们需要男性参与到争取权益的战斗中。

早先有一天，亚当斯告诉我，一个女人将她丈夫施暴的录音带到了小组中。在录音中，丈夫说了诸如"如果我没有狂热地爱着你，我就不会这么生气、这么愤怒"之类的话。这是亚当斯第一次切实听到施暴者施暴时的话语，第一次真切地了解到施暴者有多么会洗脑，又是如何把他们施加的虐待和嫉妒心浪漫化。他们会说"因为我太爱你了，所以我才变成这样""如果你没有做 Y，我就不会做 X"之类的借口，将暴力归咎于他人，否认自己做错了。亚当斯和其他学者总结出了一套施暴者的话术——他们将暴力轻描淡写、为施暴找借口、责备受害者。这套话术很有效。他们会反复使出轻描淡写、找借口、归咎于受害者这三种招数。然后，他们会表示懊悔，流着泪深深致歉，保证会表现得更好，表达对受害者的爱慕。每个施暴者的行为和语言都像剧本一样惊人地相似。

一天早晨，我坐在克利夫兰市的一间法庭中。法庭正在审判一系列家暴案。在其中一起案子里，犯人反复给受害者打电话，打破了"不可以联系受害者"的限制令。实际上，三周内，他给受害者打了四百多个电话。受害者接听了其中的百分之二十。当检察官琼·巴斯科内在法庭中播放部分通话录音时，这个剃着光头、穿着深绿色囚服的犯人，正站在法官米歇尔·厄利身前，扬扬自得地笑着。以下是通话录音的一部分。

"再给我一次机会，就一次。为这点儿事蹲监狱不值得，妈的，不值得。"

"你太夸张了。我只是和你闹着玩,妈的,我没想杀了你……为什么你一直和我对着干,却不帮我走出去?为什么你不为整晚待在外面道歉?"

"我爱上了你,婊子,真希望我没有。因为你他妈的让我那么痛苦,为什么你要这样对我?"

"我不欠你任何解释……除了让我进监狱外,你什么都没做。你没有寄信和照片给我。我不会在乎你上法庭告我的。我不会再给你打电话了。"

"你不要上法庭。他们对我指指点点,你得让他们把嘴给我闭上。他们在对你撒谎。告诉他们你要撤回上诉。不要让检察官给你再次出庭的机会。"

"你不会签名的。有人敲门时不要开……我相信你,你什么都不会做。你没有那么蠢。"

"我们登记吧,我相信婚姻。婚姻是一生的承诺……等我出狱。我让人盯着你了。"

施暴者的话中显然充斥着责备、漠视、找借口、道歉和保证、逼迫、操纵、情绪化、言语暴力、威胁和贬损的语气。他想让受害者相信,他比体系强大,比体系懂得更多。那天,录音在法庭中播放了超过一小时,内容比我列在这里的多得多。在听录音时,我也发现了一点——犯人从没有用受害者的名字称呼她,一次也没有。

过去二十年间,"展露"和"真男人"项目这样的施暴者干预小组得到了广泛推广。现在,全美有一千五百个类似的小组。这些小组的目标是制止肢体暴力与威胁；而一些项目更加细致入微，它们会帮助施暴者认识到哪些行为模式具有破坏力，意识到他们造成的伤害，培养他们对伴侣的同情心，并教导他们与情商相关的知识。不过，这些项目的方法和理念相去甚远。执法机构一直认为施暴者干预项目是在浪费时间和金钱。亚当斯一直对此感到沮丧。不同的州中，合格的标准、法庭的命令、课程设置、小组组织者的水平、项目长度都有区别。这是一个崭新的领域，施暴者干预还在探索其社会影响。法官通常也不清楚施暴者干预和愤怒情绪管理项目的区别。因此，即使在施暴者干预小组得到广泛推行的司法机构中，你也可能会遇到一个命令施暴者参加愤怒情绪管理项目的法官。亚当斯说，在参加"展露"的男性中，其实只有百分之五十五的人完成了项目。这体现了项目的活力和效力。[2]"我对那些完成率更高的项目缺乏信任。它们就像让每个人都毕业的差劲学校。"

如果在一般情况下，受害者要尝试七八次才能离开施暴者，为什么我们要期待施暴者第一次参加项目就改过？亚当斯告诉我，许多对施暴者干预项目效用的研究都将所有施暴者一视同仁，将退出项目和完成项目的人混为一谈。完成项目的人无疑和未完成项目的人有区别。参与的时间越长，长久的改变越有可能。"这不是一个非黑即白的问题。"亚当斯说。爱德华·W. 贡多尔夫在他的《施暴者干预项目前景》（*The Future of Batterer Programs*）一书中，洋洋洒洒地写下了对于施暴者干预现状的关注，指出了我们还处于施暴者干预的初始阶段，警告我们不要过于信赖风险评估的预测。"总体上说，施暴者干预项目以及犯罪司法领域面临的一大困难，是如何找出那些特别危险的男性……因此，施暴者干预做出了从预测到持续进行风险评估的改变,会反复评估、监控、干预施暴者。"[3]

愤怒情绪管理常常和施暴者干预混为一谈,仿佛它们没有区别。的确,现在全国各地的法庭仍然经常判处施暴者参加愤怒情绪管理课程,二〇一四年宣判的雷·莱斯①案就是一例。他在一架电梯中殴打女友——现在是妻子,致使其失去了意识。一名来自新泽西的法官撤销了家暴指控,让莱斯接受愤怒情绪管理咨询。[4]这样的判决表明法官对暴力的本质误解很深。(尽管已对公众做出承诺,但美国国家橄榄球联盟在家暴问题处理方面几乎毫无长进。二〇一七年秋天,至少有六七个新球员面临家暴指控,但还是入选了。在我写作这本书时,据乔治城大学法学教授德博拉·爱泼斯坦所说,美国国家橄榄球联盟没有推行委员会提出的任何一项改革。这个委员会是在雷·莱斯的丑闻后成立的。爱泼斯坦因美国国家橄榄球联盟未能严肃对待家暴问题,于二〇一八年从委员会辞职,以表示抗议。[5])二〇〇八年,对一百九十个施暴者项目的评估表明,实际上,大部分参与者并没有强烈的愤怒情绪,只有小部分人的愤怒指数会非常高。[6]

亚当斯的小组和其他类似的小组会特意向法庭提供施暴者是否服从、是否真心愿意改变的信息。他们每月给缓刑官一份针对每个施暴者的报告,定期联系受害者,并告知她们施暴者在小组中的表现。说实话,这是施暴者干预小组最大的功用。缓刑官、法庭和受害者都能从中受益。"我们可以做法庭的耳目,"亚当斯说,"受害

---

① 雷·莱斯(Ray Rice),美国橄榄球明星。

者正在留下和离开之间做选择,如果她可以从我们这里知道施暴者仍将暴力归咎于她,会对她有很大帮助。"

一天晚上,我参加了"展露"的一节课。课程在一座普通建筑的地下会议室中进行。这座建筑位于波士顿外的剑桥。这里没有树木茂盛、红砖建筑林立的哈佛大学风格,只有许多低矮粗犷的灰色工业风格建筑,是杂乱的、属于工人阶级的剑桥。

七个男人陆续走进会议室,坐在折叠椅上,尴尬地互相开着玩笑。他们没有像我后来在圣布鲁诺看到的那种市中心的弱势群体文明,年龄、种族和经济状况也各不相同。有人穿着西服、戴着领带,身上散发出剃须水的味道。也有人的牛仔裤上板结着灰泥。这是我第一次坐在施暴者小组中。那时我还不知道"真男人"项目,也不认识哈米什·辛克莱。我已经和受害者打了很多年交道,却从没在施暴者身上花过多少时间。我心目中施暴者的形象仍是一个充满暴怒的怪物、一个满脸都写着愤怒与失控的人、一个看起来就是"坏人"的人。我可能甚至认为,我的本能与直觉会让我对这种男人心怀警觉。但现实却出乎意料地令人震惊,那些男人看起来十分正常。实际上,这点在某种程度上使我深感不安。他们看起来就像一群我愿意与之共饮啤酒的男人。他们很有魅力。他们幽默,善于交际,会害羞,也很容易紧张。无论长相是否俊美、穿着是否讲究,他们看起来就是普通人。亚当斯告诉我,家暴的特点之一是人们错误地认为施暴者会时常处于愤怒状态。实际上,他们的愤怒有特定的目标——伴侣或伴侣的至亲。因此,施暴者的朋友或熟人听说他们施暴时往往很惊讶。"最令人惊讶的是,(施暴者)看起来和普通人差不多,"亚当斯说,"一般来说,施暴者都挺招人喜欢的。"对亚当斯来说，这是问题的关键——我们在寻找爪子和尾巴，却找到了魅力和亲和力。最初施暴者就是这样吸引受害者的。"我们在找暴怒的人。"亚当斯说。然而，只有四分之一的施暴者符合这一说法。亚当斯看到的是性情顽固的人。"大部分时候，我想象中的施暴者是一个思维僵化、非黑即白的'思想家'。"亚当斯说。

我参加项目的那天晚上，亚当斯探寻了参与者对他们的父母、特别是父亲的看法。一个男人的父亲主管着一所知名大学的本科教育项目。另一个男人则把他的父亲形容成一个喜欢到处寻花问柳的瘾君子。七个男人中，至少有五个曾亲眼看到父亲对女人施暴。与RSVP和许多（或许是大部分）施暴者干预项目不同，"展露"总是有一名女性担任共同引导者。原因有两个：其一，这可以向组员们提供一个男女平等共事的范例；其二，在"展露"项目早期，亚当斯发现男性参与者很少会做那些暴露他们平时对女性态度的事，比如打断女性说话、挑战她们的观点或彻底无视她们。在小组中，他们会立即注意到这样的态度。亚当斯让七个参与者用"好""坏"和"时好时坏"来评价父亲。七个男人中只有一个将父亲评为"坏"，尽管根据他们的叙述，他们的父亲酒精上瘾、残忍地殴打他们的母亲、在他们小时候经常用皮带打他们。我坐在那里听着，十分惊讶地发现他们竟无法看到他们和他们的母亲都是父亲的受害者。那一刻，我为男性和女性看待和解读世界的方式如此不同感到震惊。当然，在生活中，我亲身体验过这点。与前夫相处时，我记得我告诉他，许多时候他会说我没有听他说话，而实际上我在听。我这么做实际上是在反驳他。然而，那天晚上我坐在那里，或许是因为能从旁观者而非自身的角度出发去论证某个观点,脑海中那个逐渐具象化的抽象观念,让我浑身发寒。我记得,那时我心想,长久的婚姻是一个奇迹。

有几次,亚当斯不得不提醒那些男人,他们可以在爱父亲的同时批判他们的行为。这些男人则反复地说,他们的母亲怎样招惹了他们的父亲。

后来,我和亚当斯谈起了这件事。他并没有对这些男人为父亲的恶行找借口、妖魔化母亲感到惊讶。"这就是现实,"亚当斯后来告诉我,"他们心里住着一个自私而自恋的父亲……(但)你不能说教,你只能给他们提供信息,希望随着时间流逝,这些信息可以带来改变。"

第二天,我和一个参加亚当斯小组的人共进午餐。我们乘他的卡车到了剑桥的一家汉堡店。他为我开车门,让我先点餐,向我确认我是否喜欢这家饭店。换句话说,他彬彬有礼、富有魅力。他戴着一顶棒球帽,帽檐压得很低,遮住了长着雀斑的脸。我知道他二十七八岁,但他长着一张娃娃脸,看起来好像一周前才开始刮胡子。这个人是被法庭要求完成亚当斯的项目的。他向我承认,昨天他就喝酒的事对组员撒了谎。喝酒违反了缓刑规定。他轻描淡写地说起他对之前伴侣的暴行。他告诉我,是的,他是将她勒到几乎失去意识。他只这么做了一次,是她先向他扑过去并且挠他的。他的观点是,他们都要为对彼此施加的暴行负责,但结果却只有他需要付出代价。他没有意识到抓挠不像扼颈窒息一样会致人死亡,以为自己的行为只是以牙还牙。这样看来,这个男人不会完成项目。据我推测,他会带着所有的恶行,向西部转移。不过,或许我是错的,或许即使他没有完成项目,但参与项目这几周学到的东西也会给他留下些什么。我们吃完午餐前，他向我承认，在克服了对小组最初的敌意后，项目开始对他产生了影响。"当你发现你身处这样的一个集体中，你就不能对自己撒谎，不能美化自己的决定，"他说，"我已经到了这样一个阶段，我无法对自己说，我没有那么坏。"

在亚当斯刚开始研究怎样改变施暴者的行为时，在他将暴力与自恋联系起来前，二十世纪六七十年代，几乎所有研究都认为家暴的原因是充满掌控欲的女人激怒了她的丈夫。现在，受害者引发暴力的观点仍然存在。二十世纪八十年代早期，明尼苏达州的反家暴倡导者埃朗·彭斯提出了"权力控制轮"（Power and Control Wheel）概念。[7]"权力控制轮"指出了八种施暴者持有权力与进行掌控的方式——恐惧、情绪虐待、孤立、否认和责备、利用孩子、欺凌、经济控制，还有蛮力和言语威胁。倡导者指出，施暴者不会清醒地意识到他们在寻求权力和掌控。相反，他们会说"我只是想让她保持甜美与可爱（顺从与恭敬），并在六点做好晚餐""我只是想让她把家打扫干净、将孩子安置在床上""我只是轻轻推了她一下，她反应过激了""如果她没有尖叫，我就不会打破那个盘子"。这些不同的话，本质都是一样的。（后来，我听吉米·埃斯皮诺萨告诉组里的男人，要警惕"只是""如果""但是"这些词。我认为这是个相当不错的结论。）

和辛克莱一样，亚当斯相信男性是有意选择行使暴力的。二〇〇二年，在与"展露"的联席董事苏珊·卡约特合著的关于暴力干预与防治的论文中，他写道："许多施暴者在与家人之外的人相处时，即使不会尊重大部分人，也会尊重其中一部分人。这意味着在他们决定要尊重他人时,知道该怎样做。"

在亚当斯看来,极度自恋是解读施暴者的关键。我们可能会认为,自恋者总是在谈论自己,会明显格格不入。实际上,他们行动高效、充满魅力、事业有成。亚当斯说,自恋者"隐藏在我们之间,他们聚集在社会上层"。这种人很难被辨认出来,原因之一是他们有出众的人际交往能力。并且,亚当斯说:"我们生活在一个越来越自恋的世界中。我们看重成功,成功重于一切。"亚当斯指的是那些"充满魅力、受人崇拜的自恋者"。他们通常是那些通过金钱和人际关系逃避司法和执法系统制裁的白领施暴者、那些认为地位和名声意味着一切的男性。亚当斯和我交谈过的其他学者,时常会说起我们对罪犯、特别是凶杀犯的普遍印象。我们常常会想象他们是暴怒的人,然而,事实上我们无法将他们从人群中辨认出来。

亚当斯告诉我,一般来说,施暴者"比他的受害者更可亲,因为家暴对受害者的影响比对施暴者大得多。施暴者不会像受害者那样失眠。他们不会失业,也不会失去他们的孩子"。实际上,施暴者常常将自己视为某种程度上的拯救者。"他们感觉自己在拯救一个抑郁中的女人。这是自恋的另一个层面……他们想要永远被人感激。"相比之下,亚当斯说:"许多受害者经历暴力后,生活会变得一团糟。这正是施暴者想要的——我想把你变成这样,这样就没人会想要你了。"

受害者的生活一片混乱。她们往往滥用药物,生活极度贫困。许多人的童年充满创伤和暴力。对这种案子提出上诉很难,更不用提受害者可能不是可靠的证人。"这就是为什么施暴者时常能愚弄体系，"一个倡导者告诉我，"他们富有魅力，而受害者的表现则很负面。"甚至在法庭中也是如此。一个叫罗伯特·怀尔的警探告诉我，几年前，他是怎样明白了"大部分将被我们带到法庭的（受害者）都会有很多心理问题。我们需要将她们想成好人，这样就可以不受将她们打成这样的混蛋影响。然而，是谁一句话也不用说？是施暴者。他只需要坐在那里"。

怀尔的话使我想起了一名与我只有一面之缘的女性。她遭受了多年的暴力，那时正在努力让生活回归正轨。问题是，解释暴力是怎样缓慢侵蚀一个人，是件十分困难的事，而幸存者也常会提到情绪暴力比肢体暴力要糟得多。的确，贡多尔夫的书将家暴描述成一个过程，而不是一起独立事件。然而，我们整个司法系统的设立却是为了处理事件，而不是过程。这名女性有社会工作背景。我与她共度了数小时，她试图解释她前夫的暴行是怎样渐渐削弱她的。她说，第一次暴力发生得十分突然和异常，她以为这样的事只会发生一次。他们正在曼哈顿繁忙的街道上边走边吵，前夫忽然倾身朝她脸上打了一拳。这一拳打得十分用力，她的半边脸又青又肿，伤痕很多天后才消去。前夫看到他造成的伤痕后，将她带到店里买了化妆品遮住了痕迹。和许多施暴者一样，前夫说他非常后悔。他被自己的举动吓坏了，哭着道歉，保证不会再犯。"我仍旧觉得我无法接受这样的事，"她告诉我，"后来我变得破碎不堪，只想着要活下去。"然而，前夫继续对她施暴，而且一年比一年更严重。在她驾车驶下高速公路时，他会往她的脸上扔高尔夫球，或是将一条毯子丢到她的头上，勒住她的脖子让她窒息。等情况严重到危及生命时，前夫会独自去超市，购买用来遮住暴力痕迹的化妆品，毫无歉意地交给她。她说,那时,作为一个人的她已经被摧毁了。她感到什么都没有了,只剩下一张皮、一副骨头,没有灵魂,没有主见,只是在缓慢而痛苦地失去意识。而与此同时,她觉得如果她可以帮助前夫用她的视角来看待他自己,他就会改变,成为她心中他可以成为的那个男人。她的想法很常见。女性总是被反复灌输我们是家庭情感生活与健康支柱的观念,相信让男人改变的责任在我们身上。"如果要我真切地描述发生在我身上的事,我只能说,我的一部分死去了,而我的另一部分激荡着我的爱会治愈我们的信念,"她说,"但我已经不再爱自己,而只是爱他。"换句话说,这个自恋的男人,甚至不允许她有一个空间可以爱护自己。

这个女人为生活和婚姻的变化感到十分羞愧,以致很长一段时间内她都没有告诉任何人。毕竟,她对自己说,她的职业前景光明,有硕士学位;她被一个女权主义者抚养长大,被教导要"知道更多";她并不贫穷,不是没受过教育;她是个自由的中产阶级白人女性;她留着金色长发,笑起来露出一口白牙,笑容如加州的阳光般灿烂。尽管如此,她还是走到了这个地步,被这个男人一点儿一点儿消磨了她的人性。她认为,暴力一定有一部分是她的错。前夫有创伤后应激障碍症。她需要更加耐心。前夫曾为他的国家在境外浴血奋战。她觉得她亏欠前夫。她对自己说,在这个世界上,还有谁没有放弃他?他不是只有她了吗?这不是她向他保证的吗?——无论疾病还是健康、贫穷还是富裕,都要爱和尊重他。留下来,帮助他看清问题、治愈伤痛,这是她的责任。她无法想象他曾经历过什么。她的同情和耐心都到哪里去了?总有一天,通过某种方式,暴力会结束,一切都会好起来。

后来有一天，她醒过来，然后逃走了。她的案子太过极端，于是她申请了证人保护项目。项目对她的地址保密，让私人邮递员为她送信，在她家的门窗上安装了监控摄像头。她花了很多年时间找回自我。在这些年中，前夫被安上了GPS脚环，被判处终身限制令，被禁止进入她生活和工作的县市，还进了监狱。最后，在离开前夫数年后，她做了一件自己曾经热爱但又被遗忘的事——慢跑。在门外，在天空下，那一刻，她知道自己真正自由了。

挥之不去的心魔

一天晚上,帕特里克·奥汉隆和妻子唐熬夜到了凌晨。他们的女儿阿普丽尔几小时前就上床睡觉了。奥汉隆被慢性失眠折磨了几个月,有时阿普丽尔和母亲在一起睡,他就会去阿普丽尔的卧室睡一会儿。他觉得这很羞耻,会因各种事醒过来——唐的呼噜声、狭窄的生活空间和工作压力。奥汉隆通勤时间很长,因为太疲劳,他时常会在地铁上睡着。一次,唐发现他在衣柜里睡着了。

一年前,奥汉隆退休了,艰难地适应着新生活。只有几个人——唐、阿普丽尔、他的母亲和老板知道他经历了一段困难时期,但没人知道究竟有多糟。奥汉隆深受严重的抑郁煎熬,后来这种病症被称为"重度抑郁症"。他开始听到有声音对他说"没办法走出去",他应该"让这一切结束"。[1] 奥汉隆避开所有与陌生人打交道的地方,比如电梯。他反复打量他和家人暂时居住的公寓大楼的一道栏杆,估测如果上吊自杀,栏杆是否能承受住他的重量。他想象从高处跳下去、开车撞墙、转入迎面驶来的车流中。他将要服用的药积攒起来。有好几周,唐不断给婆婆打电话,说丈夫让她很害怕。爱丽丝·奥汉隆开始越来越频繁地打电话给儿子,担心他会伤害自己。

家人们主要在担忧奥汉隆会自杀,没人知道他痛苦到了什么程度。直到一天晚上,帕特里克·奥汉隆走进女儿的卧室,勒住女儿的脖子,告诉女儿他在"送她见耶稣"。女儿没有反抗。他从女儿的卧室回到自己的卧室,用重物猛烈地殴打了唐,然后也勒住了她的脖子。之后,奥汉隆在周围开车转了几小时,停在了一家便利店前。他停下来买了一根绳子,打电话给一个牧师,告诉他自己做了什么。

根据法律,灭门案或家庭屠杀案是指杀害一个亲密伴侣和至少一个孩子的案子。(一些学者将其定义为杀害全家人的案子。)在犯罪领域,灭门案无疑已十分罕见;而对于社会学领域来说,对这种案例的研究则更加稀少。我只在几个学者的著作中看到他们简单提及了灭门案。一个人说灭门案只是暴力研究的"脚注"。

美国第一起众所周知的灭门案可以追溯到十八世纪中期。在接下来的两个世纪里,平均每十年发生三起。在二十世纪九十年代有三十六起,二〇〇〇年到二〇〇七年有六十起,从二〇〇八年到二〇一三年,根据反家暴机构(Family Violence Institute)调查,一共发生了一百六十三起,其中有四百三十五名受害者遇害。这些案子还不包括孩子杀害父母(弑父案和弑母案)和父母只杀害了孩子(杀子案)的情况。反家暴机构负责人、《灭门之心》(*Familicidal Hearts*)的作者尼尔·韦伯斯戴尔说,二〇〇八年经济危机后,平均每月大约发生三起灭门案。换句话说,虽然过去几十年间,美国其他类型的凶杀案稳步下降,但灭门案的发生率一直在升高。

如果说参加施暴者干预项目的人大多是工人阶级白人男性和少数族裔,监狱里的人大部分是贫穷白人男性和有色人种,那么灭门惨案则是由中产阶级和上层中产阶级男性主导的。在全国各地的监狱中,少数族裔犯人和白人犯人之间的差异是最明显的——少数族裔犯人被关押的原因各异,而那些白人总能因为有钱、有人脉或受过教育而逍遥法外。想想罗布·波特、埃里克·施耐德曼和唐纳德·特朗普,你会看到白人男性的特权和财富起到的作用。然而,在灭门案中,情况恰恰相反,绝大多数屠戮了全家的男性是白人中产阶级或上层中产阶级。他们往往受过教育、生活富裕,或者是在谋杀前刚刚家道中落。有一些有名的案子,如斯科特·彼得森案,彼得森因杀害了妻子和还未出生的孩子而被判死刑;还有克里斯·瓦茨案,瓦茨在二〇一八年十一月因杀害妻子、两个女儿和未出生的儿子而被判处终身监禁,这起案子占据了全美新闻头条数月。[2] 灭门案是家暴凶杀案的一种,但没有遵循家暴凶杀案的任何一种模式。或许因为灭门案太过黑暗与难以想象,而且绝大部分情况下罪犯会自杀,所以很少有学者研究这类案子。韦伯斯戴尔是国家家暴致死率研究中心(National Domestic Violence Fatality Review Initiative,简称NDVFRI)的负责人,可能也是美国唯一一个专门研究灭门案的学者。

或许这样说来有些轻巧,但灭门案是最难报道的案件之一。报道此类案件会让人置身于黑暗之中,需要在感情上极为坚忍,也难怪很多灭门案的故事鲜有报道。同时,报道也面临着实践上的困难——许多凶手都自杀了,而那些活下来的人往往不想与记者谈话。

我很少遇到像帕特里克·奥汉隆这样在杀害家人后还活着、并愿意和我谈话的人。我相信他最初以为面谈会是一条通往赦罪的道路，一次在世界面前为自己辩解的机会。他完全符合大卫·亚当斯对自恋者的定义，甚至说过几次他相信世界在等待他解释的话。然而，在某个时刻，他肯定清楚地意识到了他不可能在我这里得到赦免。几个月的会面后，他决定退出。我们在这个问题上反复拉锯。作为记者，我很清楚自己的职业道德和实践规范：采访一旦完成，后续的报道工作就不可能脱离采访内容。我和奥汉隆大约面谈了十四个小时，谈话内容记满了几个笔记本。我有权将他的故事公布于众。然而，我生活、工作于一个执政长官认定媒体是"人民的敌人"的国家里。我们因记者的工作被羞辱、威胁、控告（甚至杀害）。因此，报道这起灭门案不是一个轻松的决定。而且说实话，没有人想和一个杀害了全家的人起冲突。

因此，最终，我认为我只能用奥汉隆的故事来分析为什么灭门案的发生率在升高。然而，他故事中的大部分内容都遭到了删减和修订。我改换了他和他家人的名字，也没有公开其他会暴露他身份的信息。我写下的大部分内容都来自庭审记录、警方记录和其他对外公开的档案。

帕特里克·奥汉隆身材挺拔、性情内敛，黑发中夹杂着银丝。他穿着囚服——牛仔裤、短袖衬衫和工作靴，眼镜上缠着胶带。他的胡子剃得很干净、衬衫塞到了裤子里。奥汉隆的声音很轻。我们在监狱一间没有窗户的会议室里谈话。这间会议室的墙上贴着一排排励志海报，上面印着腾飞的鹰、紫红色的落日余晖和瀑布的图像，传达着让人"相信"改变的可能、永不放弃希望的讯息，是那种可以在超市买到的艺术品。奥汉隆身上没有镣铐，但有一个监狱看守作为陪同前来，并全程和我们一同待在会议室里。另外，会议室里还有一名监狱通讯联络员和一名负责录下每次面谈的摄影师。我在奥汉隆服刑的监狱里采访了他五六个小时。他因杀害唐和阿普丽尔被判了两段连续的刑期。奥汉隆说监狱中有个像露台的小地方，在那里他有时会闻到乡村的味道、看到一些树冠。"监狱还不错。"他说。我心想，他是在和什么比较呢？

奥汉隆的父亲做小本生意，后来破产了，由他母亲负责养家。"他需要从我妈那里拿钱，"奥汉隆说，"这太丢人了。"因此，奥汉隆的父亲酗酒，有时会大喊大叫，有时会突然发火，让家人惊恐不已。一次，他用刀威胁家人，说不论谁向他走一步，他就会捅过去。奥汉隆记得他与父亲对峙，直到一个邻居过来把父亲带走。（奥汉隆的母亲声称她不记得有刀，只说她的丈夫大喊大叫，有时扔东西。）尽管如此，奥汉隆说："我不认为父亲是个残暴的人，他很有爱心。"

和许多在有言语或肢体暴力的家庭中长大的孩子一样，奥汉隆没有将父亲形容为一个暴力的人。奥汉隆谈论父亲的方式和我在大卫·亚当斯的小组中见过的男人一样。他略过了父亲的暴力，而更多地提到母亲做了什么。"我的母亲不是好人，"他告诉我，"如果她不那么招人烦，更尊重丈夫……"

一次，我问奥汉隆他眼中的暴力是什么样的。他的形容是有人大喊、尖叫、扔家具，左邻右舍都能听到吵闹声。他认为刀那件事证明他的父亲并不残暴。"一个（更）残暴的男人会让这把刀派上用场。"他说。奥汉隆似乎没有意识到，在一个外人看来，他的家庭正符合他自己对暴力的描述。

反家暴机构设置在一座只有一层的低矮建筑中，位于弗拉格斯塔夫市的北亚利桑那大学主校区。预备役军官训练团（Reserve Officers' Training Corps，简称 ROTC）与一家出售二手办公家具的杂货店也在这座建筑里。建筑的门紧锁着，门外设有监控。因为尼尔·韦伯斯戴尔过去总会收到针对他的死亡威胁，而这些威胁大多来自他做犯罪学家时研究的家暴案的施暴者。

多年前，韦伯斯戴尔在为他教授的一门课梳理美国灭门案档案时，无意中接触到了威廉·比德尔案。威廉·比德尔是一个受人尊敬的商人。一七八二年，他破产了，随后用短柄斧杀害了他的妻子和四个孩子。这起案子引起了韦伯斯戴尔的兴趣，他开始梳理档案，发现了越来越多类似的案子。"从十八世纪八十年代至今，这种案子似乎都有共通之处。"韦伯斯戴尔说。一个原本很正派的男人陷入了严重的经济危机，他能想出的唯一的解决方法就是先杀害家人，然后自杀。的确如此，比德尔自己也曾写下破产带来的耻辱："如果一个人曾经过得很好，名声不错、行为得体，却因无法避免的意外陷入贫困，成为被嘲笑的对象……他只能变得比严酷无情的命运更无情。"

韦伯斯戴尔开始收集全美数世纪以来灭门案的数据，最终的研究成果呈现在他于二〇一〇年出版的《灭门之心》中。在书中，他指出灭门凶手主要可以分为两种——一种是易怒强制型，或是有长期家暴史的人；另一种是社会声誉良好型，这类人像威廉·比德尔一样在社会中受人尊敬、没有暴力行为史，他们出于扭曲的利他主义意识而杀人。这两种人有重叠，但使学者困惑的是后者。(杰奎琳·坎贝尔某种程度上不同意这种分类，认为即使缺乏足够的证据支持，灭门案背后也总是隐藏着家庭暴力。她和韦伯斯戴尔之间建立了一种友好的对立关系，他们常常尽可能礼貌地驳斥对方的观点。)社会声誉良好型的人最容易受到经济状况变差这类事的影响。显然，帕特里克·奥汉隆正属于这一类型，属于这种受人尊敬、为人正派却在某一天似乎突然"失控"的人。

韦伯斯戴尔说："'他突然失控'这种理论忽视了不断积累的被压抑的情感。"社会声誉良好型的凶手一般属于中产或上层中产阶级。他们通常是白人。(在美国，百分之九十五的灭门案凶手是男性。韦伯斯戴尔的研究表明，从二〇〇八年到二〇一三年，男性凶手有一百五十四人，而女性凶手有七人。)这些家庭大多遵从传统的性别模式，也就是说，男性是养家的主力，而女性负责照料家庭。(这并不是说女性不工作，而是说女性主要负责满足家庭的情感需求。)洛奇·莫索尔是其中一个例子。相对于普通大众，他们往往信仰宗教，是原教旨主义者，严格地约束自身的情绪变化。帕特里克·奥汉隆符合以上所有特质。他们通常极度缺乏社交。经济问题，如失业、降职、丧失社会地位和正待破产，可能会成为凶杀的催化剂。

利他动机源于将家人从比凶杀更险恶的命运中拯救出来的想法。例如，二〇一〇年，在佛罗里达州发生了一起有名的案件。失业的抵押经纪人尼尔·雅各布森在双胞胎儿子七岁生日那天杀害了妻子和两个儿子。这家人生活在位于佛罗里达州惠灵顿的一个有大门的封闭式社区中。凶杀案发生时，他们正要因为破产卖掉房子。另一起有名的案子发生在威尔士。面临破产时，罗伯特·莫克里杀害了妻子和四个孩子。似乎在这两起案子和其他许多案子中，妻子都对家庭面临的经济危机一无所知。韦伯斯戴尔说，保密是凶手的另一个特征，"我对这些男人能如此严格地保守秘密感到惊讶"。

大卫·亚当斯在某种程度上不认同韦伯斯戴尔的分类，因为他认为分类将施暴者视为"受害者"。对亚当斯来说，这种分类没有他的自恋理论贴切。"如果你的自我意识过剩，受到自恋带来的伤痛折磨，你就会爆发。"亚当斯说。他指的不仅仅是那些过度自信的人，还有那些被诊断出人格障碍的人。亚当斯说，自恋者"为自我形象而活，也能为自我形象而死"。形象受损，比如被人发现说谎或保守的秘密被发现时，他们会爆发，并将解决方法施加在他们的伴侣和孩子身上。在一些极端案例中，"解决方法"就是凶杀。

被韦伯斯戴尔归为社会声誉良好类型的人的经济状况表明，犯人所认为的经济灾难和杀害其家人之间有一定联系。韦伯斯戴尔团队调查的发生于二〇〇八到二〇一三年间的一百六十一起案子中，有八十一起发生在二〇〇九年到二〇一〇年之间。东北大学犯罪学专家杰克·莱文研究了在二〇〇八年前四个月发生的七起灭门案，发现在二〇〇九年发生的同期案件数量几乎增加了一倍，达到了十二起。（虽然数量不多，但我们说的都是极端案件。）那时正值经济危机之后，失业率近乎提高了一倍。"我认为失业、道琼斯指数和灭门案发生率之间一定存在联系，特别是对有一定社会声誉的施暴者来说，"韦伯斯戴尔说，"我会将其称为延迟的反比关系。"

詹姆斯·吉利根是 RSVP 成立之初的评估人，著有《暴力：全国流行病的映射》（*Violence: Reflections on a National Epidemic*）一书。根据他的研究，在经济压力下，凶杀案发生率和自杀率都会提升。"这种关联很明显，"他说，"如果一个人失业，他会有一种被阉割的无力感，倾向于自杀或犯下凶杀案，或是先杀人再自杀……这种心态是决定性的。"宾夕法尼亚大学青年与社会政策研究中心（Center for Research on Youth and Social Policy）负责人理查德·盖利斯也提到了经济压力，并提出警告，认为在现有的社会与政治环境中，情况会变得更加糟糕。"你可能会被规则玩弄，失去退休金、失业、失去房子，还要还五万美元的助学贷款。宣布破产后，你仍旧需要偿还贷款，"他说，"这是一场精准打击一类人群的风暴。"他告诉我，美国中产阶级的消亡就如"煤矿中的金丝雀"[①]一样，是危机的预兆。

也有人认为经济的影响有待商榷。研究家暴的哈佛博士后玛丽耶克·列曼发现，在一九七六年到二〇〇七年间，失业率和灭门案之间有很强的关联；然而，第二份从二〇〇〇年到二〇〇九年的分析表明，两者之间只有"微弱的联系"。杰奎琳·坎贝尔认为，对于所有形式的家暴来说，经济情况和失业率都是"压力源"，但并不是导致家暴的唯一因素。

高中毕业后，奥汉隆申请了一所名牌大学。他觉得没有人相信他能申请上。他的兄弟姐妹没有认真看待过他的志向，有时还会取

---

① 原文为"a canary in a coal mine"，美国俚语。常用来预示危机。

笑他。"我相信上帝，我对他说'如果你真实存在，那就帮帮我'。"然后，据他说，上帝回应了他的祷告。他被录取了，在人们的尊崇中开始了新生活。

帕特里克·奥汉隆刚大学毕业就遇到了他的妻子唐。他说唐给他留下了深刻的印象。唐很有志气，在全职工作的同时还会在晚上参与大学课程。她是个绝望而破碎的人。奥汉隆说他对唐一见钟情，他会为唐无法支付房租而忧心，并感到有责任帮助她。因此，他问自己："耶稣会怎么做？"他得到的答案是拯救她。他们认识后不久就结婚了。奥汉隆说唐一直非常努力。她最终获得了学位，并找到了工作。几年后，他们有了一个女儿，取名为阿普丽尔。

他们仍在约会时，奥汉隆记得唐有时忙到没时间见他。有一周，她需要写一篇论文，奥汉隆接过了这个任务，为她写了这篇论文。奥汉隆解释说，他想要见唐，而论文在"碍事"。我问他，怎么看待这件作弊的事。奥汉隆常常坚持说自己是一个值得尊敬的男人。"就我而言，"他绕过了我的问题，"我又不是交论文的人。"

后来，二〇〇一年九月十一日，飞机撞上了五角大楼。从奥汉隆知道这件事的那一刻起，到那天早上他给唐打电话之前，他自称什么都不记得了。他走了一英里半，但对此毫无印象。他说，从那一刻起，"帕特里克·奥汉隆开始走向疯狂"。

尼尔·韦伯斯戴尔指出，灭门案发生率提高的原因可能有很多。他表示，对不能接受女性特质的男性来说，男性特质是沉重的负担。家暴理论指出了施暴者对权力和掌控的需求，提出了为什么受害者不直接离开的疑问。然而，韦伯斯戴尔认为，从某种意义上说，施暴者也是脆弱的，因为他们离开了受害者就无法生活。"我的问题不是'为什么她不离开'，"他说，"而是'为什么他留下来'。许多施暴者极度依赖他们的女性伴侣。他们通常将受害者视为通往他们缺失的情感世界的通道。这些男性往往对男性特质有种自己也没意识到的朦胧的羞耻感。"韦伯斯戴尔将之称为"家暴大悖论"——施暴者会在掌控他们的伴侣的同时，无法自控地依赖伴侣。

吉利根赞同韦伯斯戴尔提出的转变性别角色的看法。"不论何时，每当社会变革发生，都会催生相对应的强大的反抗力量，就像美国种族隔离政策的结束伴随着民权运动的产生一样。我认为传统的性别习惯和性别角色的改变，也催生出了一股强大的抵抗力量。（我们也听过）一些最狭隘、最性别歧视、最恐同的观点，尽管总体上大众的包容度在变高。"吉利根相信暴力应该被视为一个公共健康问题，说到底，他相信暴力是可以预防的。"我们谈论问题时，总是预设人们一旦长大成人就能够应对所有事，"他说，"但事实是，人类比我们意识到的要敏感和脆弱得多。在他们崩溃时，我们才惊讶地发现他们是多么容易受伤、多么脆弱。"

的确，在我们所处的时代，吉利根所说的发展和随之而来的阻力都很强烈。许多男性，比如狄伦·鲁夫[1]、埃利奥特·罗杰[2]和阿列克·米纳希安[3]，在杀人前口吐狭隘、种族歧视、厌女的狂言。

---

[1] 狄伦·鲁夫（Dylann Roof），2015 年"6·17 美国黑人教堂枪击案"的凶手，现场造成 9 死 1 伤。
[2] 埃利奥特·罗杰（Elliot Rodger），因被女性拒绝，于 2014 年在美国加州大学附近报复性枪杀 6 人，随后自尽。
[3] 阿列克·米纳希安（Alek Minassian），因追求女性未成功，于 2018 年在加拿大多伦多开货车冲撞行人，造成 10 死 15 伤，受害者多为女性。

而我们的最高执政长官①有时还会将这些凶手对于性别和种族歧视的尖刻言论和优越感视作正常。几乎众所周知的是，托马斯·杰斐逊、罗纳德·里根和比尔·克林顿总统都被指控犯了强奸罪（当然，杰斐逊强奸早已被确认是事实）。就我而言，与历史上发生的这些事件相比——从杰斐逊大选前的系统性性侵（systemic rape），到约翰·肯尼迪和比尔·克林顿的一系列玩弄女性的性丑闻，甚至是唐纳德·特朗普喋喋不休的女性歧视言论——当今社会的不同之处在于，既会有激烈的性别歧视言论引发的极端暴力事件（在我看来，极端暴力大都表现为大规模枪击），也会有绝大多数女性选择在这样的暴力发生时站出来，公开地高声呼吁更好的处境。我们不会再忍受工作和校园中的性骚扰，以及伴侣没完没了的风流韵事。女性正在从我们的立法者、司法者和执法者手中争取更好的法律和待遇。就在我写下这段文字时，成千上万的女性正在最高法院的台阶上游行，因为一个上层阶级白人男性被指控强奸未遂的案件刚被送往最高法院审理。如今，数以万计的女性参与竞选，比以往任何时候都要多。在国会中的女性人数也刷新了历史。因此，是否可以说，我们正生活在一个与历史上其他现代文化和社会运动盛行时期一样飞速发展的时代呢？二十年后再看吧。我的确希望詹姆斯·吉利根的理论——发展伴随着极大的社会动荡——是正确的。

包括韦伯斯戴尔和亚当斯在内的许多学者也谈到了极度羞耻可能会激发暴力。在知名的 TED 演讲《聆听羞耻》（*Listening to*

---

① 指唐纳德·特朗普（Donald Trump）。

Shame）中，自称"脆弱研究员"的布琳·布朗讲述了羞耻与暴力、抑郁、攻击性等问题的联系。她说羞耻是"根据性别分类的"。对女性来说，羞耻关乎一系列围绕着家庭、工作和关系的期待；对男性来说，羞耻只是简单的"不要被视为……软弱"。布朗将羞耻称为"在我们的文化中蔓延的流行病"，她引用了波士顿学院学者詹姆斯·马哈利克的研究，指出美国社会大众对于性别规范的看法。对女性来说，性别规范包括"和善、苗条、谦逊和千方百计地修饰外表"；对男性来说，规范则包括"控制情绪、工作第一、追求地位和暴力"。

我打电话给马哈利克，想了解更多相关信息。他说这并不是个别男性认可暴力的问题，而是美国文化的普遍反映。他指出，在美国，制定外交政策和镇压民众动乱时，我们的第一反应是使用暴力，比如在弗格森，警察身穿防暴装备应对骚乱；又比如，美国对中东采取的军事行动。甚至连好莱坞对男性的刻画也是如此，暴力成为了"观影的重要部分"。他还指出："我们以某种方式将暴力与解决问题等同起来了。"

在奥汉隆的精神病病历上，"羞耻"反复出现。他为没能升职而感到羞耻，为换了一份他觉得自己无法胜任的工作感到羞耻，为他不能摆脱绝望羞耻。在退休前的最后几次诊疗中，他的心理医生写道："奥汉隆已经明白了轻微的羞耻感实际上可以使他变得更强大，而不是更软弱……他自残或伤害他人的风险很低。"

如果你问奥汉隆为什么杀害家人，他会说他不知道。如果你问他如何避免凶杀发生，他会给出很多种回答。每次与他谈话时，我都会问他这个问题。以下是采访过程中他所说的内容整理："不要担负太多。不要骄傲。不要太贪心,不要总想着升职和赚钱。不要工作得太努力。降低期望。不要太有野心。九月十一日。我们需要改善美国治疗心理疾病的方式。我们需要看他们在吃什么药。幸存者的负罪感。我应该读《约伯记》。你不知道我每天上下班要坐多长时间的车,也不了解我的生活是什么样的。失眠。如果你得了癌症,你可以寻求朋友的帮助,但得了抑郁症却不能这么做。"

问题是,奥汉隆说的都没错。

"9·11"事件发生后,奥汉隆在一家联邦机构做辅助工作。他开始失眠。奥汉隆说裹尸袋[3]和盖着国旗的棺材在他脑海中挥之不去。一次,我问他为什么不出国工作。一向平静的他忽然爆发了,他说:"许多人问我这样的问题,'你是个懦夫,为什么你不去伊拉克?为什么不去阿富汗?'"会议室中,他的声音突然变得很大。"当别的国家把矛头指向我们的时候,我才十九岁。我是主动参军的。那时柏林墙还在。我在德国,直面对准我们的榴弹炮和坦克。别说我是个懦夫。在'9·11'后我开始负责监视,而且是最高安全级别的那种。那些实地作战的军人呢?他们得到的是我的办公室的支持。"

奥汉隆的回答清楚地表明,我触及了敏感区。我追问下去,奥汉隆说没人当面叫过他懦夫,但他能感觉出来。"一个四星上将会说'不要在战争临近时评价一个士兵',"奥汉隆告诉我,"别说我不勇敢,别说我不是爱国者。"

随着失眠变得越来越严重,奥汉隆的抑郁症也加重了。他继续去见精神科医生。医生为他开了许多种不同剂量的药。奥汉隆认为这可能增加了他的压力。退休前，他还接受了认知行为治疗，也断断续续地采用过普通疗法治病。在那段时间的评估表上，对"有没有自杀想法"这个问题，奥汉隆总是勾选"没有"这个选项。但他说那不是真的，他那时有自杀的想法。然而，他不想勾选"有"，因为这会使他丧失安全许可，甚至可能失去工作。奥汉隆无法想象失去工作后该如何养家。他知道他病了，病得很重，但从现实角度考虑，他不能承认这点。

随着退休临近，奥汉隆说压力开始变得沉重。同时，阿普丽尔开始反叛。她觉得父母在压制她，对她掌控过度，经常向她施压，让她保持成绩稳定，不允许她在朋友家过夜，也不允许朋友来家里过夜。一次，他和妻子发现阿普丽尔在作弊，打了她一巴掌。不久后，全家人搬到了一间面积不大的公寓中临时居住，并花钱买了一座在建的房子。

然后，奥汉隆退休了。

有时，灭门案现场会显示出一定程度令人毛骨悚然的凶手关怀家人的痕迹，也会显露出杀人动机的相关线索。威廉·比德尔将家人的血收集到一个容器中，避免弄乱现场，还将三个女儿的尸体放到地板上，用一张毛毯盖住她们；雅各布森和莫克里的孩子被放到了床上，身体被遮盖住了，莫克里还擦掉了女儿房间墙上的血，在上吊前喝了除草剂；还有一个凶手在家人的眼皮上放了金币，这应该是为了帮助他们往生。韦伯斯戴尔将这些象征行为视为案件的情感构造。"从隐喻的层面来说，这说明外界误解了他们的困境。这不能从社会科学的层面去理解，而要从文学的角度来解读。"举例来说,韦伯斯戴尔认为用哑铃做凶器暗示着施暴者在"利用男性特质行凶。他可能不是有意这样做的,可能是偶然的……这也表明他对羞耻的理解并不成熟"。

根据现行的基督教教义,上帝的确牺牲了他的儿子,通过一次终极的牺牲,使世人得到了救赎。或许是罗马人犯下了把耶稣钉在十字架上的罪行,但这是上帝整体计划的一部分。《圣经》中还有很多这样的例子。亚伯拉罕把儿子以撒带到祭坛前,准备将他献祭。他把以撒的四肢绑起来,用刀抵住以撒的喉咙。但上帝在最后一刻阻止了亚伯拉罕。上帝说亚伯拉罕通过了考验,证明了他对上帝的爱。奥汉隆提到以赛亚书五十三章八到九节的内容:"因受欺压和审判,他被夺去;至于他同世的人,谁想他受鞭打、从活人之地被剪除,是因我百姓的罪过呢?他虽然未行强暴,口中也没有诡诈,人还使他与恶人同埋;谁知死的时候与财主同葬。"在这样一种宗教中,家庭中的杀戮不仅被合理化,还被奉为一种表现爱、奉献和信仰的终极形式。在今天,这样的宗教联结或许也不牵强。奥汉隆自己也说,有三个人为他得救付上了生命的代价:耶稣基督、唐·奥汉隆和阿普丽尔·奥汉隆。

奥汉隆称,杀害家人前,他是个"温吞"的基督徒。"我问上帝:'为什么?为什么?没有任何其他办法吗?'"在奥汉隆的解读中,凶杀是一种上帝用来吸引自己注意、让自己重整旗鼓、重塑信仰来服侍主的方式。他说上帝在通过他行使奇迹,拯救其他犯人。有几次,奥汉隆建议我将这一章命名为"在悲剧中得胜"。我问他,哪里有胜利?这分明是一场悲剧。他说"得胜"的那一刻还没有到来,但终将会到来。奥汉隆让我去调查里克·沃伦牧师和其子自杀一案，或是前国会议员克赖·迪兹的儿子在捅死父亲后自杀的案子。奥汉隆认为，他和那些杀人犯的共同之处是都患有心理疾病，而且会将坏事变成好事。他也将他们和自己都视为受害者。

为什么？我问他。我问了他一遍又一遍。你为什么要这么做？在我们对话的空隙中，他有时也会这么问自己。你怎么能这么做？我反复发问，即便我并没有指望奥汉隆能给我恰当的回答。"上帝并没有回答约伯的疑问。他说：'在我创造世界之时，你在哪里？'上帝将约伯的目光引向我们无法参透的至高无上的神。"奥汉隆说，"他向我传达了他对约伯的教诲。不要纠结已经发生的事，只要专注于你可以为我做什么。"

奥汉隆说，他在退休后失眠更严重了，开始有了杀人和自杀的想法。他那时的日记内容变得越来越绝望。在凶杀案发生前两个月，他写了五次"请帮帮我！"。两周后，他写下了"请放过我，请帮帮我。主啊，帮帮我吧！放过唐和阿普丽尔"。凶杀案发生后，一名法医心理学家在心理评估中写道："他不断写下自杀、杀害妻女以使她们脱离重担和痛苦的想法。奥汉隆先生相信他可以自己克服这些想法。他不想大声说出来，害怕如果说出来，它们就会变成现实。"

对许多人来说，适应退休生活是痛苦而艰难的。退休后，奥汉隆做了一份卑微的工作，他认为这份工作配不上他。一次，奥汉隆寄给我一份列有可研究领域的单子，内容包括幸存者的罪恶感和自杀。他提出建议似乎不是为了左右我的研究方向，而是为了寻找答案。学者会用"多因"（multi-determined）来阐释某个事件或行为是由多种潜在原因促成的情况。这些原因包括抑郁、失眠、羞耻、失去地位。然而，韦伯斯戴尔不认同这个词。"人们认为如果能找到足够的变量，就能算出比值比。如果将变量放在公式中，就能算出哪些案例的风险非常高。而我认为，考虑到人类处境的复杂性，"他说，"从某种程度上说，我们是在讨论'挥之不去的心魔'。"

奥汉隆想到了自杀，但他为此感到羞耻，并且无法想象他的自杀会将唐和阿普丽尔置于怎样的耻辱中。多年来，医生一直给他开处方药：安必恩、左洛复、氯硝西泮、安非他酮、奥乐普妥、瑞美隆、帕罗西汀、劳拉西泮和鲁尼斯塔。他承认有时他会减少剂量，将一半药藏在浴室中唐不知道的一个篮子里。他无法忍受服药带来的眩晕感，并且，这么做也是因为"我知道有一天我会需要它们"。

奥汉隆开始认定人们在嘲笑他。他不出门，无精打采地坐在家里，仰头呆呆望着天花板，身上软弱无力。阿普丽尔会过来看他，说"开心一点儿吧，爸爸"之类的话。奥汉隆的母亲叫阿普丽尔想办法让他感觉好些，阿普丽尔也尽力了。然而，每次阿普丽尔尝试这么做时，奥汉隆都会感到更糟。女儿要承担解决他的问题或者说他的幻觉的责任，他为此感到愧疚。他应该一直足够强大，毕竟，他是一家之主。他身上究竟出了什么毛病？

压力越来越大——叛逆的女儿、为讨厌的新工作承受的糟糕的通勤、搬到狭小的住所、失去职业地位。因经济衰退，奥汉隆和唐的公寓价格跌到了购买价格以下。与此同时，奥汉隆说他们新家的建筑师也添了许多麻烦，没有按他们的要求修建房屋。他们为此起了多次争执，奥汉隆说建筑师最终同意他们退出交易。虽然奥汉隆说他们经济宽裕，建筑师也退回了定金，但法庭记录表明，这件事使他负债数万美元。在凶杀发生前几天,唐退了所有他们为新家购置的家具。"似乎,"奥汉隆说,"我们注定都完了。"

奥汉隆说他爱家人,很爱很爱。"我不恨她们,"他说,"在那天晚上之前,我对她们没有丝毫恨意,没有负面情绪,一点儿都没有。我没有动机。"案发后,奥汉隆为了找地方上吊,带着那条绳子开车四处转悠。后来,他意识到他需要等到天黑。在给牧师打电话前,他吞下了十几片安必恩。牧师报了警。审问时,安必恩药效发作,奥汉隆对审问过程毫无印象。[审讯人员在奥汉隆的安必恩药效未过时宣读了"米兰达权利"(Miranda rights)①,因此奥汉隆坚称他的权利被侵犯了。]被捕后,他尝试用头撞牢房的金属门框自杀。他在一片血泊中晕了过去,头上留下了六英寸长的伤口,脊柱受损严重到差点儿让他瘫痪。动了多次手术后,奥汉隆活了下来,并且恢复了行动能力。他认为这实际上就证明是上帝为了某种目的才让他活下去。那段时间的精神科咨询记录显示,奥汉隆撞得非常用力,毫无疑问想自杀。"如果这不是心理疾病,我就不知道该诊断为什么了。"医生写道。

每次我探访奥汉隆时,他都会坐在那里再次强调他不是那个人,不是那个一直被外界描述的所谓凶手的人。"我认为,"他说,"我已经改过了。我身处这个惩教机构,已经得到了惩教。"他的牢房中有一台收音机。他可以拥有十三本书,监狱也允许亚马逊物流送货。监狱里有一条小跑道,最近,脚踝扭伤痊愈后,奥汉隆重新

---

① 又称"米兰达警告"(Miranda warning),是美国刑事诉讼中犯罪嫌疑人保持沉默的权利。

开始跑步。他三分钟跑一圈，一共跑十二圈。他自称模范犯人，说自己不打架，也不会骚扰监狱工作人员。他组织了狱友《圣经》学习小组，帮助他们写信给朋友和家人。他打破了监狱"三方通话"的规定，但这项规定似乎对他不适用。

对于奥汉隆的案子，一些专家指出心理健康问题可能是他杀害家人的原因之一，然而，陪审团没有接受"因发疯而能免罪"的辩护。（韦伯斯戴尔团队告诉我，在灭门案犯罪者活下来的案件中，律师常会采用这种辩护策略，但几乎从未成功过。一个致死案核查小组的成员也告诉我，在调查中，她从未遇到过不存在"未满足的心理需求"的案子。）这种拒绝将奥汉隆的行为归因于心理健康的做法，有多大程度上可能源于这个国家对于心理健康的偏见？对那些本身招人喜爱、行为并未影响他人的人，我们往往很容易对他们所承受的精神折磨产生同情（比如说罗宾·威廉姆斯①）。但当他们的行为影响到他人生活时，我们的同情心往往会动摇，或许也本该这样，奥汉隆的案子就是一个例子。

詹姆斯·吉利根说，我们应当将奥汉隆这样的人作为研究对象。"我们需要直面恐惧，去理解人类暴力倾向的诱因，来预防最具毁灭性的暴行。"他在他的《暴力失乐园》（*Violence*）一书中写道，"自杀不是解决凶杀的方式，所有形式的暴力都同样致命。"

我在刚与奥汉隆谈话时问过他一个问题——他是否觉得自己会上天堂。"当然。"他说。唐和阿普丽尔当然已经在那里了。

接着，奥汉隆告诉我，上帝是怎样把我们一生所有的眼泪都收

---

① 罗宾·威廉姆斯（Robin Williams），美国著名喜剧演员，因不堪精神疾病的折磨，于2014年8月在家中自缢身亡。

集到了一只罐子里,他把眼泪收藏起来并拿在手中。他停顿了一会儿,然后说:"我相信在我去天堂后,会有人张开手臂欢迎我。"

尽管如此,奥汉隆同样相信他的痛苦永远不会终止。他说他仍旧无法看阿普丽尔的照片。最近,他提到,阿普丽尔如果活着,应该已经高中毕业。"在我绕着院子跑步或吃饭时,我会祈祷我可以和家人坐在一起,你明白那种感受。"他说完便开始轻声哭泣,在椅子上来回挪动,一边试图调整出一个合适的姿势,一边如祷告般喃喃道:"我别无选择,我可以选择前进或后退,可以选择消极度日或积极生活,而我选择了……"他没能说完,猛烈地向后仰头,啜泣起来。他将胳膊伸向前方,双手紧握,我无法辨认出他是在握拳还是在祷告。我没有打断他,但他的哭声让人难以忍受,我从未听到其他人发出过这样的声音。他哭嚎着,试着忍住眼泪、控制自己,他的身体很明显在与内心的自己激烈搏斗。那天,我们的面谈结束后,我和监狱联络员及摄像师一动不动地坐在那里,整整一分钟,没有人说话。我们好像都被拖到了一个异常黑暗、充满痛苦的地方,要拼尽全力才能爬回日光之下。

我这才恍然意识到,这就是为什么奥汉隆同意与我谈话——他想要找到一种与自己和解的方法,在这个世界中活下去。辅导、写信、《圣经》学习都是和解的方式。他需要爬出黑暗,勉强度过每小时、每一天。这是他余生将要身处的炼狱——试图通过千百个细微的言行、善意和祷告,让他的痛苦从那个骇人的恐怖时刻中解脱出来。

可以说,帕特里克·奥汉隆讲述了一个不轻言放弃、下定决心坚持不懈的故事。这是典型的美国叙事——努力工作,藐视拒绝,最终获得注定理所当然的成功。然而,如果成功的关键不是努力工作，也不是坚定的决心，而是对挫折的适应能力、接受失败并继续前行的风度呢？如果帕特里克·奥汉隆选择了另一条路，会发生什么？如果他去做不动产或是软件工程师，会怎么样呢？这也是我们大多数人会在生活中问自己的问题。某个决定会导致怎样的结果。或许一次偶然的机会，一个轻率的决定，选择向左而不是向右，结局可能会全然不同。

超级英雄的膝盖骨

一个男人的声音从人造木桌中央的黑色话筒里传来。会议室的一面墙上全是白板,窗户一扇挨着一扇,许多张桌子杂乱无章地摆放在房间里。和全国各地的办公室一样,这间会议室的主色调是灰褐色、乳白色和米黄色。十几个穿着便服的警察在电话周围严阵以待,沉默地听着话筒中传出的声音。"别他妈的管我们,"那个声音传来,"别他妈的多管闲事。"

然后电话被挂断了。

两个警察挤到了电话旁。他们只有几秒钟时间考虑回电话给那个男人时要说什么。他们要对他说,那座房子已经被特警队包围了吗?他们要让他举起双手、走出房子吗?一个警察拨通电话,男人接起了电话:"你他妈的到底想要什么?"

"听着,龙尼,"那个警察说,"要我们走,最快的办法就是你和梅利莎出来。"梅利莎是龙尼的女友。龙尼将自己和梅利莎关在了这座房子里。

"我他妈的没有做错任何事,"龙尼说,"梅利莎和我只是需要解决这个该死的问题。我他妈的要一直睁大眼睛,看看发生了什么。"

"我不想让任何人受伤，"那个叫马特的警察说，"但我们听到了枪声——"

"没有什么见鬼的枪声，"龙尼说道，随后又加了一句，"只是朝天花板开了一枪。"

"我需要知道梅利莎是否安然无恙。"

"梅利莎他妈的很好。我在做什么关你屁事。别管我，我也不会管你。"龙尼挂断了电话。

这是一个平常的七月下午，天气晴朗，我们身处圣迭戈郊区。马特旁边的警察叫克里斯。克里斯身边还有几个人。一个警察在追踪记录龙尼挂电话或发怒的时间，精确到了秒——下午1:00、1:01、1:03、1:08、1:09、1:15。时间逐渐累积，他们可以据此分析在哪些特定的时刻、有哪些特定的话题触怒了龙尼。另一边，一位督导正在告知马特和其他人一些信息。这些信息来自警方其他人员在别的地区对龙尼和梅利莎的朋友、家人和熟人的实时走访。他们了解到龙尼与梅利莎过去的人际关系、家庭中的暴力事件，或许也会查到龙尼或梅利莎可能有过的街头斗殴或其它违法行为，以及他们的从业经历。白板上并排钉着几张巨大的纸，上面写着龙尼和梅利莎的信息：他们的过去、家人以及所能收集到的关于他们关系发展的线索。信息涌入，几个警察在疯狂做笔记。这些信息包括两人关系的重要日期、工作、其他暴力事件、龙尼童年受到的伤害。信息之间没有联系，它们是实时的、碎片化的。他们这么做是希望能将今天发生的事与龙尼的性格和过去联系起来。他们了解到，今天早上，梅利莎的同事过来接梅利莎上班。到门口时，她发现梅利莎的嘴唇在流血，她看起来紧张而恐惧。梅利莎让她不要进屋。这个叫丹尼丝的同事报了警，警察将她归到了"汇报组"。警察已经和龙尼的兄弟姐妹谈过话，了解到他们的父亲有时会施暴，并且龙尼和他父亲的关系很紧张。他们也了解到龙尼出过轨，出轨对象是梅利莎的一个朋友。据说，梅利莎已经不再和他们的共同朋友一起出门了。她只去上班，然后回家，朋友们几乎见不到她。龙尼的前女友告诉警察她从未见过龙尼施暴，并认为龙尼可能还爱着她。他们怀疑她对龙尼余情未了，所以提供的信息是可疑的。

他们已与龙尼僵持了几小时。马特身旁的警察正安静地试着将所有信息结合起来，评估情况的危险程度。警察中压力最大的是马特。他负责保持与龙尼的对话，安抚他的情绪，让梅利莎安然无恙地被放出来。虽然房间里有种能量在涌动，却异常安静。这一场景好像一群孩子正在图书馆的角落里轻声吵嚷。除了人们行动时发出的窸窣声，房间里只有电话铃声和龙尼、马特的声音。一个词说错，或是一个声音不对，龙尼就可能爆发；而只要一句恰当的话，马特就可以与龙尼保持联系。在执法术语中，这些被称为"钩子"和"倒钩"。"钩子"会吸引龙尼，使他镇定下来，而"倒钩"则会使他爆发。几分钟前，马特提到了梅利莎的同事麦克，触发了一个"倒钩"——龙尼相信麦克和梅利莎有私情。

"我由着他骂了一会儿，将那股情绪发泄出来，"马特说，"至少他在冲我发火，而不是梅利莎。"

"他会累的。"另一个警察说。

然而，这只是猜测。龙尼怒气冲冲，不断地挂电话，没有露出丝毫释放梅利莎的迹象。他们知道，她可能已经死了，龙尼可能在房子里设下了陷阱，他可能携带了多种威力极高的武器。龙尼已经堵上了门，梅利莎无法离开。

马特又打电话给龙尼。"嘿，龙尼，你挂了我的电话。我只是想确保我们都没事。"

"每个人都很冷静。"龙尼说。他听起来一点儿都不冷静。

"好的，好的。"马特说，声音有点儿颤抖。他很年轻，才二十七八岁。"那告诉我，你平时做什么工作？"

显然，这一刻他问错了问题。

"我不是来这儿讲我的生平故事的，杂种！我的事你全都知道，你还真是油嘴滑舌。你他妈的有什么毛病？你以为我是谁？"

砰的一声，龙尼挂断了电话。

马特摇了摇头，知道他搞砸了。他的同事克里斯坐在旁边，告诉他没关系，这是新手常犯的错误。但很明显，马特无法与龙尼建立应有的联系，他们决定把这件事转交给克里斯。在人质劫持案谈判过程中，转交十分关键。它不能显得像是转交。克里斯和团队成员不能说谎，不能告诉那些绑匪他们会免于被起诉，只要举起双手走出来就可以了。克里斯他们必须迫使绑匪从房子中走出来，走到牢房中去。

每个电话之间，警察只有几秒钟时间讨论策略。在人质为陌生人的劫持案中，情况往往会随着时间缓和。然而，在家暴背景下的人质劫持案中，时间往往不会站在警方这一边。时间越长，情况越可能恶化，并最终以暴力收尾。他们要友善而坚定、自信而有同理心。他们拥有的只有话语——这与警察平时的工作方式大相径庭。一般来说，优势与劣势之间界限分明。但在此刻，他们要用被哈米什·辛克莱称为"去建立亲密关系"的方式，迫使绑匪放弃掌控。

他们不能大声下达命令，不能提出要求，不能将不顺从的绑匪摔到地上铐起来。这时，他们所拥有的，只有话语。而一些警察，说句公道话，比其他警察更善于言辞。

他们决定这样转交任务：马特会告诉龙尼，他要去调查麦克的事，与麦克当面谈谈他和梅利莎的关系。同时，马特会把电话交给搭档克里斯。

他们再次打电话。"龙尼，没错，我们的确有很多你的信息。"马特说。

"妈的，你这个撒谎的杂种。"龙尼说，"撒谎的马特。"

马特任由龙尼发泄，然后试着提出他们的计划，告诉龙尼他要调查那个叫麦克的人，让克里斯与龙尼联系。龙尼在电话另一边咒骂着，说马特是撒谎精，告诉马特他对做朋友没兴趣。龙尼挂断电话，马特又不断地打回去。情况就这样僵持着。"听着，"马特在龙尼罕见地安静下来时说，"这个麦克是个老家伙，大概六十五岁，可能已经七十岁了，你知道这点吗？"马特显然在暗示，梅利莎很年轻，才二十多岁，不可能和一个比她老那么多的人睡觉。（我想知道这些警察有没有看过好莱坞电影。）

龙尼接着马特的话说下去。"混蛋，你熟悉现代化学吗？"他说，"他们做了一种蓝药片，吃了后你的老二会比超级英雄的膝盖骨还硬。"

龙尼啪的一声挂了电话。

马特打电话回去，告诉龙尼他会和麦克聊聊，克里斯会继续和他通话。

"克里斯也是个撒谎精吗？"龙尼问，"你让别人接电话，你要保证他他妈的是个诚实的混蛋,好吗?"

克里斯接过电话,说:"嘿,龙尼。我是克里斯。发生了什么?"

克里斯马上犯了个错误。毫无疑问,马特、龙尼、克里斯等人当然都知道"发生了什么"。但你不能责备克里斯,这是一句常用的电话问候语。可能每个人接电话后都会这么说。然而,在人质劫持案中,每个词都很关键,每一秒都很重要。不仅是话语本身,说话方式、蕴含的情绪以及是否真实可信也很重要。龙尼对这些话很敏感,他回复道:"你也是个撒谎的杂种吗?"

他们拉锯了几个回合。克里斯不断打电话,尝试找到一个切入点,一个"钩子",一种能与龙尼沟通的方式。在克里斯第三、四、五、七、十五次打电话时,龙尼都挂断了电话。

"我能听出你很沮丧。"克里斯说。

"别废话了,夏洛克①,你可真是个了不起的调查员。"龙尼说,"你就不能别管我吗?你们什么都做不到。"

"我们希望事情能有所进展,龙尼,但我们首先需要确认每个人都没事。"克里斯告诉他,"我可以和梅利莎说话吗?她还好吗?"

"你想让那个婊子接电话,我会让那个婊子接的。如果你想要那婊子,我就把她从那该死的窗户扔出去。"龙尼将头转向别处,喊道,"婊子,这些条子想他妈的和你说话!"然而,龙尼没有让梅利莎接电话。相反,他又声称要将她扔出窗外,说她会一下子摔死,快到来不及感觉疼痛。

"龙尼,龙尼,"克里斯说,"你这么说,我很担心,我不想让

---

① 指夏洛克·福尔摩斯(Sherlock Holmes)。

任何人受伤。"

"哦，天啊，上帝啊，"龙尼说，"真要命，你他妈到底想让我干什么？你们为什么不都他妈的离开这里？"

龙尼挂了电话。

克里斯和他的督导商量了一会儿。督导建议克里斯梳理目前他知道的有关龙尼的事。"你只要说'我们就是知道这些。丹尼丝过来接梅利莎。有人听到了几声枪声，但也可能听错了'。"

"也就是说，你让我将整件事说得没那么严重？"克里斯问。

"只告诉他你知道的，告诉他为什么我们不能离开。就说梅利莎的朋友来接她时看到了一点儿血，还有枪声让人有些担忧。我不是说要你彻头彻尾地轻描淡写，但不要说得好像他是阿尔·卡彭[①]一样。"

克里斯点了点头。他按下重拨键。

我决定穿过走廊，亲自去见龙尼。

实际上，龙尼是退休警察洛乌·约翰斯扮演的。我们正在圣迭戈对执法人员进行危机谈判培训，尤其针对家暴危机。当我告诉朋友们我要参加一个人质劫持谈判培训会时，他们马上联想到了银行和一群戴滑雪面罩的男人。这周的培训组织者威廉·基德说，全美百分之八十左右的人质劫持案都是由家暴导致的——虽然这一数据并不是持续收集的。FBI近期才开始追踪人质劫持案件，而且只追踪了那些司法机构主动提交的案子。最近，他们的数据库里有超

---

① 阿尔·卡彭（Al Capone），美国二十世纪二三十年代最有影响力的黑帮领导人。

过七千起人质劫持案。尽管美国各地都有对FBI、执法机构和许多类似机构进行的危机谈判培训,但圣迭戈的培训是唯一一个以亲密关系恐怖主义为中心的培训。

以家暴为主的人质劫持案和劫持陌生人的案件的最终目的不同,这也改变了整个局面。家暴引发的人质劫持案,为剑拔弩张的形势注入了极度危险的情绪负荷。加里·格里格森是本周培训的另一个助理,也是一家叫"演习"(DPREP)的执法培训与咨询公司的部门经理。他指出,在绑匪和人质是陌生人的传统劫持案中,人质是讨价还价的筹码。"一个银行抢劫犯会利用人质逃跑。"然而,在家暴引发的人质劫持案中,情况恰恰相反。绑匪就想待在原地。他的最终目的不是逃跑,甚至不是非要活下去,而是保持掌控。"施暴者想让人质认错、道歉,"格里格森说,"为没有和他好好相处接受惩罚。"这个重要的差异影响了谈判的方方面面。施暴者对受害者有强烈的情绪,导致了危险程度的提升。在谈判过程中,暴力和胁迫可能一直在进行。格里格森提醒参与培训会的人,他们在与充满掌控欲的人谈判,要提防友善或信任的表象。他也提醒他们,被施暴的伴侣和孩子往往有斯德哥尔摩综合征,会认同或支持施暴者,甚至在他们自由后也会如此。[这种现象有时会被称为"创伤联结"(trauma bonding)。]

格里格森说,对一个警察而言,谈判最难的地方是"摘下警帽,戴上谈判者的帽子"。在早期的一个培训中,有一个警察被分派了与"龙尼"的姐妹面谈的任务。很明显,他没能弄清面谈与审问的区别。"我们不想让她有被强迫的感觉,"格里格森后来说,"我们想让她在这个环境中感受到欢迎与放松。要将面谈当成社交,而不是调查。"

可以说,执法机构对家暴的处理很糟糕。虽然并非所有时候都是如此,但警察往往是第一时间应对家暴的人。调查表明,即使施暴者不会被逮捕,警察对家暴的回应也可以有效地防止暴力再次发生,并且提升受害者获得当地反家暴服务的可能性,如申请保护令。[1] 然而,警察也可能会是施暴者。警察中出现施暴者的概率是普通人群的二到四倍。在一个近期发布的视频中,我看到一群警察与他们同事的前妻通话。她描述着那个警察是如何闯入了她的家,如何威胁要杀了她和她的新男友,以及她嫁给他那么多年里是如何忍受着他的暴力。几秒钟后,在随身的摄像机镜头中,那群警察在她家门前的车道边站着,和那个施暴者——也就是他们的同事——开着玩笑。他们没有对这件事置之不理,但也只是告诉那个施暴者要低调一点儿。施暴者发誓他没有闯进前妻家。他在淡化问题。就在几天后,这个女人和她的新男友都被她的前夫杀死了,凶手随后开枪自杀。在圣迭戈的一个早期培训场景中,我曾旁观威廉·基德扮演一个叫大卫·鲍威尔的前特警指挥官。现实中,鲍威尔违反了限制令,他的上级叫他去警察总局。鲍威尔拒绝现身,说他有人质。他曾经指挥的特警队包围了他的房子。经过七小时的对峙,鲍威尔来到门廊,向他的前同事开火。他们回击,并将他击毙。

在新泽西当地报道这一事件的一篇文章中,警察局长称此次事件有"家庭背景"。[2] 这也是问题的一部分。不论从什么角度来看,我们描述这一罪行的语言,如家庭纠纷(domestic disputes)、家庭暴力(domestic violence)、私人冲突(private conflicts)、不稳定的关系（volatile relationships）、虐待（mistreatment）、家庭虐待（domestic abuse）等词都是消极被动的结构（passive constructions）。这不仅免去了施暴者在家暴中的责任，也免去了执法机构的责任。家暴是犯罪这点不应被模糊，那些负责保护公众免受暴力侵害的人尤其不应避讳这点。我在这本书中使用"家庭暴力"（domestic violence）这个词，是因为它在我的调查过程中是最常用的。但在我看来，有一个更精准的词，更能准确地道出这种行为对于心理情绪和身体的影响，那就是"亲密伴侣恐怖主义"（intimate partner terrorism）。

圣迭戈的培训通过模拟大卫·鲍威尔案的场景，直接指明了在危机情况下警察逮捕警察、警察与警察谈判中潜在的不公与偏私现象。格里格森问参与培训的警察，如果知道自己在和其他警察谈判，会受到怎样的影响。那些参加培训的警察承认这种情况会很难处理，但坚持说他们会遵从和其他危机谈判中一样的程序。

然而，全国各地的警察局往往都缺乏应对家暴投诉的培训。洛杉矶的一项覆盖了九十一起警察涉嫌家暴案的调查表明，四分之三的投诉甚至没有被纳入业绩考核中。[3]而且，说实话，大卫·鲍威尔案中那种警察的暴行没有及时得到处理或完全没有被处理的情况并不鲜见。[4]每天都有普通民众因家暴被捕，然而，警方却没有惩罚犯有相同罪行的警察。佛罗里达州二〇〇八年到二〇一二年的一项调查表明，没有通过药检的警察中，只有大约百分之一还留在工作岗位上；犯下盗窃案的警察中，这一数据是百分之七；然而，收到家暴投诉的警察中，近百分之三十的人一年后还在原来的岗位上。[5]家暴受害者不愿报警，她们害怕报复。警察不仅有枪，也通晓法律，他们与检察官、法官和行政管理人员还有交情。一个警察的伴侣一定知道，拨打911报警的任何电话，都会出现在执法部门辖区内的区域车载电脑上。来电地址、施暴者的姓名、投诉事件和其他信息会立即惊动那个警察的朋友或同事。甚至，在专业的执法培训领域，全美至少四分之一的警察局没有如何应对家暴报警电话的书面程序。[6]

然而，警察之间遵循的缄默法则（code of silence）①，让他们不愿揭露已知或怀疑在施暴的同事的罪行。这不仅仅是简单的部落主义，即遵从一种"我们对抗他们""警察对立于民众"的观念（虽然我见过的大部分警察都或多或少这么认为）。对执法人员的家暴指控可能会给他们造成巨大的影响。这些指控相当于让他们丢了工作，因为被定罪的施暴者不允许拥有枪支武器。并且，工作压力会导致更高的家暴、酗酒、离婚、自杀事件发生率。我在吉米·埃斯皮诺萨的课程中学到的男性角色信仰系统对每个警察局的影响，都像在圣布鲁诺监狱里一样强大。

今天在圣迭戈扮演龙尼的洛乌·约翰斯是当地做人质谈判工作时间最长的警察。他开玩笑说，那时他在"高尔夫球场"花费了超乎寻常的时间。他指的是他常常离开这里，前去培训新入职的警察，就像今天这二十一个从加利福尼亚州各地警察局赶来参加培训的人。约翰斯名声在外，他的助理说，约翰斯"善于辞令"。（"你听到'超级英雄的膝盖骨'这个词了吧？"我走入那间办公室时，正在扮演龙尼的约翰斯问我。他笑了一下，电话已经被他调成了静

---

① 是指警察之间非正式的沉默守则，即不报告警察同事的错误、不当行为或犯罪，包括警察的暴行。

音。我可以听到克里斯在电话另一边，试着联系龙尼，试着找到一个"钩子"。约翰斯则丢过去一颗开心果。）

约翰斯第一次被派去参与谈判的案件是一起自杀事件。一个男人站在桥上。约翰斯感到强烈的焦虑。那时是凌晨三点，非常冷，冰凉的雨水淋在他们身上，狂风呼啸而过，风速可能达到了每小时二十英里。那个男人的女友和他的兄弟上了床。约翰斯告诉他这糟透了。这不是杀死自己的理由，但这确实糟透了。男人说他想要一个活下去的理由，一个借口，一些他没听过的东西。"你的意思是讲个笑话什么的吗？"约翰斯问他。"是的，"男人说，"给我讲个我没听过的笑话吧。"约翰斯说："如果我告诉你一件你从没听过的事，你就会从桥上下来吗？"那个男人说他会的。约翰斯说："好的，这个怎么样？我站在这里，差点儿把我的黑屁股冻掉。在我的屁股上插个棍，你他妈就会得到一支巧克力雪糕。"

那个男人从桥上爬了下来。

约翰斯有许多类似的经历，有的出乎意料，有的荒诞不经。一次，他到了事发现场，特警队已经全副武装，包围了那座建筑。他们已经在那里待了几小时，还没有人成功和罪犯建立联系。约翰斯接起电话，说："嘿，老弟，你为什么不出来？"那个男人就这样出来了。还有一些故事以悲剧收尾：自杀的人没有从桥上爬下来，丈夫没有放走妻子。这些案子约翰斯讲得比较少。在这个警察局，这些故事人尽皆知，激励了几乎每个这周来到这里的参与者。

约翰斯在圣迭戈担任了二十年谈判者。他告诉我，早些年，在二十世纪九十年代末的时候，没人认真思考家暴的事。"那时的情形往往是这样的——好啊，杂种，你准备进监狱吧。如果那个女人没完没了地不停哭诉,你会说'我才不在乎,如果我再回来,就把你们俩都关到监狱里'。"

约翰斯挂了克里斯的电话。一秒钟后,电话又响起来。"龙尼,"克里斯说,"你总是挂电话,这让我很沮丧。"

"嘿,杂种,你知道吗?我一点儿也不在乎你是不是沮丧。"洛乌/龙尼说,"一、二、三,挂!"啪的一声,电话断了。

约翰斯转向我。"计入家暴的影响后,我确实看到它让一切都变得更清晰了,"他说,"家暴引导人们理解正在发生的事情。"二十一世纪初,随着反家暴培训的展开和反家暴意识的兴起,警察开始了解施暴者为什么以及如何行使暴力、施暴者操纵受害者的具体手段、警察有时又是如何让受害者受到二次创伤的,以及为什么受害者看起来想留在一段充满暴力的关系里。培训早期,作为助理之一的基特·格鲁埃尔向警察展示了与米歇尔·蒙森·莫索尔案类似的案子。这些案子都表明,一个可以从学校接孩子、去便利店、处理日常琐事、看起来"自由"的受害者,仍可能是个被动的人质,生活在伴侣的控制之下。她的伴侣使她相信,只要她活着,就永远无法摆脱他。

模拟场景的谈判又进行了一小时。不论听起来如何,约翰斯面前的确放着台本。他不知道打电话的警察会怎样回答他,但他有一些特定的提示来掌控整个局面的情感基调。他根据提示的要求说话,牵引警察接上他引出的话题。举例来说,他知道要通过挂电话和咒骂使他们感到受挫,他的回复应该让他们意识到自己犯错了——比如他们频繁地更换联络人就是一个错误。约翰斯也知道他不能完全不配合。他要让他们说出"钩子"和"倒钩"。之后,他还会在培训中表示他想自杀，说"我不知道。去他妈的，随便吧，全都是狗屁。这些都他妈的不重要了。不管怎样，梅利莎不再爱我了"之类的话。电话另一边的警察需要察觉到语气的变化，将之视为危险程度加剧的标志。如果一个施暴者认为活着没有意义，情况就会由危险变为致命。杰奎琳·坎贝尔的风险评估因素中包括自杀这一项，而这并不是偶然。

走廊尽头的房间里，另一个退休警察在扮演"龙尼"，培训另一群警察。观看警察进行第一次谈判是困难的。你可以经常从声音中听出他们的紧张，而且培训场景对于我和他们来说都真实到毛骨悚然。我们在圣迭戈高速公路旁的普通砖砌办公楼中，但这没有什么影响。谈判大多通过电话进行，谈判双方在案子结束前都不会谋面（在许多案子中，双方永远都不会相见）。培训第二天，基特·格鲁埃尔发来了电子邮件，其中有一篇新闻。佐治亚州的一名前警督杀死了前妻和她的男友。在这之前，警察的便携摄像机记录了这位警督的另一起案子。影像记录显示，凌晨三点，他向他的前妻扑了过去，而那时旁边就站着警察。他在那个警察面前威胁她，说："你知道会发生什么。"尽管如此，那天晚上他并没有被捕。他被命令交出所有的枪支，但仍成功弄到了一把。另一起案子发生在培训前几周，在奥兰多，在二十一小时的对峙后，一个有施暴史、已和受害者分手的男人在杀死了四个人质后自杀。四个人质都是孩子。

整个培训中穿插着真实的故事，有从业多年的助理的见闻（他们中的大部分人现已退休）、学习课程期间发生的故事、发生在身边和全国各地的故事。每天都有关于愤怒的男人、受惊的女人和脆弱的孩子的新闻。接踵而来的故事使培训场景有了现实感和真实生活的重量。警察谈判时，从免提电话传出的无形的声音中，你能听出害怕出错的不安与焦虑，感受到他们在拼命寻找那个可以成为沟通桥梁的珍贵词语。

培训中，他们模拟的所有场景都来自现实中的案子。龙尼和梅利莎是真实存在的一对伴侣，处境和这周警察模拟的完全相同。第二天，格鲁埃尔用电子邮件发来了另一起家暴引发的人质劫持案。那天晚上在机场，我们在各自的登机口前准备登机回家时，又收到了一封邮件。在我搭乘夜间航班辗转回家的途中，我的收件箱里又多了两封未读邮件。

写这本书的时候，我几乎每到一个地方，都会和当地警察一起乘车巡逻。我尽可能把这件事安排在周末晚上。（不用说，他们总是派局里思想最开放、最擅长社交的警察陪我。除了一次，在华盛顿，接受这项任务的是名女警。那是她巡逻的第四个晚上，她紧张到近乎狂乱的地步，好像我是上级派来秘密监视她的。她问我是否穿了防弹衣时，我也有点儿紧张起来。）我问了他们关于警察是施暴者的家暴案和更普遍的关于枪支、家暴报警电话的问题。从加利福尼亚州到马萨诸塞州，他们都回答说会对同事和普通民众一视同仁。

我并不相信他们对这一问题的回答。

关于枪，他们都说他们希望普通民众可以减少持枪。

这个回答，我是相信的。

枪使警察的工作更加危险，更加不可预测。和许多支持携带枪支的民众不同,他们十分了解枪会使犯罪现场变得多么混乱和难以解读。我的前夫之前总是说"你不能与枪谈判"。他相信,谈判不只是让施暴者,而是让所有人都有更多的机会活下来。

我一直对枪可以在任何情境下"救"人这一观点持怀疑态度。枪是一种被动的器械,只会做人要它做的事,而人会犯错。我想象家中遭到非法入侵的场景:一个人在床上睡觉,忽然,他醒过来,发现一个陌生人正站在床前俯下身来。这个家的主人怎么拿到枪?怎么打开保险?怎样在短短几秒内击中目标?这可能是一座安静的房子,主人醒来,从床垫下悄无声息地拿到枪,悄无声息地打开保险,悄无声息地踮着脚下楼。他能听到小偷的声音,但小偷听不到他的。他静静地看着小偷拿了一台平板电视,随后开枪。也可能是在电影院中,一个人从黑暗中走来,开始射击;而观众席上有个好人也有一把枪,他开枪还击。又或者是,在一间旅馆的房间里,一个人开了枪,而人群中有几个人也有枪,但他们是好人,枪也是好枪,他们也开枪回击。你怎么分辨一个人是好是坏?怎么分辨这个人做的事是有心还是无意?或许在加油站有个狙击手,而一辆丰田车车主有一把枪,他是个好人,也开了枪。或许犯事的是个孩子,而另一个孩子有枪,一个好孩子有枪,一个好老师有枪。在那令人惊恐的几毫秒内,你、我还有其他任何人该怎么分辨谁是好人、谁是坏人,哪把枪是好枪、哪把枪是坏枪?怎么知道要往哪里逃、往哪里躲?带布面的塑料座椅能挡住子弹吗?车门呢?寄存柜柜门?扬声器?刨花板桌面?它们能挡住吗?谁好谁坏并不重要,子弹是没有道德偏向的。据我所知,所有有枪出现的家暴案现场都有一个共同点:永远没有思考的时间。刀会给你一秒钟时间逃跑,子弹不会。枪使所有与案件相关的各方都陷入了更大的危险中。我总是想起那个在蒙大拿致死案核查小组中的女人，那个总在织毛线的退休护士说："丢掉那些该死的枪。"说这句话时，她知道，在那个房间里，她的身边有半数以上的人都带着枪。丢掉那些该死的枪。

几十年来，学者和执法人员都说家暴报警电话是最危险、最难预测的情况之一。全美许多警察在接到家暴报警电话后，会在处理案件时受伤或死亡。一个横跨十四年、针对全国七百七十一名被杀害的警察（平均每年五十人）的调查表明，他们中的百分之十四是在接到家暴报警电话后处理案子时被杀死的，而这些人中的百分之九十七死于枪击。[7]最开始几年，我在巡逻并提问时，警察几乎都会明确回答接到家暴报警电话是最危险的（有时也有人提到交通检查）。然而，最近两三年，警察告诉我最危险的情况是有人持枪行凶，他们最怕遇到这种情况。在一份研究二〇〇八年到二〇一二年FBI统计的持枪行凶者数据的执法报告中可以发现，在百分之四十的情况下，凶手会在警察到来时停止开枪；在没有停止开枪的案件中，执法人员有一半的可能会被击中。这项研究总结道，在执法领域正式名称为"ASEs"（active shooter events）的活跃枪击案的发生率在升高，并且成为了警察面临的最致命的案件。[8]报告没有提及警察可能遇到的许多枪击案都是起因于家暴案的观点。

警察不是唯一希望民众减少持枪的群体。如今在美国，三分之一的女性家中有枪，然而，在这些女性中，只有百分之二十称枪让她们感到更安全，而半数以上的人希望可以有更严格的枪支管制法律。[9]对一个在充满暴力的环境下生活的人来说，如果有枪，被杀害的概率会提高八倍。[10]有几十年历史的《劳滕伯格修正案》(Lautenberg Amendment)于一九九六年通过,它的目的是禁止被指控犯有家暴轻罪的施暴者拥有或购买枪支。但调查表明,这项修正案很少被执行。[11]有必要指出,轻罪的范围很广,根据各州法律,从轻轻拍打一下到近乎将人勒死都可能属于轻罪。各州必须执行自己的法规,要求施暴者上缴他们的枪。然而,在写这本书时,只有十六个州有这样的法律。[12]联邦法律总体上不适用于那些没有缔结法律意义上婚姻关系的人[这通常被称为"男友漏洞"(boyfriend loophole)]。[13]《劳滕伯格修正案》没有将"跟踪"这一行为包含在内。这意味着在今天的美国,有成千上万的跟踪者正合法持枪。[14]

全美枪支与家暴研究的领军人物、密歇根州立大学副教授阿普丽尔·泽奥利和同事丹尼尔·韦伯斯特调查了全美前四十六大城市,寻找禁枪与亲密伴侣凶杀案的关系。他们惊讶地发现,联邦政府关于家暴轻罪的枪支禁令没有使这类凶杀案的发生率降低。[15]泽奥利说,可能有多种原因导致了这一结果,如法律很少得到执行、地方司法机关缺乏对禁枪法律的了解、一些州的法官在禁令执行上有很大的自由裁量权。法律本身可能就是模糊不清的。"如果一条法律规定这个人不能有枪,但没有规定谁负责收缴枪、怎么收缴、收来的枪放在哪里和谁来支付相关费用……你将解决这些问题的责任推到了地方司法机关身上……这给了那些不想实施这条法律的人很大的自主权。"

然而,枪支禁令起到很大作用的地方,是二十四个临时或以其他形式禁止身负限制令者持枪的州。近来,十八个州制定了法律,允许警察在处理家暴案时没收枪械。[16]泽奥利的研究发现,在关于限制令的法律清楚明了并得到贯彻执行的州中,亲密伴侣凶杀案的发生率下降了百分之二十五。

"这不光是被枪击中的问题。""公正"机构的前检察官、律师顾问特雷沙·加维说。"公正"(AEquitas)是一家拥有熟悉家暴相关法律的检察官的机构。"(枪)往往会被用来威胁受害者、增加威胁的分量或是制造恐吓的氛围。"[17]它们还被用作钝器,也作为标识谁是力量掌控者的提醒。例如,唐特·刘易斯用枪用力击打女友,使她口吐白沫。全美每年有三万三千起家暴案中出现了枪,这一数据远比亲密伴侣凶杀案的数目大。[18]枪剥夺了受害者曾经拥有的与施暴者博弈的能力。

支持私人拥有枪的论点中,最常见的一条是这会使女性更安全。这种观点认为,是否禁止施暴者购买或拥有枪支无关紧要,如果他们想要伤害他人,总会有方法。然而,泽奥利说:"这不是事实……潜在的(施暴者)不会用其他东西取代枪。"[19]大卫·亚当斯曾在公共安全和国土安全联合委员会(Joint Committee on Public Safety and Homeland Security)中发表了令人毛骨悚然的证词。他说他在十四个他面谈过的凶手身上检验了这个理论。"十四个男人中有十一个用了枪,他们说如果没有枪,他们就不会杀人,"亚当斯告诉委员会,"许多施暴者已经对他们的亲密伴侣或前任起了杀心,我们不能让杀人对他们而言变得太容易。"[20]

基特·格鲁埃尔告诉我,这是对枪和家暴关系最严重的误解。"(枪)使女性面临的危险指数倍增,"她告诉我,"在枪进入他们的关系之前,她仍感觉她有一定能力来应对正在发生的事,如逃跑、锁上卧室的门等等。"[21]格鲁埃尔指出,支持私人持枪的人让女性武装自己,这其实是让她们和施暴者做同样的事。这样的观点扭曲了现实,将责任归咎于受害者,责备她们没能尽可能地保护自己。"(女性)天生没有倾向于用枪对(她们的)孩子的父亲开火,这不是一种人格缺陷。"格鲁埃尔说。她告诉我,如果她用枪对准对她施暴的丈夫,"他会把枪拿走,并嘲笑我"。

巡逻的经历告诉我,无论警方高层怎样谈论家暴,决定街上发生什么的,是每一个部门的文化和每一位警察的信仰系统。在蒙大拿的一个星期六晚上,我与一个工作了十年的警察一起巡逻。[22] 刚过午夜,有人报警称发生了家暴。我们来到一个拖车样式的活动房屋前,是第三辆抵达现场的警车。一个发髻松散的女人在一辆敞篷小货车后哭泣。她的丈夫在车道尽头站着,与几个警察说话。与我乘同一辆车的男人——我就叫他丹吧——绕过那个女人来到拖车房门口。两个五岁不到的孩子瞪着眼睛在房子内外转来转去。另一个警察在房子旁边的地上寻找一把刀。被女人用刀威胁后,这个男人报了警。报警后,女人跑出了拖车,将刀丢到了地上。他们都喝了酒。

现在,现场已经有八个警察,都是白人男性。女人穿着松松垮垮的黑色T恤衫和紧身裤,看着警察进出她的拖车。三个警察在与她的丈夫说话,但没有人和她说话。"他先打了我。"她擦着脸说。我站在拖车旁记笔记。

我看着她,示意我已经听到了,但不想说什么。她显然以为我也是警察。

女人说她想拿那把刀保护自己。他们从派对回家后,他就对她动手了。就在那时，一个十几岁的少女从门口走出来，把两个更小的孩子带进了房子。女人穿着森林绿的卡骆驰鞋。

"你把这些告诉警察了吗？"我问她。

女人点了点头。

"他之前打过你吗？"

女人又点了点头。她面容扭曲，大哭起来。我在那里等着，看是否有警察过来问她哪怕一个问题，或者做一个风险评估，但没有人来。于是我问了她一些风险评估的问题。她曾被勒到窒息过吗？（是的。）孩子都是他的吗？（不是。）他有枪吗？（有。）他有工作吗？（有。）然而，后来一个警察过来告诉她，她得跟他走。我找到和我共乘一车的丹，告诉他这个女人声称这个男人曾家暴她。丹点了点头，说："不幸的是，是他报的警，所以我们得逮捕她。"

这时，那个少女回来了。她冲着警察尖叫："你要逮捕她？她？"警察在地上发现了刀，将刀举起来。"你现在应该逮捕他！"

"是他报的警。"丹说。

两个小孩又来到外面。显然，气氛越来越紧张。女人正坐在巡逻车后座，透过车窗，双目圆睁地看着外面。

"你们可不可以至少别在孩子面前逮捕她？"少女说，"我会把他们带走。"

"你能把他们带到哪里？"丹问。

"我会带他们去公园。"那时已经是凌晨一点了。

"你要半夜带他们去公园？"丹问。

少女点了点头，好像这是个完全合情合理的主意。

"我们进屋去。"丹一边说，一边把少女推向房子入口。我跟着他们进入了那个狭小的拖车，里面杂乱得令人震惊。既是厨房又是客厅的空间很脏。台面上摞满了盘子、罐子和结着食物硬块的纸盘。有许多苍蝇，纱窗也破了。拖车房中充斥着烟味、体臭、霉味和食物腐烂的味道。双层床上只有一个床垫。一个吹胀了的旧安全套躺在地板上。六个警察挤在狭小的室内，肩并肩站着。

"我不想让他留在这里，"少女说，"如果你要逮捕她，那就必须把他也抓走。"

丹问少女是不是害怕单独和男人待在这里。

少女对他翻了个典型的青少年式的白眼。

"他之前打过你吗？"

少女点了点头。"用衣架。"

一台巨大的电视占据了室内大部分空间。电视上播放着动画片。两个小孩眼神呆滞，看起来精疲力竭。他们面无表情，脸上没有恐惧、没有喜乐、没有好奇，也没有惊讶。少女和警察对峙着。我想象着从少女的视角会看到什么——六个高大的男人站在她的起居室里，俯身看着坐在沙发上的她。一两个警察顺着过道走，用手电照亮杂乱的房间。少女没有透露任何信息。我想到了谈判课程——这不是审问，而是面谈。似乎没有一个警察能够向后退一步，花一分钟仔细看看这间屋子，弯腰到少女的高度，对她说一些简单的安慰人的话，比如问一问她，他们可能帮什么忙、她有没有可以打电话联系的人、她是否需要食物。他们没有这么做，而是穿着防弹衣，佩着枪，戴着嘶嘶作响的无线电设备，全副武装地高高伫立在她身旁。警察要将她丢在这座充满灾难的房子里，那个对他们施暴的成年男人可能会在几小时后回来，而那个可能也会施暴、但至少有时能保护他们的成年女人或许不会回来了。这里发生的一切使我震惊。警察很客气，但除此以外什么都没做。他们了解法律的规定，却极度缺乏应对这种情况的能力。他们完全看不到复杂的心理状况，完全想不到他们的形象会对一个孩子产生怎样的影响。这是一场正在进行的悲剧。他们既不关心人类情感的复杂，也不关心这一刻对未来的影响。他们的工作让他们只知道对错，在他们眼中，一个人不是犯人，就是平民百姓。

在马萨诸塞州，我遇上了一起哥哥对妹妹施暴的案子。那个女人哭着走进警察局报案。警察做了笔录，给她倒了一杯水或咖啡，问她是否想在警察局待一会儿，使自己平静下来。然后警察只和她聊了一两分钟家暴的事，提到遭受家暴的人有多难，她来报警有多好——都是一些笼统的话。他没有做太多事，只是给她喝了点儿东西，给了她一点儿时间平复心情，说了一些同情她的话。然而，这就是关键。虽然这个警察做得很少，但这些举动表明了人与人之间相互关爱的精神，而这对她来说意义重大。

我们回到巡逻车上后，丹说他给儿童与家庭部门打了电话，两个小孩会被安置到其他地方，至少暂时如此，也很有可能永远如此，除非这个女人可以证明她是个适合抚养孩子的母亲。想到那座恶心的房子，我觉得这是不可能的事。"我们本可以处理得更好的。"他告诉我。承认这点至少是一点儿进步。我没有反驳他。然而，数个月后，当我与执法人员产生了一个小冲突时，我将亲身体会到，即使是为自己的切身利益抗争，也会困难重重。

一个不断探索的季节

二〇一八年夏季的一个雨天,我开车行驶在位于纽约与宾夕法尼亚州交界处的一个产煤地区。几个月前,我收到了一条来自陌生号码的短信:"嘿,蕾,我没事,好像风一样轻松。"发短信的人是唐特·刘易斯,再次联系我的他已经转移到了位于宾夕法尼亚州的迦南联邦监狱。

几个月的拉锯后,我获得了前去探访他的许可。我本可以以媒体采访的名义探访他,然而,我在加利福尼亚州的阿特沃特监狱试过,却从未成功。之后,唐特被转移到了另外一家监狱。因此,我们决定按照普通的探监流程走。后来事实证明,这个愚蠢的决定让我长了不少教训,而且差点儿使我们两个都陷入极度糟糕的境地中。

我想要了解,但又不确定能否真正了解的是,在迦南监狱这样的地方,唐特是否能在无暴力的情况下活下去。他是否可以在联邦监狱中靠施暴以求生存,而在出狱后停止施暴?

在监狱里,我亲眼目睹了那些细小的不公正是怎样让人崩溃的。举例来说,自动售货机上有"风险自负"的标识。事实确实如此。我至少损失了五美元,看着一罐苏打水犹如一名喝醉的士兵,一半歪出塑料环靠着玻璃，却又掉不下来。这是一件很小很小的事，就是让一台自动售货机正常运作，不要从本就没什么零钱的人身上剥夺宝贵的钞票。

然而，监狱里的一切都是专制的，无论有没有道理，有没有逻辑，规矩都只是为了确定谁有权力而谁没有，对于探访者和犯人都是如此。地板上有你不能跨越的线；那种你在机场安检处看到过的伸缩带围得到处都是。在安检前，我们所处的探访者等待区像在祈祷中的教堂一样安静，但也弥漫着紧张的氛围，好像一声过大的呼噜就能将小心翼翼维持的平衡打破。这里没有情感、没有笑声、没有小声的交谈、没有直接的目光交流。我眼前的看守很严肃，他很年轻，可能刚开始做这份工作。他没有我遇到的其他看守那么强硬。那些看守已经厌倦了工作。多年来，他们负责看守其他人，尤其是男人，这使他们时刻紧绷神经。我把这种态度称为"我比你清楚"（I know better）——我比你更清楚这个系统是怎样运行的，比你更清楚那些男人有多坏，比你更清楚人类可以堕落到什么地步。

我在九点零二分到达监狱。和我去过的其他所有监狱一样，这个监狱地处偏僻，坐落于一座起伏的绿色山丘顶上，周围是工人阶级家庭社区。其中一座房子带有破旧的木制门廊，里面堆满了褪色的塑料玩具和碎裂的花盆，门廊上标着"香格里拉"。

"你迟到了两分钟。"前台看守告诉我。网站上写着探访时间是早上八点到下午三点。"他们会在十点清点人数，到时你再来。"

我离开了，坐在我的车里收听美国公共广播电台节目，读《纽约时报》，还玩了一个傻乎乎的叫"小镇"的手游。十点，我回到了监狱。

"他们刚开始清点,大约要一个小时。"

我又回到车里,继续听节目、看报纸、玩手游。十一点,我再一次回到监狱。有十几个人在排队,他们似乎刚到。我看了看,包括我在内有三个白人。监狱里的种族不平等现象,在这个等候室显现无疑。并且,几乎所有人都是女性。

看守给我一把储物柜钥匙,让我把车钥匙锁在储物柜里。"所以,我要用这把钥匙,"我举起小巧的储物柜钥匙,"锁起另一把钥匙。"我拿起挂在钥匙圈上的车钥匙,他点了点头。

我不知道我为什么要大声说出这种事。我最好的朋友二十五年来一直说我很难服从权威。我把钥匙圈单独锁进了储物柜。

他们允许我带一个透明小塑料袋,里面放着储物柜钥匙、一些钱、唇膏、一本笔记本和一支钢笔。实际上,五件物品中有三件是违禁品。

终于,刚过中午时,我们被带到了主会面室。会面室四四方方的,没有窗户,墙和地面都由水泥砌成。地上贴着蓝色胶带,标示着犯人和探访者不能越过界限。一小群肌肉发达的看守坐在其中一面墙后的岗台上。会面时间内发生的一切都毫无新意。尤其是那些不会睁只眼闭只眼的看守们,他们大喊着说围在自动售货机周围的人太多了,指着一个很小的写着"一次只限两人"的标识让人们散开。我试着解读其中的逻辑。我们身上所有能伤人的东西都被拿走了,所以即使有四五个人同时站在自动售货机周围,又有什么关系呢?(那里有六台自动售货机……我探访时,发现所有的售货机都坏了。)我认为我对文字很敏感,但标识贴得实在太隐蔽了。我们正在被侮辱、被羞辱。"你不会不认字吧?"看守说。我的自尊在朝他尖叫，说我他妈是一个获得了终身教职的教授，他刚从石头里蹦出来的时候，我就已经认字了。但我没有这么做，而是看着看守，手里握着一团钞票，说："我听说这里饮料随便喝。"那一刻，他好像退缩了一下。我知道我有双重乃至三重优势：我是探访者，不是犯人；我是白人；我受过教育。有时我会在明显不该幽默的时候幽默，我并不为此感到自豪。我多希望自己没有忽视内心的编辑的声音。（实际上，我希望我心中有过编辑。）看守看了我一会儿，然后走开了。后来我才知道，二〇一三年，在这个监狱中，一个看守被犯人杀死了。这些看守每天都面临着致命威胁。或许他们工资不高，超时工作到精疲力竭。对这些一无所知的我实在是太幸运了。

我不知道自己是否还能认出唐特。距我上次和他见面，已经过去了三年。在十二点半左右，我看见唐特出现在被锁上的门廊里。他穿着芥末黄的囚服和米黄色橡胶凉鞋。他看上去苍老了许多，表情呆滞，面色暗淡。他胖了许多，看起来既熟悉又陌生。如果唐特有哥哥的话，应该就是他现在的样子。他的发梢还是金色的，但辫子像一条长长的尾巴一样团在脑后。他的额角处稍稍露出一个小小的文身，看上去像是一缕卷发。他的一只眼睛周围是青肿的。

唐特说，眼睛是被篮球弄伤的，没什么大不了。他拥抱了我。

我希望，他在我面前不用对我说谎。

唐特说，迦南的犯人按地域分帮结派。你要为你所属的帮派效忠。在监狱外不共戴天的团伙在监狱里合并到了一起，比如瘸子帮和血帮就结盟了。"这里有一百多个来自纽约的人，"他告诉我，"只有四个是从加州来的。"他们需要结成一伙。等待时，一些女人告诉我这个监狱里的日子不好过。来探访前需要先打电话。如果没打电话就来这里,被探访的人就会被关禁闭。这里关着一个索马里海盗、一个"基地"组织拥护者和臭名昭著的蒂华纳贩毒集团成员。二〇一〇年,监狱刚刚开启五年时,一个甘比诺犯罪家族的成员杀死了他的狱友。在迦南监狱隔壁有一个小型的安全卫星监狱。一个看守告诉我,那个监狱里关的犯人大部分是不行使暴力的人或白领。他们享有的自由要多得多,还可以见到阳光。

虽然对唐特来说毒品不是问题(这一点与吉米不同),但他还是参加了监狱的戒毒项目。他说,如果完成项目,他就能更早出狱。在这本书出版时,他还有不到一年就可以出狱了。

唐特告诉我,他还在学"真男人"课程,但有时他在这里学到的东西似乎与课程中的矛盾,这使他有些困惑。"你知道吗?这些课成了我的一部分,但这里没人上过类似的课。"开早会时,他们中必须有一个人来领头组织小组讨论。轮到唐特时,他们说他讲话的方式像个白人。"我没法隐藏我的内里,你能明白我的意思吗?"唐特说,"我从吉米和里奥那里学到了很多。我会说'我感到这个''我感到那个',搞得那些家伙不想和我打交道,他们不感兴趣。"

因此,唐特是孤独的。从心理层面上来说,他孑然无依。他的祖母在一年多前过世了,这让唐特悲痛欲绝。他不常和母亲说话,还有些生他妹妹的气。他妹妹还在和前男友藕断丝连。而唐特被捕时,正是这个男人在开车。唐特说,他会在需要时重温他在加州学到的课程,他现在变得成熟多了。有时他想要帮助这里的一个朋友,会跟对方讲关于情商和男性特质期待的知识。有时他会和其他人做交易,以此寻求保护,尽可能适应这个系统。他清楚地知道他身处致命的危险中,但他必须为自己而努力生存下去。他说他在努力保持"冷静"。

于是我问唐特,他的眼周到底为什么变得又青又肿。

唐特仰头大笑。他的一颗门牙也没了。他用手掌握住一侧胳膊的肱二头肌。"啊呀……"他边抻直肌肉边说,"我和别人发生了口角——你可以这么认为。"

我点了点头,说:"说正经的。"

"真的没什么。"唐特说。他的狱友生他的气,想要打架。唐特对他说:"伙计,我不想和你打架。我们都是从加州来的,我们是一伙的。"并且,唐特觉得他完全打得过那个男人。这个狱友的身材并不魁梧。唐特大概有六英尺两英寸高,体重二百磅出头,还会打架。男人不都是这么想的吗?我对唐特说。他们觉得只要他们想赢,就能在打架中胜出。但是忽然间,他们又能变成利他主义者,他们没有把可以发泄的怒火发泄到另一个人身上。多么慷慨啊。

唐特笑了起来,点了点头,说我说得没错。"尽管如此,老实说,他真不是个大块头,你懂吧?"

然而,那个狱友还是向后退了退,用拳头打了唐特。唐特说这没什么,但还是很生气,因为他要和我见面了,他的眼睛看起来会很糟糕。没错,唐特的眼睛看起来的确很糟糕。

我身后的墙上有一张画,上面画着一个有长椅的公园,似乎是初中生或高中生画的。时不时有犯人和女人、孩子一起在这个虚假的公园背景前照相。一个大约六岁的小女孩穿着闪光的紫色衬衫,上面印着"最好的一天"。

唐特希望"社区工作"可以在他出狱后给他一份工作。他想重新完成实习。他不知道这能否实现。包括吉米、里奥在内的所有人都没有与他保持联系，但他仍希望能得到工作。他说，之后或许他能到东部，到帕特森、新泽西或泽西城去。他在那边有亲戚。他会离开他熟悉的奥克兰。他觉得那儿的人需要"真男人"项目，或许他可以带头做些什么。

唐特还在阿特沃特监狱时，他的狱友收到了一个女孩的回信。这个女孩认识唐特的旧爱凯拉·沃克。这封信控告凯拉用一瓶人头马打了另一个女孩。唐特知道后的第一反应是，或许是他毁掉了她的人生。"我在想，暴力是不是我教会她的。"他说着，脸上满是懊悔。

在我离开监狱时，一名看守拿走了我的笔记本，上面有我记了三个小时的笔记。我知道他们不会允许我带走笔记，但又想，如果我不能带走笔记本，他们就该在过安检时把它收走，就像暂时收走我的唇膏和胸罩一样。他们像运输安全管理局一样，将东西对着光照一照，然后丢进垃圾桶。监管人告诉我，我笔记第一页的内容就足以让他呼叫FBI。在那一页上，我记录的是我们与犯人见面的那个地上贴着蓝色胶带的房间。我放声大笑（值得强调的是，这是一个完全错误的回应）。我们都知道FBI不会为这种事在周日下午出动，但也都知道在遭到看守训斥时，我不该放声大笑。接着我告诉他，没收笔记也没关系，因为我已经记住了那间房间的样子。

看守说笔记本属于违禁品。我举起唇膏给他看——这也是违禁品，是不是？我将双手伸到背后，开始脱胸罩。"这个也要没收吗？"我问他。我在微笑。六个看守站在他身后。我看到我的笔记本从他的工装裤口袋里露了出来。

"网站上没有关于笔记本的内容。"我告诉看守。

他的另一个口袋里放着写有规定的本子。他把本子拿出来,向我阅读了这些条例。上面的确没有任何关于笔记本的内容。"你看,是这样吧?"我说,"看到了吧?"

"如果上面没说,那就是不允许。"

我在用卫生棉条,那上面也没有提到,所以卫生棉条也是违禁品?女人只能让血留到这该死的地板上?

关键是,那时我知道我不可能拿回笔记本了,却还在和他继续进行这场没有意义的战役。他身后有很多人看着,他不会退让。用项目里的词来说,我感到自己身处致命危险中,他也是。而且,他身后站着同伙,而在这里,我们中只有一个人拥有实际的权力。这一刻,我意识到我拥有一定的特权——我是个记者,我是个白人,我受过教育。然而,挑战他又有什么意义?我在做什么?我还没有从吉米·埃斯皮诺萨、唐特·刘易斯、哈米什·辛克莱、大卫·亚当斯、尼尔·韦伯斯戴尔和我这些年采访过的其他男人身上学到什么吗?我到底在做什么?

随后我想明白了,忽然陷入了羞愧中。我转身走出监狱,回到车里,拿出电脑,记录下了与唐特相处的这三个小时中,所有我能回想起的所见所闻。唐特青肿的眼周、监狱中的联盟、穿着紫衣的小女孩、自动售货机、唐特对凯拉怀有的悔恨之情。正是坐在车里时,我想通了:让我烦恼的并不是打破规则,也不是我没意识到试图打破规则其实已经是一种特权(想想那些定期探监的人,比如那个每周日都来的黑人女性,他们一直在试图摆脱我已经尽力摆脱了的东西);我对监狱有了更多的了解,这才是真正烦扰我的。我真希望在刚刚那一刻，我做了完全相反的事。我希望，在那个口袋里装着笔记本的监管人告诉我那是违禁品时，我说的是："你说得对，真的很抱歉。"

在与唐特分别前，我承诺会回来看他，并给他寄一些书。我问了他对于在"社区工作"机构那段时间工作、生活的想法。那短短的几个月中，唐特与吉米在治安局附属办公室工作，和施暴者打交道，而他们那时都不再是施暴者了。那是一段短暂的喘息时间。唐特的一生有十年时间在监狱中度过，除了那几个月时间，他一直身处在暴力的笼罩下。他说，这是他记忆中第一次与信任他的人相处。这也使他开始信任自己。唐特用了一个词来总结——探索。他是这样看待那段日子的—— 一个不断探索的季节。

或许有一天，他还会回到那里。

那些破碎的人

等我再次见到吉米·埃斯皮诺萨时,已经过去了很多年。过了这么久,他还没能增重吗?为什么午餐吃了那么多大玉米卷饼和炒豆,他还是像调酒棒一样瘦骨嶙峋?原来,他故态重萌,又开始吸毒,陷入了他曾那么努力脱离的堕落生活中。他把自己送进了戒毒所,距离他曾经教授"真男人"课程的治安局附属办公室只有几个街区。一个周六晚上,吉米和我打电话,说这是一段艰难的路程,但这次他下定决心努力远离暴力、不再喝酒,以免丢掉工作。他要在方方面面上都变得更好、更强大、更坚忍,承认自己的软弱,继续挣扎。他已经变得更强大了。"社区工作"为他保留了工作岗位。我问他对这本书的想法,问他是否还想让我写他的事。他在电话里停了一会儿,说:"妈的,当然可以。这才是人生真实的样子。我的生活每一天都是挣扎,该死,每一天。"

在结束为期一年的戒毒治疗后,吉米回到了治安局附属办公室教授课程。他变得前所未有地健康,正在增重。他通过做俯卧撑开启新的每一天,晚上则会到当地健身房的举重室里锻炼。我们还比了比肱二头肌。吉米在戒毒所待了几个月,后来自己找了房子。如果有人问在座的谁把自己的人生过得一团糟,他会第一个举手,提醒班级里的大家,他也是其中之一。现在,他不仅在圣布鲁诺组织"真男人"课程,也在组织毒瘾者匿名小组。他还在附近的教会和社区中心演讲。他坦言,做这些事并不容易。

对吉米和与他接触共事的男性来说,这是一场战役。毒品、街头帮派等过去的生活方式无不吸引着他们重蹈覆辙。他的身体、心灵依然能够感受到这股吸引力。吉米将海洛因和可卡因比作童话里的公主,叫它们"白雪公主"和"灰姑娘"。这个比喻让我不太舒服,但我没有因为他的厌女倾向指责他。在吉米下决心戒毒并的确在为之努力的时候,指出这点不太公平。这些毒品如同美丽、性感又迷人的女人,在柔和的光线下躺在白色床单上召唤着他、诱惑着他。它们不是现实生活中活生生的女人,而是临时的爱人、可怕的妖妇和痛苦的源头。吉米知道,毒品能带来瞬间的快感,但代价却是让他恐惧又深切地意识到自己的失败,并承认他正在"对自己的身体施暴"。

吉米获得了第二次、第三次和第四次机会。他重新开始了一次、两次、三次……七次。他觉得这是他最后一次重新开始了。他向小组成员、他的家人、在戒毒所认识的男男女女发誓,向施暴者、酗酒者、瘾君子发誓,也向他的房东、他的孩子、他爱过也打过的女人、他的同事雷吉和里奥发誓。吉米不断地发誓、发誓,大部分日子,每当一天结束时,他会为自己又坚持了一天而深感如释重负。吉米向许多人发了誓,他说,其中最深切的誓言,是说给他自己的。

吉米在社交平台上写下了挣扎的心路历程,写下了两种毒品——"白雪公主"和"灰姑娘"带来的诱惑，写下它们对他来说是多么美丽与充满诱惑力，但他不会妥协，今晚不会，希望明晚也不会。明晚之后的事，他无法预测，也不会去想。他说他并没有蛰伏或躲藏，只是在远离过去那些令人着迷的地方，远离海特街上一些引发至深回忆的角落，远离那扇能勾起一切过往的窗户。"那个女孩就住在那间公寓里，"一天下午，吉米指着一家昂贵男装店的上方对我说，"我会坐在那里看着我的女孩们。"他的女孩们。我可以想象，一个男人坐在窗边，他肌肉紧绷，处于极度易怒的状态，而女孩们则要面对这一切。在我的想象中，吉米是一头熊。

吉米也会去一些地方吸毒，并瞒着别人。吸毒的皮条客是脆弱的，吸毒后身体虚弱的皮条客会丢失女孩、失去领地。很长一段时间，没有人知道他吸毒。吉米会在汽车旅馆的房间里注射毒品，斜躺在床上，感觉糟糕透顶。他很自责，感觉自己就是个人渣。然而，自责没能阻止他——没有任何事能阻止他。

吉米的右眼上方有一个几乎完全被眉毛挡住的伤疤，嘴里缺了六颗牙。他自嘲自己看上去像一个歹徒，像一个无赖，像一个你永远不会带去见爸爸的男人。然而，吉米会谈论爱。他的祖母在九十七岁时去世，这让吉米悲痛欲绝。他写下了祖母有多么爱他，写下了祖母在深夜目睹街上疾驶的几辆警车时，是怎样祈祷他们不是来抓捕自己的孙子的，还写下了她是如何知道他是皮条客的。吉米有时会把他的女孩们带到祖母家里。祖母会给他们做吃的，会看着那些女孩说："你们知道自己在做坏事，他就是那个坏人。"她指了指吉米。

我跟着吉米一起来到治安局附属办公室,旁观他的一个新班级。多年前,我来过这里。那时唐特还在做吉米的实习生,只不过今晚是在楼上的房间。班里大约三分之一的人是新来的,这意味着他们较难参与到讨论中。大家按资历坐成一圈。他们穿着宽大的运动衫、泼漆T恤衫和牛仔裤。这些男人很疲惫,许多人工作了一整天,被法庭要求来这里学习;一些人在圣布鲁诺监狱开始参加项目,在这里完成项目是服缓刑的一部分。我从好几个人身上感受到了不加掩饰的敌意。一本去年的日历翻开并停留在六月那页。几张桌子被推到了房间一侧。

室外的车流呼啸而过。县监狱在附近,爱彼迎(Airbnb)总部就在监狱旁边。对吉米这样不在硅谷做高薪工作的人来说,旧金山就是这样一座城市。这是一个充满矛盾的地方——路阶上立着铁丝网围栏,满地是瓶子碎片。一个街区外,一家当地的酒馆正在向嬉皮士出售十五美元一品脱的酒。

吉米开始讲课程的第一个要点。他问,"责任"(Accountability)是什么意思?

"第一步是停止施暴。"一个男人说。

在圣布鲁诺,所有参加吉米项目的男人都还没被判刑。这使他们表现出了最好的自己,像班里最乖的孩子一样坐得笔直。他们远离了外界所有引发暴力的事物——男女关系、毒品、酒精、帮派、枪等等。在监狱里,只有他们、他们的故事和时间。这里要澄清一点,吉米也不例外。他的工作帮助了许多人,他也得到了包括薪水在内的许多支持。他没有盲目否认这些支持对他下决心过远离恶行与暴力的生活起到的促进作用。然而，在现实社会中，所有引发暴力的事物和旧有的生活方式都会给这些男人压力。他们要应对朋友、女人和忙碌的生活。房间里一半的人看上去昏昏欲睡。一个男人将手肘支在膝盖上，盯着地毯，另一个人的眼皮在颤动。今晚，有三个男人裤腿下的脚踝上装着监控器，有一个人两条腿上都装了。

吉米并不是什么名牌大学的博士。他是他们中的一员，发自内心地理解他们的挣扎。他不是从书本或研究角度理解他们的，说实话，也不是像我一样的人，从知识和理性的层面理解他们。他是基于情感本能去理解他们的。我已经看过他上的许多堂课，知道他在观察那些以为自己不会被注意到的男人。他会观察谁喝醉了、谁睡着了、谁瘫在椅子上、谁在他说话时盯着他。他观察他们，了解他们，有时还不得不将某个人"逐出"课堂，比如吸完毒过来的人和不参与的人。事后，法庭方面会了解这些情况。吉米说，有时被逐出课堂的人又会回到他之前在的班里。

"责任。"吉米说。他们会通过四种方式进入致命危险状态。第一个是"否认"："我没有这么做，不是我做的。"下一个是"轻描淡写"："将施暴的影响说得很轻。"吉米告诉他们，"但是""只要"这样的词往往意味着一个人在对事态严重程度轻描淡写。"我只是打了她一下。我只是轻轻推了她一下。但是是她先对我动手的。""推卸责任"和"串通一气"是另两种方式。"她先打了我，她咄咄逼人。"这是推卸责任。"串通一气"是指，有个人坐在你旁边说："你允许她这么和你说话？老兄，如果我是你，我会让她知道天高地厚。"

吉米告诉他们，如果他们远离这四种行为，就永远不用再见到他了。"……除非你也去公园里看纽约巨人橄榄球队的比赛。"

男人们笑起来。吉米讲述了凯莉的故事，讲述了他是怎样绑架凯莉。这是三段对吉米产生重大影响的经历中的第二段，他们中的大部分人已经听过了。"警方报告上的所有内容都如假包换地正确。她说的话都完全真实。"吉米说。他压低了声音，向他们走了一步，深深弯下腰靠近他们，以此吸引他们的注意力。这么做奏效了，男人们开始坐直身体，将注意力集中到吉米身上。"你们知道吗？每一份与我有关的警方报告都没说错。我的确做了那些事。我没有蒙冤被捕过。没有人对我说过谎。这是我想让你们看到的。我知道这不会使我变得特别，但我知道没人对我说过谎。这都是真的。正是这件事使我坚持待在这里。我不想活在过去，不想与我共处一室的伴侣，因为我的过去而在我每次走进家门时感到害怕。"

吉米退回到白板边站直，搓了搓手。他穿着米黄色迪凯斯上衣和运动鞋。"你们都能跟上吧？"他问。

一个男人说："不能。"

吉米笑了，说："好吧，你每周都会听到这些的，兄弟。别担心，让我们从'致命危险'开始。把这个词分成两半，致命的意思是死掉，是吧？然后是危险，能让人死掉的危险。比如你正行驶在高速公路上，有人拦下了你，你会说'妈的'，并把双手举起来。"吉米用手摆出防卫的姿势。

其中一个人说："你的男子气概被挑战了。"

吉米点了点头。他告诉他们，心跳加速、肌肉紧绷、面容扭曲都是无意识的。他们不会意识到，但这就是边缘系统对威胁的反应。吉米向他们夸张滑稽地展示了这些反应,他们笑了起来。

吉米讲起他们小时候是怎么知道男孩不可以哭的。"我们的父母会说'不要哭,放下这件事',是不是这样?为什么不可以呢?既然感到受伤,为什么不哭呢?哭有什么错?男孩不能因为在碎石路上摔疼了就哭。女孩呢?她会被一把抱起来亲吻安抚,但男孩却被要求停止哭泣。"他摇了摇头,"现在,我已学到了很多,我会说:'来吧,小男子汉,我也想和你一起哭。我知道很疼,没关系,哭吧。'"

吉米说到他是怎样形成"**女性要为男性服务**"这一观念的。他曾看到他的祖母和堂表姐妹都会做饭、把饭端上桌子、清理食物,而男孩则坐在一边看球赛——他们从中学到了什么?现在吉米已经长大成人,他知道了。他需要学习怎样喂饱自己,怎样做该死的煎蛋卷。"我没有感恩的概念。"他提起他的前女友们和凯莉,"我从来没有过糟糕的伴侣,我有的是糟糕的态度。"

"毋庸置疑。"一个男人说。吉米笑了起来。

"有许多人爱我。"吉米说。但他年轻时不会为爱他的人担忧。现在的他觉得这十分荒谬。吉米过去关心的是其他男人、其他皮条客、其他和他一样的街道帮派混混。"我在意的是那些我不认识的混蛋,我想成为充满男子气概的混蛋。而当我忙着在意那些我不认识的人时,我也在伤害爱我的人。"吉米说这就是他内心的杀手。这个杀手会推动他施暴、隐藏他的真实感受并巩固他的男性信仰系统。"为什么我们说自己的意象(image)是杀手?因为杀手行动起来悄无声息。杀手不会到街上去,不会开着一辆抢眼的凯迪拉克四处转悠,不会猛踩油门制造声浪,还抽着大麻香烟。你知道吗?混蛋都住在郊区，开着建筑公司，孩子都在天主教学校。"吉米在房间里走来走去，前后穿梭，像是在打拳击。每个杀手都不一样，这取决于他让你相信的内在谎言。吉米说他的杀手是个"充满掌控欲、玩弄女性、充满攻击性的混蛋"。他停下脚步。"想象一下，你谈论的罪行是施加给你女儿的，每个字都会变得意义深刻。"

就是这样。男人会希望他们的女儿处在安全环境下，远离他们这样的男人。他们会将暴行和女儿联系起来，但不会为伴侣这样考虑。这样的想法总让我感觉不适。我们必须将自己代入其中，才能重视他人吗？为什么我们不能直接认同所有人都应该处于安全环境下，而是非要代入到我们的母亲和女儿才认同呢？设身处地是同情心的前提吗？还有这样一件关于吉米的事。当我告诉他我必须要和凯莉谈话——从她的角度来了解他们的故事——也要和他的孩子或父母谈话时，他会陷入沉默。我和吉米的父亲聊过一次，但他父亲似乎不太想让吉米和一个记者谈话。他父亲当面和我表达了这个意思。"你会和她聊你的事吗？"他父亲指着我说。吉米说没关系，但他父亲轻轻地摇了摇头。而在这之后，每当我提出要和他的家人谈话时，吉米就会回避。他说他不想让他们再次受到创伤。我能理解这点，我们都想让家人安全，但我又问了另一个问题："为什么你可以替成年女性——你的女儿、母亲、前女友决定她们可以和谁谈话？"

就是从那时开始，吉米不再与我交流了。

最后，我还是和吉米的前女友凯莉谈了话。她同意所述可记录在案。凯莉告诉我，所有他们的共同朋友和家人都已经知道了他们的故事。凯莉说她是吉米的"首要故事"。她理解她的故事是吉米脱离暴力、获得治愈的过程中的一部分。虽然她不太情愿为疗愈吉米和那些她不认识的男人而牺牲隐私，但她已经与吉米和好，并开始了新的生活。凯莉说她已经受到了足够的教训，以后再也不会吃男人的亏了。

凯莉告诉我，吉米是她有生以来第一个善待她的人——至少他们刚刚交往时是这样。吉米很有钱，也很和善。但她也说吉米是个"狩猎者"。多年后，当她终于鼓起勇气离开吉米时，人们就说她要"抛弃"吉米。她感到十分愧疚，但从未回头。凯莉说，现在她女儿和吉米的关系非常好，但她对此不为所动。女儿是她和吉米的孩子，此外他们没有任何关系。我问凯莉，她是否相信吉米真的变了，她说她相信。然而，她也说她相信吉米随时都可能被她激怒，她会时刻与吉米保持距离。在挂电话前，我问她是否认为一个施暴者可以真正意义上脱离暴力。凯莉想了一会儿，说："我认为他们可以改正百分之九十，但有一小部分是你永远无法让他们改变的。"

至于吉米，他再也没和我说过他的故事。

吉米曾经告诉过我，他知道女人想要"纠正"他。他能看出，女人对幸存者的故事有种迷恋。她们会迷恋那种施暴的男人重生为不怕展露脆弱、不惧情感表达的人的故事。没有比动感情的男人更性感的存在了，不是吗？浏览吉米的社交平台主页时，我看出他没有说谎。每个帖子下面都有许多被吉米的故事鼓励的女性在留言，内容大同小异。吉米说，一次甚至有个女人从美国的另一边坐飞机过来见他。

这让我有点儿不舒服，甚至有些生气。吉米这样的男性并不伟大,并不值得关注。他们在做他们应该做的事——不打女性。如果非要说他们哪一点称得上是胜利,那也不过是他们做到了普通人该做的事。我们的文化对幸存者的故事有种潜在的迷恋心理。大卫·亚当斯也对此持怀疑态度,认为这是一种潜在的自恋。施暴仿佛有种天然的魅力。"他们可以仗着他们的魅力为所欲为,"亚当斯告诉我,"从不真正为他们的暴行负责。"

吉米靠在白板上。他的声音很轻,还有些沙哑。"我在街道帮派中出生长大,"他说,"我现在就可以彻头彻尾回到那种生活中,现在就可以。二〇一四年,我有四个月在重蹈覆辙,而二〇一五年四月,我回来了。你们知道吗?我过上了美妙的生活。我待在积极乐观的人身边。在课程结束后,我会去健身房,然后会去吃点儿好的,洗澡睡觉。"

"美好的生活!"一个男人说。

"是的,"吉米点了点头,"我甚至可能会在十点去酗酒互诫会。我糟透了,有许多要改的地方。我不会要求你们改,需要改的人是我,我就是问题。我想让你们所有人都改过自新,但你们知道吗?现实是,一部分人不会成功,一部分可以。你们中百分之十的人会做到。我在这儿坐了两年,没有什么触动。我不想放下毒品,不想切断不健康的关系,不想远离帮派。我仍旧在堕落。我不会因为你做了什么失眠。这就是残酷的真相。我不是推动别人前进的人,也不是谁的保姆。因此,兄弟们,如果你想每周来睡觉的话,我会替你感到难过。因为无论你是为什么来的,同样的情况会再次发生。如果你不好好了解课程内容,就会一直重蹈覆辙。我会像一个讨厌的观鸟人一样坐在这里。监狱就像塔霍湖,总是敞开的。来这里,就参与其中吧。"

吉米由此开始讲述他的第三个故事。这个故事我只听过一次，而且未能向他的家人证实。这个故事对他的触动最深。故事并不长，也很平常。然而，吉米说那是他一生中最痛苦的一天。"十二岁。"他说。他的女儿十二岁时被一个他们都认识的人猥亵了。"我需要做一个严肃的决定，"吉米告诉男人们，"去把那个混蛋的头敲掉——我有充足的理由这么做，对吧？然后蹲三十年监狱。这没什么大不了的，毕竟，我是个混混。我在每个监狱里都活得挺舒服——每个监狱。我是杀了这个混蛋，还是什么都不做？"

当吉米得知这件事时，他以为他要决定是否该杀了那个人。然而，实际上，他意识到这并不取决于他。他其实是要在"为自己考虑，杀了那个混蛋"和"为女儿考虑，陪在她身边"之间抉择。如果他杀了那个男人，他会在女儿最需要他的时候离开她。

"妈的。"一个新来的男人轻声说。

"我要确保你们中的每一个人回家时，你们的伴侣都不会害怕，"吉米轻声说，"我在保护受害者的前线工作，而我想看到你们改过自新，因为这就意味着，这个世界上会多一个处境安全的女人。"

3

中局

填补裂缝

大约在洛奇杀害米歇尔和孩子们的同一时间,美国的另一边,一个叫多萝西·淮塔-科特尔的女人正试图逃离家暴的丈夫威廉。多萝西和她最小的女儿克里斯滕逃到了缅因州的庇护所。她提交的临时保护令申请刚被当地的一名法官拒绝。那个法官声称自己无权下发保护令,因为多萝西是马萨诸塞州居民。

因此,多萝西拨打了一个反家暴中心的热线电话。这家反家暴中心位于马萨诸塞州的埃姆斯伯里。此前,多萝西从未给珍妮·盖格危机处理中心(Jeanne Geiger Crisis Center)打过电话,中心里没有人了解她过去的经历。然而,这天,她与一个叫凯利·邓恩的倡导者通了话。邓恩通常不在周日工作,但这天例外。电话里,多萝西声音中的某种东西使邓恩本能地意识到,她应对的情况非同寻常地危险。邓恩将多萝西和克里斯滕安置在塞勒姆的一个庇护所里,并在那天晚些时候与她们见了面,听多萝西讲述了一段几乎让人难以置信的恐怖经历。

她们聊了整整四小时。邓恩记得,克里斯滕异乎寻常地耐心。在她母亲详述着几十年来所遭受的极端暴力的同时,她一直坐在房间外等着。邓恩至今仍没有分享一些具体细节（那天她答应多萝西不会告诉别人，并一直信守着承诺）。威廉曾将多萝西从楼梯上推下去，将她的眼周打得青紫，绑架她并把她关在仓库里一整夜，在她怀孕时殴打她，威胁要杀了她并弃尸于极其偏僻、没人能发现的地方。有为数不多的几次，多萝西进了急救室，而威廉有时还会丢掉她的止痛药。威廉不允许多萝西工作。多萝西的生活中几乎只有他们的两个孩子。威廉是个有线电视安装工，他告诉多萝西，他知道新英格兰所有庇护所的地址。

多萝西也知道，根据法律，父亲有权探视孩子。无论是抚养权归属，还是约定探视时间，她都需要频繁与威廉协商。所以即使她能证明威廉家暴她，根据法律规定，威廉也有这些权利——更何况她并不能证明，因为她从来没有报过警。多萝西想，如果住在同一屋檐下，至少她还有机会可以保护女儿们。因此，多萝西一次又一次地回到了威廉身边。

然而，这一次，她向邓恩保证，她已经下定了决心。这次威廉越过了底线——他对十一岁的克里斯滕施暴了，他以前从没有这么做过。威廉坐在克里斯滕的胸口上，让她无法呼吸。正是这件事使多萝西决心采取行动。对很多家暴受害者来说，孩子受伤会促使她们下定决心。一个成年人对另一个成年人施暴是一回事，但对孩子施暴就是另一回事了。受害者往往会在孩子受伤的那一刻，决定不再忍受下去。

和许多施暴者一样，威廉很了解如何利用体系的漏洞。在多萝西这次逃到缅因州后，威廉寄了一封信给克里斯滕就读的学校，说他妻子的精神状况不稳定，未经他允许就将他们的孩子带走了。威廉告诉学校，如果多萝西尝试拿到克里斯滕的记录，以此为克里斯滕注册其他地方的学校，要马上联系他。威廉在信中强调这些都与他家发生的家暴无关。这条奇怪的讯息引起了学校的重视。学校联系了当地警方，让警方过来商议如何处理此事。与此同时，威廉·科特尔去埃姆斯伯里警察局填写了一份失踪人员报告。接待威廉的警察叫里克·波林，他告诉我，科特尔担心他的妻子会使用他们的信用卡。"在填写失踪人员报告时，他看起来很有戒心，"波林说，"我心中警铃大作。"和学校职员谈话的警察也是波林。他甚至来到珍妮·盖格危机处理中心，和那里的倡导者谈了话。这件事很奇怪，但据他们目前了解的情况，没有人触犯法律，没有家暴记录，科特尔家没有任何人有犯罪记录，因而警方没有任何理由对威廉多加注意。那时，多萝西还没有从缅因州打来热线电话，威廉看起来是个正直的普通人。

邓恩说，作为施暴者，威廉的表现很典型。他们想让受害者看到，他们是怎样将体系玩弄于股掌中，以达到他们的目的的。多萝西在缅因州，邓恩说威廉给学校寄这封信是为了"迫使她现身"。

邓恩让多萝西待在庇护所里，她会和他们危机处理中心的律师谈谈。她告诉多萝西，他们计划第二天一早为她申请限制令后，就为她制订应对策略。而之后，多萝西的话却让邓恩震惊——我已经受够庇护所了。

多萝西已经住遍了新英格兰各地的庇护所。她甚至去过宾夕法尼亚州那么远的地方。每一次，她最终都回到了家里，因为她不能永远藏起来。威廉永远不会放手，永远不会同意离婚。无论多萝西在哪里、在逃离什么，她的孩子都需要报名上学。多萝西的家人住在马萨诸塞州，她怎么可能弃母亲和妹妹于不顾？怎么可能离开那些一直帮助她的最亲近的人？迟早有一天，多萝西需要找一份能养活自己和女儿的工作。

多萝西告诉邓恩，她什么都没有做错，为什么每次离开的都是她？多萝西相信，威廉知道大部分庇护所的地址，藏起来是没有意义的。她不会去，这次不会，以后也不会。后来，邓恩说那一刻他们觉得"真见鬼"。"我们没有针对拒绝去庇护所的女性的计划，"她说，"庇护所就是我们的计划。"

多萝西和克里斯滕在塞勒姆的庇护所度过了周日晚上。第二天，她们和邓恩、危机处理中心的律师一起去了法庭。法庭下发了限制令。然而，限制令附带了一个条件——威廉告诉法官他需要去车库的权限，否则无法拿到工作用具，因此法官允许威廉早晨到家里取用具，晚上归还。法庭的这个判决非同寻常。威廉没有家暴记录，并且，在与多萝西处理婚姻问题的过程中，他需要保住工作。

上法庭后，威廉离开了多萝西家，多萝西和克里斯滕搬了回去。

多萝西家是一座地上两层、地下一层的建筑，位于一个供周边居民使用的小停车场附近。这一带的住房挨得非常近，中间甚至无法插入一只手。多萝西租的房子带有装饰着绿边的白色护墙板，摇摇晃晃的木制楼梯通向狭窄的门廊和两个入口。危机处理中心给房子换了锁、装了安保系统，并与多萝西和她的女儿保持通讯联系。他们也送了她一条可以用来在紧急情况下报警的项链。然而，一天晚上，多萝西做饭时无意中碰到了按钮，结果来了好几辆警车。她感到非常尴尬,便将项链摘掉,挂在了卧室里。

搬回来十天后,多萝西到车库里取车,准备到肖氏超市面试。忽然,身负限制令的威廉从身后抓住了她,用手捂住了她的嘴。"不许叫,否则我会对你开枪。"威廉警告她。他们的大女儿凯特琳听到挣扎声跑下楼来,看到母亲已被父亲劫为人质。"她的嘴在流血……而且看起来吓坏了,"凯特琳后来在宣誓陈述书中写道,"我和妈妈爸爸一起站在那里,确保不会出事。"两个半小时后,威廉离开了。第二天,多萝西去了警察局,向警探罗伯特·怀尔提交了一份证明威廉打破限制令的报告。多萝西和怀尔聊了很长时间。这是怀尔第一次见到她。多萝西告诉怀尔:"每次我和他说话,他都会恐吓我。"

怀尔说,多萝西很镇定,说话条理清晰。她告诉怀尔,在庇护所中,她只能和两个女儿住在一个房间,这样一来,如果威廉真的找到她们,三人一起被杀的可能性会更高。怀尔记得多萝西说,在她家,"只有我被杀死"的可能性更高。怀尔陷入了沉默。"她其实在对我说:'我已经做好赴死的准备,而你在做什么?'"怀尔告诉我,"我说不出话来。"

怀尔是通过博迪认识多萝西的。他已经在执法领域工作了近二十年,已升职为警探。当地一些最恐怖的案件(如父母杀害孩子、丈夫杀害妻子)发生后,他往往是第一个被叫到现场的人。在位于马萨诸塞州的埃姆斯伯里,像开车路过时开枪射击、抢劫中意外杀人之类的随机凶杀案不多;而在距这里只有一小时路程的波士顿,随机凶杀案时有发生。埃姆斯伯里的居民主要是工人阶级,城中有面积不大的中心广场和富有魅力的红砖人行道,洋溢着新英格兰殖民地的美学风格。尽管如此,埃姆斯伯里的家暴发生率可能是隶属埃塞克斯县的城市中最高的。在这里发生的凶杀案中,施暴者和受害者往往是相识的。也就是说,这些凶杀案几乎都是由私人间的暴力引发的。对怀尔来说,"家"(domestics)这个词很让人恼火。和每个在执法领域工作的人一样,怀尔没处理过夫妻因柴米油盐吵架之类的事。他的态度基本上是——"你可别和我开玩笑了,我又被叫到这座房子里了吗?"虽然听到多萝西对自己死亡的预见,让他更加意识到这起案子的严重性,但那时他仍然认为这是关于"家"的事。

怀尔下令逮捕威廉·科特尔。二〇〇二年三月二十一日,威廉在律师的陪同下来到纽柏里波特区法院自首。邓恩说科特尔知道他在做什么,他了解这个体系。那个周五,他在一天即将结束时出现,还请了律师。他的违法记录中只有违反交通规则和开过几张空头支票。他是一个工作稳定的有线电视安装工,也是一个青少年体育队的教练。那天出庭的法官不知道科特尔家暴了多萝西二十多年,不知道他打破限制令的细节,不知道他曾跟踪并绑架过他的妻子。这个法官也不知道,威廉曾在多萝西怀孕时将她从楼梯上推下来,用电话线勒住她的脖子。那天的检察官手里也没有写着多萝西二十多年被家暴经历的宣誓陈述书。如果怀尔事先知道科特尔会在那天下午到法庭,或许他也会去法院向法官提供更多信息,抑或是给法院致电,警告他们科特尔做过什么。然而,怀尔只有多萝西与他见面那天留下的宣誓陈述书。怀尔知道多萝西害怕她的丈夫,但不知道家暴严重到了什么程度。邓恩知道,但她和怀尔从未沟通过。在多萝西生命的最后几周，邓恩才知道她被家暴的事，但从未告知警方。那时，怀尔警探甚至连一个当地反家暴机构中的倡导者（包括凯利·邓恩和苏珊娜·迪比）都不认识。在接下来的数年中，邓恩和迪比这两名女性在怀尔的生活中扮演了重要角色。但在那天，法院的人都对科特尔缺乏足够的了解，他们掌握的信息不足以让他们对科特尔怀有警惕。

体系的这些关键性缺口往往会决定人的生死。这些缺口包括刑事和民事法庭之间缺乏沟通——这种情况不止出现在马萨诸塞州的这个县，也存在于美国的其他州和县。亲密伴侣暴力案常常在民事法庭而非刑事法庭中判决。这表明我们的社会现在仍然对这类案件持有传统的观念。美国第一个所谓的"家庭法庭"是在纽约州布法罗市设立的。那时，不必去刑事法庭就可以解决离婚、孩子抚养权归属等问题，似乎可以称得上是司法领域的一个伟大创举。在接下来的几十年间，人们将家暴与其他家庭纠纷（如抚养权归属和离婚）混为一谈，而不是将其视为刑事案件，但家暴其实就是刑事案件。想象一下，一个男人、一个陌生人用电话线勒住另一个男人的脖子，将他推下楼梯，用力打裂他的眼窝——这些暴行每天都会出现在家暴中。然而，与我交谈过的检察官中，没人见过在家暴背景下的这些暴行受到了同等程度的严肃对待。"我很震惊，一个人会对家人做出他不会在街上或酒吧斗殴中做出的事情。"俄亥俄州前检察官安妮·塔马绍斯凯告诉我。那天，威廉·科特尔到法庭自首后交了五百美元，很快将自己保释出来。

五天后，威廉穿着战术背心，带着胡椒喷雾、手铐、子弹带和短筒霰弹枪来到多萝西家。凯特琳在朋友家，克里斯滕糊里糊涂地打开了前门。听到威廉的声音后,多萝西马上躲进了卧室。威廉推开克里斯滕,打破了多萝西卧室的门,在几秒钟内将她拖了出去。克里斯滕跑到楼上向一个邻居求助。邻居打了911。邓恩事先做了安排,因此克里斯滕不会因报警抓父亲而产生心理负担。警察在几分钟之内赶到了。

我有时会将回忆定格在这个至关重要的时刻:多萝西还活着,被家暴她的丈夫劫为人质;警局似乎一半警力都出动了,枪上了膛,子弹蓄势待发。由于警察波林、警探怀尔都调查过此案,多萝西那天还去见过怀尔,因而警方都知道这一家的情况。怀尔终于明白了科特尔的危险性——或许比大部分人都危险。他告诉同事们科特尔的情况,让他们留意科特尔。那一刻,威廉活着,多萝西也活着,调度员在线,警察已经到了。

多萝西告诉怀尔警探她会死在自己家里时,脑中出现的是这样的画面吗?她三十二岁,人生还没到一半。她长着一张二十世纪四十年代女演员那种迷人的脸,有点儿像海迪·拉马尔或洛蕾塔·扬。多萝西那时想到改变她命运的那天了吗?十五岁的一天,她遇到了一个声称对她一见钟情的男孩。她会责备年轻时的自己吗?她有没有想过,是她所处的文化环境让小女孩渴望爱情,让她们以为爱情可以征服一切?她有没有想过,为什么我们不会讲述更多爱情中的挫折和失败?我不相信爱情可以征服一切。这个世界中,有那么多事似乎都比爱情强大,譬如责任、愤怒、恐惧和暴力。

我想象十一岁的克里斯滕躲在床底下,无从得知正在发生的一切。她为放父亲进门而感到不堪重负。她本以为门外是她的朋友。与克里斯滕差不多大时,我失去了母亲。她是因癌症去世的——这是一种文明的死法，如果死法也可以用"文明"来形容的话。不过，我能一定程度上理解那一刻克里斯滕极度绝望的心情。或许她在向任何一个能够帮助她的看不见的神许下承诺，求他们在这个千钧一发的时刻保护她的母亲。我也知道，无论死亡的那一刻是多么悲惨，无论弥留之际的那几秒记忆多么挥之不去，失去亲人的痛苦只会随着时间不断加深。这种痛苦没有止境，会残酷地持续到永远，就像一扇如世界般庞大的金属闸门，还没等你眨眼，就在你面前关上了。

画面继续运转。在调度员给克里斯滕回电，让她确认警察是否已经赶到时，威廉接起了楼下的电话。他让调度员召回警察，否则"有人会受很严重的伤"。他的声音很严厉，但带着一种奇异的平静。似乎这一切都在他的掌握之中，仿佛这只是一个巨大的误会，是一件可以自行处理的私事。大卫·诺伊斯是第一个到门口的警察，他能听到多萝西的尖叫："他要杀了我！他要杀了我！"诺伊斯穿上防弹衣，给枪上了膛。那天是雨天，防弹衣、挂着装备的执勤腰带和雨衣使警察们行动困难。调度员当然没有召回警察。诺伊斯将门踢开的一刻，威廉向多萝西开了枪。诺伊斯说从枪口射出的火舌非常刺眼，一时间他什么也看不到。就在这片刻之间，威廉开枪自尽了。案发全程的声响都传入了电话中。多萝西在尖叫，声音猛然变大，随后戛然而止。接着，一个男人咆哮着发出命令。一片嘈杂中，仍可以听到一声传入听筒的哀号："不——"这声哀号来自一个十一岁女孩。

多萝西被杀的消息传到了警察局，邻居、家人、朋友、媒体、反家暴社群、法院和见过威廉并允许他保释自己的法官也渐渐得知了此事。整个城市似乎都陷入了哀恸。无论是否与多萝西相识，人人都备受打击。多萝西案成了埃姆斯伯里有史以来最受关注的凶杀案。凯特琳和克里斯滕一下子失去了双亲。多萝西的母亲、妹妹和其他家人都悲痛欲绝。对邓恩和迪比来说，这件事拷问着她们的良心。迪比告诉我："多萝西遇害后，我们陷入了深深的沮丧中。"她们比任何人都清楚多萝西的处境有多么危险。案发时她们没在现场，但她们的痛苦与负疚感完全没有因此减轻，似乎反而加重了。

我问邓恩为什么会有这种感觉，她毫不犹豫地回答：因为多萝西的死似乎是"当下可避免"的事。如果她们不能拯救那些有明显预兆的案子的受害者，不能拯救像多萝西这样预感自己会被杀害的人，不能拯救那些知道自己的处境极度危险的人，那她们的工作还有什么意义？庇护所也是问题的一部分——为什么她们唯一的解决方案是将一个无辜的受害者带走关起来？案发后，报纸上发表了讽刺当地警察和同意威廉·科特尔保释的法官的文章。一些新闻评论员提出要让法官辞职。时任珍妮·盖格危机处理中心首席执行官的迪比召集地方检察官和警局人员（包括怀尔警探）开了一场会。开会的目的是分析为什么常规的应急程序没能起到应有的作用。每个人似乎都正确地完成了自己的工作。唯一偏离常轨的是拒绝回到庇护所的多萝西。在邓恩看来，这就意味着常规的应急方式是错的。

二〇〇三年，依旧深受良心拷问的邓恩飞到圣迭戈参加了一场关于家暴的会议。会议的主要发言人是杰奎琳·坎贝尔，她介绍了风险评估项目。邓恩被坎贝尔的分享打动了，也对坎贝尔提到的通过信息量化显示危险程度正在提高的全新方法印象深刻。坎贝尔说，家暴凶杀案最大的预兆是之前发生过肢体暴力。这似乎很明显，但人们往往无法发现危险程度在提高。她的评估明确了诸如施暴者威胁要自杀、有枪等情况应该被划分到什么危险等级。邓恩听坎贝尔提到，被伴侣杀害的女性中有半数都向警方或刑事司法体系至少寻求过一次帮助——这是做风险评估的时机。坎贝尔说，发生凶杀案的风险会随着时间变化。举例来说，当受害者试图离开施暴者，或是怀孕、换工作或家中有搬家等事发生时，风险会达到峰值。在一对伴侣分开的前三个月，危险程度一直会维持在高水平，在接下来的九个月内会稍稍降低一点儿，在一年后则会急剧下降。

坎贝尔也提到了一些邓恩之前不知道的高风险因素。例如，扼颈窒息应该与击打面部之类的暴行归为完全不同的类别；伴侣怀孕后，施暴者的行为可以分为两类，一类会变本加厉地家暴，另一类在怀孕的九个月中完全不会施暴；强迫伴侣同房、控制伴侣的日常活动也是风险标志。随着坎贝尔的讲述，坐在观众席的邓恩越来越激动不安。她脑中浮现出一些完全不同的话——多萝西经历过这个；多萝西经历过那个；多萝西也有这情况……多萝西、多萝西、多萝西。

这是邓恩第一次接触风险评估工具——坎贝尔原以为这种工具只会用于急救室中。邓恩为已经过世的多萝西做了风险评估，发现她得了十八分，和米歇尔·蒙森·莫索尔差不多。多萝西属于家暴凶杀案高风险人群，但他们都没意识到这件事。邓恩终于认识到，为什么多萝西之死似乎是"当下可避免"的事——因为事实的确如此，她的确在一步步走向死亡。这是在多萝西被杀害后，邓恩第一次看到了一丝希望。

邓恩从加州回来后，立刻和迪比开始思考该怎样用坎贝尔的工作成果来预测哪些家暴案会演变为家暴凶杀案。邓恩的目标有两个：一是找出高风险案件，并针对高风险案件制订行动计划；二是尽可能不让受害者进庇护所。她们知道，她们要做的是设计一个能够找出潜伏着致命危险的案子的项目。许多和多萝西处境相同的人在等待这类项目诞生。如果可以为受害者打分和分类，或许邓恩和迪比就可以运用坎贝尔所定义的危险程度发展时间线，以此保护受害者。如果她们可以预测凶杀案是否会发生，就有可能避免案件发生。她们将坎贝尔从她的故乡巴尔的摩请到了马萨诸塞州，和她们一同设计与实践她们的构想。在接下来的一年中，邓恩和同事们与埃姆斯伯里和纽柏里波特的警察会面，也与地区检察官、缓刑与保释官、施暴者干预咨询师和医生代表会面。她们知道信息交流的重要性，要打破沟通壁垒。如果一座城市中不同机构的成员——法院的法官、警察局的警探、危机处理中心的倡导者、学校的社会工作者、急救室的护士等都掌握了有关威廉和多萝西的全部信息而非片面信息，多萝西很可能会活下来。威廉可能不会被保释，或许他不得不交出他的枪，戴上GPS脚环。这些都是邓恩和迪比需要填补的缺口。她们针对各种特定情势，仔细研究了可以纳入安全计划的服务措施。缓刑办公室能让法官了解更多信息吗？警察能通过报警电话识别出一些高风险因素吗？急救室的人能协助识别潜在的家暴受害者吗？警察能将报告分享给危机中心的倡导者吗？暴力干预小组能与危机处理中心共享信息吗？每进行一步，她们都会讨论如何实践、法律相关问题和是否会侵犯隐私，而讨论得最多的是如何在不同机构之间实现信息共享。她们研究了州法律、隐私保护相关法律，了解她们可以合法地与其他机构分享哪些信息。

共享信息意味着孤立的机构需要开始沟通。或许最大的文化障碍存在于警察局和危机处理中心之间。对这两个机构的性别刻板印象会被带到个人层面的交流中去。邓恩的办公室主要由女性构成，而警方主要由男性构成。怀尔告诉我，高风险小组成立前，当地警方将邓恩她们和其他危机处理中心视为"男人恨我们俱乐部"（Men Hate Us Club）。"我们没和她们打过交道。"怀尔说，因为警察普遍认为在危机处理中心那种地方工作的女性，可以说，"不喜欢我们"。邓恩被这个说法逗笑了，她对我说："如果我们是'女权主义纳粹'，那他们就是一群只关心加班的混蛋。"而在倡导者和警察开始沟通后，他们了解到了彼此面临的特定问题和困难。与怀尔交流后，邓恩开始明白为什么警察会为一次又一次去同一座房子而感到恼火。而怀尔这样的警察开始理解一些棘手的情况会使受害者无法脱身。邓恩可以解释为什么在警察来时受害者会显出敌意，会与施暴者抱团——她们在采取一种安全措施，向施暴者而不是警察传递信息：看到我对你的忠诚了吗？请不要在警察走后杀死我。

在这个崭新的系统里，危机处理中心是交流的中心。邓恩她们成立了一个小组，每个相关机构都会派一个代表参加。这些机构包括急救室、司法机构、监狱、警察局、倡导者组织和几个性质介于它们之间的机构。小组决定每月会面一次，讨论高风险案例，在不违背复杂的保密协议和《健康保险流通与责任法案》的前提下，尽可能多地分享他们知道的有凶杀风险的家暴案信息。各个机构不再单打独斗。邓恩后来说："凶杀案发生在裂缝中。"

二〇〇五年初，美国第一个官方的家暴高风险小组开始处理案件，他们的目标是什么？填补裂缝。

庇护所现状

在妇女平权运动将家暴问题带入全国公众视野后,设立庇护所似乎成了最切实可行的解决方案,能让受害者远离伤害。而许多州仍没有禁止丈夫对妻子施暴的相关法律。亲密伴侣暴力被视为私人的家务事。仍有一些针对家暴的研究认为,家暴的成因是受害者激怒了施暴者。几十年后,男性是否应对他们的暴行负责才成为了全国热议的话题。设立庇护所是第一个为解决家暴问题所做的全国性尝试。在二十世纪六十年代、七十年代、八十年代,甚至到了九十年代,庇护所几乎是处境危险的女性唯一可以投靠的地方。一九六四年,加利福尼亚州为伴侣酗酒、遭受家暴的女性开设了庇护所,而缅因州和明尼苏达州最先设立了只接收被家暴女性的庇护所。庇护所无疑拯救了成千上万女性的生命,今天仍旧如此。四十年间,庇护所的开设范围不断扩张,至今全美已有超过三千家庇护所。[1]

庇护所的含义很广。它可以指旅馆里一张过夜的床,也可以指一个容纳二十多个家庭的集体住宅。人口密集城市的庇护所有时会是小型公寓楼或有单间的汽车旅馆式住宅。在大城市外,庇护所多是居民区中的独栋住宅,受害者和孩子住在其中一个房间里,和其他五到八个家庭共用厨房、浴室、餐厅和客厅。庇护所中设有关于作息时间和家务分配的规定。过去,年龄超过十二岁的男孩和宠物都不能进入庇护所,并且出于安全考虑,也不鼓励受害者频繁联络家人、朋友,包括自己的雇主。(纽约州正在创立全美第一个宠物友好的庇护所。二〇一五年,阿肯色州开设了全美第一个收容男性的庇护所。)进入庇护所不仅意味着你有了一个安全的住处,也意味着你和你的孩子可以彻底摆脱过去的生活,从施暴者的视线中消失。

多萝西拒绝去庇护所时,凯利·邓恩开始留意这件事。她将有关庇护所的"肮脏小秘密"告诉了我——庇护所是"领取救济金的门票"。如果一名女性需要去庇护所,哪怕距离最近的一个床位在州的另一头,她也必须马上过去,无论代价是辞职、孩子无法上学还是远离朋友。邓恩说,在她二十五年的职业生涯中,最常浮现在她脑海中的画面是这样的——女人拖着行李箱,和孩子站在路阶上等公交车去往州另一头的庇护所,那里有这一晚仅剩的一张空余床位。前往庇护所会造成难以估量的损失,有时这样做是必要的,但仍然会使人痛苦不堪。

邓恩说,越来越多的受害者拒绝待在庇护所里。她们会考虑自己是否可以继续工作、照顾年迈的父母、预约看医生、与朋友共进晚餐、带走传家宝或是在社交平台上发动态,也会考虑孩子是否能继续参加学校演出。"这些都实现不了,"邓恩说,"刑事司法系统可以借庇护所推卸责任,他们会说'如果她真的那么害怕,她就会去庇护所';如果受害女性没这么做,就可以推断她们其实没那么害怕。"多萝西的经历让邓恩明白,这样的推断是多么危险。

近年来,庇护所和临床治疗中心致力于更好地满足家暴受害者的需求。工作人员会鼓励受害者工作,有足够经费的庇护所会安装精密的安保系统。一些庇护所现在允许青少年男孩和母亲待在一起,也允许家庭养宠物,还有一些庇护所允许受害者与亲友联系。某天下午,坎达丝·沃尔德伦安排我参观新建的最为先进的庇护所。她是位于马萨诸塞州塞勒姆的"治愈暴力创伤并寻求改变"(Healing Abuse Working for Change)危机处理机构的前任执行理事。这个庇护所取代了多萝西和克里斯滕之前待的那个。原来的庇护所是座离海非常近的小房子,沙子会从狭窄的人行道上掠过。经过翻新,新庇护所成为了一座安妮女王时期维多利亚风格的雅致建筑,坐落在宽阔的林荫路上。路上安装了许多安保摄像机,安装位置都经过认真的考量。庇护所能容纳八个家庭,里面有三个独立厨房,有电梯和放满了玩具的儿童游乐室。走廊和楼梯都刷上了颜色明快的彩漆,墙上挂着花卉图画,后院里有一个小沙坑。作为一个庇护所,它大而宽敞,只是仍旧缺乏大部分人家里都有的一些具有个人特色的物品,比如全家福、海报、孩子的艺术作品、小摆件、玩具、图书和CD。

这是条件最好的庇护所,带有游乐室、安保严密、环境舒适。然而,即使是最好的庇护所也意味着受害者会有所损失。至今,像邓恩这样反对庇护所的倡导者仍会受到主流排斥。"在反家暴领域,这一观点很不受欢迎。"她说。事实上,大部分庇护所长期缺乏经费,会随所在州或县的财政情况变化开张或关闭;并且,庇护所既没有为受害者与家人提供一个轻松的休憩之所,也没有给出长期的解决方案。

我在《纽约时报》的一篇文章中提到了如上大部分观点,一个读者写信回应:

> 作为全美第一批庇护所的创立者,我不同意庇护所实际是"领取救济金的门票"这一观点。成立高风险小组是一个重要的突破,但这只能帮到执法机构或反家暴机构已经知晓的那部分受害者。高风险小组与庇护所一同运作,才能最有效地防控家暴。庇护所为个人与家庭提供安全的住处和创伤治疗服务,受助人群大多经受了长期暴力、贫困和无家可归的磨难。在庇护所里,许多幸存者有生以来第一次感到安全。相关支持服务会关注儿童教育问题,帮助受害者就业,为受害者寻找稳定的、可负担的住处。事实上,高风险小组与当地超过二十五家机构合作,无数次将受害家庭送到庇护所中。庇护所的确是这些家庭的唯一选择。[2]

我无法反驳来信者的观点。因此,我必须承认,这两种有些矛盾的观点都是事实:庇护所有存在的必要,而且拯救了许多人的生命;但进庇护所也是下下策。

邓恩也承认庇护所有时是必要的。她讲述了一起正在推进的案子。这起案子的施暴者被法院下令佩戴GPS脚环以监视其行动,但他并未按要求在缓刑期间去装脚环。他逃跑了,尚未被捕。对这起案子的受害者来说,庇护所是最安全的选择。庇护所通常非常有用,即使受害者只在庇护所待一两个晚上,施暴者的怒气也可能在这期间得到缓解。然而，邓恩也将庇护所形容为"女性的监狱"。庇护所中执行着严格的规定和宵禁。而且对孩子来说，被迫离开熟悉的家和朋友可能会造成创伤。甚至在最好的庇护所中——例如我在马萨诸塞州看到的那个庇护所——受害者也会和受害者住在一起。许多家庭往往都会被安排在一间面积较大的卧室里。

想象一下在任何其他类型的犯罪中，受害者既是公民自由的丧失者，也是改变的推动力。邓恩说："庇护所拯救了被施暴女性的生命，但在我看来，如果这就是我们的答案，那这本质上就很不公平。"

近来，人们倾向于让受害者待在她们原本就在的社群中，而不是在庇护所里，以此在受害者周围建立一道安全的壁垒。让受害者去过渡所也是解决方案之一。过渡所（transitional housing）与庇护所（shelter）的不同之处在于，过渡所会提供更长时间的住宿。在大多数情况下，居住其中的受害者也享有更多自主权。今天，许多城市都设有某种形式的过渡所。为了切实了解过渡所及它与庇护所的区别，一天下午，我去见了一位叫佩格·豪切凯勒的女性。豪切凯勒是华盛顿地区安全住房联盟（District Alliance for Safe Housing，简称 DASH）的前任执行理事。她也是过渡所项目的创始人，这一项目在全国范围得到了广泛赞誉与推广。

一个夏日午后，我参观了一个过渡所。这幢建筑上没有任何标示或暗示其用途的标识，周围有一圈栅栏，栅栏后的侧院里有一个小型儿童游乐场。事先有人告知我要按门铃。入口处安有摄像头，建筑周围街区的关键地点也安了摄像头。高大到几乎无法逾越的铁栅栏矗立在道路两侧。

这个过渡所建筑本身就坐落于华盛顿较为老旧的社区内。在房价居于全美第五位的华盛顿，随着由城市边缘向内席卷的中产阶级化进程，像这样较为平价的房子已经变得越发稀少。写作这本书时，当地一间卧室的平均租金是每月两千两百美元。[3]高房价是美国各个城市都面临的问题。在旧金山、纽约、波士顿、华盛顿、芝加哥、洛杉矶等城市中，这一问题尤为严重，价格低廉的房子正在迅速消失。

"过去，如果一个家暴受害者在去机构求助或寻找住处时，说自己因为（家暴）无家可归，人们会说'你应该去家暴庇护所，我们不处理这类问题'。"豪切凯勒告诉我，"然而，家暴庇护所系统的覆盖范围很小，能力也很有限……接下来，会出现这样的情况：受害者会去家暴庇护所，而在庇护所期限快到的时候，她们会回到家庭收容机构，说'我需要住处'。（收容机构）会问：'你现在在庇护所吗？'受害者会回答'在的'。收容机构则会说：'那你并不是无家可归。'"

豪切凯勒说，为解决这一问题，收容所会将受害者从为她们提供住处的项目中除名，使她们成为法律意义上无家可归、需要住处的人。这会导致许多人反复陷入无家可归的窘境中，经历无家可归—暴力—庇护所—无家可归—暴力—庇护所的循环。甚至在今天，华盛顿反家暴联盟组织（D. C. Coalition Against Domestic Violence）的一个工作组仍称，当地流落街头的女性中有三分之一是因为家暴无家可归的。

豪切凯勒的办公室里有紫色墙壁和红色天花板。她穿着橄榄色亚麻紧身连衣裙,这身打扮让她看起来有些高傲。她编着辫子,戴着彩色发带。豪切凯勒告诉我,二〇〇六年,这个城市只有两个庇护所,提供四十八个只面向女性和孩子的床位(不面向男性)。而警察局每年会接到超过三万一千个家暴报警电话。(在一九九一年之前,在华盛顿,家暴不构成犯罪。[4])华盛顿的两个主要机构——"路得之家"(House of Ruth)和"姐妹之家"(My Sister's Place),每年为一千七百名受害者提供帮助。受害者的需求和提供给受害者的服务之间存在难以逾越的巨大鸿沟。

那时豪切凯勒已经辞去了"姐妹之家"副主任一职,开始在反暴力侵害妇女管理办公室工作。反家庭暴力组织联盟说服了华盛顿市政委员,说明了修建更多的庇护所是当务之急。此后,委员会提供了一百万美元经费,任何想修建更多安全住处的人都可以使用这笔钱。如果说经费短缺往往是非营利组织面临的最大挑战,那么在这种情况下,一切问题似乎都已迎刃而解了。想要解决这个明显而重大的社会问题,只需要从银行账户里取钱就可以了。一切准备就绪,需要有了,钱也有了。

然而,没有人申请经费。

经费充足,但无人申请——这种情况并不常见。

豪切凯勒很熟悉华盛顿的反家暴团体,她被委派找出无人申请经费的原因。她成立了一系列的专项组来调查这件事,花了四个月的时间才找出问题所在。原因其实相当简单:现有的反家暴机构每天每时每刻都在忙于工作。这些机构要应对太多人的求助,没人有能力创建一个规模庞大的新项目。这些机构并不是没有意向这样做,但不论从个人还是群体的角度,他们都深受人力短缺之苦。因此,豪切凯勒去受害者求助办公室找她的上司,说:"看,这是我的激情与热爱所在。如果您不反对,我想创建一个非营利组织,并负责运营。"

如今回想起这段经历,豪切凯勒笑了起来。"对于一个非营利组织来说,这可真是与正常步骤相反的起步方式。"

在六个月内,豪切凯勒成立了理事会,填写了非营利组织的书面材料,找到了愿意提供经费的人,写了经费申请书,看中并买下了一幢楼。她告诉我她不是宗教人士,但她认为这么多事能如此快地就位,意味着"这背后有某种比我更强大的力量"。

二〇〇七年七月,豪切凯勒签订了新成立的反家暴机构——华盛顿地区安全住房联盟的购房合同。二〇一七年夏天,我与她就是在那里会面的。他们将这个项目称为"基石住房项目"(Cornerstone Housing Program)。花了三年时间装修、招聘、制订项目计划后,他们可以开始收容幸存者和她们的孩子了。在此期间,豪切凯勒成立了更多专项组进行调查,调查结果与她已知的情况相符:许多幸存者不是沦落到流浪者收容所,就是因为没有住处回到了施暴者身边。不同研究结果表明,百分之二十五到百分之八十的无家可归的女性都遭受过家暴,并且,情况正变得越来越严峻。在警方可以提供妨害行为记录的城市里,下达驱逐令的最主要原因是家暴。马修·德斯蒙德在他的著作《驱逐》(*Evicted*)中指出,在密尔沃基市,因家暴妨害案下达的驱逐令数量超过了其他所有妨害行为(如扰乱社会治安、贩毒)的总和,而在被传唤的房东中有百分之八十三的人曾赶走或是威胁要赶走房客。这意味着受害者不仅在下次遭受家暴时会更倾向于不报警,还可能会受到被逐出住处的二次伤害。在接下来的叙写中，德斯蒙德提到，密尔沃基警察局局长不明白为什么家暴凶杀案的发生率会提高。他写道："他所在警察局的规则让受害女性进退两难，她们要么选择保持沉默、忍受暴力，要么选择报警，然后被逐出住处。"[5]

"基石"机构对外开放后，豪切凯勒惊讶地发现，华盛顿地区安全住房联盟接到的来自其他反家暴社会服务机构倡导者的电话，竟和来自有住房需求的受害者一样多。他们会说，"我这里有个（家暴）受害者，我不知道该怎么办"。豪切凯勒这才意识到，流浪者收容所和反家暴机构是多么封闭，它们之间是多么缺乏沟通合作。"后果是受害者会落入裂缝之中。"她表示，许多受害者会发现自己落入了无限循环的地狱。

创立"基石"的过程中，豪切凯勒也开始为分散在各处的过渡所寻找房源。一般来说，分散的过渡所是由地区住房联盟与房东商议后租给受害者的。在房价极高的华盛顿，这些分散的住处若想稳定地满足需求，地区住房联盟就不得不在距离市区越来越远的地方寻找价格低廉的房子和相应的合作伙伴。同时，豪切凯勒指出，随着遍布全美的过渡所开始为幸存者提供稳定的住处，住房与城市建设机构（Housing and Urban Development Agency，简称 HUD）已经渐渐不再为受害者提供过渡所，过渡所的性价比太低了。相反，住房与城市建设机构正在采取"频繁搬家"的模式，家暴幸存者在补助房住四到六个月后就要搬走。

豪切凯勒说，对大部分人来说，四到六个月都是不够的。受害者往往负债累累，或是征信被施暴者摧毁，或是很长时间没有工作。有时，受害者还想取得学位或接受职业技能培训。地区住房联盟会为她们支付两年房租。有时，受害者可以申请延期六个月。在此之后，联盟还会提供两年的住房补贴。豪切凯勒说，这么长时间有时甚至仍然不够。我想到了米歇尔·蒙森·莫索尔和她为从洛奇身边逃离而制订的长期计划。她要上学，从她父亲那里买房子，慢慢在她名下积累信用，然后找一份护士的工作——四到六个月够她干什么呢？

现实确实让豪切凯勒感到沮丧，但她知道她需要接受现实，而不是期盼现实变成她想要的样子。她在尽力为实现理想而努力。现在，靠着创建华盛顿地区安全住房联盟的经验，豪切凯勒正在推广一个覆盖全美的项目——安全住房全国联盟（National Alliance for Safe Housing，简称NASH）。她告诉我，二〇一三年，她开创了一个新的试验性项目，这个项目彻底改变了她对逃离家暴这件事的看法。这个项目叫作"幸存者恢复资金"（Survivor Resilience Fund），旨在为受害者提供金钱上的支持。豪切凯勒说："人们普遍认为，如果一个受害者要逃离家暴，她就必须离开家，带着家人搬到其他地方彻底重新开始。她往往会去庇护所，然后去其他的长期补助房，找到新工作、新学校，让生活完全回归正轨。"多萝西·准塔-科特尔面临的正是这种情况。然而，豪切凯勒在这个试验性项目中发现，许多幸存者能继续住在家里，但面临着短期的经济危机。或许她们没有足够的存款来支付押金和第一个月的房租，或许她们没有办法给新家购置家具，或许施暴者以她们的名义欠下了信用卡债务。无论受害者面临着如上哪种情况，幸存者恢复资金都可以帮助她们解决开始逃离家暴时面临的巨大经济难题，以继续居住在她们一直居住的地方。

豪切凯勒说:"这件事彻底改变了我的工作方向,之前我一直在庇护所和过渡所工作。"她说,他们提供的钱往往可以使一个幸存者免于因家暴流落街头。然而,在豪切凯勒看来,恢复资金证明人们的普遍看法不一定正确。幸存者不想离开她们住的地方,许多人甚至不想与施暴者断绝往来。她们想处在安全的环境中,但也希望孩子的生活中有父母双方的参与。因此,这笔资金可以让她们在自己过去的居住地创建一个属于自己的家。并且,在大多数情况下,刑事司法系统也不会被牵涉其中。"如果幸存者有收入来源,"豪切凯勒说,"她们可以更好地保障自身安全,为自己争取权益。"

我们分别前,豪切凯勒带我简单参观了"基石"大楼。二〇一〇年,"基石"开始对外开放,如今它拥有四十三个单间公寓和单人间。华盛顿地区安全住房联盟会支付两年房租。豪切凯勒说,受害者有足够的时间获得经济来源,付清债务,最好还能攒下一些钱。她们可以解决其他任何可能的需求(比如药物滥用),也能让孩子回到学校。有一间公寓中安装有电视健身房和两片供儿童游乐的公共区域,一片面向年龄较小的孩子,另一片面向年龄较大的孩子。室外也有操场。受过儿童创伤相关培训的志愿者每周会来两次,和孩子们一起玩。两个曾在考克兰艺术设计学院就读的学生免费用艺术疗法对孩子们进行治疗。地下室的墙上摆了一排孩子们的艺术作品。它们被专业人士装裱起来。豪切凯勒说,她们会定期举办社区艺术展览,并让孩子们担任讲解员。公寓铺着硬木地板,里面有新装修的功能完备的厨房,窗户很大,透过窗户可以俯瞰周围的景象。在这个闷热的夏日,阳光透过窗户照进了室内。

"基石"机构满足了受害者的迫切需求。这个住房本身并不美丽，但住在这里的人享有自主权。豪切凯勒说，"基石"机构就像大学毕业后搬入的第一个公寓。虽然"基石"是反家暴机构，但和庇护所似乎完全不同。在庇护所中，所有东西都要与人共享，做什么都要先与人商议。在"基石"，家庭享有隐私，住在这里的六十多个孩子中的大部分自始至终都不知道他们身处反家暴机构中。公寓代表了一种可见的希望。对受害者和她们的孩子来说，"基石"预示着一个没有暴力的未来。或许也可以这样解读"基石"的意义——自主权会给人力量。

在火中

我坐在位于纽柏里波特市中心的一间会议室里,房间周围浅绿色的家具围绕着椭圆形的长会议桌。凯利·邓恩坐在我左边的上座。她穿着黑色短裙和平底鞋,发梢是金色。她面前的玛丽夹式的文件夹中放着一摞文件。怀尔警探穿着卡其色短裤和运动鞋,坐在来自纽柏里波特的警长豪伊·亚当斯对面。夏天已接近尾声,怀尔刚度假回来,被晒得很黑。会议室外,梅里马克河正汇入大西洋,白色帆船在碧蓝的海波上浮沉。在新英格兰,这样的夏日景象随处可见。标示牌上写着去普拉姆岛赏鲸和观光旅游的广告。纽柏里波特曾是一个破败的蓝领工业城镇,现在已经成了以中产阶级居民为主的城市,精品店、有机食物饭店和画廊层出不穷。梅里马克警察局、施暴者干预项目和当地医院都派出了代表,和我们围坐在桌前。参会的还有保释官和缓刑官。主持会议的是邓恩和她的同事凯特·约翰逊。

我来纽柏里波特的其中一个原因是,虽然从理论上明白沟通可以改善系统,但我仍想详细地了解高风险小组是怎样切实地让受害者脱离危险的。我已经应允不暴露邓恩所经手案件当事人的身份。并且,根据《健康保险流通与责任法案》对隐私保护的规定,我也不会透露医护人员的身份。我写下的细节都已经在警方报告等公开记录中出现过。在其他情况下,我提到某起案件具体细节的前提条件,是这一细节存在于多起案件中。例如,在一起案件中,施暴者威胁说要折断CD,并用碎片割断他妻子的喉咙。这似乎是一个尤为具体的细节,好像通过它就能辨认出是哪对夫妻的案子。但实际上,这种威胁方式常常出现在邓恩经手的案件中。(虽然随着流媒体音乐平台的出现,这种事发生的频率应该会降低……我知道这听上去有些滑稽,但或许是真的——声田①拯救生命。)我们同意遵守如上规定,这样我就可以在保护受害者安全的同时,亲眼见证小组是如何运作的。

案件大多是由邓恩的团队或警察局提名的。小组会投票决定哪些被提名的案件最终被列入名单。(有些案件会持续数年。)在他们看来,在所有家暴案中,大约有百分之十属于高风险案件。他们会仔细观察每起案件的变化,如怀孕或受害者尝试离开,施暴者即将结束缓刑或被保释、违反限制令、失业、在社交平台上发表愤怒言论。他们根据坎贝尔提出的高风险因素来回顾案件,并分析施暴者的行为模式。一天前,我们坐在邓恩的办公室里时,她递给我几十份整理成一摞的警方报告,让我简单了解她平时在做什么。案件当事人的名字已经被改成了假名。我坐在危机处理中心一间闲置房间里的软沙发上,沿着走廊摆放的制造白噪音的机器发出呼呼的响声(这样受害者与倡导者的谈话就不会被其他人听到)。这让我想到了

---

① Spotify,流媒体音乐平台。

瑜伽房，色调和光线都很柔和。然而，我坐在这里读到的信息让人毛骨悚然，与房间形成了鲜明的反差。

> "我不清楚我是怎样倒在厨房地上的，但我马上记起 X 骑在我身上，双手勒住我的脖子。""X 之前威胁说要杀了我，将我的尸体放到冰柜里，然后开船到海上，将我的尸体丢到海里。他还说过他会杀了我，把我的尸体丢到化粪池里。""X 一次又一次将她按在暖气管上。""（他）会……将她的内脏掏出来，将她吊起来，像给一头鹿放血一样。""如果我决定带另一个女人回家，你要照我说的对待她。我是你的主人，你是我的奴隶。如果你不照我说的做，不让我高兴，我就会杀了你。""X 常常威胁说要杀了（她），曾在车里折断 CD，在她开车时威胁说要割开她的脖子。""X 用来复枪劫持了她……（并）声称他会在一千码外'安排好'，然后'带她出去走走'。"

之前我曾与一个受害者谈话。她的前夫作为施暴者，被小组置于 GPS 监控下。（她接受了马萨诸塞州联邦地址保密计划长达一年多的保护。）这个受害者告诉我："他不怕失去任何东西。"我想起了詹姆斯·鲍德温的《下一次将是烈火》（*The Fire Next Time*）中的一句话："一个社会最危险的产物，就是一个一无所有的人。"

我参加会议的那天，邓恩和约翰逊要主持十起案件的讨论。他们首先遇到的问题之一就是医疗信息的保密和隐私问题。在这起案子中，受害者的前夫勒她勒到严重窒息。受害者打电话给危机处理中心，申请了针对前夫的限制令。她被列入了高风险名单中，施暴者则被判处了缓刑。然而，上周施暴者打电话给受害者，威胁说要自杀。受害者打电话给医疗人员，施暴者被送到了医院，随后因违反缓刑期规定入狱，现在仍在服刑。小组需要制定方案以应对他出狱后可能发生的事。是否可以强制他去精神病院？在医院时，他的举止是否显露出了什么迹象？医院代表莫·洛德大部分时候都保持沉默。尽管在施暴者入院时她可能刚好在场，也在之前的高风险小组会议中认出了施暴者是谁，但《健康保险流通与责任法案》使她几乎无法开口。洛德告诉邓恩，她不能透露施暴者的行为举止。她说她经常看到戴着GPS脚环的人到医院来，知道这很可能意味着他们是正在服缓刑的施暴者。洛德也见过身上有可疑伤痕的女性，然而，除非病人告诉她发生了什么，否则即使施暴者违反了限制令，她也不能报警。尽管如此，洛德仍来到了这里，因为在简单了解这些案子后，当已知的受害者来到她所在的急救室时，她就可以进行干预。她至少可以分享有关邓恩机构的信息，并告诉受害者她们具体能得到哪些帮助。

"有没有在（施暴者即将）出院时报警的机制？"邓恩问洛德。

"如果我们知道他做了什么，他也允许我们说出来，我们会报警的。"洛德说。

"所以，他可以就这样直接离开？"邓恩指的是离开医院。这种情况很危险。施暴者违反了限制令。受害者报了警，这可能会使情况变得更加严峻，让施暴者更加愤怒。

洛德点了点头。

邓恩脸上显出沮丧的神情，看起来心烦意乱。她低头聚精会神地浏览面前的文件，额头皱了起来。在我的印象里，她总是异常冷静，在压力下仍能保持镇定。

一个参会的缓刑官说受害者在报警后来找过他。结果发现，怀尔警探其实认识施暴者。他叙述了过去其他受害者对他的指控（这部分不便在书中透露）。怀尔一辈子住在这里，似乎认识附近每个小镇上的每个家庭。开会时，他会充满感情地讲起一个又一个家庭。哪家连年麻烦不断，哪家常年吸毒，哪家的男孩和相隔两条街的女孩结了婚，而现在他看着这些孩子的孩子开始惹上麻烦。怀尔很喜欢用"傻瓜"（knucklehead）这个词。

"我认为，塔拉索夫警告（Tarasoff warning）会是例外。"邓恩终于开口说道。她指的是心理健康专家确信受害者处在危险中时，需要警告受害者。塔拉索夫警告有时也被简单地称为"警告的义务"。

洛德想了想，点点头，说："如果我知道的话。"也就是说，如果她可以肯定这起案子的施暴者出狱后会对受害者构成威胁，她就会警告受害者。"我想我们找到了解决方案，"邓恩对洛德说，"假设将来我们面对着一个更危险的案子，如果你从缓刑官那里听说逮捕令已经下达，就什么都不能做。（但）如果你听到的信息有一点儿区别……比如他威胁要杀了她，这就满足了塔拉索夫警告的条件。"

洛德点了点头，表示如果这种情况发生，她会这么做的。

小组为每起案子制订了协作计划。在有些计划中，警察会增加在受害者家附近巡逻的次数，或者多探访受害者。他们会留意受害者家附近的车，以及家中是否有不正常地开着或关着的灯。我记得这样一个故事。一名警察看到他负责监视的房子楼上的灯亮了。他停在这座房子前，问受害者是否一切安好，结果发现是受害者的孩子开了阁楼的灯，一切安好。警察开车离开，又绕了回来。施暴者跟踪受害者时常采取的策略就是在暗中观察警察什么时候路过，再等警察一离开视线就现身。然而，当地警察已经从高风险小组那里充分了解到了这种策略。因此，警察开车绕着街区转了一圈，两分钟后又回到了那座房子，并发现施暴者就在那里，刚刚从车里出来。

在一些应对计划中，施暴者可能会戴 GPS 脚环，或是被禁止进入某些区域——通常是整个城市。高风险小组可能会将受害者安置在过渡所，资助她们诉讼费和律师费，对她们进行安全培训。他们或许会更换门锁，或给受害者和她们的孩子换新手机。"如果你在意受害者的长期健康状况，保证她们不被杀害是不够的。"邓恩说，"施暴者入狱时，受害者人身安全或许可以得到保障，然而，她的生活可能会因为缺乏保障而分崩离析。你得让受害者回到她们遭受家暴前生活的那个州。"

对邓恩来说，这一点至关重要。来求助的受害者往往有一系列问题，如药物或酒精等成瘾、贫穷和失业。邓恩并不是想要改善一个人生活的方方面面，而是在努力让受害者远离危险，从而可以有更多的空间来思考如何解决失业和各种成瘾行为等系统性问题，可以在情绪、身体和心理上有更多余裕，来处理一些家暴之外的问题。

"解决家暴问题的关键，"邓恩说，"是在家暴还是轻罪时就进行干预。"理想情况下，最好在暴力还没升级时就进行制止，然而这可能是应对家暴的举措中最具挑战性的一个。如果要在暴力升级前制止暴力，就必须以更严肃的态度对待亲密伴侣暴力案件中的轻罪行为。有一些最为极端的暴力行为会在案件中被判为轻罪，施暴者被判处的刑罚轻得令人震惊。例如，发生在旧金山的塔里·拉米雷斯和克莱尔·乔伊丝·滕波内科案，就是如此。拉米雷斯只被判了六个月。唐特·刘易斯绑架了女友，用力击打她的头，使她口吐白沫、不省人事，也只被判了四年。许多像拉米雷斯这样的施暴者会直接从轻罪的暴力行为升级为谋杀。司法机构面临的挑战，是应该对施暴者提出怎样的指控，以及为阻止暴行可以采取什么行动。

高风险小组最有效的工具之一是马萨诸塞州的保释条例。条例被称为"58A"或"危险程度听证会"。一般情况下，进行保释听证会是为了判断施暴者逃跑的概率。然而，如果被告被判定会对个人或社区产生威胁，那即便之前没有犯罪记录，地区检察官也可以依据"58A"条例，要求被告在判决之前，一直以轻罪名义被监禁着，不得保释。这一条例或许可以阻止威廉·科特尔出狱，拯救多萝西的生命。然而，那时这一条例很少被用在家暴案中，因此邓恩没能想到；同时，科特尔案的细节当时仍散落在各个机构。在马萨诸塞州，施暴者可以被拘留一百八十天。"许多家暴案发生于传讯与开庭之间，"邓恩说，"我们将施暴者关起来，这样受害者就不用被关起来了。"在美国其他州，很少有如此明确的危险程度听证审讯条例。而现在，邓恩在培训时会鼓励倡导者查看她们所在州的保释条例，看看有没有类似的规定。许多倡导者根本不知道可以查看条例，而在回去研究了所在州的保释条例后，她们几乎一定会失望。二〇一八年四月，宾夕法尼亚州成了第二个通过类似条例的州，条例允许法官将家庭暴力的施暴者的危险性纳入考虑范围。[1]

"58A"属于保释条理中的"预防性拘留"。邓恩说，她在全国各地进行培训时，几乎没有遇到有倡导者所在地拥有"58A"这种条例的情况。实际上,大部分倡导者会问邓恩,他们的州能怎样通过这样的条例。"许多州都有预防性拘留条例。"审前司法机构(Pretrial Justice Institute)的首席执行官舍里塞·范农·伯丁说。审前司法机构是一个与社区合作、致力于研究有效保释措施的倡导组织。"然而这些条例很少被应用,系统会采用一些变通的办法,不幸的是,这些办法有时不会起作用。这意味着每天都会有危险的人出狱,并且不受监管。"

预防性拘留条例出现于《一九八四年联邦保释改革法案》(Bail Reform Act of 1984)中。根据条例,如果被告被认定会对个人或社区造成足够的威胁,是可以在庭审前一直被拘留的。判断被告危险程度的依据是案件性质、对被告不利的证据和犯罪记录等因素。条例最常用于与帮派或毒品相关案件中,而在马萨诸塞州,条例用于家暴案的频率明显提高了。

无论是马萨诸塞州还是全国各地都没有对听证审讯频率的记录,各州实行预防性拘留的方式和条件也都略有不同。然而,每个州都存在到底是否应该实行预防性拘留的争议。"宪法倾向于不因预判的行为惩罚人,"哈佛大学刑事司法研究所(Harvard Criminal Justice Institute)所长小罗纳德·S.沙利文告诉我,"如果一个人已被证实犯了罪,我们可以惩罚他。而现在,是我们认为他们将来会造成威胁,才将他们关起来。"然而,"公正"机构的检察官顾问维多利亚·克里斯蒂安松认为,危险程度听证审讯至关重要,表示它"会自然而然地让法官从另一个角度来分析证据"。

在庭审前拘留施暴者,可以使受害者脱离庇护所。受害者可以利用这段时间寻找其他住处、攒下积蓄、做心理辅导,或许也可以同时找到工作。"我们知道,只要逮捕施暴者,受害者就可以得到保护,"邓恩告诉我,"你在努力干预不断升级的暴力。"庭审开始后,危险程度会再一次提升。如果让施暴者在庭审前一直被拘留,受害者就能有时间在庭审前重新调整自己,让生活回到正轨。邓恩说,这对受害者是否能打赢官司至关重要。而在邓恩接触的案子中,凡是戴着GPS脚环、行为被监控的施暴者,没有一个人再次施暴,并且他们中接近百分之六十的人因为参与了危险程度听证会,而在庭审前被持续拘留。虽然没有人调查过高风险小组成立前"58A"的使用频率,但据邓恩说,多萝西案发生前,"五年大概会使用三次",而"现在每月两次"。

今天最后一起案子的当事人是一位移民女性和对她施暴的伴侣。施暴者已因行使暴力入狱,这可能会使他失去移民身份。然而,他们有一个年幼的孩子,目前正与施暴者的家人一起住在国外。施暴者的家人威胁说,如果不撤回对施暴者的指控,这位年轻的母亲就可能再也见不到她的孩子。如果施暴者在夺回孩子前被驱逐出境,她也可能永远失去她的孩子。这意味着受害者只能冒着失去孩子的风险作证。实际上,她根本无法做出任何支持控方的举动。受害者和检察官都对这种情况束手无策。虽然她还没有这么做,但小组认为她一定会撤回指控。根据施暴者被捕当晚受害者提供的宣誓陈述书,亚当斯警长讲述了施暴者和受害者过去的经历。大部分内容我都不能写下来,只能提及如下部分:施暴者切断了受害者与其他人的联系,甚至不允许受害者用手机打电话给除他以外的人;并且,为了监视受害者,他在他们家中安装了摄像头。

怀尔建议对诉讼进行完善，增添几项指控，并说这会"给地区检察官办公室提供一些材料。如果你能针对一起案子提出八九个指控，受害者就很有可能不需要出庭作证，而施暴者也很有可能会承认其中几项罪行。"怀尔的建议指向了几个不同的方面。首先是对施暴者提出尽可能多的指控，这样就可以与其进行某种认罪协商，有没有可能指控他涉毒？他们家里有没有违法的武器或火器？这也为受害者提供了更有利的机会。因为至少有一些指控能让施暴者认罪。另一方面，怀尔的建议也指向了"以证据为基础的诉讼"——基于"证据"而不是"证人"的诉讼。如果检察官可以出具足够的证据，证人就不需要出庭，且不需要在施暴者面前作证。这些证据包括照片、宣誓陈述书、目击证词、犯罪记录和报警电话录音等。

举例来说，如果他们找到了米歇尔案中的那条蛇，即使米歇尔不出庭作证，斯泰西·坦尼和米歇尔的家人也可以指控洛奇。他们可以将蛇，以及记录了洛奇用米歇尔祖父的枪威胁他们的那起事件的宣誓陈述书一并作为证据。如果他们知道，洛奇曾数次在米歇尔上学和放学路上跟踪她，还绑架了孩子来要挟她，那么这两件事也可以作为证据。如果在庭审开始前，他们能以洛奇具有危险性为由将他关起来，他们就一定已经知道洛奇没有稳定的工作，还在多次戒毒后复吸。如果在二〇〇一年，这个共享信息、跨越各机构边界并能更完整地呈现案情的高风险小组已经成立，他们就可以知道所有的事，并采取行动。

在米歇尔撤回限制令前，就已经有家暴案实行以证据为基础的诉讼了。提出"权力控制轮"理论的埃朗·彭斯，也是明尼苏达州德卢斯的反家暴倡导者。在二十世纪八十年代，她一直致力于推广这一诉讼方式。时任圣迭戈检察官的凯西·格温注意到了彭斯的努力，开始在自己的辖区内将这种方式一次次置于案件的庭审程序中。至此，向施暴者提出以证据为基础的诉讼运动才真正开始展开。格温前往德卢斯与彭斯见面，了解了她的思想主张后，他回到圣迭戈第一次尝试提起了以证据为基础的家暴诉讼。被告是时任法官的乔·戴维斯。尽管戴维斯的女友已撤回指控并失踪了，但格温还是对本案提出了上诉。

接着，在当地媒体和电视台摄像机前，格温输了这场官司。

这是一场可耻的失败。因为被告是法官，这场官司在当地一直备受关注。格温告诉我，他"就像是个傻瓜……我不知道我在做什么"。

但在戴维斯案庭审结束后，时任圣迭戈市首席检察官的约翰·威特把格温叫到了他的办公室。他告诉格温，虽然接下来这段时间，对于他们两个人，对于整个办公室，都将是一段艰难的时光，但他对格温的努力充满信心。"他让我去调查怎样才能打赢这类官司。"格温说。

格温开始整理家暴案的报警电话录音。在对戴维斯提出上诉前，他从未这样做过。他请警察拍下一切——犯罪现场、受害者，甚至是在警车后座上发怒的施暴者。格温不想放过任何一个证据。他开始参加当地警察局的例会，请他们收集更多证据。一名警长告诉格温他在痴人说梦，说他永远无法对这类案子提出上诉。听了他的话后，格温建立了一个信息系统，以便警方了解案件是怎样解决的。

格温一连尝试对二十一起案子提出了上诉。这些案子都是家暴案且施暴者的罪行都属于轻罪，都没有受害者出庭作证。

他赢了其中十七场。

到一九九四年《反暴力侵害妇女法案》通过时，格温已经开始对全国各地的法官开展培训，探讨如何提出以证据为基础的上诉。（"以证据为基础的上诉"这一说法不太妥当，因为实际上所有诉讼都是基于证据的。）他坚信，如果我们可以在受害者不参与的情况下对杀人犯提出上诉，就也能对施暴者提出上诉。一九九六年，格温当选圣迭戈市首席检察官，他在竞选时承诺会分派办公室百分之十的人成立专门应对家暴案的部门。现在，美国各地的司法人员都会前来接受他的培训。格温说，在二十世纪八十年代，他们只对不到百分之五的家暴案提出上诉，而到了二十世纪九十年代末，一些法院已经会对百分之八十的家暴案提出上诉。[2]

二〇〇四年，克劳福德案来了。

在克劳福德诉华盛顿一案（Crawford v. Washington）中，最高法院裁定，除非证人被迫缺席（如生病或死亡），否则必须参与质证。最高法院称，宪法赋予被告面对原告的权利，未出庭的证人提供的证词无效，不会被采纳。[3] 这意味着身体健康但因恐惧而无法出庭的受害者的证词，检察官是不予取用的。

克劳福德案过后，州法院还有一定的空间来判断是否采纳证词。但总体上，克劳福德案对全国各地开展的以证据为基础的上诉运动产生了极大影响。那时，如果受害者不出庭（在多至百分之七十的家暴案中，受害者都不会出庭[4]），受害者的证词往往不会在庭审时被采纳。"阻碍以证据为基础的上诉形式的不是证据本身，"格温说，"也不是打赢官司的概率，而是文化传统与价值观。

文化的核心中蕴含着大量厌弃女性的成分。"

针对纽柏里波特模式的批评之一是，在资源稀缺、家暴受害者报警电话不断的繁忙城市中，推行这一模式很困难。埃姆斯伯里前警察局局长马克·加尼翁驳斥了这一观点。"地方越大，资源越多，"他说，"这是可以做到的，只是推行的层次会不同。"邓恩意识到推广这一模式会面临的挑战，但表示可以将一个地方分为数个可以管控的辖区。在邓恩和怀尔的培训过后，马萨诸塞州的弗雷明汉、林恩、剑桥等城市已成立了高风险小组。"我认为这个模式的优点之一是它不仅能为受害者带来改变，也能为每个人带来改变。"弗雷明汉"反暴力之声"机构（Framingham's Voices Against Violence）前主任、高风险小组负责人玛丽·贾纳基斯说，"它改变了每个人应对家暴的方式……我认为，高风险小组还给施暴者传递了一条明确的讯息——作为一个集体，我们不会容忍这种暴力……这是一条重要的讯息，因为它可以改变文化。"

今天，凯利·邓恩和罗伯特·怀尔已经对来自全国各地的成千上万人进行了培训。从加利福尼亚州到路易斯安那州、从佛罗里达州到伊利诺伊州的团队都要求进行培训。坎贝尔说，她做了研究，而迪比和邓恩把理论付诸了实践。坎贝尔告诉我："她们受到了我的研究成果的启发，而如今我也受到了她们工作的启发。"二〇一〇年十月，在白宫举行的家庭暴力意识月（Domestic Violence Awareness Month）活动中，时任美国前副总统的约瑟夫·拜登向苏珊娜·迪比致敬，呼吁推广埃姆斯伯里项目。"我们要改变过去的做法，推广这种成功的模式。"拜登对参加活动的人说。

在邓恩看来，她们的成功证明了如何以相对较低的成本，通过协调、信息共享和单纯提高警惕的方式，解决一个看似棘手的问题。"处理多萝西案时，我们就好像在大火中寻找火警警报器，"邓恩说，"这么做是没用的，你需要一个已经完善的体系。"在高风险小组于二〇〇五年成立之前，仅在埃姆斯伯里，平均每年就有一起家暴凶杀案发生。小组成立后，迪比和邓恩连一起都没有遇到。对邓恩来说，同样重要的是，她们只将不到百分之十的幸存者安置在了庇护所；而二〇〇五年前，这一数字是百分之九十以上。对迪比来说，创立一个保护受害者而不是流放受害者的模式，这样的好处显而易见。"这真让人愤慨，"她告诉我，"我们正在做的事情成本很低，比调查、起诉凶杀案和坐牢的成本低得多。"

二〇一二年底，华盛顿司法部的反暴力侵害妇女管理办公室拨款五十万美元，将高风险小组和马里兰州的致命程度评估项目如法炮制。他们初步考虑将该项目在十二个地区进行推广，其中包括佛蒙特州的拉特兰、纽约的布鲁克林区、佛罗里达州的迈阿密。最后，只有俄亥俄州的克利夫兰市获得了反暴力侵害妇女管理办公室的试点允准。[5]

从二〇一六年七月一日至二〇一七年六月三十日，俄亥俄州共发生了一百一十五起家暴凶杀案。[6] 仅二〇一六年一年，就有超过七万起家暴事件发生（只有略超过一半的案子的施暴者受到了指控）。[7] "七万个报警电话。"凯霍加县受害者作证服务中心（Victim Witness Service Center）的蒂姆·伯纳莱恩说。他也是克利夫兰高风险小组的两个负责人之一，而另一个负责人则来自家暴与儿童倡导中心（Domestic Violence and Child Advocacy Center）。"有很多人、很多家庭正受到家暴的影响。"

克利夫兰市警察局将城市划分成五个区。三个靠近市中心的区都由专门处理家暴案的警察负责，但不论是位于城市最东边的第一区，还是最西边的第五区，都无力应对每天层出不穷的家暴案报警电话。因此，从二〇一六年十月开始，这两个区就是克利夫兰市重点建立高风险小组试点的区域。

一天下午，在克利夫兰，邓恩在结束了一节培训课后回到家中，给我打了电话。"有个人你一定要见一下，"她告诉我，"什么都不要问，去就是了。"

重压下的恩典①

在一间烟雾弥漫的昏暗公寓里,一张有弹性的巧克力色沙发占据了整个房间。一个蹒跚学步的孩子正赤着脚号啕大哭。我将这个有一头卷发的孩子称为乔伊。乔伊碰倒了一把金属厨房椅,另一个男孩扶起了椅子,他又把它撞倒了,还从椅背上跳过去好几次。厨房里开着电视,桌上有一碗没人吃的麦片圈,黏糊糊的。我对面是一个肤色苍白、安静得有点儿阴森的少年,就叫他马克吧。马克已经习惯了自闭症弟弟的吵闹。他还有其他患有特殊疾病的兄弟姐妹。刚学会走路的孩子走进客厅,跑到母亲的膝前,拿起她放在旁边茶几上的一张名片。"乔伊,"坐在他母亲旁边的警探说,"乔伊,不要拿那张名片。"

马丁娜·拉泰萨警探说话带点儿常见的城市口音,或许是布朗克斯区的口音,还有点儿美国东海岸常住民那种典型的腔调。我们现在身处克利夫兰,而她从未在克利夫兰以外的地方居住过。乔伊没有听拉泰萨的话,也不知他能不能听懂。拉泰萨向男孩微

---

① 本章中主要的受害者名叫格蕾丝(Grace),意为"恩典"。章节名"Grace Under Pressure"有"身处压力下的格蕾丝"和"重压下的恩典"两重含义。

笑。"嘿,"她说,"听到了吗,乔伊?不要拿那张卡片。"乔伊手里拿着卡片,赤脚跳着回到了厨房。他在厨房的地板上蹦蹦跳跳,摔了个屁股墩儿,飞快地跑出了我的视线。乔伊一离开,拉泰萨警探的表情就又变得严肃起来,她转身对那位母亲说:"你的案子之所以被派给我,是因为我已经不属于处理家庭暴力的部门,但还在第五区(这座房子的所在地)。我在所谓的凶杀案防治部(Homicide Reduction Unit),一个特别部门。"她故意用很大的声音说出这句话。

凶杀案。

防治。

部。

拉泰萨完全吸引了这个女人的注意力。我就称她为格蕾丝吧。格蕾丝把宽大的毛衣袖拉下来裹在手上,整个人缩进沙发里。她的注意力完全集中在马丁娜身上。马克坐在马丁娜的另一边,一边在骨节突出的膝盖间搓着双手,一边看着他母亲的面容。他苍白得像块石头。

"负责你案子的人是我,"马丁娜说,"这意味着你被杀的风险是最高的,明白吗?"

泪水从格蕾丝的脸颊上流下。

"听起来很不好受吧?"

格蕾丝点了点头。

在厨房里,乔伊发出刺耳的尖叫声,声音震耳欲聋,让人心烦意乱。我们坐在柔软的沙发上,沙发太旧了,弹簧已经失去了弹力。旁边的架子上放着一个笼子,一只豚鼠在笼子里瑟瑟发抖。

"我需要你配合我的工作，"马丁娜告诉她，"这样我就可以保护你和你的（孩子），可以吗？"

格蕾丝用袖子擦了擦鼻子，点点头。她梳着马尾辫。有人把乔伊带到了后面的一间卧室，尖叫声逐渐减弱，我们终于有了片刻的清静。但几秒钟后他就回来了，又一次跳上了椅背。

"这会很难，"马丁娜说，她似乎没有受到乔伊的干扰，甚至好像完全听不见他的声音，"这种状况不会凭空得到解决。你要让生活回归正轨，从今天开始，好吗？"

格蕾丝不住地点头。

马丁娜突然对马克说："你在养那个吗？"

我一时没有反应过来，接着意识到她指的是那只紧张不安的豚鼠。

"是的。"马克低声回答，语带疑问。

"你最好对它好一点儿。"马丁娜说。她用笔指着那只豚鼠，对男孩咧嘴一笑。我过了一会儿才意识到，马丁娜在不着痕迹地调节气氛。她刚刚告诉一个男孩，他的母亲正徘徊在被杀害的边缘，而母亲也在一边小声哭泣。对于一个孩子来说，几乎没有什么比看到一个本应掌控一切、知晓一切答案的成年人崩溃啜泣更可怕的事了。马丁娜有察觉气氛的天赋，能巧妙把控微妙的情绪变化。她在活跃气氛。在青春期的儿子面前，刚刚得知自己可能会是这座城市下一起凶杀案的受害者——面对这般处境的女性，现在可以平复一下心情了。"最好让它随时都能吃到食物、喝到水。"马丁娜用警察"专业"哄小孩的语气说。马克笑了，他环抱住膝盖，将头靠在上面，看向马丁娜的眼神中半是敬畏、半是羞涩。

随后，马丁娜转向格雷丝，拿出一张嫌疑人照片，问："是他吗？"

若想了解马丁娜·拉泰萨的工作效率有多高，可以从她桌上的一只塑料小动物入手。从正面看，它像一只青蛙，从背面看，又像是一条变色龙。人们完全无法从它五颜六色的外观上辨认出它究竟是什么。这只小动物和大自然的生物不一样。它从一个角度看是这个样子，从另一个角度看是另一个样子，整体来看又似乎自成一类。它看起来无害、有趣，还有点儿可笑。

马丁娜的工作和这只小动物有许多相同的特质。

马丁娜是克利夫兰两名致力于解决高风险家暴案的警探之一。如果你不嫌绕口，可以称她为"高风险家暴案警探"。她和她的搭档格雷格·威廉斯很可能是美国仅有的两个在高需求大城市中担任这一全新职位的人。（很多地方都有专门负责家暴案的警探或警察，但我还没遇到过专门处理大城市高风险案件的人。凯利·邓恩不确定马丁娜和格雷格是不是目前仅有的两人，但她从未遇到过其他在大城市担任这一职位的人。）因此，可以说这个职位是绝无仅有的。

马丁娜非常适合做这份工作，她可能是我见过的处理家暴案最高效的警官。当我告诉她这点时，她会说："你撒谎！"但她泛红的脸颊出卖了她。（带我参观警察局时，她逢人就介绍我说："这是蕾切尔·我讨厌克利夫兰警察·斯奈德。"后来我才知道，回应她最好的方式是叫她钢人橄榄球队球迷。）她身上有种变色龙般的特质。在短短几分钟里，她既可以告诉格蕾丝她处在极度危险中，又能和马克开玩笑，仿佛对少年和宠物来说这是再平常不过的一天；她甚至还能同时哄乔伊，让他当心。大多数人（包括我自己）如果身处现在这种境况，很可能会无视一个患有自闭症、蹒跚学步的孩子，也可能会请人照看他一会儿。然而，马丁娜让乔伊也参与进来，用一种微妙的方式告诉格蕾丝："我知道你的生活有多复杂，这不会让我退缩。"后来，她告诉我她一进门就发现乔伊有自闭症。

说实话，马丁娜是女性这点对我来说意味良多。而她的督导沙默德·温伯利并不这么认为。温伯利认为，一个人能否在工作中如鱼得水，其性别无关紧要。马丁娜似乎承担了三个人的工作量，但在我看来，她是名女性，而且大部分时间都在与女性对话，这一点意义非凡。同样有意义的事还包括，马丁娜会在受害者及她们的亲友家中与她们会面，而不是迫使她们进入警察局、法院和危机处理中心等重重迷阵。并且，马丁娜会开玩笑，会关心她们的生活，会耐心对待她们，这同样意义重大。她是这里唯一一个处理这些事务的人，是受害者能够获得的极其有限的资源，这也是意义所在。

马丁娜成长于克利夫兰西部一个有十三个孩子的家庭。十三个孩子都同父同母。她足足有四十个侄子、侄女、外甥和外甥女。我第一次见到马丁娜的时候，她告诉我，从她家可以看到阿里耶尔·卡斯特罗家的后院。卡斯特罗在那里将米歇尔·奈特、阿曼达·贝里和吉娜·德杰苏斯囚禁了十年。这件事败露时，大家都觉得难以置信。那座房子门窗紧闭，连一支箭都射不进去。马丁娜住的社区就像一个小镇，每个人都直接或间接地知道那几个女孩。这些年来，人们常常议论她们是怎么失踪的。

我们开车经过马丁娜童年居住的房子。那是一座战后修建的两层房子，有木制外墙和人字形屋顶。马丁娜开着一辆并非警车的深蓝轿车，车上配有 V8 发动机和舒适的弹性车座。车前座有一台收音机，偶尔会播放混有杂音的警方数字暗号①。马丁娜的卷发梳成了马尾辫，扎得像奥运会体操运动员的一样紧。她放慢车速，指着街对面卡斯特罗家后院的所在地。那座房子在事发之后已被拆除。在克利夫兰警察局工作了十八年的马丁娜，在三个女孩被发现的二〇一三年，已经是个警探了。

在马丁娜还是个孩子时，她家隔壁有个名叫尼克的邻居死于谋杀。他生前常吃鸽子，还把骨头扔到她家后院。马丁娜不记得尼克姓什么了。那个案子的凶手是马丁娜姐姐的男友和他的几个朋友。（"他们坐了二十五年牢，现在已经出狱了。"马丁娜告诉我。）这起凶杀案把马丁娜吓坏了。当时，街上挤满了警察和急救人员。验尸官也来了。当他们突然要离开时，马丁娜哭了起来。她数了数街区的房子，尼克家是第一座，她家是第二座。她以为她家会是下一个目标，那个杀了尼克的人明天就会来杀她和她的家人。凶杀案调查组的一名警探看到马丁娜在哭，就走过来和她一起坐在她家的前廊里。警探答应马丁娜会来看她。她说，就是在那一天、那一刻，她下定决心，不仅要成为一个警察，还要成为一个凶杀案调查组的警探。

这是马丁娜三十年来的梦想。这听起来有些假，一个记者这么写也会显得有些装腔作势。但在我一次次回到克利夫兰，和马

---

① 代表案件类型或警察应采取何种行动的数字。

丁娜·拉泰萨相处的那么多时日里，很显然，她对邻居被杀的事念念不忘。多年来，马丁娜一直在寻找那个凶杀案调查组的警探。然而二十世纪八十年代的凶杀案记录和现在完全不同，并不是靠电脑记录的，马丁娜始终一无所获。有时她会在警察局的走廊上遇到认识的人，有特别行动组警察、街头巡警，还有刚刚入职、正在接受培训的警察。她会和他们谈起邻居被杀一案。有一天，马丁娜带我来到凶杀案调查组。她走进房间，对屋里的人说："还有我的位子吗？这是蕾切尔·我讨厌克利夫兰警察·斯奈德。"这是马丁娜常说的笑话，也表现了她对凶杀案调查组的执着。一个警探打电话问她是否找到了她总谈起的那起旧案的卷宗。她回答："没有。"但在不久的将来，她会去到那间储存着旧手写文件的地下室。一天早上，马丁娜在出庭前遇到了她曾经的导师。导师已经退休了，有时会为法院做安保工作。马丁娜问导师她进入凶杀案调查组的可能性有多大，还问她是否会在下次有职位空缺时被调过去。"你为什么想去那里工作？"导师问马丁娜，"没有什么需要解决的，所有人都已经死了。"导师告诉我，他有一件T恤，上面写着："你的一天结束时，我的一天开始了。"（几个月后，我和圣迭戈的一个退休警察提起这句话，他说："没错，我想每个警察局都有这样的衬衫。"）

林恩·内斯比特是个反家暴倡导者，她的工位就在马丁娜的旁边。内斯比特说，她们不敢想象马丁娜会离开，连马丁娜本人似乎也有些犹豫不决。我怀疑她是否知道自己是独一无二的——她一定不会承认这点。马丁娜听到恭维会脸红，听到讽刺则会不以为然。（她常挂在嘴边的话是"你这该死的骗子"，还有

"那简直是疯言疯语"。）作为女性，她一直在男性的世界里工作。而现在，或许是在执法领域工作后的第一次，她是女性这一点成为了一种优势。马丁娜让受害者开口说话的方法，是我从未在男性执法人员那里见过的。尽管她所在部门的一些警探能力很强，但他们很难像马丁娜一样说服受害者配合警方工作。数据显示，在一些辖区，家暴案中受害者的配合率只有百分之二十。全美很多警察仍认为，如果受害者不配合，就没必要写报告，更别说让检察官提出指控了。

马丁娜在天主教学校长大，她穿校服，也很遵守学校规定。她是个好女孩，但她住的地方很不太平，潜伏着许多危险。从学校回家的路上，马丁娜会绕过用过的针头。她隐约知道这些东西是什么。其他孩子会问她想不想抽大麻，想不想喝啤酒，想不想尝试这样那样的毒品。她的回答总是相同的——不，不，不，不。这是因为她九岁时就立志成为凶杀案调查组警探，这一信念从未动摇过。马丁娜洁身自好。她住在贫民区，但不属于贫民区。她的父母会吵架，但从未动过手。她说她的父亲在家里穿裤子，而她的母亲则负责挑选他要穿哪条。

在马丁娜十岁或十一岁那年的一个下午，她去了一个年长的亲戚家。那个亲戚的丈夫回家后就开始打她。马丁娜吓坏了。她跑出房子，沿街找到一部公用电话。她打电话给哥哥，告诉他发生了什么。"我甚至没想过要报警。"她说。哥哥来了，他们一起回到了亲戚家，但那时亲戚的丈夫已经离开。马丁娜的亲戚说，自己一切都好，没什么大不了的，忘了这件事吧。

除了做警察外，马丁娜生活中最重要的还有运动。在高中最后一年，她为一个朋友犯的错（她不愿告诉我是什么事）担责，被踢出了篮球队。那时她几乎崩溃了。从初中开始，篮球一直是她生活的重心。在家里的十三个孩子中，马丁娜可以说是最有运动天赋的。她擅长从垒球到高尔夫的一切运动，而在那时，篮球是她的最爱。她从一个朋友那里得知，克利夫兰的公共娱乐中心有地方联赛。在高中的最后一年，运动天赋极高的马丁娜一直在全城各地比赛。对于一个在天主教学校庇护下长大的女孩来说，这段经历就像一门街头智慧速成课。突然间，那些一直住在附近但不曾来往的人成了她的朋友。她和当地一户全是女孩的人家——科齐奥尔一家成了朋友。科齐奥尔姐妹都和她一样，对运动很认真。其中一个叫玛丽安娜·科齐奥尔的女孩给马丁娜介绍了一份工作，让她在库代娱乐中心（Cudell Recreation）给小孩当教练。后来，有个名叫塔米尔·赖斯的小男孩在那里被杀害了。

"科齐奥尔姐妹让我变得坚强。"马丁娜说。她训练六七岁的孩子参加小型联赛，组织夏季儿童棒球项目。后来，她开始训练小女孩和青少年，成为了垒球、排球及任何缺人的运动项目的教练。马丁娜遇到了被虐待的孩子、父母是瘾君子的孩子以及寄养家庭的孩子。这些孩子们正深陷于无休止的贫困和暴力之中。她第一次听到街头行话，看到附近的毒品贩在周围闲逛、招揽生意。"与（科齐奥尔姐妹）共处的经历，教会了我如何应对以后做警察时遇到的种种情况。"她说，"天啊，如果没有她们带给我的韧性，我可能永远、永远、永远都不可能做到。"

科齐奥尔姐妹中的休·科齐奥尔是打女子腰旗橄榄球的，她鼓励马丁娜也去尝试。马丁娜不费吹灰之力就加入了球队。后来，她们赢得了十一个全国冠军。接下来的十年里，马丁娜在全国各地打球，还入选了克利夫兰融合队（Cleveland Fusion）。克利夫兰融合队属于国家女子橄榄球联盟（National Women's Football Alliance）。我第一次在谷歌上搜索马丁娜时，找到了一篇关于她在融合队做职业球员经历的文章。那时我才知道女子橄榄球联盟的存在。（马丁娜现在已经从橄榄球联盟退役，但仍担任教练。）她不是只在街头或后院玩玩，而是选择加入了正式球队，进行有组织的运动。这样的经历对马丁娜的警察工作起到了重要作用。

"要想参与运动项目，就必须接受训练。"马丁娜说。我们在她的办公室里谈话。办公室里摆放着工业风灰色办公桌和她在尼克松在任期间购买的棕色办公转椅。谈话时，马丁娜身体前倾。我坐在一个坏掉的转椅上，尴尬地卡在她和威廉斯的桌子之间。威廉斯坐在马丁娜后方。之前，他在我面前将眼球凸出来又缩回去，向我证明他可以做到。"你必须学会接受别人的建议与批评。闭上嘴，让别人教你。"马丁娜说。

马丁娜也是用这种方式对待幸存者的。她并不会像对待弱者一样对待受害者。她不会问受害者为什么留下来、为什么结婚、为什么怀孕。她让她们了解自己和孩子所处的情况。但说到底，她能做的最重要的事是听她们说话。"这些家暴受害者从未有过发言权。她们不能在家里发表意见。（施暴者）让她们闭嘴，不要和我说话。"她说，"所以，如果坐下来，和受害者在一起，你会看到她们挣扎着讲出她们的经历。格蕾丝也是这样，她哭泣着，挣扎着。但有时，卸下肩头的重负是一件好事。我在努力给她们这样的机会。"

马丁娜身前的桌子上放着那只既像变色龙又像青蛙或蜥蜴的动物,还放着一堆不同调查阶段的卷宗。他们办公室里的米色电话太旧了,可以追溯到电视剧《巴尼·米勒》(Barney Miller)上演的年代①。("我们让人在电话那头等着,却不能将每个电话转接到别处。"早些时候,马丁娜告诉我,"人们觉得我们这样只是因为懒。")她的一个同事带来了一些鹰嘴豆泥。马丁娜认为这种食物太讲究了,她喜欢激浪饮料和麦片。不过我和她在一起时,只停下过一次谈话去吃饭。那次我太饿了,怀疑自己已经饿得双眼失神。马丁娜说:"在我看来,造就优秀调查员的品质是耐心。"然后,大概是出于为我考虑,她补充道:"我现在要骂人了,你要第一次听我骂人了(她说的第一次其实是第五十次)……但有时警察就需要他妈的闭上嘴,听着就好。"

在马丁娜桌边的墙上有一句卡尔文·柯立芝的名言:不要指望通过打倒强者来扶助弱者。名言旁贴着一张克利夫兰骑士队球员的海报,画面中球员的身体和马丁娜的头像被拼在了一起。如果你侮辱骑士队,马丁娜会痛殴你。这张海报是她同事中一个名叫TJ的警探做的,他为办公室里的每个人都做了一张类似的海报。一次,TJ提出给我看他二〇一六年一整年的案卷。我们走进一个单独的办公室,TJ拉出一个文件抽屉,接着又拉出第二个。然后,他回到了自己的办公室,指了指放在一张会议桌下的一个个盒子。在高风险小组运行的第一年,他们排查了一千六百起可能有危险的案子,其中大约一半被认定为高风险案件。在团队成立之前,他

---

① 1975—1982 年。

们估计每个月大约有三十起高风险案件。实际上，在第一个月，即二〇一六年十月，他们认定了超过八十起，这让他们深感震惊。[1]现在，他们平均每个月大约筛查出五十起。克利夫兰有许多与暴力相关的事物：帮派、毒品、凶杀，然而，家暴是克利夫兰最常见的暴力形式。

给枪上膛

在格蕾丝家,马丁娜给她看了嫌疑人的照片。反家暴倡导者林恩·内斯比特坐在格蕾丝的另一边。格蕾丝确认嫌疑人是她的伴侣——我们就叫他拜伦吧。格蕾丝在她面前的纸上签了名。马丁娜会把这张纸收入关于拜伦和格蕾丝的报告中。

"光是看着就恶心。"格蕾丝说。

"好的。"马丁娜边说边把纸夹到放在腿上的写字夹板上,"你再也不用看他了。"她拿出一份空白的报告,无视乔伊无间断的尖叫和电视的声响。她甚至对格蕾丝的眼泪也仿佛视而不见。马丁娜让格蕾丝讲讲她的故事。

"全都讲,还是只……"格蕾丝问。

"全都讲。"马丁娜说。

马丁娜以细节丰富的报告而闻名。在家暴领域,写警方报告在一个似乎无穷无尽、难以理解的体系里是第一步,但它至关重要。报告不完整可能会导致一些应被指控的罪行未被指控。因此,一些有杀害受害者倾向、需要马上被干预的施暴者,如洛奇·莫索尔,就可能很轻易地被体系排除。马丁娜说，在她做过的许多培训中，她总不断向巡警强调，细节宁多不少。我采访了全国各地的检察官，他们处理案件最重要的依据就是警方报告的详尽程度。

检察官常常向我抱怨警方报告不清晰，写得模棱两可、缺乏细节、糟糕透顶。而后果是，检察官会缺乏证据，甚至常常无法提出上诉。举例来说，扼颈防控培训机构的报告指出，警察之所以对事件轻描淡写，是因为他们没有接受过适当的培训，识别不出扼颈导致的不明显伤害，如失忆、声音嘶哑、小便失禁或巩膜发红。[1] 这样的警方报告无法为检察官提供足够的证据。

我试想，如果去莫索尔家的是马丁娜这样的人，事情会怎样发展呢？那个人不会叫米歇尔去办公室，而会亲自去莫索尔家，会看到孩子，看到洛奇如何掌控米歇尔，会使米歇尔相信这个体系能保护她。马丁娜曾告诉我，去受害者家、了解她们所处的环境很重要。"我可以让格蕾丝来这里待上一整天，但我想去一个让她感到舒服的地方。"她说，"去受害者家，可以让我了解她们，了解家暴是在哪里发生的……我总是说：'如果我都没有离开过这张椅子，没有去过受害者家里亲眼看一看，我怎么有脸当一个警探呢？'我要能眼见为实的东西。"

格蕾丝开始向马丁娜讲述她的故事。她和拜伦在一起生活了好几年。[2] 他们育有几个孩子。格蕾丝也与之前的恋人生过孩子。五天前，拜伦下班后醉醺醺地回到家，冲进前门问他的枪在哪里。"在床底下。"格蕾丝告诉他。拜伦去外面拿车里的工作用品，于是格蕾丝把枪从床底下拿出来，准备交给他。格蕾丝说，拜伦看到她后开始恶作剧似的想要开车撞她。格蕾丝无法判断拜伦是认真的还是在开玩笑。喝醉的拜伦很难捉摸。格蕾丝在半睡半醒中"举起了枪",她说那"让他爆发了"。马丁娜让格蕾丝形容一下她是如何拿枪的。枪指向他了吗?对准他了吗?"没有,我将枪举过了头顶。"格蕾丝说。

"接下来发生了什么?"

格蕾丝说:"他开始胡闹,像是要杀了我。于是我回到屋里,把枪放回床底。"拜伦跟在格蕾丝后面,问枪在哪里。

这时门铃响了。这使情况更加混乱,也使拜伦对格蕾丝的敌意更强了。那时是深夜凌晨两点左右。最近常有人这样做:按他们家的门铃,然后跑掉。拜伦和格蕾丝从来没有回应过。但格蕾丝说,拜伦最近一直在指责她对他不忠,还将响起的门铃作为证据。她不知道在门口的人是谁,他们没应过门铃,但在过去的几周内,他们已经在深夜听到过好几次铃声了。

马丁娜问格蕾丝是否知道按门铃的人是谁。

"不知道。"

拜伦从床底把枪拿了出来。格蕾丝清醒过来,开始有所警觉。乔伊在沙发上睡着了。"他把枪往回拉了一下。"格蕾丝用手模仿着给枪上膛的动作。她不知道该如何形容这个动作。

"这叫'给枪上膛'。"马丁娜说,"他往枪膛中放了一颗子弹。"

格蕾丝点了点头。她的儿子马克将交握的双手放在膝盖中间,盯着地板。乔伊依然尖叫着,在他撞倒的家具上跳来跳去。

"然后,他将我放倒在床上,"格蕾丝说,"用枪顶着我的太阳穴。"讲述这段经历时,格蕾丝抽噎着,还试图努力忍住眼泪,并用松松垮垮的毛衣袖子擦脸,"我能感觉到枪的顶端在动。我不知道,我不知道该怎么形容。"

"好像在按笔尖一样,是这样吗?"马丁娜按了按她的笔。

格蕾丝点了点头。"他说'我知道你要了我。我是唯一一个对你不离不弃的人,但你要了我'……他一直说今晚我们会上新闻。"

马丁娜每几秒就打断格蕾丝一次,让她说明如下几点:拜伦拿枪指的是她哪边太阳穴?指了多久?孩子在哪儿?门铃响了多久?拜伦说了什么?格蕾丝说了什么?

格蕾丝继续讲述她的经历。拜伦一遍又一遍地告诉格蕾丝他们会上新闻,说他是唯一一个在乎她的人。格蕾丝听到了拜伦的话,但没能听进去,因为拜伦正拿着枪对准她的太阳穴,她能听到枪在发出咔嗒声。因此她所能做的就只是躺在那里,紧闭着双眼祷告。

"你在祷告什么?"马丁娜问。

"我在心中向我的孩子告别,告诉他们我爱他们,因为我确信他会杀了我。"格蕾丝又哭了,林恩递给她一张纸巾。马克也流了一点儿眼泪,但他在努力忍住不哭,我看到他的胸口略微起伏了一下。他是个即将成年的小小男子汉,正在想要拯救妈妈和想要她保护自己这两种想法之间挣扎。

写到此处,我想要强调一下,真正去理解受害者是一件多么容易被忽略却又多么重要的事。风险评估可以大致表明受害者处境的危险程度。它是对一个人的生命进行的运算,而生命中包含着无穷的变数。马丁娜遭遇的问题中涵盖了很多连警察、倡导者甚至检察官都不会想到的细节。他们会询问暴力发生时的客观信息和具体经过,但可能不会问受害者当时的想法或感受。然而,从格蕾丝的回答中，马丁娜不仅了解到了拜伦的危险和他对他人生命的漠视，还看到了格蕾丝的脆弱——她以为自己会死。人们会说，受害者没有意识到自己的危险处境。这种说法有时不太准确：不是受害者没有意识到，而是她们不知道自己知道。这是一种认知失调。马丁娜之后会向格蕾丝强调一件事，这件事她虽然清楚，却可能没有完全意识到其重要性——她可以相信自己对危险程度的判断。格蕾丝和米歇尔、多萝西一样，都意识到了自己处境危险。

格蕾丝说，即使拜伦不是有意要杀她——毕竟他那时喝醉了——但他已经给枪上了膛；他可能会手滑，不小心扣下扳机。

"他能听到你祈祷吗？"马丁娜问道。

"不能。"格蕾丝说着摇了摇头。马丁娜让格蕾丝平复了一下心情，让一个待在后面卧室的男孩将乔伊带出客厅照看。接着格蕾丝说，拜伦拽着她的头发将她从床上拉起来，扇她耳光，也有可能挥拳打了她——她记不太清了。他打了她三下，不是挥拳打就是扇了耳光。她的眼周有瘀伤，现在已经消退了。有近一周的时间，格蕾丝无法打电话报警，因为拜伦那一周没有工作，她无法离开家。这就是基特·格鲁埃尔谈到的"被强迫的人质"。从那以后，拜伦再也不用打格蕾丝了，他已经让格蕾丝屈服了。

那个星期，格蕾丝一直和拜伦住在一起，顺从他，听他的话，假装一切都好，她很好，拜伦做的一切都没什么。在很长一段时间内，格蕾丝的爱足以让她包容拜伦的暴力。然而这一次，事发第二天，拜伦头一回给格蕾丝买了花，这让她惊恐不已。格蕾丝花了五天时间让拜伦相信，她依旧很爱他，可以原谅他（或许她也想让自己这么相信下去，哪怕多相信一分钟也好）。格蕾丝假装爱着拜伦，为了活下去，为了让孩子们活下去。等到一有重获自由的机会，也就是拜伦再次离家工作时，她逃跑了。就在昨天，她带着孩子穿过了整座城市。格蕾丝尽可能快地报了警，警方派了一辆巡逻车来接她。格蕾丝的报警记录今早送到了马丁娜桌上。警方通过评估判定格蕾丝属于高风险人群，这就是我们今天坐在这里的原因。格蕾丝已经离开家快一天了，她不知道接下来会发生什么：是侥幸存活，还是濒临死亡。

格蕾丝说，被拜伦扇了耳光后，她倒在地板上，假装昏了过去。接着，她告诉马丁娜和林恩·内斯比特，几年前她的脑部是怎样受伤的。她说起此事的语气好像只是随口一提，并没有当回事。现在她已经基本痊愈，但还是担心拜伦的重击会让旧伤复发、恶化，并导致她意外身亡。格蕾丝说，当她躺在地板上假装昏迷时，拜伦一眼就看穿了她的演技。他将格蕾丝架起来往墙上撞，说："你想玩装死吗？好啊，如果你想玩装死，我现在就毙了你。"

和我们聊到这里时，乔伊冲进客厅，顺着母亲的腿往上爬，一把抓过放在母亲腿上的马丁娜名片。

"乔伊，"马丁娜说，"乔伊，不要拿那张名片！"不过她仍对男孩绽开了微笑。马丁娜打开写字夹板，又拿出一张名片，交给了格蕾丝。

马丁娜后来告诉我，真正体现出格蕾丝危险处境的是她假装昏过去这件事。"对我来说，这意味着大事不妙，"马丁娜说，"你必须要假装昏倒？"大规模枪击案发生后，人们常常会讲述他们是如何通过装死活下来的。例如，在萨瑟兰普林斯枪击案中，一个叫罗桑·索利斯的受害者告诉媒体："我靠装死活了下来。"[3] 在奥兰多脉搏夜店枪击案中，一个叫马库斯·戈登的年轻人说他"躺在地上，听到了枪声，便躺下装死"。[4]在俄勒冈州、多巴哥岛、密西西比州、挪威、英国，枪击案受害者都用了"装死"这个词。对于亲密伴侣恐怖主义的受害者来说，装死是面临死亡威胁时的自然反应。她们装死、装死，再装死。

格蕾丝刚讲完，马丁娜就开始回顾整个故事的细节。马丁娜向格蕾丝复述了刚刚听到的内容，确保她没有弄错。"我不想说你没有说过的话。"马丁娜说。他第一次扇你，是在拿枪指着你之前还是之后？他先把你摔在床上还是撞到墙上？是扇耳光还是用拳头打？之后发生了什么事？他让你发誓不叫警察来抓他，否则他就会带走乔伊？好的，好的，好的——马丁娜一边听格雷丝说，一边快速地记着笔记。

格蕾丝再次提到拜伦第二天给她买花的事。从那一刻起，她真正开始感到害怕。因为拜伦从没给她买过花。拜伦没有道歉，但给格蕾丝买了花。这让我想起马丁娜办公室里的一张海报，上面写着："他打了她一百五十次，她只收到过一次花。"海报里的棺材上放着粉色和白色的花。拜伦告诉格蕾丝，如果格蕾丝报警，导致他被捕，他会让一个当地帮派来抓格蕾丝。帮派成员都是祖鲁人。拜伦告诉格蕾丝，那些人欠他的。

"蠢货，"马丁娜骂的是拜伦。她很了解祖鲁人："大部分祖鲁人都注重人际关系，不是那种无情无义的恶棍。从警察的角度看，我不担心祖鲁人，但这并不意味着他们人人都不是发疯的白痴。"

格蕾丝点了点头，但看起来并不相信马丁娜的话。内斯比特问格蕾丝是否已经请医生检查过身体了（还没有）。乔伊来回奔跑，冲入客厅、厨房和后面的卧室,像一条蜥蜴一样乱窜。马丁娜轻轻推了马克一下。"带他到后面待一会儿吧。"

马克和乔伊一离开,马丁娜就挪到沙发边缘,面向格蕾丝。"对你来说,现在是最危险的时刻,"她说,"所以我们要抓紧时间弄到逮捕令。"虽然今天是星期天,但逮捕令必须立即下达。马丁娜写下了她的手机号。准确地说,这是她的第二个手机号,专门用于联系她探访的受害者。马丁娜告诉格蕾丝,无论白天黑夜都可以给她打电话。在接下来的几天,我和马丁娜一起去探访了一个又一个受害者。马丁娜对每个受害者都说了类似的话:随时给我打电话,无论白天黑夜,随时随地都可以。"我们要逮捕拜伦,"马丁娜说,"我们是一条战线的,但保护令无法挡住利刃或子弹。所以看到他时你得报警,得让我知道。你可以打电话找我哭,也可以跟我说你想回去。虽然你很爱他,但当你感到冲动时,一定要打电话给我。"

格蕾丝点了点头,因恐惧和如释重负而泪流不止。她保证这次她不会回去了——她保证。

乔伊晃着脑袋冲了进来。"乔伊!发生什么事了?!"马丁娜好像在对失散已久的侄子说话。马克溜进来,一把抓住弟弟,带着他离开了。这一切发生在一瞬间,两个孩子的行为像排演过的喜剧桥段一样有趣。

内斯比特开始为格蕾丝做风险评估。他是否掐过你?他有没有在你怀孕时打过你?他有枪吗?他吸毒吗?他有没有工作?家里有没有不是他亲生的孩子?他曾威胁要杀了你吗?他曾威胁要自杀吗?他曾威胁要杀了孩子吗?他曾试图避免因家暴被逮捕吗?同居后你离开过他吗?他是否扼过你的脖子、让你喘不上来气?他会控制你的全部或大部分日常行动吗?他经常表露出嫉妒吗?你相信他会杀死你吗?

是的,是的,是的,是的,是的——格蕾丝对每个问题的回答都是"是的"。所有的问题都只有一个答案。这些回答冲击着格蕾丝的内心,她皱起脸,不断地擦拭着落下的眼泪。我想格蕾丝是想起了那些她选择回到拜伦身边、做出让她自责不已的决定、没有报警的时刻。我可以想象到她想起孩子的脸的画面,或许她也想象出了拜伦愤怒的脸,思考着自己是如何沦落到这般境地的。没有家暴受害者——无论是男人还是女人、是成年人还是孩子——能想到自己会沦落至此。当我们预判一个受害者的未来时,无论预判什么,都要记得一个普遍的真理——我们中没人能知道将来自己身上会发生什么。

我们曾想到的判断亲密关系暴力的依据,或许是受害者被打了一拳。如果与我们约会的人打了我们一拳,我们就会离开。然而,现实中的情况并非如此,而会随着时间流逝而变化。你的伴侣可能不喜欢你化妆,或者对你的穿着提出异议,他可能会说这是为了保护你。接着,几个月后,他或许会用比之前更大的声音对你大喊大叫。他或许会扔东西,扔叉子、椅子、盘子。(需要强调的是,只有在盘子被砸到墙上摔成碎片、割伤了你的脸这类情况下,最高法院才会将其认定为"故意"伤害。[5])然后,在长达几周或几个月时好时坏的日子中,你可能会听到他说,他知道男人会看你,他也看到了其他男人在看你。你甚至会以为自己受到了恭维。再然后,或许是为了"保护"你,他可能会要求你待在家里多陪他一会儿。你的那个总是吵吵嚷嚷的朋友呢?他知道你的朋友不喜欢他。在你反应过来之前,那个朋友已经从你的生活中消失了。又过了几年,他失业了,情绪低落地回到家,把你推到墙上。你知道那不是真正的他。你已经和他在一起生活了一段时间,每个人都会因为失业感到难过。并且,他道歉了,不是吗?他看起来真的很懊悔。然后,再下个月,他扇了你耳光,反手推了你一下,又扔了一个盘子。但无论掌控还是施暴,都不会像一记重拳一样突如其来。它们会像氡气一样,随着时间推移,缓慢释放出来。

在美国,百分之十五到百分之四十的家暴受害者是男性(具体数值取决于你参考的研究报告)。[6] 他们的耻辱感更强。男性很少寻找庇护所,很少打电话给执法部门。美国文化告诉女性,她们要守护家庭完整,要不惜一切代价地去爱和被爱。同时,这样的文化也告诉男性受害者,他们是没有男子气概的,应该为被施暴感到耻辱;而他们之所以成为受害者,是因为他们软弱,因为他们不是真正的男人。他们可以用暴力解决任何外部威胁、消除内心痛苦,但不可以流泪。这是一种既压制受害者,也压制施暴者的文化。

同性伴侣的境遇也没好多少。他们也很少把他们的情况告知警方或倡导中心——尽管一般来说,LGBTQ 伴侣之间发生暴力的概率高于异性恋。变性人和双性恋群体家暴的概率是所有群体中最高的。[7]

格蕾丝的得分高得几乎不能再高了。有些受害者需要被告知得分的含义,需要知道这标志着她们处境的危险程度,但格蕾丝不需要。我可以从她的眼泪和她摇头的动作看出,她确切地知道所有这些"是的"意味着什么。"我这是怎么了?"格蕾丝说,她的声音轻得好像一声叹息,"为什么我会同情拜伦?为什么谈起他,似乎会让我很难过?"

"你可以仍旧爱他。"内斯比特把手伸向格蕾丝的腿,"但现在我们已经参与进来了,我们会让你和孩子得到你们需要的帮助。"内斯比特讲了一个故事。这个故事可能是真的,也可能不是。内斯比特说,之前他们组有个乳糖不耐受的警探。你肯定猜不到,他最喜欢的食物是冰淇淋。他爱冰淇淋,但每次吃了都会生病。他实在太不走运了——这种情况发生的概率有多大?但这不意味着他不想吃冰淇淋了,虽然他知道吃冰淇淋就会生病。格蕾丝明白她的意思。

"这会是你做过最困难的事。"马丁娜说,"也是最勇敢的。"这时,我以为马丁娜会说一段鼓励格蕾丝的话,一段出于爱的严厉责备,确保她会离开拜伦。然而,马丁娜没有这么做,却提到了孩子,说他们目睹了暴力,格蕾丝需要对他们负责。"我们为孩子提供的环境会对他们产生深远的影响,这关系到他们长大后会成为怎样的人。"马丁娜说,"因此,这些小男孩也可能会开始对其他人施暴。"

格蕾丝擦了擦眼泪。"我知道,我知道。"

然而,马丁娜没有轻易放过她。"这么做是为了让他们知道,暴力是不被容许的,明白吗?"

格蕾丝点了点头。

后来,我问马丁娜她是否认为格蕾丝真的可以离开拜伦。她点了点头。她说她有时可以看出受害者已经做好了准备,开始从受害者向幸存者转变。在与家暴有关的文献中,受害者要平均尝试七次才能真正离开施暴者。[8]这个数据不完全准确,因为受害者会先将感情抽离出来,有时会在几年后才能在真正意义上离开施暴者。对格蕾丝来说,无论她多害怕拜伦,会为分手感到多难过,一想到她可能无法抚养孩子长大后,她就会下定决心。拜伦起到了决定性作用。

然而,马丁娜没有轻易相信格蕾丝的承诺。她见过太多受害者回到施暴者身边的案例了。因此,在格蕾丝讲完她的故事后,马丁娜把笔记放进了活页夹里,在沙发上挪动了一下身体,看着格蕾丝说:"我要给你讲一个关于我姐姐的故事。这是一个真实的故事。你可以查一查。"

真正的自由

马丁娜有个叫布兰迪的姐姐。布兰迪住在俄亥俄州沃伦市,离克利夫兰只有几个小时的路程。她们很少联系,但在二〇一五年的一个夏日,布兰迪的女儿布雷沙出现在马丁娜家门口,向她讲述了自己父亲多年来对她们施暴的故事。这些故事十分残酷与恐怖。施暴者切断了布兰迪、布雷沙及其他孩子与家人的联系。马丁娜意识到,这是一种孤立受害者的手段。此前,她对布兰迪丈夫的暴行已经有一定了解。几年前,布兰迪被痛打后,因癫痫发作和中风住进了医院。她的病情非常严重,牧师在医院里为她做了临终祈祷。马丁娜回忆起她到医院探望布兰迪的情况。"她的左侧身体完全失去了知觉,"马丁娜说,"她甚至不记得我去医院看过她。"

在那之后,布兰迪离开了丈夫六个月,和孩子一起住到她母亲家。但后来,她还是回到了丈夫身边,马丁娜和其他家人几乎无法与她取得联系。直到那一天,布雷沙出现在马丁娜家门口并拒绝回家。布雷沙哀求马丁娜让她留下来,说如果她回去,她父亲会杀了所有人。马丁娜打电话给社会服务机构,并报了警,让所有相关人士介入其中。

布兰迪的丈夫打断过她的肋骨和手指，还致使她的眼周布满瘀伤。[1]布兰迪说，她确信丈夫曾打断过她的鼻梁，而她从未为此接受过治疗。乔纳森控制着她们的钱、她们的社交、她们的工作（这对夫妇在一起工作）。布兰迪没有属于自己的车，名下没有银行账户。她饱受摧残，无力思考自己该怎么办，不知道该做什么决定，也不知道该如何保护自己的孩子。马丁娜将这起案子称为"她见过的最严重的家暴案"。

一年后，布雷沙又逃跑了。"那时她看起来像一个小大人。她来到了我家。"马丁娜告诉格蕾丝，"我注意到她身上有刀痕。她那时才十四岁。"

马丁娜说布雷沙有自杀倾向，需要住院治疗。布雷沙逢人便说，她宁愿死也不愿回到父亲身边。"七月二十八号，"马丁娜说，"她拿起父亲的枪，趁他睡着时开枪杀了他。"

那天，马丁娜起得很早，把她的小狗们放了出来（三条狗分别叫萨米、巴克利、博斯科）。她发现她收到了许多短信和未接来电。那时是早上五点三十六分。早上五点三十六分。这是写过许多警方报告的人才会记得的细节。马丁娜知道出了事，但她不想知道到底发生了什么。马丁娜的一个侄子因服药过量意外身亡，她的家人还没有从悲痛中恢复过来。当时，侄子一直在给马丁娜发语音，接着他的声音就突然中断了。结果发现，是他在服用了一些劣质药品后被自己的呕吐物噎住，昏了过去并最终死亡。马丁娜很难过，因为他们的关系很亲密。侄子留下了三个年幼的孩子。似乎马丁娜家族的每个人都曾给她打过电话，让她帮他们解决问题。

马丁娜将狗带回家时，看到她姐姐在车道上停车。这表明的确发生了非常可怕的事情，马丁娜内心一阵恐慌。姐姐告诉马丁娜布雷沙开枪打死了她的父亲。

马丁娜还记得，当时的自己踉跄着后退了几步，几乎摔倒。

得知这件事几分钟后，她的电话响了，是布雷沙打来的。"你什么也别说，"她告诉布雷沙——她知道布雷沙说的话都可能被呈上法庭，"一句话、一个字也别说，甚至不要提我的名字。在我到之前不要说话。"

马丁娜开车沿着高速公路向沃伦市疾驰。她到达警察局时，布雷沙的故事已经上了新闻，并立即传遍了俄亥俄州。而在这一天结束前，布雷沙案会登上从《纽约时报》到英国《每日邮报》等媒体的新闻头条。最终，就连《人物》杂志和《赫芬顿邮报》等媒体都报道了此事。

这个故事相当令人震撼，如蒸汽般笼罩了格蕾丝家的客厅，久久不散。格蕾丝一直注视着马丁娜长有雀斑的脸。最后，马丁娜打破了沉默。"你的孩子目睹了这一切……我告诉过你，这会影响你的孩子，因此你必须离开那座房子。你必须让他们待在安全的环境里。如果你做不到，我就会介入。"

格蕾丝保证她做得到。"我已经忍了很多年，受够了。"她说她留下来的原因之一是她害怕庇护所，但现在她无处可去。如今，格蕾丝和她的其中一任前男友住在一起，她的朋友住在楼上。

"不要为了钱或食物回去，"马丁娜说，并向格蕾丝保证他们可以提供这方面的支持。

"如果你打电话告诉我，你改变主意了——我估计你会这么做，那时我会说服你。但你得明白，我要完成我的工作，我会打电话给儿童服务机构。"

格蕾丝第一次微微展露出笑容。她告诉马丁娜，她绝对百分之百确定，她这次不会回去了。

我与马丁娜谈话时，有一半时间都在谈她外甥女和她姐姐的故事。对马丁娜来说，这个故事就像她邻居的凶杀案一样时刻萦绕在她心中，如同我们周围的空气般无处不在。马丁娜告诉我，检察官想把布雷沙当作成年人判刑，但她知道，如果检察官这样做，布雷沙将被判死刑。马丁娜告诉我："布雷沙只是被困在这个体系里的年轻黑人女孩之一。"马丁娜向布兰迪保证，她会为布雷沙做一切力所能及的事，但布兰迪必须按她说的做。马丁娜在"为我捐款"（GoFundMe）网站上发起了众筹，为外甥女筹集律师费。她向媒体和所有她能联系上的人讲述了这起案子的来龙去脉。话题"#立即释放布雷沙"（#FreeBreshaNow）不仅成了司法和执法领域种族歧视问题的标志，也成了"黑人的命也是命"（Black Lives Matter）运动的战斗口号。线下的示威运动在克利夫兰法院前持续了数月，甚至扩散到了美国的其他城市。

乔纳森的妹妹塔莱玛·劳伦斯在接受《Vice 新闻》采访时说，布雷沙在父亲毫无防备地睡觉时将他杀害，是一个杀人犯。然而，乔纳森的家人也表示，布雷沙应该为"她的问题"和她所做的事接受心理辅导。他们坚持认为家暴与凶杀"没有任何关系"，因为布雷沙不是在愈演愈烈的打斗中杀死乔纳森的。倡导者可以分辨出这种情况——受害者杀死睡梦中的施暴者。睡眠是施暴者无法反击的珍贵时刻,也是被虐待的女性终于鼓起勇气反抗、甚至有时会杀死施暴者的时刻。(也有受害者在被家暴时出于自卫杀了施暴者。)因为在辩护中不能提及被家暴的事,美国各地都有许多女性正在饱受牢狱之灾。

有大量证据可以证明乔纳森的暴行。二〇一一年,布兰迪被打到住院后,法院下达了保护令。她提到乔纳森对她的威胁,说如果她试图离开,他就会杀死她和孩子。她也提到乔纳森常年殴打、控制她,切断她和其他人的联系。布兰迪说,她不得不在半夜叫醒乔纳森询问是否可以上厕所。乔纳森越来越偏执,总认为布兰迪对他不忠。在保护令被批准后,布兰迪和她的三个孩子搬到了她父母当时居住的俄亥俄州帕尔马市。那六个月是唯一一段马丁娜和布兰迪常常联系的时间。

后来,乔纳森让布兰迪相信了他会改变。保护令也被撤销了。马丁娜记得,布兰迪回去时,她母亲哭了。"我们才刚知道他对她做了那些可怕的事……我说'妈妈,她会回去一次,就还会再回去十次',"马丁娜说,"她们总是会回去的。"

马丁娜知道,她不能强迫姐姐远离乔纳森。布兰迪不住在马丁娜的辖区内,马丁娜无法为姐姐提供保护措施。而当地警察局没有专门应对家暴的部门,甚至连一个专门处理家暴案的警察都没有。[2](他们倒是有一名法庭事项协助者①。)马丁娜和沃伦市警方谈了话,告诉警方她和她姐姐的情况,还有在她姐姐家发生过的事。警方向马丁娜保证他们会尽力而为,会经常走访布兰迪家,与布兰迪和乔

---

① 职责为帮助受害者申请保护令、陪同受害者出庭、向受害者说明庭审流程、为受害者推荐律师等。

纳森碰面。马丁娜对当地警方的承诺没什么信心，但也觉得在布兰迪决定离开前，自己做不了什么。每个与我交谈过的家暴领域专家都认为，这是至关重要的一步：受害者必须下定决心不再忍气吞声。"因此，在接下来的几年里，我们请（警察）查问此事，"马丁娜说，"他们当着他的面问她。她什么都没说。"

这是长期遭受暴力后果：大脑会重组成完全为生存服务的模式。一个应对接连不断的攻击的大脑会持续发送危险信号，促进皮质醇、肾上腺素和其他压力相关激素分泌，导致一系列身体和心理健康问题。认知失调是较常见的问题之一，但长期遭受家暴的受害者可能在心理和身体上都会出现更多长期问题。她们可能会有长期的认知缺失、记忆问题或睡眠障碍，也可能会注意力不集中或易怒。一些学者将许多疾病与没有痊愈的创伤联系起来，这些疾病包括纤维肌痛综合征和严重的消化问题。贝塞尔·范德考克在《身体从未忘记》（*The Body Keeps the Score*）一书中写道："大脑最重要的机能是让我们活下去，即使是在最痛苦的情况下……恐惧会增加我们对亲密关系的欲求，即使安慰和恐惧来自同一个人。"范德考克认为，尽管现今最受关注的是军人的创伤后应激障碍，但创伤——包括家暴导致的创伤，"可以说是威胁美国国民健康最重要的因素"。[3]

马丁娜告诉我，家暴报警电话和其他类型案件的报警电话不同。在接到其他类型案件的报警电话后，警方将会逮捕嫌疑人、写报告，此后基本不会再与报警人产生联系。"在一辆巡逻车里，召唤你的只有人们的噩梦，"她说，"家暴案是不同的……我处理的案子少了，但投入程度深得多。"马丁娜会经常探访家暴受害者，彼此会称呼对方的名字，这在其他案件中并不常见。受害者对案件怀着复杂的情感，而且往往涉及成瘾问题和经济问题。在向受害者提出建议或与检察官会面时，马丁娜必须顾及所有这些因素。有时阻碍会来自受害者。有一天，马丁娜和我去探访了一个十八岁的女孩。她的风险评估得分是七分。（克利夫兰小组根据他们的专业领域修改了坎贝尔拟定的二十个问题，因此他们的评估总共有十一个问题。）七分不是很高，但马丁娜知道，趁受害者年轻时解决暴力问题是非常重要的。多年来，倡导者一直在警告人们，暴力的循环往往开始于一个人年轻的时候——十几岁时，甚至刚进入青春期就开始了。这个十几岁的女孩告诉一个警探她不想提出上诉。马丁娜想和这个女孩当面谈谈，即使她不能说服她改变主意也无妨。实际上，马丁娜甚至不是想说服这个女孩上法庭，她的主要目的要简单得多：她希望至少有一个成年人告诉这个女孩，暴力是不正常的。

那个女孩还在上高中，和妈妈住在一起。我们去她家时，她男友的弟弟也在。那天早些时候，那个女孩给马丁娜发了一条语音，告诉她别多管闲事，还骂了她一顿。马丁娜还是给女孩回了电话，说就算女孩不想起诉，她也会去的。

"如果（你的男友）对你做了什么，"我们到达后不久，马丁娜告诉女孩，"我会很狼狈，你明白吗？"

"好吧。"女孩说。她的脖子上有一个很大的伤口，她说这是在学校和另一个女孩打架受的伤。

"你害怕他吗？"马丁娜问女孩。

"我想我不怕，"女孩说，"只在我们动手时会怕。但这很正常，之前我爸也是这么对我的。"

马丁娜停止记录，盯着女孩。"这不正常。别跟我这么说，"她说，"这不正常，你听我说，感到害怕没什么不对。你应该害怕，你这么年轻。拿一张我的名片，如果那个男人再碰你一下，就给我打电话。"

然后，马丁娜转向那个女孩男友的弟弟。他正在另一个房间里走来走去。"你看看你哥哥，你们这伙人是怎么了？"

"不要说'你们这伙人'，"弟弟说，"我也有自己的问题。"

"但他很离谱，不是吗？"马丁娜说。她没翻白眼，尽管心里可能很想翻一个。

"大家都很离谱啊，"弟弟说，"你处理问题时就得这么想。"

女孩的母亲在浴室里梳洗，准备上班。我们站在厨房桌前，厨房旁的客厅里一件家具都没有。"你不能打人，"马丁娜对弟弟说，"同意吗？"

"你说什么我都同意。"弟弟说。

当然，从他的语气可以听出，他完全不同意。

最后，或许是迫于公众压力，法庭将马丁娜的外甥女视作孩子并进行判刑。布雷沙在少管所待了一年，于二〇一八年二月获释。如果她一直表现良好，犯罪记录将在她二十一岁时被删除。但对马丁娜来说，事情还没有结束。"在生命的前十四年，她饱受虐待，之后两年被监禁……总之，她从没有享有过真正的自由。"马丁娜大约每周和外甥女谈一次话。而她的姐姐布兰迪正在慢慢学习如何在这个世界上独立生活。马丁娜教了布兰迪基本的理财知识，给她买了一辆车，让她可以开车去离家几小时车程远的地方探望服刑的女儿。马丁娜一直在担忧布雷沙成年后是否会成为家暴关系的受害者。而这只有时间能证明。

布兰迪和布雷沙使马丁娜得以深入了解一起案件中人们的情感和心理动态。这一视角并不多见。作为警察，马丁娜不会只坐在那里告诉普通民众该做什么，不会假装做到这些很容易，也无法对这些问题视若无睹。她从所有角度出发——公共角度、私人角度、专业角度、个人角度来应对家暴。在法庭上，马丁娜每天都能看到不同版本的布兰迪、布雷沙和乔纳森。她不仅见证了罪行和刑罚，也见证了家暴带来的严重且可怕的后果。你是否能重建生活，你如何使生活回归正轨，你是否以及如何说服你的孩子做出与你不同的选择……同时，马丁娜也见证了人们世代以来在面对恐怖时所表现出的情绪与生理反应。

我们离开格蕾丝家前，马丁娜花几分钟时间做了安全计划。她们谈论了日程安排和格蕾丝的工作；格蕾丝是否能改换上班路线——改变一部分也可以，格蕾丝是否能从安全门进出，这样拜伦就不能轻易追踪到她。马丁娜把马克叫回来，说如果他在往返学校的路上看到拜伦，就尽快跑到距离最近的房子报警。"你要离他越远越好，开门直接进去大声报警。跳进别人的车也可以，我不在乎你会怎么做。我不是在吓唬你，马克，我不想让他抓到你，然后告诉你妈妈你在他手上，这样麻烦就大了。"

乔伊从厨房滚到客厅里。"乔伊？"马丁娜笑着说，"怎么了？"

仿佛没有听到马丁娜的话一般，乔伊缠上了他母亲。

"他会杀了你的,"马丁娜对格蕾丝说,"你要知道,现在是最关键的时刻。你要明白,他的整个世界崩塌了,对不对?你是他的出气筒,是他的枪瞄准的目标。"

格蕾丝用纸巾擦了擦乔伊的脸。马克似乎一点儿也没有对马丁娜直率的要求感到惊讶。他已经见惯了继父的暴行。

格蕾丝没有车,马丁娜给了她一张去法院的公车票。为了方便她报警,马丁娜让格蕾丝设置了911的快速拨号。她告诉格蕾丝,她正在走向自由,生活正在回归正轨。"再也不要回看你做过的糟糕的事,想想那些好事,"马丁娜说,"你报了警,答应和我见面,允许我拍照。我们申请了保护令,正在申请逮捕令。"我们离开的时候,格蕾丝微笑着向马丁娜保证她会做到。乔伊回到厨房,在椅背上跳来跳去。

离开前,马丁娜站在安了纱窗的门前,转身面向格蕾丝。她问格蕾丝,她报警后第一个接到消息过来的警察是谁。"他们对你好吗?"马丁娜问她。

"啊,"格蕾丝说,"他们很好。"

"那就好,"马丁娜说。她向每个受害者都询问过这种问题。警察态度好吗?他们做好工作了吗?他们有礼貌吗?没有人要求她问这个问题,但她还是坚持这样做。马丁娜很清楚,长久以来,克利夫兰警察一直因腐败和种族歧视问题臭名昭著。近年来,塔米尔·赖斯[①]被杀一案引发了全美民众对警察前所未有的关注。马丁娜后来告诉我:"报警抓人是最难的事。每个人都有心情不好的时

[①]2014年,十二岁非裔男孩塔米尔·赖斯(Tamir Rice)被一个白人警察杀害。

候。在我看来，了解人们如何看待警察很重要；对警察来说，了解人们的感受也应该很重要。"

"你现在感觉怎么样？"马丁娜问格蕾丝。

"我感受到了一切，"格蕾丝告诉她，"快乐、悲伤、恐惧。"

拜伦出庭前，会被要求戴上GPS脚环。在法庭上，他将面临多项指控，包括用杀伤力强的武器袭击他人、侵害儿童、绑架和恐吓等。

后来，在我们吃比萨饼时，马丁娜接到了格蕾丝的电话。拜伦偷了她的信用卡，刷了很多钱。马丁娜梳理了格蕾丝接下来要做的事：打电话给信用卡公司，办一张新卡，注销旧卡并保存所有的刷卡记录。马丁娜说，她会把这件事补充到报告中。尽管这种事可能超出了她的业务范围，她还是会接电话。"我必须处理你的案子，这很麻烦，"马丁娜在挂断电话前说，"但我想努力成为我希望我姐姐能遇上的那种警探。"

一年多过去了，一个冬天的傍晚，我打电话联系上了马丁娜。格蕾丝坚持了很长时间——足足几个月，这比马丁娜预想的要长得多。但正如马丁娜所预想的，格蕾丝撤回了上诉。拜伦没有坐牢，而是被判处了缓刑。而格蕾丝呢？马丁娜最后一次听到的消息是，她与拜伦和好了。在我们挂断电话前，马丁娜做出了最后一个预判："我确信她还会联系我。"

那些活在我们心中的阴影

华盛顿特区一片寂静，我正沿着法院大楼的外围寻找那扇门——事先我被告知会有一扇门开着。现在是周六晚上十点多，距圣诞节还有两周时间。在华盛顿，大雪已如期而至。按照华盛顿冬季的融雪惯例，路面上已经铺满了一层厚厚的融雪盐。此刻，我脚下的融雪盐嘎吱作响，在一片死寂的市中心发出诡异的回响。白天，我在这里待了很久，那时这里熙熙攘攘，挤满了检察官和居民。有时还会有一些本该去国家美术馆的游客，因为在宾夕法尼亚大道和四号街附近转错了弯，结果也挤到了这里。没有什么比周末晚上大城市的官僚主义建筑更让人毛骨悚然的了。而且，我没能找到那扇开着的门。

我绕着法院所在的街区走，后来又转头往回走。法院由光滑的印第安纳石灰石砌成，隐约可见的方形建筑上镶嵌着狭窄的窗户。终于，我看到了值班的保安，他在主入口后面，门框后的身影隐没在黑暗中。

"你第一次经过时，我就看到你了。"保安揶揄道。他自称"爆米花人"，给在这个时间来到这里的可怜人提供零食。我的确闻到了淡淡的爆米花味。"稍等一下。"他拨通了楼上办公室的电话。

华盛顿特区是一个奇特的地方。它的面积较小（六十八平方英里，比波士顿小三分之一，尽管两个城市都有大约七十万居民），却有着与面积并不匹配的极高名声。其他地方的人谈起华盛顿时，要么说它古板乏味（来自纽约和洛杉矶的人会这么说），要么说这里全是腐败且道德败坏的人（大多数地方的人会这么说）。我向来都和别人说，华盛顿很像洛杉矶，是一个与外来人员联系紧密的城市。但实际上，在这两座城市生活的人可以完全忽视这一联系。一次，我女儿的学校旅行在路上被总统车队拦住、打断。除此之外，几乎没有什么事会每天提醒我，我正身处于美国的首都。对我来说，这座城市最恒定的特点在于，它蕴含着绝对的矛盾点：一个国家的政府可能与其所在地的居民没有任何关系。拿现在的情况举例，华盛顿政府由占多数的保守派组成，而华盛顿居民的政治观点却是全美最自由的。[1]地方政府的政策如此进步，以致于一个在政府工作的朋友曾跟我开玩笑说，这其实是一个"社会主义城市"。

对我来说，华盛顿特区是个从宏观上了解政策、从微观上观察人的绝佳城市。这个资源匮乏的小城市，有着所有城市都有的问题——缺乏经济适用房、犯罪、贫困、暴力、中产阶级化。华盛顿特区吸纳整合了全美最超前的创新项目，和美国越来越多的城镇一样，开始采取合作与沟通的理念，并试图将这些理念应用于家暴领域，在整座城市推行。"合作与沟通"也是埃朗·彭斯、凯利·邓恩、基特·格鲁埃尔等倡导者多年来一直秉持的信念。在这个冬夜，我来到这个诡异的法院，就是为了一览这个项目的关键——"回应专线"（response line）。

"爆米花人"向我竖起大拇指，挂了电话，指引我去电梯。电梯到了五层，门一打开，我立刻在一系列一模一样的对称走廊里迷了路。过了许久，我听到角落里传来一声孤零零的"你好？"，是一个女人的声音。我知道，她已经在这里待了近十个小时，马上就要离开了。"别担心，"她告诉我，"每个人都会迷路。"

"华盛顿安全"（DC Safe）小组一周七天、每天二十四小时运营着"回应专线"。这个组织共有三十名倡导者，除了接听"回应专线"的人之外，还有两个倡导者在家随时待命。他们申请的保护令都是民事保护令。与高风险小组或规模更大的团体协调组织不同，他们主要提供短期的帮助，通常只持续几天。他们的目标是将受害者短暂地转移到其他地方，让其可以在那里深思熟虑，从长远的角度做出明智的决定。打电话来的往往是在华盛顿八个区的家暴现场的警察。接到电话后，倡导者会立即为受害者制订一个计划，通常会在施暴者被捕后几分钟内，给受害者打电话讨论计划。这意味着"回应专线"是一个发散出无数条辐的轴承。倡导者可以查看警方待审案件清单，查明是否已下达保护令、逮捕令，是否还有其他待审案件。倡导者也为受害者提供了数不胜数的、细微而重要的帮助。他们与这座城市中各种提供不同服务的机构都有合作关系，并签订了合同。这些机构当然包括庇护所，也包括锁具店、杂货店、受害者服务机构、旅馆和律师事务所。如果警察拨打"回应专线"，倡导者会安排受害者在庇护所住几晚；或是给逃出家门的受害者满满一包尿布和婴儿食品；或是为她联系一个当地医院受过家暴伤害鉴定培训的专业护士；或是在施暴者掌管全部金钱的情况下，给受害者一张杂货店礼品卡；或是为她支付去往安全地点的打车费。倡导者还会带受害者走申请保护令、申请过渡所或长期住处、申请免费法律支持的流程。

"华盛顿安全"小组让倡导者尽可能与警察一同行动。他们与一个专门负责家暴案的警察一同接听并处理家暴报警，以便可以立即满足受害者的需求。越来越多的警察局中有反家暴倡导者常驻。（纽约市及其五个自治区计划于二〇一九年在每个警察局中派驻反家暴倡导者。）克利夫兰等地多年来一直在这么做。"华盛顿安全"小组的独特之处在于，他们的目标是让倡导者的参与规范化，倡导者不仅会待在华盛顿各地的警察局，也会和警察一起乘车巡逻。他们的最终目标是让每辆巡逻车里都有一个倡导者。然而，现在这个组织的人手根本不够。那天晚上，我在东北区乘车巡逻，同一时间的另一个倡导者则在另一辆车、另一个区巡逻，我们一直没有遇上彼此。

"华盛顿安全"小组的联合创始人纳塔莉娅·奥特罗和伊丽莎白·奥尔兹告诉我，在痛苦的危机时刻，受害者无法做出保障自身安全的明智决定。受害者和施暴者当然可以通过警察和危机处理中心获取反家暴服务，但也可以通过急救室、学校管理人员、同事和神职人员获取服务。因此，奥特罗面临的挑战是如何让受害者克服所有障碍，做出更加明智的决定。警方报告中全是一无所有的受害者，她们连鞋子、外套、身份证明都没有。我曾在圣迭戈采访过一名女性，有一个周末，她一直被关在家里。后来，她和男友开车外出去便利店，当男友把车开进他们家车道时，她打开车门，冲向一辆正从附近车道倒出来的车。她没有钱，没有身份证明，也没有手机。在那一刻，她只有一个念头——逃跑。她没想过要去哪里、怎么去，甚至连要找谁帮忙都没想过。她的脑海中只有两个字——逃跑。受害者专注于微不足道的问题，因为在充满混乱和恐惧的时刻，她们往往难以应对重大问题。奥特罗告诉我，在她看来，在一个受害者的基本需求被满足了一两天及一周后，区别最大的是"她们的能力"。她们可以更好地做出长期规划。

我和奥特罗在潘恩区一家离法院只有几分钟路程的饭店里聊天。"华盛顿安全"小组和许多机构合作，需要许多资金，有许多正在进行的计划和项目，她一直在为此奔忙。奥特罗告诉我，她很久以前就已经知道高风险小组、风险评估和坎贝尔。她在家暴领域工作多年，但她的教育背景是商学。从乔治城大学获得商学学位后，她致力于反家暴事业。对她而言，与其说她投身于一个社会问题，不如说她在应对生意中的挑战和一个需求未被满足的市场。华盛顿特区每年会接到三万个家暴案报警电话，却无法对这些电话进行分类或处理。"我们需要一个信息交换中心，一个让全市所有应急人员都可以由此参与进来的组织。"奥特罗告诉我。她希望这个机构可以设立在法院，因为那里有犯罪记录、检察官和法官。二〇一一年，她开设了"回应专线"，现在"华盛顿安全"小组每年会为八千多个受害者提供服务。

我愿意相信这一切——像"华盛顿安全"小组这样的团体协调组织、高风险小组、通力合作的倡导者与警察、施暴者干预项目，它们都会带来改变。我愿意相信，在与受害者合作和干预施暴者方面，我们正在不断进步，我们在越来越深刻地认识到家暴对家庭和社区的破坏是巨大而无止境的。我愿意相信,所有这些情形都在号召整个美国行动起来。然而,在写下这些时,我不禁想起了在法院里度过的那个阴森午夜。法院距离美国国会大楼不到六个街区。就在几周前,二〇一八年九月,国会未能重新授权《反暴力侵害妇女法案》的通过,而是给了法案三个月的临时经费。与得到两党支持而首次通过时不同,这一次,法案连一个共和党的共同资助人都没有。[2] 而就在今天,我从收到的一封电子邮件和社交网站上得知,反暴力政策中心(Violence Policy Center)的一份新报告称,二〇一四年以来,被亲密伴侣杀害的女性数量增长了百分之十一。[3] 我要强调一下,这份报告只覆盖了孤立的案件,不包括大规模枪击案、灭门案或其他混合类型的案子。接着,在这份报告发布的几天后,我们的现任总统在一个由最高法院主持的、充满争议的听证会后,站在白宫草坪上说:"对美国的年轻人来说,这是一个非常可怕的时刻,你可能在为不需要有罪恶感的事而背负罪恶感。"他是在十月二日说这句话的,家庭暴力意识月刚过去两天,但他没有提及这点。

还有其他令人沮丧的事情发生。克利夫兰发生了一起备受关注的案子。兰斯·梅森,一名周所众知有家暴前科的前任法官,杀害了他的前妻艾莎·弗拉泽——一位受人敬爱的老师。这起案子并非发生在马丁娜的辖区,而是发生在谢克海茨。这让我开始思考,我们能对一个人的改变抱有多大期望。然后,在二〇一八年十一月十九日,一个周一,在对芝加哥仁爱医院发生的另一起大规模枪击案的报道中,几乎所有媒体都没有提及家暴。仁爱医院案有三个受害者,但凶手的目标是塔玛拉·奥尼尔医生——凶手的前未婚妻。梅利莎·杰尔特森在《赫芬顿邮报》发表的头条标题最为贴切——"塔玛拉·奥尼尔几乎从自己的谋杀案中被抹去"（Tamara O'Neal Was Almost Erased from the Story of Her Own Murder）。[4]

还有其他让我忧心的迹象——尤其是那些我们看不见的。一种令人不适的厌女倾向正在悄悄潜入一些如今看似已经完全解决女性平权问题的地方。比如，国会；比如，我们的现任总统的住所——白宫，他曾在那里发表"抓住她们的阴部"的言论；又比如，最高法院。对于当前的形势，基特·格鲁埃尔说："我们正在以令人憎恶的速度倒退"。这句话常常萦绕在我心头，我甚至不愿承认它出现得如此频繁。

枪支暴力方面也产生了更多令人担忧的问题。尽管联邦法律赋予各州和司法部门拥有向被定罪的施暴者——包括跟踪者在内——收缴枪支的权力，但有充分的证据表明，我们在这方面也失败了。从二〇一〇年到二〇一六年，美国制造的枪支数量几乎翻了一番——从五百五十万把增加到一千零九十万把，且大部分都留在了美国本土。[5] 在人均持有枪支数量最多的州中，家暴凶杀案发生率也最高，这当然不是巧合。这些州包括南卡罗来纳州、田纳西州、内华达州、路易斯安那州、阿拉斯加州、阿肯色州、蒙大拿州和密苏里州。[6] 在二〇〇七年出版的《他们为什么杀人》（Why Do They Kill）中，大卫·亚当斯问了十四名因杀害亲密伴侣入狱的男性，如果没有枪，他们是否会这么做。一个常见的说法是，如果有人想杀人，他总会找到办法。但这些男性中有十一人都说，如果没有枪，他们就不会杀人。[7] 二〇一八年十月发表的另一份研究报告中，学者阿普丽尔·泽奥利发现，在那些要求身负限制令的人上缴枪支的州中，亲密伴侣凶杀案的发生率下降了百分之十二；然而，只有十五个州会在这种情况下收缴枪支。[8]泽奥利还发现，在加利福尼亚州，禁枪的范围更大，每个被判犯了暴力轻罪的人，包括生活伴侣和正在约会的伴侣（加州称这是在填补"男友漏洞"）的枪支必须被收缴，家暴凶杀案发生率惊人地下降了百分之二十三。[9]每个月都有五十名美国妇女被亲密伴侣枪杀，还有数不清的人因受到这些枪的威胁而不敢发声、不敢轻举妄动。（还有一些人是被其他手段杀害的，如被刺死、勒死、从行驶中的汽车里被推出来、被毒害。）在枪支暴力方面，对女性来说，美国是世界上最危险的发达国家。[10]这不是自由派与保守派的党派之争——尽管我知道很多人是这样看待禁枪问题的。对我来说，禁枪是一种道德义务。

为什么我们的枪比我们的公民更重要？

除了在蒙大拿致死案核查小组会上那个织着毛衣的退休护士说的话外，我无法得出其他结论。她说，丢掉那些该死的枪。

与此同时，我认为我们仍有理由抱有希望。看着身边的男性朋友、我的同事、我的兄弟、我朋友的丈夫，我发现盟友无处不在。我看到那些在意家暴问题的男性，他们会为我和许多女性的不安全感发声。他们会直率地说，他们拒绝被渗透在全美和世界各地的懦弱的厌女倾向影响。我在我熟悉的LGBTQ群体中看到了这种意识，在女性和少数族裔、我教导的年轻大学生中也看到了。他们都比二十年前的我们知道得更多。

还有很多其他让人充满希望的迹象。多款智能手机应用被开发出来，以帮助身处紧急情况下的幸存者、援助处于危险中的青少年和大学生、提供过夜的庇护所、协助第三方相关人员找到合适的方式进行干预。这些应用有几十款，坎贝尔参与了其中一些的开发工作。[11] 在高风险小组成立的同时，前圣迭戈市首席检察官凯西·格温创办了变革家庭司法中心（transformative family justice centers）。中心将尽可能多的不同类型的服务机构集中到一处，包括倡导、咨询、法律服务、执法单位。这样一来，受害者就不需要不断复述她们的经历。他们为受害者提供了一个单一的接收中心，可以为受害者提供帮助，比如申请保护令、提供儿童服务和职业培训、写警方报告。因为项目极具开创性，当时的布什政府拨款两千万美元用于它的推广。现在，在美国和其他二十五个国家中，共有一百三十多个中心在运营。[12]

格温最近在为"希望夏令营"（Camp Hope）努力。这个夏令营在全国多个地点举办，主要面向来自有家暴家庭的孩子们。夏令营的目标是打破暴力的循环。

坎贝尔的工作成果仍在起推动作用。前马里兰州警察戴夫·萨金特设立了一个备受全国赞誉的项目，采用了坎贝尔的风险评估，并将其缩减为警察可以在现场询问的三个主要问题，以便迅速判定危险程度。问题一：他/她曾对你使用武器或用武器威胁你吗？问题二：他/她威胁过要杀了你或你的孩子吗？问题三：你认为他/她可能会杀死你吗？[13] 如果对这三个问题的回答是肯定的，提问的警察会继续问另外八个问题，并拨打当地家暴热线。热线随后会联系现场的受害者。时机至关重要。萨金特知道家暴案突然升级为凶杀案的情况有多么频繁。当地媒体报道、警方报告以及起诉文件中充斥着"我不是故意杀死她的"之类的话。萨金特将他创立的模式称为"致命程度评估项目",有时这一模式也被称为马里兰模式(Maryland Model)。三十多个州和华盛顿特区的应急人员都在使用这个模式。[14]

还有其他迹象表明,在应对这一特殊类型的暴力方面,我们正在进行深刻的、结构性的社会与文化变革。例如,美国现在有超过二百个专门审判家暴案的法庭(纽约州和加利福尼亚州走在前列)。越来越多的法庭了解了家暴背后的特殊心理,例如为什么受害者会改变立场或不出庭,以及在法庭和检察官办公室中派驻家暴倡导者的好处。[15]不过,仍有百分之四十以上的法庭不会定期强制要求施暴者参加施暴者干预课程。

毫无疑问,在将家暴视为公共健康危机方面,我们取得了巨大的进步。从《反暴力侵害妇女法案》通过之前的一九九三年到二〇一二年,仅仅法案本身就使家暴发生率降低了百分之六十四[16]——尽管前白宫反暴力侵害妇女顾问林恩·罗森塔尔警告不要过多强调这一成功。"一个十九岁的孩子被伴侣踢到房间另一边的概率和我们起步时是一样的。"她说。现在,超过四十个州将跟踪行为定为重罪[17],四十五个州将扼颈窒息行为定为重罪[18]。让受害者走出庇护所、回到社区的运动正在推进中。

罗森塔尔刚刚周游了美国各地的高中,结束了一次名为"青少年领导力"(Youth Leads)的聆听之旅。一天,她和我共进午餐时,我们讨论了让她大开眼界的一切。她说,聆听之旅的目的是寻找解决青少年约会暴力问题的最佳方式。美国疾病防控中心二〇一七年的一份报告指出,有超过八百万的女孩在十八岁前被强暴或遭受了亲密伴侣暴力，男孩的数据大约是女孩的一半。[19]这一领域的专家强调，应对约会暴力应从六年级和七年级开始。罗森塔尔告诉我，与高中生交流时，年轻人，尤其是年轻男性谈论家暴和性暴力问题的方式让她备受鼓舞。"这些年轻人彼此之间以及与女性的关系都非常不同，"罗森塔尔将他们与上一辈人进行了比较，"他们自己也有很多与此有关的问题……他们不会轻易地让他们身边的同龄人施行（性暴力）。"

我们在当地一家叫"小工与诗人"的餐厅吃饭，店主安迪·沙勒是这座城市最知名的社会活动家之一。罗森塔尔身后的屏幕上，她的前上司贝拉克·奥巴马正在南非发表演讲。就在这时，罗森塔尔对我说了一些令我惊讶的话，之前我从未想过这点。"某种程度上，男人是妇女运动的最大受益者。"她说，"看看(现在)所有与孩子的关系不同以往的男人。他们参加学校活动、和孩子们交谈。在我家附近，那些男人总是送孩子去托儿所和学校。看看这些年轻父亲们在孩子生活中的高参与度就能知道，虽然现状并不完美，女人在很多方面仍有负担，但她们已经体验到了改变。"

事后看来，像家暴这样给公众带来深远后果的事件，怎么会一直被认为是一个私人问题，这点真是令人困惑。家暴不是孤立的问题，而是在潜移默化地影响着我们的社会面临的许多其他挑战，包括教育、医疗保健、贫困、成瘾问题、心理健康、大规模枪击案、无家可归和失业问题。鉴于家暴涉及的问题如此宽广，我们的解决方案必须将其纳入考虑之中。如果无视家暴导致了许多人无家可归的事实，我们就无法应对无家可归的问题。我们也无法解决好教育不平等和贫困问题，除非我们能正视家暴在某种程度上是这些问题的根源。我想到，相比其他政府支出，我们投入《反暴力侵害妇女法案》的资金较少，也记得罗森塔尔的解决方案——"在方方面面投资"。她不是要投入无尽的资源，而是要通过我们的解决方案表明，家暴以复杂的方式引发了许多其他问题。

罗森塔尔表示，#MeToo 运动是进步的标志。她告诉我，这场运动不是突然爆发的。实际上，#MeToo 运动的开展让她想起在辛普森案庭审前后，家暴问题突然引发了全国热议。这些讨论带来了实质性的、开创性的重要变化，其中很多都出现在了这本书中。"#MeToo 的发生基于多年的铺垫。很多人进行了讨论，然后突然之间，开展运动的时机到了。"她说。

大卫·亚当斯也看到了这一时刻蕴含的独特机遇。"令人沮丧，"最近谈到现状时，他说，"但我的确认为年轻人（在被动员起来）……越来越多的人，尤其是妇女和少数族裔，在被动员起来。"

在走访调查过程中令我震惊的是，我常能见到，有些看似微小的改变最终却决定了生死、决定了抉择是否明智。这些微小的改变可能是给受害者一袋尿布和一笔购物经费，下达一个多重保护令而不是仅仅下发一张纸，在下午开庭而不是清晨，探访受害者家而不是等着受害者来，在争论中让步而不是步步紧逼。如果把家暴领域发生的改变归结为一个词，那就是"交流"。交流无疑会跨越各个官方机构，但也会超越不同的政治意识形态、项目、人、系统和领域的界限。辗转美国各地时，我看到的很多改变都可以被概括为交流。高风险小组、家庭司法中心、青少年项目、施暴者干预项目、法庭改革、致死案核查小组、警方规程和其他项目都共享这一完全免费的资源——相互交流。

我前去探访华盛顿"回应专线"的那天晚上，一个我称为娜奥米[20]的女人正在接听电话。和许多同事一样，她每周有四天要通宵工作十小时。并且，和美国许多从事反家暴工作的人一样，娜奥米最初目睹的暴力是在自己家里。在她的成长过程中，她和她的母亲经常出入庇护所。长大后，她开始在庇护所当志愿者，在她曾和母亲一起作为受害者住过的地方做志愿服务。一些倡导者还记得她小时候的样子。

那天晚上，娜奥米坐在"华盛顿安全"小组总部的一个隔间里。《下一次她会死》（*Next Time She'll Be Dead*）、《为了活下去而爱》（*Loving To Survive*）、《爱到成伤》（*When Love Hurts*）等书排列在一面墙上。她接的第一个电话是一个警察从一座房子打来的。一个女人的孙子嗑了药后回到家，抄起一张餐厅的椅子往地板上砸，直到椅子被砸碎。这不是她和她孙子第一次出事了。警察告诉娜奥米两人的出生日期、联系电话、两人的名字以及事情的大致经过。娜奥米把这些都输入了数据库。所有高风险案例都会被娜奥米（或其他值班的人）标注在系统中，以便第二天值班的倡导者跟进。娜奥米在几分钟内结束了与警察的通话（如果事态不是很严重，警察可能会在换班后才打电话给"回应专线"）。几分钟后，娜奥米打电话给那个祖母，做了自我介绍。我就叫那个祖母艾尔玛吧。"我打电话来是想问您，您是否想申请保护令？"娜奥米问艾尔玛。

艾尔玛说，六个月前她曾尝试申请驱逐令，但被告知，除非她孙子真的施行了暴力，否则她不符合条件。"我希望他能得到帮助，"艾尔玛说，"可能的话，不管借由他的哪个问题，只要把他赶出去就行。我不知道你们都是怎么做的。"

娜奥米说，由于事态似乎在升级，这次艾尔玛的申请可能会通过。"华盛顿安全"小组可以帮助她提交文件。她必须在星期一早上到"华盛顿安全"小组办公室。华盛顿特区有两个专门审判家暴案的法庭，法官每年轮流出庭。

"我给过他一次机会，"艾尔玛说，"找出他如此愤怒的原因。"

"似乎没有用。"娜奥米说。

"没，没有。我需要采取进一步措施。"

"保护令的要求之一是让他搬出那座房子，"娜奥米告诉艾尔玛，"你也可以要求他接受某种毒品或酗酒问题咨询，或是普通的咨询。法官在通过保护令时，会附带这些要求。"娜奥米告诉艾尔玛周一要去哪里、到了后该说什么。她让艾尔玛带上书和零食，做好等几个小时的准备。"美国检察官办公室（U. S. Attorney's Office）会看你是否愿意协助他们提出指控。"娜奥米说，"你只需要确保你的手机处于开机状态，音量调到了最大。他们只打一次电话，而且不会留语音信息什么的。他们打电话的时间是早上八点到中午之间。"

华盛顿特区有一种不寻常的保护令，这种保护令允许施暴者与受害者保持联系，共同抚养孩子，有时甚至可以继续住在一起。这种保护令叫"HATS"，意思是"禁止骚扰（harassing）、攻击（assaulting）、威胁（threatening）或跟踪（stalking）"。然而，鉴于施暴者和受害者可以住在同一座房子里，这种保护令有明显的缺陷。然而，在像华盛顿特区这样的城市里，寻找经济适用房可能是所有社会服务机构面临的最大挑战。[21] 如娜奥米所说，这种保护令可以表明立场——"我很认真，在提出警告"。通常情况下，受害者不希望施暴者离开住所,她们可能需要经济和育儿方面的支持。"受害者常常会说:'我们生了孩子。我们一起付账单。我不能把他赶出去。'这种保护令会使她们更愿意(提交申请)。"

随着时间推移,电话不断打进来。大多数电话讲述的情况或多或少与祖母和孙子那件事的情况一样,暴力不是很严重。低沉的电话铃声在空荡荡的隔间里回响。我没有想到,午夜的"回应专线"办公室是以这样的方式呈现出一种平静安然。我以为这里会有一大群人,同时进行很多对话。然而事实并非如此,这里只有一个女人、一部电话、一个隔间。娜奥米穿着一件红色高领毛衣,衬托出绿色的眼睛。科教书放在她电脑旁边的桌子上。如果有时间,在不太忙的晚上,她就会学习一下白天上的课。她的目标是有一天成为心理学家。

"华盛顿安全"小组接听过一个受害者打来的电话,她说自己所在的庇护所虽然供暖系统运转正常,但温度被调到了五十九华氏度[①]。没有人能够到那个温控器的盒子。另一个电话打来,一个申请了保护令的女人说前男友拿着她租来的车的车钥匙跑了。钥匙圈上还有她家的钥匙,这是她唯一的一套钥匙。娜奥米安排今晚晚些时候换掉她家的锁,然后叫了一个维修工去处理庇护所的温控器。[22]

凌晨,一名警察从华盛顿最富裕的西北区打来电话,一个女人被她的伴侣扼颈导致窒息,但她还活着,情况稳定。警察用了"窒息"这个词。这对情侣最近分手了,还吵了一架。施暴者被逮捕了。这名警察说,他向这个女人提议接受法医检查(在华盛顿医院

---

① 即15℃。

中心工作的一名专业护士在值班），但她说她不需要检查。娜奥米问了一些关于那个女人的问题。她的态度怎么样？对这件事她都记得什么？警察说窒息只持续了几秒，这个女人喝了酒，但他没有发现扼颈的迹象。女人的声音并不沙哑，没有伤痕。

之后，娜奥米打电话给另一个当晚值班的倡导者，讨论他们是否应该更果断地进行干预，让那个女人去见护士。几分钟后，他们认为这不属于高风险致死率的情况，并且既然施暴者已经被捕，这个女人的安全目前可以得到保障。女人答应周一早上到法院去填写保护令。

让我震惊的是，这一切看起来如此稀松平常——一些不太严重的暴行发生了，警察打来电话，像调度员一样冷静地和娜奥米说话，告诉她事情的经过，接着他们便开始处理下一起事件。"回应专线"只是他们工作流程的一部分。换句话说，系统和文化之间甚至不再存在需要打破的障碍。整个项目已经程序化了。它的平常也许是它最大的成功。

我花了许多年时间研究高风险案件，调查那些杀死了所有家人的人；了解那些致力于研究已无法挽回的凶杀案的核查小组；接触当事者的家庭，以及那些与米歇尔、多萝西和成千上万个没能成功逃离的受害者相处过的倡导者和执法人员。实际上，我在黑暗中度过了太长时间，几乎完全忽视了和娜奥米共度的这一晚的重要意义——应对家暴最好的办法是在事态变得更严重前、在家暴还是轻罪时就解决问题。很久以前，凯利·邓恩这样告诉我，但在很长一段时间里，我没有真正理解这句话。当从长远的角度审视一个又一个警察或受害者打给娜奥米的电话时，我才发现这体现了令人惊叹的进步。

娜奥米早早就回家了,她随身带着手机,可以在换班前继续接电话。她得准备好应对大雪。华盛顿已为恐怖袭击、政治僵局、政府停摆等情况做好了准备,但没准备好应对大雪。当我走出法院时,已经快凌晨三点了。脚下发出同来时一样的嘎吱声,在一片寂静中回响。在深夜等来福车司机的时候,我突然意识到,能体现出我们在家暴领域所取得的进步的,不仅有娜奥米现在在做的事,还有她的出身。她无疑是幸存者,但她也是一个找到打破暴力循环方法的幸存者。她用自己的微小方式打破了这个循环。一个曾受伤的人在帮助治愈他人。现在的系统中有一个适合她的位置,就像有适合吉米的位置一样。也许有一天,唐特也会有属于他的位置,就像维多利亚能找到适合自己的位置一样。多年前,我在圣布鲁诺监狱里见到了维多利亚,她的父亲曾打算在丹尼餐厅杀死她。在家暴领域,我遇到的几乎每个人,无论是受害者、施暴者还是目击者,都有过被施暴的经历。哈米什·辛克莱和大卫·亚当斯的父亲都是施暴者。苏珊娜·迪比在一个冬夜被两个男人强奸了。杰奎琳·坎贝尔曾经的学生安妮死于家暴。马丁娜·拉泰萨的姐姐布兰迪是家暴受害者。吉米和唐特背负着他们的过去。每个人身后都伴随着另一个人投下的阴影,都有一个可怕的故事,但他们现在也都是改革者,在改变未来。

这让我想起了一个故事。几年前的一个晚上,我和邓恩坐在她的办公室里。那时是夏天,早已过了晚餐时间。跟我谈她的工作时,邓恩总是实事求是。我看到她在培训时一遍又一遍地播放报警电话录音。从多萝西死去的那天晚上起,她一直致力于研究这起案子表明了什么——如果把多萝西的经历套在坎贝尔的研究之上，你会发现它们完美吻合，是彼此的镜像。没错，所有预示着危险的因素和事态升级的迹象都吻合。然而，多萝西案中也有许多在极端暴力案件中很常见的因素。例如，多萝西与威廉一见钟情、多萝西非常年轻、威廉怀有病态的嫉妒。这些你都可以对应在米歇尔和洛奇身上。在这些培训中，邓恩从不带入感情。她一丝不苟、不动声色，简直就是那个她曾几乎成为的律师形象的完美写照。

那天晚上，邓恩给我看了她遇到多萝西那天写在一张粉色便签纸上的话——"受害者死亡率很高的案例"。她一直把这句话带在身边。我从迪比那里听说过，也在当地的新闻报道中看到过这句话。我之前想看一看。我没有告诉邓恩，但多萝西的死也一直萦绕在我心中。几年前，在为《纽约客》撰写关于多萝西的文章时，我常带着一个三明治作为午餐，把车停在位于格林街的多萝西家旁，坐在租来的车里吃。我真不知道我当时在做什么。那里已经没有多萝西生活过和死去时留下的痕迹，但街道十分安静，风光宜人。有时我确信我能闻到大海的味道。一个破旧的摩天轮矗立在草地上。在这段夹在采访和研究之间的时光中，我可以沉思默想。也许多萝西也成了我生命的阴影。记者通常会报道生者的故事，与那些活着的改革者、政策制定者交谈。但在家暴领域，我怀疑我们中的许多人实际上往往在与死者交流。

我坐在邓恩的办公室里问她，如果今天多萝西活了过来，直接走到办公室里，她会对多萝西说什么。

邓恩正要回答，然后又停住了，好像身体突然撞上了一面看不见的墙。她从办公桌一下奔到一排文件柜前,消失在我的视线中。我能听到她短而急促的呼吸声,还有一点儿抽泣声。"以前从来没有人问过我这个问题。"她说。

我坐在那里,沉默不语。

邓恩回到桌前,擦了擦眼睛。她看着我,轻声说:"我会对她说,我很抱歉。"

作者的话

在写作和报道《看不见的伤痕》的最后几个月，我的继母进了临终关怀院。二〇一五年夏天，她被诊断患有结肠癌，并于二〇一七年九月去世。大约在她去世前三周的一天，在她和我父亲的家里，我坐在她的病床旁，她告诉我，她的第一次婚姻和童年的家都充斥着暴力。（对幼时的她施暴的不是她母亲。在她父亲离开后，是母亲抚养她长大的。）继母和我父亲已经结婚三十八年了，那时我研究美国的家庭暴力问题已有八年之久。我深感震惊。

这些年来，我们一直不太亲近，但近来我们找到了建立关系的契机。为什么继母从来没有告诉过我这件事？难道是我没能给予她足够的安全感来谈论此事吗？我有许多问题想问她，但她明智地回避了这些问题。她不想谈论家暴。可以说，继母透露她遭受过家暴时，我比大多数人更了解家暴。不论她拒绝分享的记忆是什么样的，我都能想象得出来。继母知道自己已时日无多，她不想回想生命中任何一个黑暗的篇章。她的注意力完全放在了我父亲身上，放在了她的死将给我们带来的痛苦上，放在了她无法看着孙辈们长大成人的遗憾上。

如果一个我认识了三十八年的人可以向我隐瞒她遭受过家暴的事，那我们该如何应对我们中间的暴力，如何应对暴力带来的耻辱与羞愧？后来，继母去世后，我和父亲站在厨房里哭泣。这是我第二次目睹这样的场景：我的父亲在为早逝的妻子哭泣。但这一次，我是个成年人了，对于继母经历了什么、父亲经历了什么，我都理解得远比上次深刻。那天，父亲向我道歉。在接下来的几个星期里，每次他因为"不够坚强"崩溃时，他都会向我道歉。这个男人的第二任妻子刚死于癌症，但他觉得他没有权利在人前流泪。这是为什么？我告诉父亲，在我看来，他的眼泪让他变得更强大——作为一个男人、一个丈夫、一个父亲，他没有害怕承认自己拥有人类所拥有的一切情感。我希望我可以告诉所有男人这点。

正是出于这些原因和这两段时光——一段和我继母度过的时光、一段和我父亲度过的时光，我把这本书献给了我的继母。我很庆幸，我在她去世前告诉了她，我会这么做。

后记

从我朋友位于芝加哥的家的客厅窗户向外看去,景色美不胜收。她正眺望着北池塘自然保护区。这是一个占地十五英亩的池塘,一片野生动物的栖息地,也是一条吸引了包括游隼和大雕鸮在内的二百多种鸟类和迁徙动物的自然通道。从她家窗户向外望去,我看到一群群野鸭和加拿大鹅绕着池塘游来游去。无论我在哪个季节来到她家,她都会和我绕着那个池塘走一圈。她会指给我看藏在茂密水草里的乌龟,我们会看着花栗鼠在木屑小路上蹦蹦跳跳。偶尔,一只苍鹭猛扑到一棵山核桃树的长枝上。越过北池塘是湖岸大道,然后是富勒顿大道海滩和密歇根湖的金色沙滩。密歇根湖长三百英里,宽一百英里,好似一片汪洋。每当我想起我的朋友米歇尔时——现在我每天都会想起她许多次,想到她在一个早晨的一通电话里骤然失去的一切——我的脑海中就会浮现出这片风景。她失去了她的家和城市,失去了日常生活,失去了稳定的工作,她失去了那片风景。她也失去了她的哥哥和嫂子。

米歇尔的哥哥贾森在美国国务院工作,他的妻子洛拉在商务部工作。他们位居要职,常常会去往世界各地。我对他们的了解远没有对米歇尔那样深。我和米歇尔已经做了二十年的朋友。我们的友谊大多是在长时间的散步中建立起来的。我们热烈地谈论有关心灵和灵魂的话题：什么样的生活是有意义的？在一个有邪恶存在的世界中，一个人该如何做到时刻敞开心扉并充满爱意？我被她的才智吸引着。米歇尔是个自由心理治疗师，在芝加哥的日程排得很满。我发现，她是难得的能与我交谈几个小时的人。

米歇尔有两个可爱的侄女，她们是杰森和洛拉的女儿。夏天，她们和米歇尔一起住在芝加哥，有时会住上一个月甚至更久。小女孩们会和有趣的酷姑姑一起出去玩，去城里参加夏令营。在那些夏日里，米歇尔有时会带孩子们到我们共同朋友的家，孩子们玩耍时，大人们会喝酒聊天。那时我们都住在芝加哥。我们这群朋友是在研究生毕业后认识的，关系很亲密。但后来我们一个接一个离开了。我是第一个离开的，去了柬埔寨，后来去了华盛顿。最后，除了米歇尔和另外一两个人，大多数人都搬到了华盛顿，包括安和迈克、唐和索洛克。经历了婚姻、生子、搬家和工作上的变化，我们也一直都是关系要好的朋友。我们的孩子像堂亲和表亲一样一起长大。米歇尔会来看我们，我们会请求她搬家。我们会说，所有酷酷的芝加哥人都会搬到华盛顿来。有时我会给她一连串的理由：因为华盛顿居民比芝加哥居民更需要心理治疗！因为华盛顿只是纽约的郊区！因为华盛顿有我们！

最终，曾旅居世界各地的贾森和他的妻子洛拉搬到了华盛顿特区。最后他们与我和我当时的丈夫住在同一个社区。他们的大女儿和我的女儿被分到了同一个班。两个女孩很亲密，并不知道她们的父母之间有不同寻常的联系。"你们认识的时间比你们记得的还要长。"我对女儿说。在她谈论这个新朋友数周之后,我终于弄清了真相。我还告诉她,米歇尔是她新朋友的姑姑。米歇尔是那种所有孩子都会喜爱的阿姨。世界似乎真的很小。那天早上,贾森来我家接他在这儿过夜的女儿,我对他说:"你不会相信的。你妹妹是我最好的朋友之一。"他咧嘴一笑。"你是那个蕾切尔!"他说,"米歇尔的蕾切尔!我们要告诉米歇尔,她现在就得搬过来。"几乎整个宇宙都在乞求她搬家。

二〇一七年,贾森和洛拉之间开始出现问题。我不太清楚是什么问题。我确实不知道。确切来说,我和贾森、洛拉都不算朋友,只是我们彼此的生活、彼此女儿的生活有奇特的重叠罢了。在洛拉办理离婚程序时,米歇尔曾一度认为我可以为洛拉提供一些好的建议(那时我刚好离完婚)。米歇尔为我们牵了线。我和洛拉一起出去喝过几次酒。她显然很愤怒,而我了解那种愤怒,就是在说"我受够了""我不干了""我要离开"。洛拉刚开始应对离婚要走的官方手续,这些手续会把人困住很长时间。我也才刚刚办完了手续。洛拉向我倾诉一些事,这些事似乎确实和我遇到的一些问题相似(不想离婚的丈夫,事业心强的妻子)。然而,尽管我和洛拉有联系,但我不想陷入尴尬的局面:洛拉想从那个男人身边离开,而我是那个男人的妹妹的密友。我们之间的关系太复杂,因此,我尽量让我们保持一点儿距离。我与贾森和洛拉交往主要是让我们的女儿一起玩、一起过夜,或是交流学校里最近发生的事。当米歇尔来城里的时候,她会和我住在一起,她的两个侄女也会来我家过夜。我们会穿着睡衣度过一段无聊的时光,晚上一起看电影,早上再一起吃薄煎饼。

二〇一九年六月七日，我刚下飞机，收到了米歇尔发来的一条的语音，她听起来惊慌失措。当时，我正在周游各地进行《看不见的伤痕》的售书活动。人们排队找我签字，向我倾诉他们的故事。我对这些队列又爱又怕。一个女人说，她的女儿几个月前被杀害了。另一个女人哭着问我怎么才能帮她把孩子找回来。而当时，我正站在华盛顿特区的喷气桥上等着我的行李，就听到米歇尔说她哥哥家出了事，而她不知道发生了什么。她问我是否可以打电话给她。事态紧急。我没有听完整条语音，直接打了电话。米歇尔在呼叫音响之前就接起了电话。她的声音像是从她腹中发出来的，听起来既熟悉又陌生。我从未听过她发出这样的声音。"贾森家出事了。"米歇尔说。

我问米歇尔发生了什么事。

"要么是洛拉受了伤，要么是贾森自残了，我不知道。"米歇尔急促地呼吸着，断断续续地说着话，每句话都说了两遍。她一遍遍地打贾森的电话，又打洛拉的电话，但他们都没接。就在几分钟前，米歇尔接到了贾森的一个电话，说他和洛拉"辜负了女孩们"——贾森指的是他们的女儿——"请好好照顾她们"。贾森让米歇尔尽快来华盛顿特区，然后挂断了电话。从那以后米歇尔就没能联系上他。她在奥黑尔给我打电话，在买下一班飞机的票。

我从喷气桥上跑了出来，穿过机场，打电话给我前夫。他住在离贾森和洛拉几个街区远的地方。我让前夫去看看他们是否安好。前夫到达时，特警队也在那里。前夫保罗让我和队长通话。我告诉队长米歇尔的联系方式、女孩们的名字和她们就读的学校。队长记下了我提供的信息。当我从机场赶到贾森和洛拉的家时,那里已经被认定为犯罪现场,贾森或洛拉(我们不知道是他们中的哪个)已经被救护车送往医院。他们的女儿还在上学。我们商量了接下来的安排:怎样去接女孩们,把她们带到哪里,在那里待多长时间,必须由米歇尔告诉她们出事了,但她又能对她们说什么呢?突然,我想起了贾森和洛拉的狗,一个邻居把狗带走了。我女儿和他们大女儿的五年级毕业典礼在那天晚上举行,孩子们已经为此练习了好几个星期。我们要等到她们毕业典礼后再告诉她们吗?还是应该干脆不参加毕业典礼?我给校长打了电话。贾森和洛拉的女儿已经被她们的保姆和母亲的一个朋友接走照管。米歇尔的航班于当天午后不久到达,她直接去了他们那里。

其他人渐渐聚集在我家,先是我前夫和我女儿,接着是从芝加哥搬到华盛顿的那帮朋友。然后,米歇尔来了,她的母亲、表亲也来了。米歇尔的表亲是个儿童心理创伤治疗师。其他朋友也在陆续赶来。我们坐在那里,内心因突如其来的打击而紧张不安。我们知道我们身处创伤中,需要做点儿什么,但什么都做不了。不时有警探来我的"家庭办公室"与米歇尔和她母亲谈话。有人想点餐,可能那个人就是我。我几个星期没回家了。虽然家里挤满了人,我心里还是生出了一种打扫房间的冲动,我想为这片混乱带来一些秩序。

前一天晚上,在克利夫兰的巡回售书活动上,我向在场的人介绍了负责处理家暴案的警探马丁娜·拉泰萨。就在两周前,米歇尔还亲自飞往华盛顿参加我的新书发布会。而从那时起,她成了我在这些活动中听到的故事里的角色,而讲故事的人几乎都是女性。这是一个关于分崩离析的生活、家庭、社区的故事。事发后，我们都立刻看出了其中的讽刺意味，但我们不敢说出来，至少在起初是不敢的。在巡回售书活动的其中一站，有人站在会场里，面对着二百个人说她不能回家，不能离开这个会场，因为她害怕自己会在当天被杀害。她问人们，她该怎么办。她的生命正处于迫在眉睫的危机之中。我向在场的人寻求帮助，向当地的组织机构寻求帮助，向人群中能和她说话的人寻求帮助。现在，所有的故事、所有的恐惧和创伤，都已经进入了我的家庭和生活的中心。或许，更重要的是，我的女儿、我亲爱的朋友，以及另外两个无辜的小女孩的生活将永远改变。时至今日大多数时候，对于这场悲剧，我仍无言以对。

我们在几个小时后才知道到底发生了什么。数周后，我们才开始将所有细节拼凑起来。午后，我们得知洛拉没能活下来。晚上，我们得知贾森也死了。正如米歇尔现在所说："我的哥哥在夺走了他妻子的生命之后，结束了他自己的生命。"这种说法对她来说很重要，因为它在某种程度上表现出了她哥哥的绝望和痛苦，同时也承认了他犯下的恐怖罪行。洛拉的朋友和家人肯定会以不同的方式讲述这件事，而我相信我们必须允许每个人找到适合自己的表达方式。痛苦已经够多了。

六月七日那天，米歇尔告别了她过去的生活。从此，她再也没有回过家。想象一下，在我写下这些时，她正在封存那间位于芝加哥、可以观赏到自然保护区风景的公寓。那个夏天，她只带着一个在六月事发那天匆忙带上的背包，那时我们还不知道发生了什么。米歇尔穿着我宽大的衣服，睡我家客房里，借我的鞋穿。当然，米歇尔本来只打算离家几天。然而，转瞬之间，命运把她带到了一个完全不同的地方。不仅仅是地理位置上的转移——这是最不重要的。现在，作为一个单身母亲，她必须开始全新的生活。在可预见的未来，她仍要艰难地办理官方手续。她也必须重建职业生涯。如果说在这一切中存在救赎的话，那就是我们，我们是她永远的归宿，永远在这里支持她。而且我们知道，我们也能看出，两个女孩是多么幸运，她们还有米歇尔，有亲爱的姑姑和熟悉又深爱她们的一群人的照顾。然而……

然而。

这是一个有关家暴凶杀案的故事。当然，这起案子有直接受害者，但它也如一阵激流，冲垮了那些留在世上的人的生活。家人、朋友、同事、邻居以及整个社区都深受影响。在二〇一九年六月七日前，我拥有一项我以前甚至没意识到的特权——站在外人的角度报道家暴。我们得知贾森和洛拉的事时，我最先想到的人是萨莉·肖斯塔和莎拉·莫索尔。她们都听说了这件事。我不清楚她们是怎么知道的，但她们都通过电子邮件联系了我。我哭了。在我身边所有了不起的人——从朋友到杰奎琳·坎贝尔和凯利·邓恩这样的专家中，我最渴望交谈的人是萨莉和莎拉。萨莉和莎拉会明白我的感受。最后，我和她们都聊了聊，并且这两次谈话都带来了治愈我的东西。"我太了解了，你和你的朋友所感受到的困惑、悲伤、愤怒和痛苦，"莎拉在给我的信中写道，"我为你、你的朋友和两个无辜的小女孩心碎。"我几乎不知该如何表达感激之情。

米歇尔现在住在我家附近,从有趣的姑姑变成了孩子的养母。我们情绪低落地度过了那个夏天。有时我会看着她——我说过她很迷人吗?她高挑瘦削,有一头优雅的黑发,由内而外散发出一种平静宁和的气质。我想抱住米歇尔,告诉她我无法相信发生了什么。发生的每一件事都让我难以置信。见过米歇尔的人,从律师到住在附近的家长,都很惊讶她能如此平静地应对这件事,应对一个人能想象到的最糟糕的情况。她就像一颗从玻璃上滑落的水珠,平静、安稳、不可动摇。她的注意力永远不会偏离现在由她负责照管的女孩们。她像以前一样爱她们,完全地、坚定地、像每对父母一样发自内心地爱着她们。

"家暴不是私人问题,而是一个亟待解决的公共健康问题。"多年前,我在《看不见的伤痕》的序言中写下了这句话,现在我对这句话已经有了当时所没有的切身体会。家暴会影响到每个人的生活,解决家暴每天都在变得更加急迫与重要。在这本书出版前几周,最新数据显示,二〇一五年以来,美国家暴凶杀案发生率呈上升趋势,自二〇一七年一月以来已经增加了百分之三十三。[1]

其他国家也在努力应对家暴发生率上升的问题。在加拿大,家暴和约会暴力发生率在过去十年内有所下降,但现在暴力事件的数量在"激增"。卡尔加里警察局的一个警察告诉当地记者,一场"流行病"正在他们之间蔓延。[2] 在南非,针对妇女的暴力行为已演变为一场国家危机,平均每三小时就有一名女性被杀,据估计这一数据是西欧的五倍。[3] 在我写下这些时,法国正在全国各地举办一系列会议,召集警察、法国官员及家庭暴力协会,来对抗法国日益严峻的女性被杀害的趋势。据《纽约时报》报道,二〇一九年法国家暴凶杀案达到一百起的时间比之前任何一年都早。《纽约时报》称这是一个"可怕的基准"。[4]

从二〇一一年到二〇一八年，土耳其女性被杀的案件增加了近四倍。[5] 据联合国估计，俄罗斯每年有一万两千名女性被杀害。[6] 在巴西，自二〇一八年以来，女性被杀的案件数量上涨了百分之四[7]，这一数据是否准确很难核实，但很可能低于实际情况。在西班牙，家暴和性暴力发生率十分惊人，二〇一九年九月二十日晚上，社会活动家们走上西班牙二百五十个城市的街头抗议，组织者认为，立法者对家暴的重视、为解决家暴采取的行动都是不足的。他们称示威活动为进入"女权主义紧急状态"。[8] 还有其他地方处于女权主义紧急状态：匈牙利、波兰和克罗地亚的保守政府已经取消了对妇女组织的资助，在性别平等政策方面倒退了十年。[9] 全球有超过十亿妇女缺乏家暴方面的法律保护。[10]

《看不见的伤痕》讲述的是发生在美国的故事，但无论你身处哪个国家，正在扩张的亲密恐怖主义和家暴的模式都是一样的：攻击行为、性别角色、胁迫、受害者行为心理，还有——或许是最重要的——一次又一次出现在世界各地案例中的高风险因素。我希望我的书只是一场漫长而全面的国际讨论的开始。我希望有人能承担起扩充知识、拓展合作、改进我们的系统性政策、改变我们的文化、为我们今后的发展勾画蓝图的任务。实际上，我的责任是让这本书过时。一本书能起到的作用是有限的。而我意识到，我在《看不见的伤痕》中开启的一些对话需要和其他紧迫的讨论一起进行。在我看来，其中最值得关注的是大规模监禁和儿童干预的策略。

我不认为我们可以通过逮捕和监禁来解决家暴问题。正如我在这本书中指出的那样，与刚入狱时相比，出狱时一个人的暴力倾向往往不会减轻。我认为，任何有关家暴及其后果的规范讨论都必须与监狱改革的讨论协同进行。讨论的一部分可能是如何更好地、以全新的方式应用恢复性司法。最近我在想，为什么我们不像为危机中的受害者或要喝酒的酗酒者那样，为施暴者设立热线？为什么我们中没有人资助那些完成暴力干预项目的人呢？如果有这样一个人资助唐特，他的生活会有什么改变？

我还认为，我们需要通过青少年项目，从根源入手解决家暴问题。全国各地都有帮助受家暴侵害儿童的夏令营，但这些夏令营都在应对暴力发生后的问题。一些学校有干预措施，但我们不能简单地将这一任务强加给那些资源不足、教师超负荷工作的学校。系统性变革不可能是短期的。当大众媒体把跟踪行为浪漫化的时候，年轻人又该如何了解病态的嫉妒是什么样子呢？例如，在《暮光之城》系列电影中，为什么把男人在女人睡觉时看着她，描绘为一种浪漫行为呢？

我相信，我写这本书的目的之一是为我们了解家暴现状开一扇窗，而不是叙写我们希望、相信或渴望出现的情况。我没打算让这本书成为一种强加于人的指示或规范，原因之一是作为一名记者，我的任务是写故事，而不是改变故事的内容。然而在完成写作后，我的理念是，我们应该尝试每一种想法、尝试一切，不留任何遗漏。因为家暴问题的影响是如此巨大，而生命是如此脆弱。我们无法承受更多的失去了——我们不能再失去更多的时间，当然也不能再失去更多的生命。

虽然我为此感到惊讶，但《看不见的伤痕》的反响在激励着我继续探究家暴问题,在不断变化的讨论中讲述更多我们生活中的微妙故事。很多国家很快就会有这本书的译本。在美国各地,从东海岸到西海岸,这本书已经成为社区读物,或是执法人员、法官和倡导者的必读书。于我而言,我写《看不见的伤痕》的目的很简单:让公众了解有关家暴的事。这是一本非常基础的书。它可能会改变现状。我相信我们都同意,现状已经被忽视太久了。这本书不是为专家写的,尽管我为很多专家阅读了这本书并联系了我而备受鼓舞。当然,我确实是为受害者、施暴者和反家暴前线的倡导者而写。但我想,我主要是为了身处家庭暴力之外的人而写,为那些自以为了解、实际却一无所知的人而写。我为质疑自身痛苦本质的女人而写,为仍旧认为家暴是女人之错的男人而写,为感到自己被忽视的 LGBTQ 青少年而写。我也为我这样迷信偏见与谎言却不自知的人而写。从这个角度出发,我想,我写这本书,是为了献给过去那个无知的自己。

二〇一九年十月

致谢

或许对于一部叙事性非虚构作品来说,最重要的是时间。你要讲述其他人的故事,而这个故事正好是发生在他们身上最糟糕的事情。对他们来说,为此付出时间是一种不凡之举。因此,我深深感谢洛奇·莫索尔(Rocky Mosure)和米歇尔·蒙森(Michelle Monson)的家人,感谢他们付出的时间、对我的信任和坦承。如果我说我没有常和他们一同哀哭,那一定是假话。因此,我将最深切的感谢献给萨莉·肖斯塔(Sally Sjaastad)、保罗·蒙森(Paul Monson)、莎拉(Sarah Mosure)和戈登·莫索尔(Gordon Mosure)、阿莉莎·蒙森(Alyssa Monson)和梅拉妮·蒙森(Melanie Monson)。我还要感谢那些为我付出时间的人,他们为我一次又一次地牺牲自己的时间,有的人甚至坚持了许多年。这些人包括吉米·埃斯皮诺萨(Jimmy Espinoza)、唐特·刘易斯(Donte Lewis)、哈米什·辛克莱(Hamish Sinclair)、大卫·亚当斯(David Adams)、尼尔·韦伯斯戴尔(Neil Websdale)、基特·格鲁埃尔(Kit Gruelle)、桑尼·施瓦茨(Sunny Schwartz)、雷吉·丹尼尔斯(Reggie Daniels)、里奥·布鲁恩(Leo Bruenn)、路得·摩根

(Ruth Morgan)、佩格·豪切凯勒(Peg Hacskaylo)、纳塔莉娅·奥特罗(Natalia Otero)、马丁娜·拉泰萨(Martina Latessa)、杰奎琳·坎贝尔(Jacquelyn Campbell)、李·约翰逊(Lee Johnson)、苏珊娜·迪比(Suzanne Dubus)、凯利·邓恩(Kelly Dunne)、罗伯特·怀尔(Robert Wile)、凯西·格温(Casey Gwinn)、格尔·斯特拉克(Gael Strack)、西尔维娅·韦拉(Sylvia Vella)、琼·巴斯科内(Joan Bascone)、詹姆斯·吉利根(James Gilligan)、琼·麦克拉肯(Joan McCracken)、加里·格里格森(Gary Gregson)、威廉·基德(William Kidd)、洛乌·约翰斯(Lou Johns)、莫琳·柯蒂斯(Maureen Curtis)和林恩·罗森塔尔(Lynn Rosenthal)。感谢尼基·阿林森(Nikki Allinson)为我反复检查了数据计算是否有误。我要特别感谢马修·戴尔(Matthew Dale),他没能等到这本书出版那天就离世了,但他为受害者做的无限努力正在书页中生根发芽。

我要感谢这些团体的支持:华盛顿人文艺术委员会(DC Commission on the Arts and Humanities)、美利坚大学文理学院(College of Arts and Sciences at American University),特别是哥伦比亚新闻学院(Columbia School of Journalism)和哈佛大学尼曼基金会(Harvard University's Neiman Foundation)颁发的卢卡斯工作进步奖(Lukas Work-in-Progress Award)。你们让不可能成为可能。

一直以来,我与我的家人和朋友亲密无间。我一如既往地感谢安·马克斯维尔(Ann Maxwell)、大卫·科里(David Corey)、安德烈·迪比三世(Andre Dubus Ⅲ)、方丹·迪比(Fontaine Dubus)、大卫·凯普林格(David Keplinger)、斯蒂芬妮·格兰特(Stephanie Grant)、丹妮尔·埃文斯(Danielle Evans)、唐纳德·拉特利奇

(Donald Rutledge)、索洛克·西姆（Soleak Sim）、兰斯·李（Lance Lee）、扎卡·费希尔（Zac Fisher）、利森·斯特龙伯格（Lisen Stromberg）、特德·康诺弗（Ted Conover）、玛莎·格森（Masha Gessen）、凯特·伍德桑姆（Kate Woodsome）、伊丽莎白·弗洛克（Elizabeth Flock）、朱莉·吉布森（Julie Gibson）、雅丝米娜·库劳佐夫（Yasmina Kulauzovic）、米歇尔·里夫（Michelle Rieff）、察普（Tap Jordanwood）和米娅·乔丹伍德（Mia Jordanwood）、利萨·伊夫斯（Lisa Eaves）、伊丽莎白·贝克尔（Elizabeth Becker）、珍·巴道夫（Jen Budoff）、汤姆·海涅曼（Tom Heineman）、莎拉·波洛克（Sarah Pollock）、凯特琳·安·罗兰兹（Katherine Ann Rowlands）、艾利森·布劳尔（Alison Brower）、玛丽安娜·莱昂内（Marianne Leone）、克里斯·库珀（Chris Cooper）、理查德·斯奈德（Richard Snyder）和乔舒亚·斯奈德（Joshua Snyder）。

布卢姆斯伯里出版公司（Bloomsbury）拥有最令人愉快、最具创造力的团队，我为与他们共事感到荣幸。他们是莎拉·默丘里奥（Sara Mercurio）、詹娜·达顿（Jenna Dutton）、妮科尔·贾维斯（Nicole Jarvis）、瓦伦丁娜·赖斯（Valentina Rice）、马里耶·库欧曼（Marie Coolman）、弗兰克·本巴洛（Frank Bumbalo）、卡佳·梅日博夫斯卡娅（Katya Mezhibovskaya）、辛迪·洛（Cindy Loh）和埃利斯·莱维纳（Ellis Levine）。他们让我明白，在他们的工作中，作者的声音总是最重要的。我尤其要感谢我的编辑考丽·加尼特（Callie Garnett）和安东·米勒（Anton Mueller），他们的智慧和优雅在这本书的每一页留下了痕迹。

在美利坚大学，我有幸得到了同事们的支持。他们支持我进行知识和创造性工作，并在潜移默化中不断启发我。我万分感谢彼得·斯塔尔（Peter Starr）、大卫·派克（David Pike）、凯特·威尔逊（Kate Wilson）、帕蒂·帕克（Patty Park）、凯尔·达根（Kyle Dargan）、多连·珀金斯-瓦尔德斯（Dolen Perkins-Valdez）、理查德·麦卡恩（Richard McCann）和德斯皮娜·卡库达基（Despina Kakoudaki）。感谢《纽约客》的编辑，在我完全不确定会不会有人为我提供表达心声的外部环境时，他们耐心地与我展开了合作。他们是阿兰·伯迪克（Alan Burdick）、卡拉·布卢门克兰茨（Carla Blumenkranz）、多萝西·威肯登（Dorothy Wickenden）和劳蕾塔·查尔顿（Lauretta Charlton）。

毫不夸张地说，如果没有我的研究助理莫莉·麦金尼斯（Molly McGinnis）孜孜不倦的帮助，这本书就不会成为现在的样子。她时不时问我："我今天应该是支持型研究员还是权威型编辑呢？"记住她的名字，她会干出一番事业的。

苏珊·拉默（Susan Ramer），二十三年来有你做我的经纪人，我真是太幸运了。几十年的时间证明了一个事实：如果不是因为你，我今天不会写下这些。感谢你对我的文字的信任，感谢你孜孜不倦地推动我发挥出最大的潜能。我的书的每一页都隐藏着你的指纹。

最后，感谢爵士乐，在这个世界上，我最喜欢和关心的一切都可以在你身上找到。

注释

序言

1. 正式名称为"柬埔寨法院特别法庭"(Extraordinary Chambers in the Courts of Cambodia),不要将其与荷兰海牙国际刑事法庭(International Criminal Court in The Hague, Netherlands)混为一谈。在非正式谈话中,我们倾向于简单地将柬埔寨法院特别法庭称为"军事法庭"(war crimes tribunal)。
2. United Nations Office on Drugs and Crime, "Home, the Most Dangerous Place for Women, with Majority of Female Homicide Victims Worldwide Killed by Partners or Family, UNODC Study Says," press release, November 25, 2018, https://www.unodc.org/unodc/en/press/releases /2018/November/home—the-most-dangerous-place-for-women—with-majority-of-female-homicide-victims-worldwide-killed-by-partners-or-family—unodc-study-says.html.
3. United Nations, "Secretary-General Calls for Transformation in Men's Attitudes to End All Forms of Violence against Women," press release, November 24, 2003, https://www.un.org/press/en/2003/sgsm9030.doc.htm.
4. Krupa Padhy, "The Women Killed on One Day around the World," BBC News, November 25, 2018, https://www.bbc.com/news/world-46292919. 亦见 UNODC, "Home, the Most Dangerous Place for Women."
5. UNODC, "Home, the Most Dangerous Place for Women."
6. Callie Marie Rennison, PhD, "Intimate Partner Violence, 1993-2001," Bureau

of Justice Statistics, Crime Data Brief, February 2003, https://www.bjs.gov/content/pub/pdf/ipv01.pdf.
7. 来自杰奎琳·坎贝尔（Jacquelyn Campbell）的电子邮件。
8. "eight million workdays": National Coalition against Domestic Violence, Statistics, https://ncadv.org/statistics.
9. Jing Sun et al., "Mothers' Adverse Childhood Experiences and Their Young Children's Development," *American Journal of Preventive Medicine* 53, no. 6 (December 2017): 882-91.
10. "Women and Children in the Crosshairs: New Analysis of Mass Shootings in America Reveals 54 Percent Involved Domestic Violence and 25 Percent of Fatalities Were Children," Everytown for Gun Safety, April 11, 2017, https://everytown.org/press/women-and-children-in-the-crosshairs-new-analysis-of-mass-shootings-in-america-reveals-54-percent-involved-domestic-violence-and-25-percent-of-fatalities-were-children.
11. W. Gardner Selby, "Domestic Violence not Confirmed as Consistent Predictor of Mass Shootings," Politifact, December 2, 2017, https://www.politifact.com/texas/statements/2017/dec/02/eddie-rodriguez/domestic-violence-not-confirmed-precursor-mass-sho.
12. Associated Press, "Church Gunman's Wife Says He Cuffed Her to Bed, Said He'd Be 'Right Back' before Rampage," CBS News, August 13, 2018, https://www.cbsnews.com/news/sutherland-springs-texas-church-gunman-devin-kelley-wife-speaks-out.
13. Sarah Ellis and Harrison Cahill, "Dylann Roof: Hindsights and 'What Ifs,' " *The State*, June 27, 2015, https://www.thestate.com/news/local/article25681333.html. 亦见 Daniel Bates, "EXCLUSIVE: Charleston Killer Dylann Roof Grew Up in a Fractured Home Where His 'Violent' Father Beat His Stepmother," *Daily Mail*, June 19, 2015, https://www.dailymail.co.uk/news/article-3131858/Charleston-killer-Dylann-Roof-grew-fractured-home-violent-father-beat-stepmother-hired-private-detective-follow-split-claims-court-papers.html.

14. 这不包含受害者补助金。Office on Violence Against Women (OVW), "FY 2018 Budget Request at a Glance," https://www.justice.gov/jmd/page/file/968291/download.

15. Office of Management and Budget, "An American Budget, Fiscal Year 2019," https://www.whitehouse.gov/wp-content/uploads/2018/02/budgetfy2019.pdf.

16. Paul R. La Monica, "Happy Prime Day! Bezos Worth $150 Billion as Amazon Hits All-Time High," CNN Business, July 16, 2018, https://money.cnn.com/2018/07/16/technology/amazon-stock-prime-day-jeff-bezos-net-worth/index.html. 我的数学太差了，不得不给我上五年级的女儿的数学老师打电话，核实了这一数据，谢谢你，阿林森女士！

17. Naomi Graetz, "Wifebeating in Jewish Tradition," *Jewish Women: A Comprehensive Historical Encyclopedia*, February 27, 2009, Jewish Women's Archive, https://jwa.org/encyclopedia/article/wifebeating-in-jewish-tradition.

18. 同上。

19. Elizabeth Pleck, *Domestic Tyranny: The Making of American Social Policy against Family Violence from Colonial Times to the Present* (Champaign, IL: University of Illinois Press, 2004).

20. "History of Domestic Violence: A Timeline of the Battered Women's Movement," Minnesota Center Against Violence and Abuse; Safety Network: California's Domestic Violence Resource. September 1998 (copyright 1999). 亦见 Barbara Mantel, "Domestic Violence: Are Federal Programs Helping to Curb Abuse?" *CQ Researcher* 23, no. 41 (November 15, 2013): 981-1004, http://library.cqpress.com/cqresearcher/cqresrre2013111503. And Pleck, *Domestic Tyranny*, 17, 21-22.

21. Jackie Davis, "Domestic Abuse," white paper, Criminal Justice Institute, https://www.cji.edu/wp-content/uploads/2019/04/domestic_abuse_report.pdf.

22. Vivian Acheng, "15 Countries Where Domestic Violence Is Legal," The Clever, May 26, 2017, https://www.theclever.com/15-countries-where-domestic-violence-is-legal.

23. Anastasia Manuilova, "Nine Months After New Domestic Violence Law,

Russian Women Still Struggle," *Moscow Times*, November 24, 2017, https://themoscowtimes.com/articles/nine-months-on-russian-women-grapple-with-new-domestic-violence-laws-59686.

24. U.S. Department of Justice, Office of the Attorney General, 27 I&N Dec. 316 (A.G. 2018), Interim Decision #3929, Decided by Attorney General June 11, 2018, https://www.justice.gov/eoir/page/file/1070866 /download.

25. U.S. Department of Health & Human Services, Office on Women's Health, "Laws on Violence against Women," https://www.womenshealth.gov/relationships-and-safety/get-help/laws-violence-against-women.

26. National Center for Victims of Crime, Stalking Resource Center, http://victimsofcrime.org/our-programs/stalking-resource-center/stalking-information.

27. National Center for Victims of Crime, Stalking Resource Center, "Analyzing Stalking Laws," http://victimsofcrime.org/docs/src/analyzing-stalking-statute.pdf?sfvrsn=2. 在英国，跟踪行为在传统上被简单视为"骚扰"，尽管每年有20万女性报警称遭到跟踪，且专家称这个数字仅为实际的四分之一。但与美国不同的是，2012年，英国政府通过了一条法律，允许以"跟踪"的罪名提出指控；截止至2015年，上诉率提高了50%。

28. National Domestic Violence Hotline, "Our History: Domestic Violence Advocates," https://www.thehotline.org/about-the-hotline/history-domestic-violence-advocates.

29. Lethality Assessment Program, Development of the Lethality Assessment Program (LAP), https://lethalityassessmentprogramdotorg.files.wordpress.com/2016/09/development-of-the-lap1.pdf.

30. http://library.cqpress.com/cqresearcher/document.php?id=cqresrre2013111503#NOTE[21]. 因为辛普森案的审判早于国家家庭暴力热线（National Domestic Violence Hotline）（更不用说互联网上），这一数据不是在全国范围内追踪而来的，而是来自全国各地庇护所和热线公开的电话录音统计。

31. Associated Press, "1 Million Women Victims of Domestic Violence in '91,"

Los Angeles Times, October 3, 1992, http://articles.latimes.com /1992-10-03/news/mn-266_1_domestic-violence.
32. Chris Cillizza, "Why Donald Trump Won't Condemn Rob Porter," The Point with Chris Cillizza, February 2, 2018, https://www.cnn.com/2018/02/09/politics/rob-porter-trump-response/index.html 亦见 Editorial Board, "What if Donald Trump Really Cared About Women's Safety?" *New York Times*, February 8, 2018, https://www.nytimes.com/2018/02/08/opinion/trump-porter-abuse-women.html.

形影不离的姐妹

1. 历史学家对这个传说有争议，表示如果真的有克罗部落战士自杀事件，应该发生在河的另一边。Clair Johnson, "Sacrifice Cliff: The Legend and the Rock," *Billings Gazette*, December 20,2014, http://billingsgazette.com/news/local/sacrifice-cliff-the-legend-and-the-rock/article_fc527e19-8e68-52fe-8ffc-d0ff1ecb3fea.html.

爸爸万岁

1. 在马里兰州，"跟踪"一直属于轻罪。在蒙大拿，一般第一次跟踪会被判轻罪，尽管根据 2003 年通过的一条法律，可以将其定为重罪。Montana Code Annotated 2015, 45-5-220. Stalking—exemption—penalty, https://leg.mt.gov/bills/mca/45/5/45-5-220.htm. 亦见 Montana Code Annotated 2015, 45-2-101. 总述, https://leg.mt.gov/bills/mca/45/2/45-2-101.htm. 尽管在全部 50 个州中跟踪行为都属于犯罪，只有十几个州允许以重罪起诉初犯。National Coalition against Domestic Violence, "Facts about Violence and Stalking": https://www.speakcdn.com/assets/2497/domestic_violence_and_stalking_ncadv.pdf. 亦见 NCADV, Statistics: https://ncadv.org/statistics. 只有四十多个州允许以重罪起诉跟踪行为，而只有 13 个州允许被跟踪的受害者起诉跟踪者。National Center for Victims of Crime, Stalking Resource Center, "Federal Stalking Laws," 18 USCS § 2261A. Stalking. (2013), http://victimsofcrime.org/our-programs/stalking-resource-center/stalking-laws/

federal-stalking-laws#61a.
2. Abby Ellin, "With Coercive Control, the Abuse Is Psychological," Well blog, July 11, 2016, https://well.blogs.nytimes.com/2016/07/11/with-coercive-control-the-abuse-is-psychological.
3. Evan Stark, PhD, MSW, "Re-presenting Battered Women: Coercive Control and the Defense of Liberty," *Prepared for Violence Against Women: Complex Realities and New Issues in a Changing World* (Les Presses de l'Université du Québec: 2012), http://www.stopvaw.org/uploads/evan_stark_article_final_100812.pdf.
4. Home Office and the Rt. Hon. Karen Bradley, MP, "Coercive or Control.ling Behaviour Now a Crime," December 29, 2015, https://www.gov.uk/government/news/coercive-or-controlling-behaviour-now-a-crime.

那头渐渐逼近的熊

1. 米歇尔当晚写下的内容一部分引用的是埃德·吉米特（Ed Kemmick）2002年11月23日发表于比灵斯公报的一篇文章，题为《那个黑暗的夜晚》（That Black Night）。萨莉也和我一同看了米歇尔的原始笔记。
2. Montana Code Annotated 2015, 45-5-206. Partner or family member assault—penalty, http://leg.mt.gov/bills/mca/45/5/45-5-206.htm.
3. 来自凯利·邓恩（Kelly Dunne）于2011年7月马萨诸塞州纽柏里波特进行的谈话。

你爱的人会置你于死地

1. 坎贝尔不止统计了被枪杀的女人，2018年9月暴力政策中心（Violence Policy Center）公布的数据表明，每月有50名美国女性被杀害，而这一数据只包括被枪杀的女性数量。
2. Andrew R. Klein, "Practical Implications of Current Domestic Violence Research. Part 1: Law Enforcement." National Criminal Justice Reference Service, unpublished. April 2008, https://www.ncjrs.gov/pdffiles1/nij/grants/222319.pdf.

3. Office for the Prevention of Domestic Violence, OPDV Bulletin, Winter 2014, http://www.opdv.ny.gov/public_awareness/bulletins/winter2014/victimsprison.html; State of New York Department of Correctional Services, "Female Homicide Commitments: 1986 vs. 2005" (July 2007).
4. 在开庭前,拉蒂娜·雷伊(Latina Ray)已经承认了一项会被判处 11 年有期徒刑的罪行。她的故事记录在纪录片《私人暴力》(*Private Violence*)中。
5. 在写这本书时,2013 年,"凶杀"排在非裔女性死亡原因的第二位,仅稍次于艾滋病。
6. "百分之六十"这一数据来自与西尔维娅·韦拉(Sylvia Vella)博士的对话。亦见 Nancy Glass et al., "Non-Fatal Strangulation Is an Important Risk Factor for Homicide of Women," *The Journal of Emergency Medicine* 35, no. 3 (October 2007): 330.
7. Gael B. Strack and Casey Gwinn, "On the Edge of Homicide: Strangulation as a Prelude," *Criminal Justice* 26, no. 3 (Fall 2011): 2 ("gendered crime").
8. Gael B. Strack, George E. McClane, and Dean Hawley, "A Review Of 300 Attempted Strangulation Cases, Part I: Criminal Legal Issues," *The Journal of Emergency Medicine* 21, no. 3 (2001): 303-09; 来自与格尔·斯特拉克(Gael Strack)、杰奎琳·坎贝尔(Jacquelyn Campbell)、格里·格林斯潘(Geri Greenspan)、西尔维娅·韦拉(Sylvia Vella)、凯西·格温(Casey Gwinn)的谈话。
9. 见格尔·斯特拉克(Gael Strack)与凯西·格温(Casey Gwinn)合著的《在凶杀边缘》(On the Edge of Homicide)一文。
10. Strack et al., "A Review of 300 Attempted Strangulation Cases."
11. "窒息是罪犯凶杀前的最后一项虐待行为":斯特拉克(Gael Strack)据此创造了"暴力连续性"(continuum of violence)一词。
12. 与西尔维娅·韦拉(Sylvia Vella)的谈话。
13. 来自北亚利桑那大学反家暴机构尼尔·韦伯斯戴尔(Neil Websdale)的电子邮件。
14. 来自格尔·斯特拉克(Gael Strack)的谈话。迪安·霍利(Dean Hawley)

向我解释了有关自主神经系统的信息。他只是以"扼颈窒息案都是按轻罪判决的"这部分为背景谈论的。见 Strack et al., "A Review of 300 Attempted Strangulation Cases."。

15. Alliance for Hope International, Training Institute on Strangulation Prevention, http://www.strangulationtraininginstitute.com/about-us.

16. 马特·奥斯特赖尔（Matt Osterrieder）提供了最高法院判决的背景信息。亦见：

  • 美国量刑委员会（United States Sentencing Commsion）对扼颈行为的量刑准则，见链接中文档的第 53 页：http://www.ussc.gov/sites/default/files/pdf/guidelines-manual/2014/CHAPTER_2_A-C.pdf.

  • 美国量刑委员会量刑表（第 14 级开始为家庭暴力）：http://www.ussc.gov/sites/default/files/pdf/guidelines-manual/2014/2014sentencing_table.pdf.

  • 根据美国量刑委员会指导手册（2014 年 11 月 1 日）第 371 页，"承担责任"的意思是，如果他们认罪，可以得两分：http://www.ussc.gov/sites/default/files/pdf/guidelines-manual/2014/GLMFull.pdf.

17. Training Institute on Strangulation Prevention, Strangulation Prevention E-Newsletter, September 2017, http://myemail.constantcontact.com/E-news-from-the-Training-Institute-on-Strangulation-Prevention.html?soid=1100449105154&aid=2vdIhX bn5lM.

18. Alexa N. D'Angelo, "Maricopa County Domestic-Violence Deaths Drop after Policy Change," *Arizona Republic*, March 2, 2015, http://www.azcentral.com/story/news/local/phoenix/2015/03/02/county-attorney-strangulation-protocol/24001897.

19. 注意：这里的数据从 14% 上升到 60%，而丹尼尔·林孔（Daniel Rincon）警长说现在这一数据是 75%。因此最新数据与已发布的文件中的 "60%" 存在差异。(见 page 2 of National Domestic Violence Fatality Review Initiative Fall 2012 Newsletter: http://www.ndvfri.org/newsletters/FALL-2012-NDVFRI-Newsletter.pdf)，然而，现在林孔会在培训中用 "75%" 这一数据，来自马里科帕县检察官办公室。

20. 来自扼颈防控机构（Institute on Strangulation Prevention）2017 年 9 月的

电子快讯。

21. 见 Alice David, "Violence-Related Mild Traumatic Brain Injury in Women: Identifying a Triad of Postinjury Disorders," *Journal of Trauma Nurses* 21, no. 6 (November 2014): 306-07.
22. 来自作者的电子快讯。
23. 有关诊断与治疗阻碍的信息主要来自迪安·霍利（Dean Hawley）。格尔·斯特拉克（Gael Strack）也证实了这些内容，检察官格里·格林斯潘（Geri Greenspan）探讨了法律方面的阻碍。

体系、意外、案件

1. National Domestic Violence Fatality Review Initiative Review Teams, https://www.ndvfri.org/review-teams.
2. Montana Department of Justice, Office of Consumer Protection and Victim Services, Montana Domestic Violence Fatality Review Commissions, September 2015, http://www.leg.mt.gov/content/Committees/Interim/2015-2016/Law-and-Justice/Meetings/Sept-2015/Exhibits/dale-presentation-domestic-violence-review-september-2015.pdf.
3. Johns Hopkins Medicine, "Study Suggests Medical Errors Now Third Leading Cause of Death in the U.S.," press release, May 3, 2016, https://www.hopkinsmedicine.org/news/media/releases/study_suggests_medical_errors_now_third_leading_cause_of_death_in_the_us.

忏悔

1. 引自哈米什·辛克莱（Hamish Sinclair）和埃德·贡多尔夫（Ed Gondolf）2014 年 4 月的电话对谈，对谈内容已经过编辑。辛克莱在与我的私下交流中给了我这份对谈内容，并解释了他的理念和课程。贡多尔夫著有《施暴者干预项目前景》（*The Future of Batterer Programs*）一书。
2. David Frum, "Why Didn't the White House See Domestic Violence as Disqualifying?" *Atlantic*, February 8, 2018, https://www.theatlantic.com/politics/archive/2018/02/porter/552806.

3. 郑重声明,我举手了。但我作为成年人,坐在几百个蹦蹦跳跳、咯咯笑个不停的孩子之间,我无法参与。与此同时,我的女儿蜷缩在座位上,希望我不会使她难堪。当然,我让她很尴尬。
4. 这不应与神经语言程序学替代医疗混淆,人们曾错误地认为该疗法能治疗从癌症、帕金森综合征到普通感冒等一系列疾病,现在这一认知已被推翻。

在鱼缸里审视暴力

1. 她的真实姓名已被改换。我不知道维多利亚父亲的身份,也没有证实她那天在监狱里的陈述。对我来说,重点是观察争取正义是如何进行的。
2. 在监狱中我没有获得录音的许可。
3. Schwartz's own memoir, *Dreams from the Monster Factory: A Tale of Prison, Redemption and One Woman's Fight to Restore Justice to All*, 其中包含了大量关于创立 RSVP 项目的细节。
4. Bandy Lee and James Gilligan, "The Resolve to Stop the Violence Project: Transforming an In-House Culture of Violence through a Jail-Based Programme," *Journal of Public Health* 27, no. 2, (June 2005): 149-55.
5. 同上,143-48,可以有收益是因为不需要再次逮捕和起诉那些可能再次犯罪的人,也可以省去关押犯人的一般开销。
6. 阿莉莎·赖克(Alissa Riker)是圣布鲁诺项目的现任主管。我们在 2018 年春天通过电话谈论了项目的背景信息。
7. Lee and Gilligan, "The Resolve to Stop the Violence Project."
8. Cora Peterson et al., "Lifetime Economic Burden of Intimate Partner Violence among U.S. Adults," *American Journal of Preventive Medicine* 55, no. 4 (October 2018): 433-44.
9. Department of Health and Human Services, Centers for Disease Control and Prevention, National Center for Injury Prevention and Control, *Costs of Intimate Partner Violence Against Women in the United States* (March 2003).
10. Report by Amy S. Ackerman, Deputy City Attorney, Domestic Violence Investigation—December 2001. Available here: https://sfgov.org/dosw/domestic-

violence-investigation-december-2001.
11. Caroline Wolf Harlow, PhD, "Prior Abuse Reported by Inmates and Probationers," Bureau of Justice Statistics, Selected Findings, April 1999, https://www.bjs.gov/content/pub/pdf/parip.pdf.

致命危险俱乐部

1. 她的真实姓名已被改换。
2. 2018年10月，哈米什·辛克莱（Hamish Sinclair）不得不停止在格莱德社区中心的"真男人"课程，因为缓刑部门下令不允许缓刑犯查阅其他缓刑犯的档案，那些已经上完"真男人"课程、接受过助理培训的人也不行。辛克莱将会在其他机构上课，他不会选择隶属旧金山缓刑办公室的机构。这不影响埃斯皮诺萨（Jimmy Espinoza）和"社会工作"的同事们在圣布鲁诺附属办公室授课。

聚集在上层

1. 尽管这种情况在亚当斯（David Adams）写论文后数年内略有改善，但女性仍是照顾孩子和家务活儿——"看不见的"料理家务的"工作"——的主力。见 Pew Research Center, "Raising Kids and Running a Household: How Working Parents Share the Load," November 4, 2015, http://www.pewsocialtrends.org/2015/11/04/raising-kids-and-running-a-household-how-working-parents-share-the-load. 亦见 Jillian Berman, "Women's Unpaid Work Is the Backbone of the American Economy," MarketWatch, April 15, 2018, http://www.marketwatch.com/story/this-is-how-much-more-unpaid-work-women-do-than-men-2017-03-07.
2. 数据来自大卫·亚当斯（David Adams）。
3. Edward W. Gondolf, *The Future of Batterer Programs: Reassessing Evidence-Based Practice* (Boston: Northeastern University Press, 2012), 237.
4. Aaron Wilson, "Ray Rice's Domestic Violence Charges Dismissed by New Jersey Judge," *Baltimore Sun*, May 21, 2015, https://www.sun-sentinel.com/sports/bal-ray-rice-completes-pretrial-intervention-in-domestic-violence-case-

in-new-jersey-charges-being-dismi-20150521-story.html.
5. Deborah Epstein, "I'm Done Helping the NFL Players Association Pay Lip Service to Domestic Violence Prevention," *Washington Post*, June 5, 2018, https://www.washingtonpost.com/opinions/im-done-helping-the-nfl-pay-lip-service-to-domestic-violence-prevention/2018/06/05/1b470bec-6448-11e8-99d2-0d678ec08c2f_story.html.
6. C. Eckhardt, R. Samper, and C. Murphy, "Anger Disturbances Among Perpetrators of Intimate Partner Violence: Clinical Characteristics and Outcomes of Court-Mandated Treatment," *Journal of Interpersonal Violence* 23, no. 11 (November 2008): 1600-17.
7. Ellen Pence, "Duluth Model," Domestic Abuse Intervention Programs, Duluth, MN. http://www.theduluthmodel.org.

挥之不去的心魔

1. 许多犯下灭门案或家暴凶杀案的人声称"听到声音",试图用"因精神失常而无罪"做辩护,这几乎不会起到作用。陪审团有充足理由质疑这种辩护,并且,证明精神失常的门槛非常、非常高。
2. 就连这两起案子上新闻头条的事实也说明了头条新闻往往与种族有关。一名白人中产阶级男性杀了同样属于白人中产阶级的妻子和孩子,这是一条令人震惊的新闻;而黑人女性和儿童遇害就不那么值得上头条新闻了。考虑到犯下灭门案的主要是白人男性,很难做出有针对性的比较。
3. 我对一些他描述的景象持怀疑态度,一个原因是裹尸袋通常是在战场上使用的。而奥汉隆没有上战场参加哪些行动;另一个原因是它们是战争的代名词,代表了一种很少被挖掘的情感体验。

超级英雄的膝盖骨

1. A. Jolin et al., "Beyond Arrest: The Portland, Oregon Domestic Violence Experiment, Final Report," Washington, D.C.: U.S. Department of Justice, 95-IJ-CX-0054, National Institute of Justice, NCJ 179968 (1998); E. Lyon, "Special Session Domestic Violence Courts: Enhanced Advocacy and

Interventions, Final Report Summary," Washington, D.C.: U.S. Department of Justice, 98-WE-VX-0031, National Institute of Justice, NCJ 197860 (2002); E. Lyons, "Impact Evaluation of Special Sessions Domestic Violence: Enhanced Advocacy and Interventions," Washington, D.C.: U.S. Department of Justice, 2000-WE-VX-0014, National Institute of Justice, NCJ 210362 (2005).

2. Richard Ivone, chief of police. *Star-Ledger Staff*, "Officer Killed in 7-Hour Standoff Was a Former Commander of Piscataway Police SWAT Team," *New Jersey Star-Ledger*, March 29, 2011, https://www.nj.com/news/index.ssf/2011/03/as_commander_of_swat_team_pisc.html.

3. 同上; National Center for Women & Policing, Police Family Violence Fact Sheet: http://www.womenandpolicing.com/violencefs.asp.

4. 来自《警察家暴简报》(Police Family Violence Fact Sheet)。

5. Sarah Cohen, Rebecca R. Ruiz and Sarah Childress, "Departments Are Slow to Police Their Own Abusers," *New York Times*, November 23, 2013 www.nytimes.com/projects/2013/police-domestic-abuse/index.html. 亦见 Florida Department of Law Enforcement, Domestic Violence, Victim to Offender Relationships, www.fdle.state.fl.us/FSAC/Crime-Data /DV.aspx.

6. M. Townsend et al., "Law Enforcement Response to Domestic Violence Calls for Service." U.S. Department of Justice, 99-C-008, National Institute of Justice, NCJ 215915 (2006).

7. Shannon Meyer and Randall H. Carroll, "When Officers Die: Understanding Deadly Domestic Violence Calls for Service," *Police Chief* 78 (May 2011).

8. J. Pete Blair, M. Hunter Martindale, and Terry Nichols, "Active Shooter Events from 2000-2012," *FBI Law Enforcement Bulletin*, January 7, 2014, https://www.leb.fbi.gov/articles/featured-articles/active-shooter-events-from-2000-to-2012. 亦见 J. P. Blair, T. Nichols, and J. R. Curnutt, *Active Shooter Events and Response* (Boca Raton, FL: CRC Press, 2013).

9. 由《嘉人》(*Marie Claire*) 主导、哈佛大学伤害控制研究中心 (Harvard University's Injury Control Research Center) 进行的一项未发表的研究，这份研究被分享给了作者。

10. Jacquelyn Campbell et al., "Risk Factors for Femicide in Abusive Relationships: Results from a Multisite Case Control Study," *American Journal of Public Health* 93, no. 7 (July 2003).
11. Sheryl Gay Stolberg, "Domestic Abusers Are Barred From Gun Ownership, but Often Escape the Law," *New York Times*, November 6, 2017, https://www.nytimes.com/2017/11/06/us/politics/domestic-abuse-guns-texas-air-force.html.
12. 这些州包括：Hawaii, California, Nevada, Colorado, Louisiana, Tennessee, Minnesota, Iowa, Illinois, Maryland, Pennsylvania, New Jersey, Massachusetts, Connecticut, Rhode Island, New York, and the District of Columbia. 见 Everytown for Gun Safety, Gun law Navigator, https://www.everytownresearch.org/navigator/states.html?dataset=domestic_violence #q-gunmath_mcdv_surrender.
13. 一些州已经制定了自己的法律来尝试解决"男友漏洞"，但目前联邦法律中没有相关条目。
14. "Disarm All Domestic Abusers," Center for American Progress, March 22, 2018, https://www.americanprogress.org/issues/guns-crime/reports/2018/03/22/448298/disarm-domestic-abusers/. 亦见 Arkadi Gerney and Chelsea Parsons, "Women Under the Gun," Center for American Progress, June 18, 2014, https://www.americanprogress.org/issues/guns-crime/reports/2014/06/18/91998/women-under-the-gun.
15. April M. Zeoli and Daniel W. Webster, "Effects of Domestic Violence Policies, Alcohol Taxes and Police Staffing Levels on Intimate Partner Homicide in Large U.S. Cities," *Injury Prevention* 16, no. 2 (2010): 90-95.
16. 见维格多尔（Vigdor）刊登于《评估审查》（*Evaluation Review*）的研究。亦见 "When Men Murder Women: An Analysis of 2013 Homicide Data" from the Violence Policy Center (September 2015).
17. 来自特雷沙·加维（Teresa Garvey）的采访。
18. 泽奥利（April Zeoli）和韦伯斯特（Daniel Webster）指出，每年有 33 000 起，见《家暴相关政策的影响》（*Effects of Domestic Violence Policies*）。
19. 来自与阿普丽尔·泽奥利（April Zeoli）的谈话。
20. David Adams, "Statement before the Joint Committee on Public Safety and

Homeland Security," September 13, 2013, www.emergedv.com/legislative-testimony-by-david-adams.html.

21. 见格鲁埃尔（Kit Gruelle）的文字整理。
22. 我乘车巡逻过的一些辖区（包括我的故乡华盛顿特区），都只允许普通民众加入巡逻队伍，而不允许"媒体"加入。他们允许我乘车巡逻的前提是不可以透露值班警察的姓名。

庇护所现状

1. 国家家暴热线（National Domestic Violence hotline）数据库中有5000家，但这5000家既包括庇护所也包括反家暴机构。
2. 那个读者是里萨·梅德尼克（Risa Mednick），剑桥过渡所（Transition House in Cambridge）的执行理事、文学硕士。2013年8月5日，对蕾切尔·路易丝·斯奈德（Rachel Louise Snyder）2013年7月22日刊登于《纽约客》的文章《一只举起的手》（A Raised Hand）的评论。见 https://www.newyorker.com/magazine/2013/08/05/mail-12.
3. Michelle Goldchain, "A One-Bed Apartment in D.C. Costs a Median $2,270/Month," Curbed Washinton DC, June 23, 2016, https://www.dc.curbed.com/2016/6/23/12013024/apartment-rent-washington-dc.
4. Metropolitan Police Department, The Police Can Help in Domestic Violence Situations, https://www.mpdc.dc.gov/node/217782.
5. Matthew Desmond, *Evicted* (New York: Broadway Books, 2016), 191-92.

在火中

1. "Governor Wolf Signs Tierne's Law, Providing Protections for Victims of Domestic Violence," press release, April 16, 2018, https://www.governor.pa.gov/governor-wolf-signs-tiernes-law-providing-protections-victims-domestic-violence.
2. Jeffrey Fagan, "The Criminalization of Domestic Violence: Promises and Limits." Presentation at the 1995 conference on criminal justice research and evaluation. January 1996. www.ncjrs.gov/pdffiles/crimdom.pdf.

3. http://www.federalevidence.com/pdf/2007/13-SCt/Crawford_v._Washington.pdf.
4. Brady Henderson and Tyson Stanek, *Domestic Violence: From the Crime Scene to the Courtroom*, Oklahoma Coalition Against Domestic Violence & Sexual Assault, 2008.
5. 布鲁克林成立了高风险小组，但没有受到反暴力侵害妇女管理办公室的资助，而且不允许我接触他们团队中的任何人。
6. Alissa Widman Neese, "115 Deaths in a Year Paint Grim Picture of Domestic Violence in Ohio," *Columbus Dispatch*, October 4, 2017, http://www.dispatch.com/news/20171004/115-deaths-in-year-paint-grim-picture-of-domestic-violence-in-ohio.
7. 见 Domestic Violence Report from the Ohio Attorney General, http://www.ohioattorneygeneral.gov/Law-Enforcement/Services-for-Law-Enforcement/Domestic-Violence-Reports/Domestic-Violence-Reports-2016/2016-Domestic-Violence-Incidents-by-County-and-Age.

重压下的恩典

1. "在高风险小组运行的第一年……八十起"：Rachel Dissell, "Cleveland Team Tackles 'High Risk' Domestic Violence Cases to Improve Safety, Reduce Deaths," *Cleveland Plain Dealer*, January 11, 2019, https://www.cleveland.com/metro/index.ssf/2017/12/cleveland_team_tackles_high_risk_domestic_violence_cases_to_improve_safety_reduce_deaths.html.

给枪上膛

1. Gael B. Strack, George E. McClane, and Dean Hawley, "A Review Of 300 Attempted Strangulation Cases, Part I: Criminal Legal Issues," *The Journal of Emergency Medicine* 21, no. 3 (2001): 303-09.
2. 为避免暴露拜伦、格蕾丝和孩子们的身份，一些信息被删减了。
3. Yuliya Talmazan, Daniella Silva and Corky Siemaszko, "Texas Church Shooting Survivors Recall Hiding Under Pew as Gunman Fired," NBC

News, November 7, 2017, https://www.nbcnews.com/storyline/texas-church-shooting/shooting-survivor-could-see-texas-gunman-s-shoes-she-hid-n818231.

4. Andrew Buncombe, "Orlando Attack: Survivor Reveals How He 'Played Dead' among Bodies to Escape Nightclub Killer," *Independent*, June 13, 2016, https://www.independent.co.uk/news/world/americas/orlando-attack-survivor-reveals-how-he-played-dead-among-bodies-to-escape-nightclub-killer-a7080196.html.

5. Rachel Louise Snyder, "The Court Slams the Door on Domestic Abusers Owning Guns," *New Yorker*, June 30, 2016, https://www.newyorker.com/news/news-desk/the-court-slams-the-door-on-domestic-abusers-owning-guns.

6. Bert H. Hoff, JD, "CDC Study: More Men than Women Victims of Partner Abuse," February 12, 2012, http://www.saveservices.org/2012/02/cdc-study-more-men-than-women-victims-of-partner-abuse/; Susan Heavey, "Data Shows Domestic Violence, Rape an Issue for Gays," Reuters, January 25, 2013, https://www.reuters.com/article/us-usa-gays-violence/data-shows-domestic-violence-rape-an-issue-for-gays-idUSBRE90O11W20130125; Martin S. Fiebert, "References Examining Assaults by Women on Their Spouses or Male Partners: An Annotated Bibliography," last updated June 2012, http://web.csulb.edu /~mfiebert/assault.htm.

7. 要了解 LGBTQ 伴侣和跨性别人士中肢体暴力、强暴或跟踪的数据分别是多少，请查看 National Coalition against Domestic Violence, Domestic Violence and the LGBTQ Community, June 6, 2018, https://www.ncadv.org/blog/posts/domestic-violence-and-the-lgbtq-community.

8. "50 Obstacles to Leaving: 1-10," National Domestic Violence Hotline, June 10, 2013, http://www.thehotline.org/2013/06/10/50-obstacles-to-leaving-1-10.

真正的自由

1. Andrea Simakis, "Bresha Meadows' Cousin Says He Also Was Abused by Jonathan Meadows," *Cleveland Plain Dealer*, updated January 11, 2019,

https://www.cleveland.com/metro/index.ssf/2017/05/bresha_meadows_cousin_says.html.
2. 2016年，俄亥俄州沃伦市只有不到4万人口 (https://www.census.gov/quickfacts/fact/table/warren cityohio/PST045217#PST045217)。作为参考，根据美国对每个城市的最新人口普查数据，在罗伯特·怀尔 (Robert Wile) 任职家暴警探的马萨诸塞州埃姆斯伯里，人口数量为16 000，比沃伦市的一半还少。详情见 https://factfinder.census.gov/faces/tableservices/jsf/pages/productview.xhtml?src=cf.
3. Bessel van der Kolk, *The Body Keeps the Score* (New York: Penguin, 2014), 46, 61, 135, and 350.

那些活在我们心中的阴影

1. 从没有一位共和党人士赢得过华盛顿特区的选举投票。在2016年大选中，华盛顿特区支持希拉里·克林顿 (Hillary Clinton) 的票数占91%。在另一个自由之地——旧金山，这一数据为84%。"Presidential Election Results: Donald J. Trump Wins," *New York Times*, August 9, 2017, https://www.nytimes.com/elections/results/president.
2. H.R.6545 - Violence Against Women Reauthorization Act of 2018, 115th Congress (2017-2018) cosponsors: https://www.congress.gov/bill/115th-congress/house-bill/6545/cosponsors. The 1994 passage had fifteen Republic cosponsors: S.11 - Violence Against Women Act of 1993 103rd Congress (1993-1994): https://www.congress.gov/bill/103rd-congress /senate-bill/11/cosponsors.
3. Violence Policy Center, *When Men Murder Women: An Analysis of 2016 Homicide Data*, 2018, http://vpc.org/studies/wmmw2018.pdf.
4. Melissa Jeltsen, "Tamara O'Neal Was Almost Erased from the Story of Her Own Murder," *HuffPost*, November 21, 2018, https://www.huffingtonpost.com/entry/tamara-oneal-chicago-shooting-domestic-violence_us_5bf576a6e4b0771fb6b4ceef.
5. Scott Horsley, "Guns in America, by the Numbers," NPR, January 5, 2016,

https://www.npr.org/2016/01/05/462017461/guns-in-america-by-the-numbers.

6. Carolina Diez et al., "State Intimate Partner Violence-Related Firearms Laws and Intimate Partner Homicide Rates in the United States, 1991-2015," *Annals of Internal Medicine* 167, no. 8 (October 2017): 536-43, http://annals.org/aim/fullarticle/2654047/state-intimate-partner-violence-related-firearm-laws-intimate-partner-homicide. 亦见 http://annals.org/data/Journals/AIM/936539/M162849ff4_Appendix_Figure_Status_of_state_IPV-related_restraining_order_firearm_relinquishment.jpeg.

7. David Adams, "Statement before the Joint Committee on Public Safety and Homeland Security," September 13, 2013, https://www.emergedv.com/legislative-testimony-by-david-adams.html.

8. 这些州有 CA, CO, CT, HI, IA, IL, MA, MD, MN, NC, NH, NY, TN, WA, 和 WI。见 Everytown for Gun Safety, "Guns and Violence Against Women: America's Uniquely Lethal Intimate Partner Violence Problem," October 17, 2019, https://everytownresearch.org/guns-domestic-violence/#foot_note_12.

9. April M. Zeoli et al., "Analysis of the Strength of Legal Firearms Restrictions for Perpetrators of Domestic Violence and their Impact on Intimate Partner Homicide," *American Journal of Epidemiology* (October 2018). 注：泽奥利（April Zeoli）的研究指向"更广泛的限制"，意指任何被判有暴力犯罪而不仅是家庭暴力的人。这条州法律包含了更大比例的罪行，意味着即使一个人没有被判犯有家庭暴力轻罪，但在判犯有其他形式暴力轻罪的情况下，也不能持有枪支武器。

10. Everytown for Gun Safety, "Guns and Violence Against Women."

11. 全面了解有关智能手机应用程序信息，可参阅"从全国网络到结束家庭暴力"（National Network to End Domestic Violence）网址：https://www.techsafety.org/appsafetycenter.

12. 批评变革家庭司法中心的人认为，移植变革司法中心费用高昂，难以在乡村地区实现，并且会让害怕官僚机构的受害者退缩。变革家庭司法中心不是一个可以直接复制到全国各地的机构，然而，创立者认为，有兴趣创建变革家庭司法中心的地区可以根据他们地区的需要进行灵活调整。

同样，许多司法中心也不是专门由危机中心管理的，一些人认为，危机中心没有把受害者的声音和需求放在首要和中心位置。这些数据来自2018年10月作者和凯西·格温（Casey Gwinn）的私人通信。

13. Maryland Network against Domestic Violence, "Lethality Assessment Program: The Maryland Model," Train-the-Trainer Curriculum for Law Enforcement and Domestic Violence Programs, 2015, https://mnadv.org/_mnadvWeb/wp-content/uploads/2017/07/Train-the-Trainer-PowerPoint.ppt.pdf.

14. Lethality Assessment Program: https://lethalityassessmentprogram.org/what-we-do/training-and-technical-assistance.

15. Melissa Labriola et al., "A National Portrait of Domestic Violence Courts." U.S. Department of Justice Center for Court Innovation, February 2010, https://www.ncjrs.gov/pdffiles1/nij/grants/229659.pdf.

16. Lynn Rosenthal, "The Violence Against Women Act, 23 Years Later," *Medium*, September 13, 2017, https://medium.com/@bidenfoundation/https-medium-com-bidenfoundation-vawa-23-years-later-4a7c1866a834.

17. 数据由作者和研究助理借由"公正"官网（AEquitas.com）整理。

18. 数据由扼颈防控培训机构（Training Institute on Strangulation Prevention）整理。

19. Sharon G. Smith et al., "The National Intimate Partner and Sexual Violence Survey," 2010-2012 State Report. National Center for Injury Prevention and Control, Division of Violence Prevention. Centers for Disease Control, April 2017, https://www.cdc.gov/violen ceprevention/pdf/NISVS-StateReportBook.pdf.

20. 负责接听电话的倡导者不想用真名，因为他们担心遭到施暴者报复。

21. 在过去的10年里，华盛顿已有数千间经济适用房不复存在，另有13 700间房子的补贴即将于2020年到期。2017年底，华盛顿特区设立了1000万美元资金，以应对近年来经济适用房的大量减少。Mary Hui, "D.C. Establishes $10 Million Fund to Preserve Disappearing Affordable Housing," *Washington Post*, November 26, 2017, https://www.washingtonpost.com/

local/dc-establishes-10-million-fund-to-preserve-disappearing-affordable-housing/2017/11/26/242893ea-cbb7-11e7-aa96-54417592cf72_story.html.
22. 这个女人需要出示房产证明,或有她名字的房产合同。

后记

1. Laura M. Holson, "Murders by Intimate Partners Are on the Rise, Study Finds," *New York Times*, April 12, 2019, https://www.nytimes.com/2019/04/12/us/domestic-violence-victims.html. 亦见 Khalida Sarwari, "Domestic Violence Homicides Appear to Be on the Rise. Are Guns the Reason?" News@Northeastern, April 8, 2019, https://news.northeastern.edu/2019/04/08/domestic-violence-homicides-appear-be-on-the-rise-a-northeastern-university-study-suggests-that-guns-are-the-reason/.
2. Anne Kingston, "We Are the Dead," September 17, 2019, Maclean's, https://www.macleans.ca/news/canada/we-are-the-dead/.
3. "South Africa's Staggering Domestic Violence Levels Pose a Challenge," France24, April 9, 2019, https://www.france24.com/en/video/20190903-south-africa-staggering-domestic-violence-levels-pose-challenge
4. Laure Fourquet, "As Deaths Mount, France Tries to Get Serious about Domestic Violence," *New York Times*, September 3, 2019, https://www.nytimes.com/2019/09/03/world/europe/france-domestic-violence.html.
5. Alisha Haridasani Gupta, "Across the Globe, a 'Serious Backlash Against Women's Rights,'" *New York Times*, December 4, 2019, https://www.nytimes.com/2019/12/04/us/domestic-violence-international.html?searchResultPosition=2.
6. Christina Asquith, "At Least 12,000 People Killed by Domestic Violence Every Year? Russia's Not Even Sure," *PRI's The World*, March 10, 2017, https://www.pri.org/stories/2017-03-10/least-12000-people-killed-domestic-violence-every-year-russias-not-even-sure.
7. The Brazilian Report, "Femicide Hits All-Time High in Brazil," *Think Brazil*, October 1, 2019, https://www.wilsoncenter.org/blog-post/femicide-hits-all-

time-high-brazil.
8. Sam Jones, " 'Feminist Emergency' Declared in Spain after Summer of Violence," *Guardian*, September 20, 2019, https://www.theguardian.com/world/2019/sep/20/mass-protests-in-spain-after-19-women-murdered-by-partners.
9. Andrea Krizsan and Conny Roggeband, "Towards a Conceptual Framework for Struggles over Democracy in Backsliding States: Gender Equality Policy in Central Eastern Europe," *Politics and Governance* 6, no. 3 (2018): 90-100, https://www.researchgate.net/publication/327657292_Towards_a_Conceptual_Framework_for_Struggles_over_Democracy_in_Backsliding_States_Gender_Equality_Policy_in_Central_Eastern _Europe.
10. Gupta, "Across the Globe, a 'Serious Backlash Against Women's Rights.' "

NO VISIBLE BRUISES: WHAT WE DON'T KNOW ABOUT
DOMESTIC VIOLENCE CAN KILL US By RACHEL LOUISE SNYDER
Copyright: © RACHEL LOUISE SNYDER, 2019
This edition arranged with DON CONGDON ASSOCIATES, INC.
through BIG APPLE AGENCY, INC., LABUAN, MALAYSIA.
Simplified Chinese edition copyright:
2023 THINKINGDOM MEDIA GROUP LIMITED
All rights reserved.
Some material has been deleted from the original edition.
著作版权合同登记号：01-2022-6732

图书在版编目（CIP）数据

看不见的伤痕 ／（美）蕾切尔·路易丝·斯奈德著；
蒋屿歌译. —— 北京：新星出版社，2023.3
ISBN 978-7-5133-5091-4

Ⅰ.①看… Ⅱ.①蕾 ②蒋… Ⅲ.①纪实文学－美
国－现代 Ⅳ.① I712.55

中国版本图书馆 CIP 数据核字(2022)第 249516 号

看不见的伤痕

[美] 蕾切尔·路易丝·斯奈德 著
蒋屿歌 译

责任编辑 汪　欣
特约编辑 杨　奕　陈梓莹
营销编辑 李清君　李　畅
封面设计 韩　笑
内文制作 张　典
责任印制 李珊珊　史广宜

出　　版　新星出版社　www.newstarpress.com
出 版 人　马汝军
社　　址　北京市西城区车公庄大街丙 3 号楼　邮编 100044
　　　　　电话 (010)88310888　传真 (010)65270449
发　　行　新经典发行有限公司
　　　　　电话 (010)68423599　邮箱 editor@readinglife.com
法律顾问　北京市岳成律师事务所

印　　刷　河北鹏润印刷有限公司
开　　本　880mm×1230mm　1/32
印　　张　13
字　　数　290千字
版　　次　2023年3月第一版　2023年3月第一次印刷
书　　号　ISBN 978-7-5133-5091-4
定　　价　69.00元

版权专有，侵权必究；如有质量问题，请与发行公司联系调换。